21세기 중국의 대중서사 읽기

21세기 중국의 대중서사 읽기

왕남 王楠

역락

머리말

21세기 인터넷 시대에 접어들면서 중국의 대중문화는 매우 빠른 속도로 변화 발전하고 있다. 인터넷이 제공한 자유로운 글쓰기 공간을 활용하여 다양한 소재의 재미있는 글쓰기를 시도하는 대중작가들이 양적으로 크게 늘었고, 아울러 이들이 만들어낸 수많은 글쓰기 작품들이 상업적인 목적으로 읽히면서 인터넷의 자유로운 경쟁을 통해 질적으로도 우수한 서사 작품들이 등장하기 시작하였다. 2005년 인터넷 조회 수 3,000만을 돌파한 무협판타지소설 <주선(誅仙)>의 흥행은 판타지 소설의 열풍을 몰고 왔다. 중국의 판타지 소설은 SF와 전통 마법 판타지를 결합한 것으로 인터넷게임의 서사규칙에 따라 스토리가 전개되어 젊은 네티즌들 사이에 인터넷 소설의 새로운 유형으로 환영받았고, 네티즌들은 아예 2005년을 '玄幻(중국식 판타지) 소설의 해'로 규정하기도 하였다.

이후 발전을 거듭한 중국 인터넷 소설은 오프라인 출판 및 영상 영화화의 소재로서 '원소스-멀티유즈(one-sourse multi-use)'의 원형으로 자리잡게 되었다. 2011년에는 수십 부의 인터넷 소설이 드라마나 영화로 제작되어 대중문화에 대한 국민적 영향력을 보여주었다. 통계에 따르면 2013년 6월 현재 중국의 네티즌 규모는 5.9억 명에 달하며, 이 가운데 인터넷 문학 사이트를 이용하는 네티즌의 수는 2.48억 명으로 추산된다. 아울러 중국의 인터넷 소설 시장은 이미 수백만 명에 달하는 인터넷 작가군과 연간 10만부에 달하는 소설 작품의 규모로 성장하였다.

현환소설의 소재와 내용은 스펙트럼이 다양하여 그 경계를 정확히 어디까지라고 정의 내리기는 어렵지만, 2005년을 '현환문학의 해'로 만든 이래 현재까지도 꾸준히 중국인들에게 사랑받고 있는 장르이다. 한국에도 번역본 소설로 출간되거나 혹은 드라마로 소개된 『화천골(花千骨)』이나 『삼생삼세십리도화(三生三世十里桃花)』, 『택천기(擇天記)』 등이 모두 현환소설에 해당되는 작품이라고 할 수 있다.

2008년 베이징 올림픽이 열리기 직전에 전 세계에 개봉되었던 드림웍스사의 <쿵푸팬더>는 중국인들에게 엄청난 문화적 충격을 주었다. 1998년 디즈니에서 최초의 중국 소재 애니메이션인 <뮬란>을 개봉했을 때만 하더라도 일본문화로 왜곡 묘사된 중국의 전통문화들에 대해 서양은 아직 중국을 이해하지 못하고 있다는 비판 일색이었던데 반해, 그로부터 10년 뒤 <쿵푸팬더>를 관람한 중국의 대중들은 엄청난 자괴감에 빠지게 된다. 쿵푸와 참선, 판다와 만두 등 중국의 전통 소재를 가지고 만든 할리우드의 애니메이션은 중국인들의 눈에도 너무나 '중국 스타일'로 보였기 때문이다. '왜 중국인은 자신의 문화를 멋진 문화상품으로 만들어 내지 못하는가' 라는 자괴감과 함께 중국 정부는 문화산업 육성에 엄청난 예산을 지원하기 시작하였다. 그로부터 10년이 지난 지금 중국의 전통문화를 소재로 만들어진 중국의 애니메이션 작품들은 영화 시장에서 <쿵푸팬더>를 훨씬 뛰어넘는 성적을 거두고 있다. <나의 붉은 고래(大魚海棠)>는 색채감과 철학적 서사로 영화계에서 호평을 받았고, 서유기와 봉신연의의 조연급 캐릭터였던 <나타(那吒)>는 개봉한지 몇 개월 만에 애니메이션 최고 기록을 경신하기도 하였다.

인터넷 영상매체가 발전하기 시작한 최근 몇 년간 중국에서도 상업적 인터넷 방송을 지향하는 사이트들이 우후죽순으로 생겨났고, 이들은 자신만의 인터넷드라마(網劇)를 만들어 업로드하기 시작했다. 처음에는 TV를 통해 전 지역으로 방영되는 공중파 드라마에 비해 인터넷으로만 시청 가능한 이들 드라마의 영향력은 미미할 것으로 예상되었으나, 소재와 사상 등 규제가 강한 공중파 드라마와는 달리 귀신이나 범죄, 폭력 등 다양한 소재를 자유롭게 만들어 낼 수 있는 인터넷 드라마는 젊은 층으로부터 폭발적인 인기를 누리게 되었고, 이는 다시 유명 스타들이 인터넷 드라마에 참여하면서 양적인 증가가 질적인 향상을 만들어 내는 계기가 되었다.

지금까지 언급한 세 분야, 즉 인터넷 글쓰기와 영화, 드라마의 서사 작품들은 다양한 소재와 다양한 장르들로 구성되어 있다. 그 중에서도 필자가 특히 주목하고 있는 것은 중국 전통문화의 차용과 계승이라는 부분이다. 인터넷 글쓰기의 주종을 이루는 현환소설의 주요한 구성 요소는 중국의 전통 판타지 공간과 신선, 무협 같은 소재들이며, 최근 들어 양산되고 있는 우수한 영화와 애니메이션 가운데는 중국 고대의 전통 서사인 『산해경(山海經)』이나 『서유기(西遊記)』, 장자(莊子)의 우언 등에서 소재와 사상을 차용해 온 것들이 많다. 아울러 유명한 인터넷 드라마인 <강물의 신(河神)>을 보면 전통 중국의 서사문화인 화본(話本)의 진행 방식을 차용하여 중국 근대시기의 서사 배경을 돋보이게 하는 장치로 활용하는 것을 볼 수 있다. 필자는 전통문화의 차용과 계승이라는 측면에 집중하여 이러한 요소가 두드러진 작품들을 골라 이들을 소개하고 분석하였다. 이를 통해 한국의 젊은이와 대학생들에게 최근 중국의 문화트렌드 및 중국의 전통문화를 알리는 데 일조하고자 한다. 여기 모여진 몇 편의 글들은 필자가 최근에 발표한 몇 편의 중국어 논문들을 한국어로 번역한 것이다. 『명나라 이야기(明朝那些事兒)』의 서사적 특징을 분석한 첫 번째 글을 제외하고는 모두 최근 몇 년간 중국에서 흥행했던 작품들이어서 중국 대중 서사의 최근 동향을 이해하는 데 도움이 될 것으로 생각한다. 끝으로 필자의 서투른 한국어 번역을 교정해 주신 같은 학과의 안정훈 교수님을 비롯한 많은 동료와 후배들에게 감사드리며, 부족한 글을 책으로 만들어 주신 도서출판 역락에도 감사를 드린다.

2020년 1월

왕남(王楠)

차례

제2장 고대 도굴서사에 대한 인터넷 도굴소설의 계승과 창신 · 71
-『귀취등(鬼吹燈)』과 『도굴일기(盜墓筆記)』를 중심으로

제 3 장 Faction(歷史可能性), 그리고 숭고미와 비장미 · 123
-장편역사소설 『장안 24시(長安十二時辰)』의 영웅 이미지 분석

제2부 중국 전통문화를 애니메이션으로 그려내다

제1장 영화 〈몬스터 헌트(捉妖記)〉에 나타난 『산해경(山海經)』의 흔적과 중국의 전통적 문화요소 · 171

제 2 장 중국 애니메이션 〈나의 붉은 고래(大魚海棠)〉에 표현된 물의 이미지 연구 · 193

제 3 장 중국 애니메이션 서사에 담긴 철학적 사유와 미학적 정취 · 225
-〈백사: 인연의 시작(白蛇: 緣起)〉을 중심으로

제3부 현환극(玄幻劇)과 웹 드라마의 흥행

제 1 장 인터넷 현환(玄幻)소설 『삼생삼세십리도화(三生三世十里桃花)』의 시공간 서사 연구 · 253

제 2 장 『강물의 신(河神)』 IP에 나타난 지괴(志怪) 전통과 화본(話本) 스타일 · 279

-소설 『강물의 신 · 물귀신 괴담(河神 · 鬼水怪談)』과 웹 드라마 〈강물의 신(河神)〉을 중심으로

제1부

새로운 글쓰기로서의 인터넷 소설

제 1 장

『명나라 이야기(明朝那些事兒)』의 서사적 특징에 대하여

1. 들어가며

1.1 『명나라 이야기(明朝那些事兒)』 간략 소개

『명나라 이야기(明朝那些事兒)』는 2006년 3월 대형 인터넷 사이트인 '티엔야(天涯社區)'의 '자주논사(煮酒論史)' 토론방에 연재를 시작한 인터넷 역사 평설이다. 이 글이 가지는 독특한 글쓰기 필법과 날이 갈수록 커지는 영향력으로 인해 자주논사 토론방은 당시 엄청난 논쟁을 일으켰다. 이 글이 인기를 끌자 작자인 '당년명월(當年明月)'은 대형 포털 사이트인 시나와 소후에 블로그를 개설하여 연재를 이어나갔고, 최고의 인기를 누리고 있다. 2019년 9월 20일 현재까지 블로그의 조회수는 2억3천회를 넘어서고 있다. 아울러 오프라인에서 총 7권의[1] 같은 제목으

1) 『明朝那些事兒』(第一部～第五部), 北京：中國友誼出版公司, 2009年. 『明朝那些事兒(第六部)』, 杭州：浙江人民出版社, 2011年. 『明朝那些事兒(大結局)』, 北京：中國海關出版社, 2009年.

로 출간된 이 도서는 출판이 완료된 2009년 4월 누적 판매량 500만권에 육박하는 기록을 세우기도 하였다.[2]

『명나라 이야기』(明朝那些事兒)』의 인기가 끝없이 치솟자 사회 각계의 인사들도 이 작품에 대해 높은 평가를 내렸다. 베이징대학 명청(明清) 연구센터의 연구원인 역사학자 마오페이치(毛佩琦)교수는 이 책에 서문을 쓰면서 "역사는 수천만인의 역사이자 모든 사람의 역사입니다. 모든 사람은 각자 스스로 역사를 해독할 권리가 있습니다."라고 언급하면서, 당년명월의 이러한 글쓰기 스타일을 새로운 세계의 창조라고 호평하기도 하였다.[3] 베이징사범대학의 문학박사인 저우즈위(周枝羽)는 이 책을 '대중문화연구의 모범적 사례'로 꼽으며, "이 책은 대중문학이 파급력을 가질 수 있는 모든 요소를 다 갖추었다. 내가 놀란 것은 이러한 요소를 모두 갖춘 대중문학 작품이 역사서라는 것이고, 게다가 허구가 아닌 정사(正史)라는 것이다. 나는 심지어 이 작품을 소설이라고 불러야 할지 말지도 잘 모르겠다. 왜냐하면 이 작품은 완전히 정사인 『明史』에 충실하게 씌어져 있기 때문이다."[4]라고 평가하였다.

한편 출판업자들은 『명나라 이야기』에 '유사 이래 유일하게 백화(白話)로 명나라의 전체 역사를 기록한 책'이라는 타이틀을 붙이고는 "체재상으로 보면 이 책은 장절 하나하나 모두 역사의 유래와 발전을 그대로 따르고 있는 정설 역사서이다. 그런데 글쓰기 특징으로 보면 작가는 서사와 의론의 결합, 복선의 적절한 설계, 궁금증 요소의 배치 등의 서사효과를 선보이고 있으며, 아울러 펑샤오강 영화 속의 '펑식유머'와도 유사한 재미도 삽입하여 독자로 하여금 역사적 사건과 역사적

2) 자세한 수치는 2009년 4월13일에 방영된 CCTV의 <Face to Face(面對面)> 프로그램의 작가 인터뷰 참고.

3) 毛佩琦, 「輕松讀歷史—『明朝那些事兒』序」.

4) 張守剛, 「連載仨月點擊百萬, 『明朝那些事兒』捧紅公務員」, 北京娛樂信報, 2006.08.13.

인물들에 대해 정확한 평가를 내릴 수 있게 하는 진정으로 '보기 좋은' 역사책이다." 라는 서평을 소개하기도 하였다. 또한 어떤 언론매체는 개혁개방 30년 이래 판매된 모든 책 가운데 이 책의 판매량이 20위 내에 들었다고 소개하면서 "교과서와 사료(史料), 그리고 픽션이라는 기존의 세 가지 서술 방식 이외에 당년명월은 제 4의 서술 방식을 시도하고 있다. 그는 자신이 쓴 역사가 사실적일 뿐 아니라 재미도 있기를 바라고 있다."[5]라고 평가하기도 하였다.

『명나라 이야기』의 작가인 당년명월의 본명은 스위에(石悅)로, 1979년 출생하여 대학에서 법학을 전공한 뒤, 세관공무원으로 근무하였다. 그는 현재는 산동성(山東省) 정부종합처 처장으로 근무하고 있다. 2006년『명나라 이야기』의 연재를 시작할 당시 30세도 되지 않은 비전공의 젊은이였던 스위에는 이 책을 연재하게 된 본인의 저력을 어려서부터 고문과 역사서에 대한 관심으로 인해 많은 명나라 역사 관련 글들을 읽게 된 데서 찾고 있다. 그는 11살 때부터『이십사사(二十四史)』와『자치통감(資治通鑒)』 등을 읽기 시작했으며, 그 뒤로 약 15년간 총 6천만 자가 넘는 역사 기록을 섭렵하였다고 한다.[6]

1.2『명나라 이야기(明朝那些事兒)』관련 연구 및 집필 동기

'당년명월(當年明月)신드롬'은 사회 각계의 관심을 불러일으킴과 동시에 많은 학자들에게도 집중적인 연구대상이 되도록 하였다. 이들의 연구 성과는 대개 세 가지 방향으로 나뉜다. 첫 번째는 인터넷 소설과 개인 역사연구라는 차원에서『명나라 이야기』를 사례로 한 관련 연구

5)「第四種書寫史的方式：歷史不僅眞實還要好看」, 中華網, 2006年08月29日.
6)『三聯生活周刊』, 2007年 第43期, 94-95쪽 참고.

들로, 예를 들면 자오용(趙勇, 2010)은 『명나라 이야기』가 인기를 끌게 된 사회적 배경에 대해서 분석하면서, 포털 사이트나 개인 블로그, 인터넷 팬카페 등과 출판업자들 간의 상호작용에 대해서도 분석을 시도하였다.[7] 장지엔보(張建波, 2011)는 『명나라 이야기』가 인터넷 시대에 걸맞는 살아 숨쉬는 역사 글쓰기의 전범을 보여주었을 뿐 아니라 그간의 인터넷 문학에서 보기 어려웠던 진중한 역사의식이 담긴 작품으로 전문적인 역사와의 간극을 메웠다고 평가했다.[8] 완자오잉·예위(萬昭瑩·葉玉, 2011)는 『명나라 이야기』를 예로 들어 통속 역사 글쓰기에 응용된 소설필법에 대해 고찰했고,[9] 뤼쉬에쥐·자오잉화(呂雪菊·趙迎華, 2011)는 『명나라 이야기』를 예로 들어 전통적인 역사물과 새로운 역사 베스트셀러 간의 언어적 특색을 비교하면서 새로운 역사물들이 보여주고 있는 유머러스한 글쓰기 태도에 주목하였다.[10]

두 번째는 『명나라 이야기』의 글쓰기 스타일에 대한 전문적 연구들인데, 예를 들어 쑨샤오차오·두하이홍(孫小超·都海虹, 2009)은 역사글쓰기에 나타나는 유머러스한 표현과 시의적인 어휘 선택, 다양한 스타일의 언어 구사, 그리고 관용어의 적절한 사용과 수사적인 표현 등 다섯 가지 범주에서 『명나라 이야기』의 유머스타일 형성의 원인을 고찰하였다.[11] 위룽바오(餘榮寶, 2011)는 합리적인 상상력의 재현, 현대적 언어의 융합, 다양한 방언과 속어의 구사, 전문 직업어의 운용, 블랙 유

7) 趙勇, 「BBS、博客、粉絲與書商—『明朝那些事兒』的生産元素」, 『文藝爭鳴』, 2010年 第13期, 128-135쪽.

8) 張建波, 「網絡時代的歷史之核與文學之殼—評當年明月『明朝那些事兒』」, 『荷澤學院學報』, 2011年 12月 第33卷 第6期, 42-45쪽.

9) 萬昭瑩·葉玉, 「通俗史論中的小說筆法—以『明朝那些事兒』爲例」, 『傳奇·傳記文學選刊』, 2011年 第3期, 25-29쪽.

10) 呂雪菊·趙迎華, 「從『明朝那些事兒』與『歷史是個什麽玩意兒』透視當下史學作品語言」, 『長春理工大學學報』, 2011年7月 第6卷 第7期, 60-65쪽.

11) 孫小超·都海虹, 「『明朝那些事兒』幽默風格成因探悉」, 『聲屏世界』, 2009(11) 下半月, 172-173쪽.

머의 활용, 철학적인 귀납, 현대적 언어로 해석한 역사, 다양한 수사법의 활용, 풍자와 패러디, 언어의 장력 등의 10가지 각도에서『명나라 이야기』의 글쓰기 특징을 귀납하였다.[12] 세 번째는『명나라 이야기』에 드러난 문학성과 예술성에 주목한 연구인데, 루용허(盧永和, 2009)는 문학적 각도에서『명나라 이야기』의 인기와 가치를 분석하였고,[13] 천쩡후이(陳增輝, 2009)는『명나라 이야기』에 깔려있는 사상적인 배경과 예술적인 특색을 고찰하였으며,[14] 무화민・텅자오쥔(母華敏・騰朝軍, 2011)은 이 작품의 작가에게서 나타나는 역사관과 글쓰기 기법 등에 대해 살펴보았다.[15]

학자들의 선행 연구를 종합해보면 대부분은 언어를 위주로 하여 수사기법과 표현적 특색을 결합한 연구가 주종을 이루고 있으며, 서사이론과 서사기법에 따라 논지를 전개한 연구는 적은 편이다. 따라서 이 글은『명나라 이야기』가 성공을 거둔 원인을 서사의 각도에서 고찰해 보고자 한다. 즉, 이 작품이 전통적인 서사수법을 어떻게 계승하였고 또 어떠한 독창적 서사 특징을 갖추고 있는지, 아울러 형식과 내용면에서 어떠한 언어적 특징들이 있는지를 총체적으로 살펴볼 것이다.

12) 餘榮寶,「試析『明朝那些事兒』的語言特色」,『襄樊職業技術學院學報』, 2011年5月　第10卷 第3期, 51-54쪽.

13) 盧永和,「歷史文本中的“文學性”敘事—『明朝那些事兒』的書寫策略」,『中國圖書評論』, 2009年 第01期, 81-86쪽.

14) 陳增輝,「魅力是怎樣煉成的—評『明朝那些事儿』的思想和藝術」,『讀与寫雜志』, 2009年1月 第6卷 第一期, 40-41쪽.

15) 母華敏・騰朝軍,「『明朝那些事兒』, 今朝這本書」,『名作欣賞』, 2011年 第15期, 89-92쪽.

2. 『명나라 이야기』의 서사적 특징

2.1 『명나라 이야기』의 체재

『명나라 이야기』는 1344년(명나라의 건국은 1368년이지만, 이 책은 건국 이전 주원장의 활약부터 다루고 있다)부터 1644년에 이르기까지의 3백 년 동안 명나라와 관련된 사건들을 서술하고 있다. 작가는 책의 첫 부분인 '머리말(引子)'에서 자신의 집필 동기를 이렇게 술회하고 있다. "어려서부터 많은 책들을 읽었는데, 일부러 심오하고 어렵게 쓴 글들이 많아 안타까웠다. 사실 역사라는 것 자체가 매우 재미있는 것이기 때문에 모든 역사는 재미있게 쓸 수 있을 것이고, 나 역시 그렇게 쓸 수 있기를 희망하였다." 『명나라 이야기』의 뜨거운 인기는 작가 당년명월(當年明月)이 확실히 이 주제를 재미있게 썼다는 것을 증명하고 있다. 비단 재미있게만 쓴 것이 아니라, 서술한 내용들은 모두 『명실록(明實錄)』, 『명통감(明通鑒)』, 『명사(明史)』, 『명사기실본말(明史紀事本末)』 등 20여종의 명대 사료와 필기기록 등 정사의 기록을 충실히 참고하고 있다는 것이다.[16] 여기에 더하여 작가는 인터넷 문학의 표현 스타일을 채택하여 거기에 소설적 기법을 덧붙이고 다양한 인물들의 풍부한 심리묘사까지 더하였다. 이 밖에도 인물과 사건, 제도 등에 대한 작가의 평가까지 곁들여, 작가조차도 정통 역사서도 아니고 허구적 소설도 아닌 이 글의 형식을 정의하지 못하여 결국은 스스로 '명찰기(明札記)'라고 부르고 있다.[17]

『명나라 이야기』가 역사 속 구체적 인물들을 하나하나 부각시켜 일

---

16) 『명나라 이야기』 第一部 '引子' 참고.
17) 毛佩琦, 「輕松讀歷史—『明朝那些事兒』序」.

반인들과 같은 눈높이에서 역사인물들의 당시 심리를 잘 묘사해냈기 때문에, 당년명월에게는 '당대 제일의 풀뿌리 역사가', '통속 역사의 일인자', 혹은 '심리 역사의 창시자' 등의 호칭이 주어졌다. 이러한 필법은 작가가 가진 역사관과 무관하지 않은데, 역사 기록과 역사 연구와의 차이를 묻는 자리에서 당년명월은 이렇게 말한 적이 있다. "삶이란 고통스러운 것입니다. 역사인물의 삶 속에서 우리 자신의 삶을 볼 수 있기에, 역사 인물 역시 고통스러울 수밖에 없습니다. 만약 당신이 진정으로 역사 인물의 그 환경에 스스로를 놓아두고 그가 당시에 느꼈을 감회를 체험할 수 있다면 당신은 많은 절절한 것들을 써낼 수 있을 것입니다. 당신은 그 당시 주원장이 얼마나 절망적이었을지, 장거정이 당시 얼마나 고통스러웠을 지를 느낄 수 있을 것입니다. 이런 것들을 느끼고 난 뒤 자신의 감정을 거기에 이입하는 것입니다. 나는 일상의 삶들을 역사와 한데 묶는데, 이것이 바로 '삶이 곧 역사'라는 나의 철학이기도 합니다."[18]

작가가 보기에 역사의 무게감이라는 것은 바로 역사가 너무나도 많은 감정적인 요소들을 담고 있기 때문이다. 『명나라 이야기』제7권의 결말 부분에서 작가는 이렇게 쓰고 있다. "그렇습니다. 기술이라는 측면에서 말하자면 이 글은 이미 끝이 났습니다. 그렇지만 많은 사람들이 이것은 단지 역사만이 아니라는 것을 알고 있으리라고 나는 믿습니다. 내가 말해온 것들은 역사 외에도 많은 것들이 있습니다. 그것들의 이름을 각각 나눠서 불러보자면 : 권리, 희망, 고통, 분노, 망설임, 쓸쓸함, 열정, 굳셈, 연약, 패기, 도량, 잔혹함, 용서, 인내, 사악함, 정의, 진리, 타협, 선량함, 충성 등 너무도 많습니다." 이 글을 통해서 우

18) 『三聯生活周刊』, 2007年 第43期, 94-95쪽.

리는 역사를 바라보는 작가의 태도를 명확히 알 수 있다. 그가 강조하는 것은 역사적 사건 자체가 아니라 이러한 역사적 사건이 벌어지는 과정 속에서 전개되는 인간들의 진실한 삶 자체인 것이다.

작가가 장르를 무시하는 서사기법을 보여주는 것은 일종의 '반장르'나 '무장르'와 같은 포스트 모더니즘적 글쓰기와도 일맥상통하는 점이 있다.[19] 그러나 서사적 수단이라는 차원에서 본다면 중국 고유 서사 전통의 계승이라고 말할 수도 있을 것이다. 아래에서 구체적으로 얘기해 보기로 하자.

2.2 『명나라 이야기』에 나타난 중국 서사기법의 계승

2.2.1 중국 역사소설의 서사 특징

만청(晚淸)시기의 사상가인 장태염(章太炎)은 『국고논형(國故論衡)』에서 이렇게 말하고 있다. "문학이란 문자를 가지고 죽백(竹帛)에 드러나게 하는 것이다. 그래서 이를 문(文)이라고 부른다. 그 법식을 논하는 것은 문학이라고 부른다." 여기서 우리는 중국 고대의 '문사합일(文史合一)'이라는 서사 관념을 엿볼 수 있다.[20] 가오용(高勇)은 송대의 문인 진덕수(眞德秀)의 '서사는 사관으로부터 생겨났다(敍事起於史官)'라는 명제와 명대 서사(徐師)가 말한 '옛날에는 사관이 기록을 관장하였다(古者史官掌記事)'라는 언급, 그리고 청대 학자인 장학성(章學誠)이 말한 '고문은 반드시 서사를 숭상하는데, 서사는 사관으로부터 비롯되었다(古文必推敘

19) [美]查爾斯・紐曼著, 米佳燕翻譯, 『後現代主義寫作模式』, 見王嶽川・尚水編『後現代主義文化與美學』, 北京: 北京大學出版社, 1992年, 337-339쪽.
20) 章太炎, 『國故論衡』, 上海: 上海古籍出版社, 2003年, 49쪽.

事, 敘事起於史官)'는 언급 등을 인용하면서 후세 서사문의 탄생은 사관(史官)과 불가분의 관계에 있음을 주장하였다.[21] 양의(楊義) 역시 자신의 글에서 이렇게 주장하고 있다.[22]

> 중국의 서사작품들은 후기에 나온 소설 속에서 기교와 서사전략 등을 최대한 잘 발휘하고 있지만, 언제나 역사서사의 형식을 본체로 삼고 있다. 상당히 오랜 시간 동안 역사서사와 소설서사는 사실과 허구라는 측면에서 서로 간에 영향을 미치며 나란히 발전해 왔다.

중국의 전통 서사 장르는 역사류, 소설류, 희곡류, 서사시류, 서사산문류, 비문(碑文)류, 묘지(墓誌)류 등등 많은 장르를 포괄하고 있다. 이 가운데 역사류는 서사 기법에 따라 다시 기전체와 편년체, 기사본말체, 국별체 등의 몇 종류로 세분된다. 기전체 역사류 작품은 서한(西漢) 시기의 『사기(史記)』로부터 시작되었다. 『사기』는 생동적인 필체와 생생한 기술 등으로 후대 역사서 편찬의 전범이 되었다. 루쉰(魯迅)은 『사기』에 대해 이렇게 평가를 한 적이 있다.

> 비록 『춘추(春秋)』의 서사태도와는 다르지만, 역사가의 절창(絶唱)이자 운율 없는 <이소(離騷)>라고 불릴 만하다. 역사기술의 규칙과 언어 사용에 얽매이지 않으면서 감정을 담아 하고 싶은 말들을 멋진 문장으로 담아내었다. 그러므로 모곤(茅坤)이 말한 바와 같이 '유협전(遊俠傳)을 읽으면 삶을 가벼이 여기게 되고, 굴원(屈原)과 가의(賈誼) 열전을 읽으면 눈물을 흘리게 되고, 장자(莊周)와 노중련(魯仲連) 열전을 읽으면 은거하고 싶어지고, 이광(李廣) 열전을 읽으면 맞서 싸우고 싶어지며, 석건(石建) 열전을 읽으면 공손해지고, 신릉(信陵),

---

21) 高勇, 「我國古代史官和史官文化淺論」, 『渝西學院學報: 社會科學版』, 2005(03), 59쪽.
22) 楊義, 『中國敘事學』, 北京: 人民出版社, 2009年, 18쪽.

평원(平原)군 열전을 읽으면 인재를 기르고 싶어지게 된다.'[23]

사마천의 붓을 통하여 역사적 사건들은 인과가 분명해지고 논리가 명확해지며, 인물들의 형상이 선명해지고 감정은 충만해지는 것이다. 이러한 지점에서 『명나라 이야기』는 역사 서사 작품의 대중화를 이뤄 내었다고 말할 수 있을 것이다. 작가인 당년명월은 현대적인 유행어의 사용이나 새로운 이미지 묘사 등 오늘날의 대중들이 더 쉽게 받아들일 수 있는 서사 기법들을 활용하여 독자들에게 생동하는 시대와 당시 역사의 진면목을 보여주고 있다. 거대한 시대적 배경 속에서 개인 개인의 심리적 층위에 까지 깊이 들어가 그들이 운명의 대전환 속에서 주저하고 좌절하는 모습들과 권력의 소용돌이 속에서 발버둥치는 모습들을 그려내고 있다. 역사 속의 기록들을 현대적 방식으로 해독해 냄으로써, 즉 평면적이고 생경한 문언문을 입체적이고 풍부한 역사공간으로 확장시켜줌으로써, 독자들로 하여금 마치 자신이 그 시대 그 환경에 놓여진 것처럼 공감하고 느끼고 깨닫게 해주는 것이다.

2.2.2 『명나라 이야기』에 나타난 서사 기법

중국 고대의 역사서사 작품들은 모두 서사기법을 강조한다. 당나라 때의 역사가인 유지기(劉知幾)는 『사통 · 내편(史通 · 內篇)』에서 "무릇 훌륭한 역사란 서사를 정교하게 하는 것이고, 정교한 서사란 핵심을 간결하게 기록하는 것이 주종이 되어야 한다."[24]라고 밝힌 바 있다. 서사가 완벽한가의 여부가 역사 작품에는 중요한 관건이 되는 것이다.

---

23) 魯迅, 『漢文學史綱要』, 『魯迅全集』第9卷, 北京: 人民文學出版社, 2005年, 435쪽.
24) [唐]劉知幾著, 姚松 · 朱恒夫譯著, 『史通全譯』, 貴陽: 貴州人民出版社, 1997年, 326쪽.

그런데 사건에 대한 서사자의 서술방식은 텍스트의 유기성으로 서사 시간의 속도를 조절하는 것 외에도 다양한 시간의 운행 방식, 즉 서사시간의 흐름을 도치시키거나 도중에 끊거나 간섭하는 방식 등을 통해 직선적인 시간의 흐름을 변화 시키는데 있다. 일반적으로 흔하게 보이는 서사 방식의 변화는 도치법(倒敘), 미리 기술하기(預敘), 끼워넣기(插敘), 그리고 보충하여 서사하기(補敘) 등이 있다.[25] 도치와 끼워넣기는 모두 서사 시간을 뒤집어서 지난 사건을 거슬러 올라가는 방식으로, 두 가지 방식의 차이점은 도치가 끼워넣기 보다는 좀 편폭이 긴 편이라는 것 뿐이다. '미리 기술하기'와 '보충하여 서사하기'는 정상적인 서사 시간을 뛰어넘어 시간을 뒤에 일어날 서사시간의 범위까지 늘이는 것으로, 두 가지 방식의 차이점 역시 '보충하여 서사하기'가 '미리 서사하기' 보다 편폭이 좀 짧다는 것이다.

『명나라 이야기』가 서사 시간의 흐름을 처리하는 방식 역시 위의 네 가지 서사 방식을 충분히 활용하고 있다. 예를 들어 제 6권에서 명대 환관 중 최고로 악명을 떨쳤던 인물인 위충현(魏忠賢)이 역사의 무대에 등장한 뒤, 작가는 많은 편폭을 할애하여 위충현의 성장배경을 소개하고 있는데(제6권 209쪽), 이것이 도치의 전형적인 예라고 할 수 있다. 제 5권에서 '명대 제일 기인(奇人)'인 해서(海瑞)에 대해 서술할 때, 작가는 끼워넣기 서사의 방식으로 해서의 놀랄만한 행동들을 묘사하고 있다. 즉, 당시 현령이었던 해서가 생활이 극도로 청렴하여 심지어는 어머니 생신에 고기를 사는 것 같은 당연한 일 조차도 그에게는 드문 일이었다는 일화를 끼워 넣음으로써 해서의 청렴한 원칙을 강조하고 있다.(5권 38쪽) 그런가 하면 제 4권에서 작가는 호종헌(胡宗憲)이 막

25) 楊義, 『中國敘事學』, 北京 : 人民出版社, 2009年, 153쪽.

료의 인재들을 선발할 때, 유대유(兪大猷)와 서위(徐渭) 같은 독특한 인물들의 삶에 대해 미리 서사하기 방식으로 서술을 하였고,(4권 178-186쪽) 제 1권에서 조선의 건국에 대해 언급하면서 현대 중국인들도 다 알만한 역사적 사건으로 흥미를 끌기 위해 그 당시 유행했던 TV 드라마 <대장금(大長金)>에 관한 서술을 보충하기도 하였다.

> 이성계(李成桂)가 이씨왕조를 세운지 백여 년 뒤인 1506년, 중종(中宗)이 보위를 이었는데, 그가 국왕으로 재임한 38년 동안 한 의관(醫官)이 자신의 노력으로 큰 일을 해내었다. 400여 년 뒤 이 의관의 일대기가 드라마로 만들어져 엄청난 반향을 불러일으켰는데, 이 드라마가 바로 <대장금>이다. (제1권 197쪽)

서사 내용의 전달에 대하여 유지기는 『사통·내편(史通·內篇)』에서 이렇게 기술하고 있다. “무릇 서사의 본체는 4가지로 구별된다. 재행(才行)을 직접 기록하는 것, 사적(事跡)을 서술하는 것, 언어를 가지고 알 수 있는 바를 유추하는 것, 논찬(贊論)의 형식을 빌어 자신의 견해를 주장하는 것이 그 네 가지이다.”[26)]『명나라 이야기』에서는 인물들의 형상을 그려내는 과정에서 재행과 사적, 언어와 논찬의 네 가지 방식을 모두 아우르고 있다. 이 가운데 재행과 사적의 부분은 사료를 많이 인용하고 있다. 예를 들어 장사성(張士誠)을 소개하는 장면에서 작가는 주원장이 그의 그릇이 작다고 평했던 사료를 인용하고 있다. (제1권 29쪽) 원양 함대를 이끌었던 정화(鄭和)를 그려내는 장면에서는 일찍이 양계초(梁啓超)가 정화를 평가하면서 썼던 ‘정화의 이후에는 다시는 정화 같은 인물이 나오지 못하였다’(제2권 37쪽)라는 평가를 인용하기도 하였다. 영락제 주체(朱棣)에 대하여 작가는 『명사(明史)』에 나오는 그의

26) [唐]劉知幾著, 姚松·朱恒夫譯著, 『史通全譯』, 貴陽: 貴州人民出版社, 1997年, 327쪽.

생평에 대한 기술을 그대로 인용하면서(2권 126쪽), 자신이 주장했던 '좋은 사람은 아니었지만, 오히려 완전무결한 좋은 황제였다(不是一個好人, 卻是一個不折不扣的好皇帝)'라는 관점의 증빙으로 삼기도 하였다. (제2권 127쪽)

한편 언어적 표현과 논찬의 부분에 있어서는 작가의 2차적 가공이 다수 보이고 있다. 문헌에서 보이는 옛 사람들의 언어는 대부분 문언의 형식을 띠고 있으므로, 작가는 글을 서술해 나가는 과정에서 문맥의 소통과 가독성을 고려하여 이들 문언문들을 현대 중국어로 알맞게 바꾸어 줌과 동시에 작가의 2차적 창작을 덧붙이고 있다. 예를 들어 작가는 순무사인 손수(孫燧)가 영왕부(寧王府)에 갔을 때, 영왕이 모반의 계획을 가지고 태후의 조서를 꾸며내어 명 무종(武宗) 주후조(朱厚照)를 치려고 하는 부분을 서술하면서 두 사람의 대화를 이렇게 표현하고 있다.

> "태후의 조서는요?"
> 영왕 주신호(朱宸濠)는 눈을 한번 흘기고는 체통도 가리지 않고 말했다.
> "헛소리 마! 난 지금 남경으로 갈 거야. 네가 눈치가 있다면 나와 함께 가야지!"
> 손수(孫燧)가 마침내 화를 내며 말했다.
> "당신 죽고 싶어 환장했어? 나한테 반역을 함께 하자는 거야? 꿈 깨시지!" (제3권 197쪽).

논찬의 부분에서 작가는 많은 부분 자신이 직접 평가를 내리고 있다. 예를 들어 우겸(于謙)에 대한 평가를 내리면서 작가는 이렇게 서술하고 있다.

> 평지풍파를 겪어 봐야만 비로소 영웅의 본 면모가 드러나는 법이다. 다시 5백년이 지난다 하더라도 우겸은 여전히 같은 자리에서 여전히 자신의 공평무사함으로 시대에 의해 칭송될 것이다. (제3권 7쪽)

이와 함께 작가는 종종 근대와 현대의 유명한 명언이나 유명 작품들을 인용하여 과거의 인물과 사건들을 평가하기도 한다.

> 유명한 소설 작품인 『포위된 성(圍城)』에서 치엔종수(錢鍾書) 선생은 다른 사람의 입을 빌어 변화무쌍한 운명을 가진 주인공 팡훙지엔(方鴻漸)에게 이런 평가를 내리고 있다. '당신은 좋은 사람이지만, 쓸모는 없는 사람이다.(你是個好人, 卻並無用處)' 내 생각에 이 말은 해서(海瑞)에게도 똑같이 적용되어야 할 말이다. (제5권 188쪽)

이러한 평가는 한 편으로는 융통성이 없는 해서의 일처리 방식에 대한 평가이기도 하지만, 다른 한 편으로는 만력제(萬曆帝)이든 장거정(張居正)이든 모두 해서를 자신들의 인재 선발 기준이 현명함을 보여주기 위한 수단으로 사용하고 있다는 평가이기도 하다. 또한 『명나라 이야기』에는 『사기(史記)』의 '태사공왈(太史公曰)'에 해당하는 논찬을 빌어 자신의 견해를 주장하는 의론 방식도 보인다. 예를 들어 작가는 15세의 주후총(朱厚熜)이 북경에 입성하여 신하들과 부딪치게 되는 장면을 이렇게 서술하고 있다.

> 반드시 자신의 송곳니를 드러내야만 효과적으로 모든 사람들을 통제할 수 있게 된다. 그건 황제라 하더라도 예외가 아니었다. 이것이 바로 소년 주후총(朱厚熜)이 배우게 된 첫 번째 수업이었다. (제4권 3쪽)

또한 장헌충(張獻忠)과 이자성(李自成)의 모습을 묘사할 때는 이렇게 적고 있다.

> 역사는 우리에게 말해준다. 건달은 한 평생을 건달로 지내도 역시나 건달일 뿐이다. 입으로만 큰 소리 치다가 결국은 자신을 해치게 된다. 잘 생겨봤자 얼굴이 밥 먹여주는 것은 아니다. 크게 성공하고 싶은 사람이 알아야 할 유일한 비결은 때로는 손해 볼 줄도 알아야 한다는 것이다. (제7권 206쪽)

작가는 자신을 서사자의 각도에 두고 역사적 인물 혹은 가상의 인물의 입을 빌어 자신의 생각을 전달함으로써 독자로 하여금 작가의 의견에 더 쉽게 동일시하게 만들고 있다.

2.2.3 『명나라 이야기』의 인물 형상화 방식

중국의 역사 서사가 가지는 특징 가운데 하나는 역사적 사건을 시각적으로 형상화하는 방식을 통해 역사 인물의 성격을 두드러지게 한다는 점이다. 이른바 '사건의 시각화'라는 것은 거대한 역사적 사건을 영상미를 가진 장면 묘사와 생동감 있는 디테일과 함께 결합시켜 역사적 사건의 전개 과정에서 등장하는 인물의 개성을 드러내는 방식이다. 예를 들어 『사기 · 항우본기(史記 · 項羽本紀)』 가운데 걸작인 <홍문연(鴻門宴)>은 항우와 유방 두 진영 간의 모순과 투쟁이라는 거대 사건 속에서 유방의 교활함과 항우의 자만심을 잘 그려내고 있는 작품이다. 『명나라 이야기』가 가독성을 가질 수 있게 하기 위하여 작가 역시 역사 소재에 대한 시각화 방식을 다음 세 가지 측면에서 진행하고 있다.

첫째는 작가가 '현재 시점(現在時)'이라는 기록 방식을 채택하고 있다는 것이다. 양의(楊義, 2009: 193)는 역사의 시간은 단으로 분절되며, 모든 단은 현재 시점으로 씌어지는데, 이것은 중국의 편년체 역사 기록이 보여주는 언어시제의 비원형적인 처리 방식이라고 주장하였다.[27] 이러한 처리 방식은 매 역사단락 속에서 생겨날 수 있는 복잡한 시제의 얽힘 현상을 줄여주고 역사 서술자와 논찬자로 하여금 시제에 얽매이지 않고 생생한 역사의 현장 속으로 들어가 역사 인물이나 역사적 사건들과 대화와 교류를 진행할 수 있도록 만들어준다. 둘째는 작가가 전통 소설에서 많이 보이는 두 가지 이야기를 각각 따로 따로 서술하는 '평행식' 기록 방법을 채택하여, 같은 시간에 일어난 서로 다른 두 가지의 사건을 나누어 서술하고 있다는 것이다. 예를 들어 제 1권에서 주원장의 두 라이벌인 장사성(張士誠)과 진우량(陳友諒)을 소개할 때, 작가는 먼저 그들이 겪어 왔던 삶의 굴곡들로 이야기를 시작한 뒤, 그들의 성장 과정을 각각 따로 서술하고 있다. 또한 제 4권에서 절강순무사(浙江巡撫) 호종헌(胡宗憲)의 왜구 토벌 부분을 기술할 때, 적수인 왕직(汪直)과 서해(徐海)의 등장 배경을 나누어 설명할 뿐 아니라, 호종헌의 두 은인인 유대유(兪大猷)와 척계광(戚繼光)의 성장 과정 역시 나누어 설명하고 있다. 셋째로 역사 소재를 고르는 과정에서 의도적으로 생동감이 강렬하게 살아나는 디테일 묘사를 채택하고 있다는 것이다.

> 정세가 위급한데 집에서 이렇게 쉬고만 있으면 해결할 방법이 없을 것 같다. 그래서 홍타이지(皇太極)는 코피가 나는 것도 아랑곳 하지 않고 일을 시작하였다. 심지어 코피를 흘리면서도 말을 타고 달려갔다는 것이다. 정말 이해하기 어려운 부분은 그가 무언가로 콧구멍을 막지 않고 그릇 하나를 들어 코 아래 대고 말을 탄 채로 코피

27) 楊義,『中國敘事學』, 北京: 人民出版社, 2009年, 193쪽.

를 그릇에 받아가면서 이틀 밤낮을 쉬지 않고 달려서 송산(松山)까지 달렸다는 것이다. (제7권 290쪽)

얼핏 보면 황당해 보이는 이러한 서술은 확실히 구체적인 사료에서 가져온 것이다. "황제께서 급히 달리느라 코피가 멈추지 않자 그릇으로 받아내었다. (上行急, 鼻衄不止, 承以碗)"[28]

2.3 『명나라 이야기』의 서사적 창조성

2.3.1 기세를 없애고 시작하는 스타일

『문심조룡 · 정세(文心雕龍 · 定勢)』에서는 다음과 같이 말하고 있다. "사람들의 정감과 흥취는 제각각이므로, 그에 따라 창작기법 역시 변화가 다양하게 마련이다. 사람의 사고와 감정에 의해 체제가 세워지고, 이러한 체제에 의해 문장의 기세가 형성되는 것이다."[29] 말하자면 작가들은 모두 자신의 사고가 다르기 때문에 창작 기법 역시 달라질 수 있다. 그러나 모두 자신의 감정과 사상에 근거하여 문장의 장르를 확정하므로 장르에 따라서 일종의 기세가 생겨나는데, 이것이 문장 풍격의 자연적 발현이다. 문장의 '기세'에 관하여 탕바오(唐彪)는 『독서작문보(讀書作文譜)』에서 한걸음 더 나아간 견해를 밝히고 있다. "전체 문장의 핵심은 첫 번째 단락에 있는 것이니, 첫 단락에서 기세를 얻으면 전체 문장이 모두 훌륭해지는 법이다."[30] 즉, 문장에서 말하고자 하는

---

28) 閻崇年, 『正說清朝十二帝』, 北京: 中華書局, 33쪽.

29) "夫情致異區, 文變殊術, 莫不因情立體, 卽體成勢也." [梁]劉勰, 최동호 역편, 『문심조룡(文心雕龍)』, 민음사, 1994. 369쪽.

30) "通篇之綱, 領在首一段, 首段得勢, 則通篇皆佳." [清]唐彪, 『讀書作文譜』,

취지를 분명히 밝히고자 한다면 첫 마디를 시작할 때 문장의 기조를 확정해야 하며, 첫 단락으로 전체 문장을 이끌어 갈 수 있도록 해야 한다는 뜻이다.

이러한 서사적 관습은 역사 서사에서 거대한 사회적 배경으로부터 이야기를 시작하여 사건의 디테일에 주목해 나가는 당시 글쓰기의 문화를 반영하고 있다. 그러나 『명나라 이야기』에서는 이러한 시작 방식에 오히려 역행하고 있는데, '기세를 정하는(立勢)' 부분이 없을 뿐더러 오히려 '기세를 제거하는(去勢)' 방식으로 첫머리를 시작하고 있다는 것이다. 즉, 희화화하는 방식으로 명나라의 개국 황제인 주원장의 약력을 소개함으로써 작품의 역사적 무게감을 줄여주고 있다.

> 한 장의 주민등록 증명서로부터 이야기를 시작해볼까 한다.
> 이름 : 주원장(朱元璋), 아명(별명) : 주중팔(朱重八), 주국서(朱國瑞)
> 성별 : 남자, 민족 : 한족, 혈액형 : 모름,
> 학력 : 무학력, 수재(秀才) 거인(擧人) 진사(進士) 그 어떤 것도 아님
> 직업 : 황제, 가정 출신 : (최소 3대는)빈농, 생졸년 : 1328~1398
> 가장 좋아하는 색깔 : 황색 (이것은 선택의 여지가 없는 듯)
> 부친 : 주오사(朱五四), 농민 모친 : 진(陳)씨, 농민 (아쉽게도 역사서에 어머니의 이름은 등장하지 않는다)
> 좌우명 : 네 것은 내 것이고, 내 것도 내 것이다. (1권 2-3쪽)

여기에 이어서 주원장의 출생과 어린 시절을 이야기 하면서 점점 원말명초(元末明初)의 사회상을 전개해 나가고 있다. 이러한 서술 방식은 작가가 이 글의 전파 매체로 오프라인 출판이 아니라 온라인 글쓰기 공간을 선택한 것과 무관하지 않은데, 새로운 스타일의 서두로 인

(http://wenku.baidu.com).

하여 순식간에 많은 독자들이 이 글에 흥미를 느끼게 한 것이다.

전체 글의 서두만이 독특한 스타일을 선보인 것이 아니라 매 장의 시작 부분에서 작가는 흥미 있는 관점을 제시함으로써 독자들의 주의를 끌고 있다. 예를 들어 중국 역사상 청백리의 상징인물인 해서(海瑞)를 서술하면서 작가는 이렇게 글을 시작하고 있다.

> 역사적 지명도가 매우 높은 인물인 해서(海瑞) 선생은 '명대 최고의 청백리'라는 영예로운 칭호를 가지고 있다. 그러나 내가 보기에는 다른 칭호가 그에게 더 어울린다고 본다. 그것은 '명대 최고의 기인(奇人)'이라는 것이다. (제5권 26쪽)

2.3.2 시각을 조정하여 입장을 바꾸다

『명나라 이야기』에서 작가의 서사적 각도와 서사적 입장은 고정불변이 아니라 끊임없이 유동적이다. 서사 각도에서 볼 때, 작가는 일반적으로 3인칭 시점에서 역사적 사건들에 대하여 객관적인 진술을 진행하지만, 때로는 1인칭 시점이나 2인칭 시점으로 전환하여 서술하기도 한다. 2인칭 시점에서 사건을 서술할 때 작가는 마치 역사를 초월하여 역사적 인물의 눈앞에서 그와 직접적으로 대화하는 것처럼 등장인물과의 심리적 거리를 좁혀주는 효과를 보여주고 있다.

> 생명의 존엄과 생존의 스트레스, 이 중에서 어느 것이 더 중요할까? 그래, 주중팔(朱重八)! 모든 것을 잃어버려야만 당신은 비로소 자신의 능력과 위대함을 깨달을 수 있을 것이오. (제1권 8쪽)

이 외에도 작가는 역사 인물의 입을 빌어 자신의 관점을 표현하고 있다. 예를 들어 진우량(陳友諒)이 자신의 주군인 서수휘(徐壽輝)를 시해한 뒤, 작가는 진우량의 말투를 흉내 내어 이렇게 기술하고 있다.

> 이것이 바로 난세에서의 생존법칙이라오. 서수휘, 그대는 이걸 몰랐던 거고. (제1권 34쪽)

때때로 작가는 전지적 시점에서 하느님의 말투를 빌어쓰기도 한다.

> 너의 모든 것을 빼앗아 가는 이유는 너에게 더 많은 것을 내려주기 위해서이다. 너에게 부귀영화와 호의호식을 주는 것은 너로 하여금 세상의 천태만상을 알게 하기 위함이요, 너를 궁핍하고 절체절명의 위기에 빠뜨리는 이유는 너로 하여금 인생의 우여곡절을 깨닫게 하기 위함이니라. 네가 가진 모든 것을 빼앗아 가야만 너는 비로소 인간 세상의 모든 헛된 욕망과 유혹에서 벗어나, 수많은 역경을 통해 평정한 마음과 세상을 꿰뚫어 보는 지혜를 가지게 될 것이다. (제3권 129쪽)

한편 작가는 1인칭 시점으로 서술할 때 역시 다양한 서사적 입장을 가지게 된다. 첫째는 작가 스스로가 서사적 시간으로부터 벗어나 독자와 소통하면서 서사의 과정에서 독자들과 잠깐 동안의 교류를 갖게 되는 것이다.

> 그렇습니다. 지금 제가 여러분에게 말하고 싶은 것은 역사의 진실입니다. 역사는 원래부터 유머러스한 것도 아니고 낙관적인 것도 아닙니다. 게다가 지금까지 알 수 있는 범위 내에서 한 번도 대단원 같은 결말을 보여준 적도 없었습니다. (제7권 274쪽)

또 다른 한 가지는 작가가 마치 역사인물의 내면에 들어간 것처럼 그들이 말하고자 하는 내면의 목소리를 대신 전달하는 방식이다. 예를 들어 진우량이 주원장과의 결전을 앞 둔 시점을 서술하면서 작가는 1인칭 수법으로 진우량의 목소리를 내고 있다.

> 절대로 질 수 없어. 만약 내가 진다면 모든 것이 끝장나고 말아! 난 다시는 남에게 버림받거나 무시당하기 싫어. 난 나의 존엄을 스스로 세우겠어! 주원장, 덤벼라! 내가 여기서 너를 기다리고 있다! (제1권 65쪽)

이처럼 서사 각도가 바뀔 때 마다 작가의 서사적 입장 역시 바뀌게 된다. 때로는 충실한 역사의 기록자로서 담담하게 사건을 기록하기도 하고, 때로는 역사를 초월하여 역사인물의 내면에 깊숙이 들어가 그 인물과 시공간을 함께 하는 관찰자로서 써내려가기도 한다. 또 때로는 역사 평론가의 입장에서 독자들로 하여금 보통 사람의 마음 혹은 역사의 눈으로 역사 인물들을 평가하게끔 이끌어주기도 한다. 또 어떨 때는 다시 작가 개인으로 돌아와 독자들과 소통하기도 한다. 어떤 학자는 이러한 다양한 역할을 작가가 부처님처럼 역사와 독자 위에 군림하기 때문이라고 주장하기도 하지만,[31] 필자는 이것이야말로 인터넷 작가의 서사공간에 대한 감각적 표현 방식이라고 생각한다. 동서고금을 자유로이 넘나들 수 있고, 독자들과 자유로이 담소를 주고받을 수 있는 인터넷 글쓰기의 특징을 반영하고 있다는 것이다. 작가는 역사를 '대단히 뛰어난 것'이라고 평가하면서도 '유머러스한 것은 역사가 아니라 나의 글일 뿐'(제7권 275쪽)이라고 밝힘으로서, 작가가 가지고

31) 陳增輝, 「魅力是怎樣煉成的—評『明朝那些事儿』的思想和藝術」, 『讀与寫雜志』, 2009年1月 第6卷 第一期, 40-41쪽.

있는 역사관은 역사를 존중하기는 하지만 역사를 내려다 보는 것은 아닌, 자신은 그저 유머러스하게 독자들에게 '당신이 슬프건 울부짖건 고통스러워하든 눈물을 흘리든 낙담하건 후회하건 간에 그것은 바뀌지 않는'(제7권 274쪽) 잔혹한 역사를 말해주는 역사가의 태도를 가지고 있다. 작가의 이러한 역사관은 그가 가지고 있는 '삶이 곧 역사'라는 철학관에서 비롯한 것이다.

청대의 학자인 유희재(劉熙載)는 『예개(藝概)』에서 "서사에는 빗대고자 하는 이치가 있고, 빗대고자 하는 감정이 있으며, 빗대고자 하는 기세와 빗대고자 하는 지식이 있어야 한다. 빗대고자 하는 부분이 없으면 그건 마치 생명이 없는 인형과 같은 것이다."[32]라고 밝힌 바 있다. 당년명월(當年明月)이 『명나라 이야기』에서 이치를 설파하고, 감정을 전달하며, 기상을 칭송하고, 역사적 진실을 밝힌 것은 이와 같은 전통 서사의 글쓰기 전통을 계승한 것이라고 할 수 있을 것이다.

2.3.3 주제를 세우고 곁가지를 정리하다

『명나라 이야기』는 명나라 조정의 권력을 둘러싼 정치 투쟁사라는 매우 명확한 서사 주제를 가지고 있다. 그 속에는 제왕들 사이의 황위 계승 투쟁도 있고, 황제와 신하들 사이의 견제도 있으며, 대신들 간의 힘겨루기와 관료와 환관들의 권력쟁탈전도 있고, 후궁들끼리의 암투도 들어있다. 작가는 군권과 신권, 그리고 환관들의 권세와 후궁들의 위세 등 각각의 계층들이 서로 간에 견제하는 방대한 정치 네트워크를 만들어 두고, 여기에다 당시의 중대한 역사적 사건들, 예를 들면 몽골과의 관계나 왜구와의 다툼, 농민봉기나 후금과의 알력 등의 사건들

32) [淸]劉熙載, 『藝概』卷一, 上海: 上海古籍出版社, 1978年, 42쪽.

을 삽입해 두었다. 언급해 둘 만한 사실은 작가는 이러한 일련의 역사적 사건 중에서 사건 배후의 거미줄처럼 얽힌 관계들을 부각시키고 있을 뿐 아니라 역사에 미치는 개인의 영향 역시 드러냄으로서 전체 작품을 입체적인 서사공간으로 구성해 내었다. 이 가운데 주목할 만한 것은 학계에서 여전히 논쟁이 있다는 전제를 달긴 하였으나, 작가가 개인 연구자의 신분으로 명대사(明代史)의 양대 수수께끼로 꼽히는 건문제(建文帝)의 행방과 원숭환(袁崇煥)의 사인에 대한 문제를 깊이 파헤쳤다는 점이다. 이 두 가지 사건은 당시 정치권력의 소용돌이 속에서 일어난 핵심적인 사건들이다. 건문제(建文帝)의 행방에 대하여 작가는 『명실록(明實錄)』과 『명사(明史)』의 기록을 근거로 과감한 추론을 진행한다. 영락(永樂)21년(1423년) 어느 깊은 밤, 건문제(建文帝)의 행방을 16년째 찾아다니던 호영(胡濙)이 돌아왔다.

> "원정중이던 주체(朱棣, 영락제)는 마침 행궁에서 자고 있었는데(帝已就寐)"
> "그러나 그때 내시가 알현하러 온 사람의 이름을 말하자 주체는 전기에 감전된 것처럼 즉시 잠이 달아났다. (聞濙至, 急起召人)"
> "호영(胡濙)은 주체를 알현하고 자신이 알고 있는 모든 것을 고하였다. 두 사람은 꽤 오랜 시간 이야기를 나누다가 4경이 지나서야 호영(胡濙)이 궁을 나갔다. … 그때에 비로소 모든 의심이 풀리게 되었다. (悉以所聞對, 漏下四鼓乃出……至是疑始釋)" (제2권 122쪽)

위와 같은 역사서의 기록을 근거로 작가는 자신의 결론을 도출한다. 즉, 호영(胡濙)은 건문제(建文帝)를 찾아내었을 뿐 아니라, 그와 이야기도 나누었으며, 심지어 건문제(建文帝)와 나눈 이야기를 다시 영락제(永樂帝)에게 전달했다는 것이다. 또한 원숭환(袁崇煥)의 죽음에 대해서도 작가는 이 죽음이 정치투쟁의 결과물이라는 결론을 제시하였다.

정치라는 명확한 대주제 이외에도 작가는 독자의 이해를 돕고 작품의 가독성(可讀性)을 높이기 위한 방편으로, 관련 역사지식을 보충하거나 다양한 일화(逸話)나 야사(野史) 같은 역사의 '곁가지'들을 추가하고 있다. 이 속에서 관련 지식들을 제시할 때, 작가는 무거운 주제를 가벼운 필치로 언급하는 데 매우 능하다. 인터넷 글쓰기 작품에서 종종 등장하는 패러디 같은 소제목을 동원하여 깊고 무거운 주제들을 가능한 어렵지 않게 접근할 수 있게 해준다. 예를 들어 원대(元代) 말엽에 일어난 농민봉기 부분을 써내려갈 때, 작가는 <강철은 어떻게 단련되었는가>라는 유명한 러시아 작가의 소설 제목을 패러디하여 '지주(地主)는 어떻게 단련되었는가'라는 소제목을 붙여 독자들의 흥미를 유발시키고는 봉건사회에서 농민과 토지의 관계에 대해 설명해 나간다. (제1권 76쪽) 만력제(萬曆帝)의 어머니인 이태후(李太后)에 대해 설명할 때 작가는 '태후궁의 정치참여 문제에 대한 조사연구'라는 소제목으로 황제의 권력과 태후의 권력 사이의 상관관계에 대해 분석하고 있다. (제5권 167쪽) 이 외에도 작가는 역사 주변의 일화나 야사를 채택하면서 맹목적으로 독자들의 흥미를 끌기위해 기이한 방향으로만 접근하는 것이 아니라, 이러한 작은 사건들을 가지고 역사적 인물과 사건의 진행에 보충이 되는 선에서 예를 들어 작가는 가정(嘉靖) 년간의 각종 정치적 사건들을 모두 서술하고 난 뒤 다시 당시의 문화적 발전 상황을 보충하고 있다. 작가는 문화와 문학 현상에 대해서는 언급을 많이 하고 있지는 않으나, 가정 년간에는 소설의 흥성, 특히나 『금병매(金瓶梅)』와 『서유기(西遊記)』같은 장편 소설의 출현은 문학사적으로 대단히 중요한 사건이라고 하지 않을 수 없다. 작가는 『금병매』의 주인공인 서문경(西門慶)과 당시의 간신인 엄숭(嚴嵩)의 아들 엄세번(嚴世蕃)이 대단히 일치하는 부분이 많음을 지적하고 있는데, 예를 들어 엄세번이 동루(東樓)라고 불렸었다거나 어릴 적 이름이 경아(慶兒)였다는 점 등이다. 『서유기(西遊記)』는 그 당시엔 금서(禁書)로 지정되었는데, 그 이유는 그 소설에서 설정하고 있는 줄거리 가운데 어떤 나라의 황제가 도교를 지나치게 숭상하여 신선이 되려는 미신에 빠져있다는 내용이 당시의 정치적 상황을 교묘히 풍자하고 있기 때문이라는 것이다. 왕수인(王守仁)이 양명학(陽明學)을 창시하게 된 계기가 되었다는 유명한 '수인격죽(守仁格竹)' 고사에 대해서도 작가는 이렇게 서술하고 있다.

> 대나무를 '관찰(格)'하고 있는 것은 실로 매우 고통스러운 일이었다. 왕수인은 대나무 앞에 앉아서 비가 오나 바람이 부나, 먹지도 마시지도 않은 채 사물에 대한 관찰을 통해 생겨난다는 '이치(理)'를 찾기 위해 하염없이 바라보고 있었다. 이치가 그 속에 담겨있다는데 어떻게 그것을 알 수 있게 된다는 말인가? 성현들의 가르침에 정성과 동시에 의혹을 품은 채로 왕수인은 몇 일 밤낮을 대나무를 지켰으나, 이치(理)는 얻지 못하고 오히려 감기를 얻고 말았다. (제3권 118쪽)

이 단락은 왕수인의 격죽(格竹) 고사에 대한 기술을 통하여 왕수인이 보여준 진리에 대한 집념과 탐구정신, 그리고 후에 왕수인이 심학(心學, 양명학)을 창시하게 된 계기를 대단히 직관적으로 그려내고 있다.

2.3.4 인물 개개인들의 심리 부각

『명나라 이야기』가 사람들로 하여금 '심령(心靈) 역사'라고 불리는 이유는 작가가 중대한 역사적 사건을 구성하고 있는 중요한 역사 인물들의 심리를 주목하고 그들을 보통 사람으로 환원시키고 있기 때문이다. 인물들의 심리를 표현해 내는 데 치중하는 작가의 서술 방식을 우리는 왕수인에 대한 작가의 서술에서 그 동인(動因)을 찾을 수 있다. 그는 명나라 역사 인물들을 역사적 중요성에 따라 순위를 매기면서 심학의 창시자인 왕수인을 첫 번째의 자리에 놓았다. 작가의 눈에 왕수인은 '문무(文武)를 겸비하고 지용(智勇)을 모두 갖추었을 뿐 아니라, 모든 학문과 종교에 두루 통하고 깨치지 못한 데가 없으며, 시작과 끝이 모두 좋았던 불세출의 기재(奇才)라고 부를 만한 사람'이었다. (제3권 7쪽) 그의 이름은 모든 황제를 초월하고, 공자(孔子), 맹자(孟子), 주자(朱子)와 같은 반열에 있다고 보았다. 작가가 이처럼 왕수인을 최고의 인물로 추숭하는 이유는 심학의 요지가 '마음을 따라 움직이고, 뜻에 따라 행동하며, 모든 법칙이 자연을 따르는 것이 바로 성현의 도(隨心而動, 隨意而行, 萬法自然, 便是聖賢之道)'라고 설파하며, 한 걸음 더 나아가 '하늘의 이치는 바로 사람의 욕망(天理旣是人欲)'이라고 주장한 왕수인의 인간적인 면에 감동했기 때문이다. (제3권 130쪽) 이에 대해 작가는 다른 글에서 이렇게 언급한 적이 있다.

> 어떤 구체적인 역사 인물을 그려나갈 때, 나는 매우 정확하게 독자들로 하여금 리얼하게 느껴지도록 묘사할 수 있다. 왜냐하면 나는 인물 묘사에서 중요한 관점을 하나 가지고 있는데, 그것은 역사적 인물 역시 사람이라는 것이다. 그런데 사실상 우리들은 그들 역사적 인물들을 우리와는 다른 부류의 사람으로 여겨왔다. 예를 들면 장거정(張居正)은 좋은 사람이고 엄숭(嚴嵩)은 나쁜 사람이라면, 좋은 사람은 절대로 나쁜 일을 저지른 적이 없고, 나쁜 사람은 한 번도 좋은 일을 한 적이 없을 거라고 생각하는 착오를 저지른다는 것이다. 좋은 사람이 어떻게 악인으로 변하는지, 악인이 어떻게 좋은 사람이

> 되는지를 살펴보는 게 중요하다. 장거정(張居正) 역시 뇌물을 받아먹은 적이 있고, 엄숭(嚴嵩) 역시 좋은 일을 많이 했었다. 한 인물을 어떻게 규정할 것인가? 그리고 당시 상황에서 그가 한 선택을 어떻게 이해할 것인가? 우리들은 그 인물이 당시 상황에서 가졌을 내면의 고통과 번민을 느낄 수 있어야 한다. 태어날 때부터 영웅이란 없다. 모든 사람들은 다 평범한 보통 사람으로 시작한다. 그는 반드시 많은 것들을 겪고 얻을 것이며, 그 과정에서 자신의 신념을 흔들리지 않도록 견고하게 만들어 나갈 것이다.[33]

작가는 이와 같은 변증법적인 태도로 역사적 인물들을 그려나간다. 예를 들어 명나라 최고의 재상인 장거정(張居正)을 묘사할 때, 그의 탁월한 정책인 '일조편법(一條鞭法)'이 어떻게 진행되고 실현되었는지를 상세하게 소개할 뿐 아니라, 동시에 그가 타고 다녔다는 32명의 가마꾼이 들었던 50평방미터의 호화 가마에 대해서도 서술하고 있다. 명나라 최고의 간신인 엄숭(嚴嵩)을 묘사할 때에도 그의 학식과 효성, 정직함 등도 함께 소개하였고, 명나라 최고의 기인(奇人)인 해서(海瑞)에 대해 서술할 때는 그의 외골수적이고 편집증적인 성격에 대해서도 언급하는 것을 빼놓지 않았다. 왜구와 싸웠던 영웅 척계광(戚繼光)의 업적을 서술하면서도 그가 뇌물을 주고받기 좋아했던 인물이었음과 당시의 유명한 '공처가'였다는 것들도 같이 언급하였다. 망국의 군주인 숭정제(崇禎帝)에 대해 묘사할 때도 그의 온화하고 근검절약했던 태도와 열심히 일했던 그의 모습을 함께 기술함으로써, 독자들로 하여금 역사인물들이 가지고 있었던 다양하고 진솔한 모습들을 감상할 수 있도록 하였다.

---

33) 『三聯生活周刊』, 2007年 第43期, 94-95쪽.

아울러 작가는 제도의 문제에 대해 논할 때 역시 사람을 중심에 놓고 논리를 전개하고 있다. 그의 언급에 따르면, "역사 인물의 어떤 선택과 행동을 너무 단순하게 평가해선 안 된다. 당신이 생각할 수 있는 것은 그 역시 생각했던 것이고, 당신이 미처 생각하지 못한 것도 그는 생각을 했었다. 그럼에도 불구하고 그는 여전히 어떤 잘못된 선택을 하게 된 것이다. 예를 들어 우리들은 단순히 '그 당시 황제들은 왜 그렇게 환관들을 신임했던 걸까?'라고 의문을 가진다. 환관들은 나쁜 사람인데, 황제는 그들을 신임한다. 환관들은 문맹에다 재주도 없는데도 황제들은 그래도 이들을 신임했다. 이건 왜였을까? 철저한 분석을 통해서야 우리는 그것이 황제들의 개인적 선택이 아니라 명대 군주 제도의 제도적 필요성이었음을 알게 된다. 즉, 환관들이 권력을 가지는 것은 황제 권력의 확장인 셈이다. 이러한 서술 방식을 통해서 만이 우리는 당시의 인물들을 제대로 이해할 수 있게 된다. 사실 역사란 것은 간단하다. 그것은 바로 과거 사람들의 생활이다. 다만 고도로 농축된 생활인 것이다."[34] 옛 사람을 이해하려는 작가의 이러한 관점은 역사를 최대한 객관적으로 보게 만들어 독자들이 기존에 가지고 있던 선입견과 문학작품 등의 영향에서 벗어나 역사적 사건 배후에 있는 진실을 최대한 찾아낼 수 있도록 도와주며, 그런 다음 그 역사 인물의 관점에서 상상력과 추측을 통하여 일종의 이성적으로 포장된 감성적인 접근을 시도한다. 예를 들어 작가는 중국문화사에서 천재로 손꼽히는 당백호(唐伯虎)를 묘사할 때, 그의 문학적 문화적 성취에 대해 지나치게 강조하지 않는다. 오히려 그의 서신들을 인용하여 그가 감옥에서 풀려나 고향으로 돌아온 뒤 받았던 냉대와 술에 취해 살았던 고통의

34) 『三聯生活周刊』, 2007年 第43期. 94-95쪽.

세월들, 그리고 그에게 함께 일할 것을 청했던 영왕(寧王)이 모반을 꾸미는 것을 알게 된 뒤 그가 할 수 있던 유일한 선택인 미친 척 살았던 인생에 이르기까지 과정들을 기술하고 있다.

> 나 역시 TV에서 당백호(唐伯虎)를 주인공으로 만든 드라마를 본 적이 있습니다. 그가 어떻게 간신들과 지혜로 겨루었는지, 그가 어떻게 미녀를 얻게 되었는지 등의 줄거리는 매우 웃겼지만, 매번 나는 웃을 수만은 없었습니다. 왜냐하면 내 머릿속에는 현실 속의 당백호, 즉 의기 충천한 젊은 당백호와 회재불우(懷才不遇)했던 중년의 당백호, 그리고 실의와 절망에 빠진 노인 당백호, 그의 어찌 할 수 없는 고통의 몸부림과 비할 바 없는 절망적 영혼이 끊임없이 떠올랐기 때문입니다. (제3권 190쪽)

작가는 이렇게 진정으로 회재불우했던 한 문인의 모습을 가지고 당시 과거제도가 가지고 있던 복잡다단한 모습들을 그려내었던 것이다.

3. 『명나라 이야기』의 언어적 특징

3.1 언어 형식상의 특징

3.1.1 언어 리듬의 템포 조정

『명나라 이야기』는 언어의 템포를 적절하게 조절함을 통하여 강렬한 시각적 심리적 효과를 만들어 낸다. 언어 템포의 조절이란 크게 언어의 속도 조절과 분량 조절로 나누어 볼 수 있는데, 우리들은 언어 형식의 변환을 통하여 작가가 전달하고자 하는 정서를 느낄 수 있게 된다.

먼저 언어의 양적 조절에 대해 살펴보자. 글의 서술 과정에서 작가는 긴장된 분위기를 만들어내기 위해 종종 아주 짧은 문장을 사용하여 단독으로 단락을 만드는 방식을 사용하곤 한다. 예를 들어 주원장(朱元璋)이 진우량(陳友諒)의 공습을 막아낼 때, 강무재(康茂才)는 몰래 진우량을 만나 강동교(江東橋)에서 함께 주원장을 공격하겠노라고 말하였다. 이에 그가 강동교에 도착했을 때 작가는 이런 식으로 서술하고 있다.

> 진우량(陳友諒)은 흥분된 마음을 감추지 못하고, 직접 강가에 나와 어둠 속에서 작은 목소리로 암호를 외쳤다.
> 라오캉(老康)!
> 아무도 대답하지 않았다.
> 두 번째로 불렀다.
> 라오캉(老康)!
> 여전히 아무도 대답이 없었다. (제1권 44쪽)

그제서야 진우량(陳友諒)은 주원장(朱元璋)과 강무재(康茂才)의 계략에 빠졌음을 알아차렸다. 작가는 이러한 짧고 긴박한 언어들로 진우량과 강무재의 접선을 처리하는 방식을 통하여, 어둠 속의 긴장과 공포스러운 분위기를 만들어 내었을 뿐 아니라 독자들의 상상력을 자극함으로써 독자들로 하여금 당시의 장면을 스스로 그려내도록 만들고 있다.

위와 같은 짧은 단어들의 배열을 통해 간결하고 긴박한 서사 효과를 노렸다면, 아래와 같이 반복적인 언어들을 활용함으로써 서사적인 효과를 기대하는 방식도 있다. 다음은 각자 군수 식량의 부족 문제를 해결하기 위한 원숭환(袁崇煥)과 홍타이지(皇太極)의 해결 방식을 동일한 언어 속에 한 글자만을 달리 하여 대비 효과를 부각한 부분이다.

> 식량문제를 해결하기 위해, 원숭환은 관내에 들어가 식량을 조절하여 군수에 보충하기로 결정하였다.
> 식량문제를 해결하기 위해, 홍타이지는 관내에 들어가 식량을 약탈하여 군수에 보충하기로 결정하였다.

이러한 반복법의 활용은 조절(調)과 약탈(搶)이라는 한 글자의 차이만을 부각시켜서 두 군대가 어떻게 다른 성격을 가지고 있었는지를 잘 보여준다.

이외에도 작가는 고의적인 말의 여백을 활용하여 독자들에게 충분한 상상의 공간을 제공한다. 예를 들어 왜구 서해(徐海)의 아내가 호종헌(胡宗憲)의 설득에 움직여 남편을 투항하게 하였는데, 도리어 호종헌은 약속을 어기고 투항해 온 서해를 사형에 처하였다. 이 대목에서 작가는 이렇게 쓰고 있다.

> 이른바 '항복한 장수를 죽이면 상서롭지 못하다(殺降不祥)'라든가, '하늘의 도가 있다면 반드시 응보가 있을 것이다(天道若存, 必定有報)' 같은 말들은 철학적으로 분석해 보자면 일종의 미신에 해당된다. 그러나 미신이 미신(迷信)이라고 불리게 된 이유는 누군가가 믿기 때문인 것이다. 그 당시 백기(白起)는 이를 믿지 않았고, 항우(項羽)도 이를 믿지 않았으며, 상우춘(常遇春)도 이를 믿지 않았고, 호종헌(胡宗憲) 역시 믿지 않았다. 그러나 결국 비명횡사 했거나(백기), 결국 천하를 잃었거나(항우), 결국 나이 사십에 갑자기 죽었거나(상우춘), 결국 …… (제4권 219쪽)

그 뒤 작가는 한 줄을 공백으로 남겨둔 뒤, 이어서 "사람이란, 결국은 도의를 지켜야 하는 것이다"라고 기록함으로써 독자들로 하여금 '호종헌이 나라를 위해 왜구를 쫒아내고 배신자를 척결한 것이 위법은 아니지만, 사실은 양심을 저버리는 행위를 한 것'이라는 깨달음을 느끼게 할 시간을 준 것이다.

이른바 속도 조절이라 함은 문장 서술의 진행 속도를 가리킨다. 작가는 빠른 리듬의 문장 전개로 이전 문장을 급히 부정하고 이어지는 문장을 바로 끌어낸다. 이렇게 함으로써 극적인 효과를 유발하는데, 아래 서개(徐階)와 장총(張璁) 사이의 대립국면을 묘사할 때 작가는 이런 서사 기법을 활용하고 있다.

> 그때 서개가 용기 충천하여 장총을 몰아부칠 때, 장총은 별로 신경쓰지도 않았다. 뭐 그래봐야 파직 정도겠지. 네가 이 몸을 감히 어떻게 할 수 있겠어? 나를 죽이기야 하겠어?
>
> 바로 맞췄어. 당신을 죽이려는 거야. (제4권 93쪽)

또한 잘난 척 하는 엄세번(嚴世蕃)의 심리를 묘사할 때도 이런 표현을 쓰고 있다.

> 내 계획은 완전무결하지. 절대로 실패할 리 없어. 육병(陸炳)은 죽었고, 양박(楊博)도 제거되었으니, 세상에는 이미 내 적수는 다 사라졌다고. 세상을 움직이는 인재는 오직 나 혼자 뿐인데, 누가 감히 나를 죽일 수 있겠어?
>
> 서개(徐階)가 죽이지. (제5권 11쪽)

다른 각도에서, 작가는 느린 템포로 조곤조곤 서술하기도 하는데, 왜구 서해(徐海)의 이야기를 전개해 나갈 때 이런 기법을 활용하고 있다.

> 서해의 다른 이름은 보정(普靜)인데, 이런 이름은 흔히 스님의 법

호처럼 들린다. 그런데 실제로 그 이름은 스님의 법호이기도 하다. (제4권 195쪽)

이어서 작가는 서해가 스님이었던 때부터 시작하여 서해의 일생을 서술하기 시작한다. 이렇게 스님으로서의 서해의 이야기부터 천천히 시작함으로서 독자로 하여금 일종의 '낯설게 하기'의 효과를 얻도록 하고 있다. 또한 명 세종(世宗) 주후총(朱厚熜)이 대신들과 겉도는 관계를 유지할 때, 작가는 이렇게 서술하고 있다.

> '다들 수고했소. 내가 다 알아들었으니, 상황이 잘 해결될 것이오. 다들 돌아가시오.' 이것이 바로 그 유명한 '관화(官話)'[35]로 속칭 '헛소리'라고 불리는 것이다. 이런 말을 듣는 대신들도 노련한 세력들이어서 신경도 쓰지 않고 황제가 뭐라 하든 자기들 이야기를 떠들어 댄다. (제4권 24쪽)

이렇게 완만한 서술 방식을 통해 작가는 당시 군신지간의 겉돌면서도 양보도 없는 교착상태를 잘 드러내고 있다.

3.1.2 언어의 스타일 혼용

『명나라 이야기』의 언어 스타일은 다채롭고 풍부하면서도 서로 다른 풍격이 혼용되어 있다. 주요하게는 고금 언어 스타일의 혼용, 어투의 혼용, 표현 방식의 혼용, 그리고 감성적 색채의 혼용 등 4가지 측면을 들 수 있다.

35) 원래는 관공서에서 쓰는 표준어라는 뜻이지만, 여기서는 황제를 비롯한 관료들이 사용하는 상투적인 표현이라는 풍자적인 의미로 쓰이고 있다.

고금 언어 스타일의 혼용이라는 측면은 현대 백화문(白話文)으로 고문을 포장하여 서술 사이사이에 고대 한문을 끼워놓은 것이다. 이렇게 함으로써 독자들이 문언체 문장을 읽을 때 오는 건조함을 덜어주고, 동시에 당시의 원문을 사용함으로써 사건 자체의 신뢰도를 유지해주는 효과를 거둘 수 있다. 한편에서는 현대판 '허무 개그'식의 번역이 이루어지고 한편에서는 정통 문언체 원문을 그대로 사용하는 이 두 가지의 혼용 과정 속에서 독자들은 일종의 시공을 초월하여 현대와 과거가 공존하는 느낌을 받게 된다. 예를 들어 작가는 오이라트 부족이 명 영종(英宗) 주기진(朱祁鎭)을 붙잡아 명나라의 성문을 열고자 시도했을 때, 성을 지키는 장군 양홍(楊洪)이 기지를 발휘하여 이에 대응하는 장면을 묘사하면서 이와 같은 언어 스타일을 활용하고 있다.

> 날이 이미 어두워져서 성문을 열 수 없습니다! (天已暮, 門不敢開)
> 양홍은 출장 가고 없습니다! (鎭臣楊洪已他往)
> 신은 수성의 명만 받았을 뿐 다른 상황은 모릅니다. (不知其他) (제 2권 210쪽)

이외에, "드디어 내 아버지를 아버지라 부를 수 있게 되었군!(吾父子獲全矣)"과 같은 표현이나, "엄숭(嚴嵩) 이 간신 같으니. 지금 나를 놀려!(嵩賊誤我)"와 같은 현대식 표현들도 도처에 보인다. 서술 중간 중간에 고문을 끼워 넣는 것 외에도 작가는 종종 서술 사이에 개인적인 관점을 드러내고 있는데, 예를 들어 작가는 대신 신시행(申時行)이 '물타기(和稀泥)' 전략으로 만력(萬曆)황제에게 상소를 올린 부분을 서술하면서 이렇게 적고 있다.

황제폐하! 듣자하니 최근 몸이 안 좋으시고 늘 머리가 어지럽고 눈이 아른거린다고 들었습니다. (時作暈眩) 이 점에 대해 저는 매우 걱정이 됩니다. 저는 폐하께서 피로가 쌓여 그렇게 되셨다는 걸 알고 있습니다. 그리고 이는 폐하께서 늘 밤낮없이 모든 일을 친히 행하셔서 몸이 상하게 된 것입니다. (일석이조의 표현, 대단함!) 나라를 위하여 부디 마음을 맑게 하시고 욕망을 줄이시고 기운과 신경을 편하게 기르시어(원문 그대로임), 옥체를 보존하소서. (제6권 21쪽)

어투의 혼용이란 구어체 형식과 서면어 형식의 혼용을 말한다. 예를 들면 아래의 대목과 같다.

호시(互市)가 열리지 않은 상황에서는 중원 지역의 물산을 얻고 싶을 때 가능한 방법은 하나뿐이다. - 뺏기. 게다가 이 방법은 크게 고생스럽지도 않다. 비록 손실이 좀 있지만, 얻는 바도 적지 않다. 경제학적인 용어를 빌리자면 기회비용이 적다는 것이다. (제1권 164쪽)

위 서술에서 전반부에 나오는 '뺏기(搶)'라는 표현은 구어체에서 쓰이는 표현 방식인데, 후반부로 가면 '뺏기'라는 표현이 서면어적인 학술 용어인 '기회비용'이라는 표현으로 바뀌게 된다.

표현 방식의 혼용은 다른 형식의 언어들을 섞어놓은 것을 말한다. 작가는 소설 언어 가운데 논문체 언어나 설명문 스타일의 언어, 혹은 보고서 등 다른 스타일의 언어들을 섞어 씀으로써 문자의 신선함과 생동감을 더해준다. 예를 들어 「군사적 바보로서의 이경융(李景隆)의 실패 필연성에 대해 논함」(제1권 248쪽), 「부모 신분 문제 연구보고서」(제4권 6쪽) 등이 있는가 하면, '어떻게 단련되었는가' 시리즈인 「지주는 어떻게 단련되었는가」(제1권 76쪽), 「전쟁은 어떻게 단련되었는가」(제

2권 165쪽), 「명장은 어떻게 단련되었는가」(제1권 103쪽), 「승상은 어떻게 단련되었는가」(제1권 135쪽), 그리고 「환관은 어떻게 단련되었는가」(제2권 145쪽) 등이 있다. 여기다가 「백만 대군 가운데서 어떻게 상장군의 목을 취할 수 있는가」(제1권 70쪽), 「전투에서 당신을 죽일 단순한 무기 사용 설명서」(제2권 84쪽), 「전쟁 총 결산 보고」(제2권 81쪽) 등이 그것이다.

감성적 색채의 혼용이란 풍자(irony)와 같은 방식을 활용하여 포폄의 함의를 표현에 섞는 것을 말한다. 영국의 언어학자인 로저 파울러(Roger Fowler, 1987 : 144)는 아이러니에 대해서 이렇게 정의하고 있다. "아이러니는 문자의 표면적 의미와는 확연히 다르거나 때로는 완전히 상반되는 내재적 함의를 전달하는 말하기 방식으로, 대체로 상황 아이러니(situational irony)와 구두 아이러니(verbal irony) 두 가지 종류로 구분된다."[36] 그에 따르면 문장에서 아이러니의 성공 여부는 언어 혹은 사건이 그 문맥 혹은 사건 배경 사이의 거리를 어떻게 처리하느냐에 달려있다. 작가의 서술 가운데 상황 아이러니는 아래의 대목을 예로 들 수 있다.

> 중국의 백성들은 역대로 요괴나 귀신들을 무서워했으므로 이들로부터 자신과 집안을 보호해준다는 문신화(門神畵)를 대문에다 붙이는 습관이 있었다. 거의 모든 집들이 이를 붙이는데, 크기와 모양은 제각각 다르지만, 문신의 주요 캐릭터는 늘 고정되어있다. 즉, 관우(關羽)나 진숙보(秦叔寶) 같은 인물들이다. 천여 년 동안 고작 몇 명만이 문신의 역할을 했던 것은 문신이 될 만한 캐릭터에 대한 요구조건이 까다롭기 때문이다. 싸움을 잘 하기도 해야 하거니와 생김새도 특징이 있어야 한다.(귀신이 놀라서 도망가려면 특징이 없으면

36) [英]羅吉・福勒主編, 袁德成譯, 『現代西方文學批評術語詞典』, 成都: 四川人民出版社, 1987年, 144쪽.

> 곤란하다) 그런데 이제 해서(海瑞) 선생이 드디어 이 어려운 문신의 대열에 최후의 구성원으로 가입하게 된 것이다. (이후로는 문신의 자리가 없다) 그 당시의 남경(南京)에서는 정의와 공정함의 상징으로서 해서선생의 초상화가 대문이나 거실, 침실 등을 가리지 않고 온 거리, 온 집안에 다 붙게 되었다. 들리는 말로는 매일 이 그림을 한 번 쳐다보기만 해도 만병이 치료되고 매우 영험한 항마축귀(降魔逐鬼) 효과가 있다는 것이다. (제5권 185쪽)

작가는 해서를 '귀신도 놀라 도망갈' 이미지로 만들어 당시 해서에게 입혀진 청렴함과 정직함의 능력을 두드러지게 드러내어 뒤에 이어질 그에 대한 객관적인 평가를 아이러니의 방식으로 예고하고 있다.

구두 아이러니 역시 여러 군데에서 볼 수 있는데, 예를 들어 대신들이 대전에서 집단으로 황제에게 자신들의 주장을 울면서 외칠 때, '백여명의 대신들이 큰 소리로 울어대니, 천상의 소리가 궁정 내외에 울려퍼졌다'(제4권 188쪽)라고 표현한 부분 가운데 '천상의 소리(天籟之音)'는 일종의 긍정형 아이러니라고 할 수 있다. 또한 "그러나 이시진(李時珍)은 현대적인 의식을 갖춘 의사가 아니었다. 그는 유행을 좇을 줄 몰라서 가난한 사람들의 병을 돌봐주면서도 감히 수백만 냥이나 되는 의료비를 받지도 않았고, 감히 따뜻한 마음으로 이것저것 물어봐 주었으며, 감히 모든 검사비와 치료비를 면제해 준 '대역죄인'이었다."(제5권 69쪽)라는 서술에서 '감히'라는 표현과 '대역죄인'이라는 표현은 일종의 부정형 아이러니라고 할 수 있다.

이 외에도 작가는 옛 사람들의 호칭을 감정적인 색채를 넣어 현대적으로 고쳐 불렀는데, 이러한 수법이 의도하는 바는 대략 세 가지이다. 하나는 조소하기 위함으로, 예를 들어 왕징지(王徽之) 동지, 가정제(嘉靖帝) 동지, 풍보(馮保) 동지, 심유경(沈惟敬) 동지, 만력제(萬曆帝) 동지 같은 '동지(同志)' 시리즈가 있는가 하면, 양일청(楊一淸) 선생, 서위(徐渭) 선생, 해서(海瑞) 선생 같은 '선생(先生)' 시리즈도 있다. 여기에 '손선생님(孫老師)'과 '왕동학(王同學)'은 각각 병부상서(兵部尙書) 손승종(孫承宗)이 병부시랑(兵部侍郎) 왕재진(王在晉)에게 질문할 때의 스승 제자 관계를 묘사하기 위해 붙인 호칭이다. '왕소장(王所長)'이라는 호칭도 보이는데, 이는 왕수인(王守仁)이 역승(驛丞) 벼슬로 좌천된 것을 빗대어 작가가 역참(驛站)을 현대적 의미의 초대소로 번역하여 붙인 호칭이다. 두 번째는 풍자를 목적으로 한 것으로, 작가가 이시선(李侍選)을 부를 때, '이씨 누님(李大姐)'이라는 호칭으로 그녀가 정치적인 능력이 없음을 나타내었다가 후에 다시 그녀를 '이씨 아가씨(李小姐)'라고 부름으로써 그녀가 정치적인 야심을 갖추었음을 풍자하고 있다. 반면 염치를 모르는 후궁 객인월(客印月)을 묘사할 때 작가는 다시 그녀를 '객씨 아가씨(客小姐)'라고 부름으로써 그녀의 행동거지를 풍자하였다. 또한 엄세번(嚴世蕃)을 엄세번 동지라고 부른 것은 그를 유명한 소설 『금병매(金甁梅)』의 주인공인 서문경(西門慶)에 빗댄 것이다. 세 번째는 등장인물의 특징을 부각시키기 위한 것으로, 예를 들어 '왕사장(汪老板)'이라는 호칭은 자신의 이익을 위해 수단을 가리지 않고 왜구 사업에 종사했던 왕직(汪直)을 묘사하기 위한 것이며, '주노장(朱老頭)'이란 호칭은 칠십세가 넘어서도 여전히 내각을 장악했던 대신 주갱(朱賡)을 표현하고자 한 것이며, '위공공(魏公公)'은 태감이면서도 정권을 장악하고 자신의 이익을 채우려 했던 위충현(魏忠賢)을 빗댄 표현이다. 작가는 이러한 혼용 방식을 통하여 역사인물들을 고정적인 신분에서 벗어나게 만들고, 이를 다시 독자들의 현대적인 눈높이에 맞추어 주는 방식으로 독자와 역사인물 간의 심리적 거리를 좁혀주는 역할을 하고 있다.

3.2 언어 내용상의 특징

3.2.1 다양한 내용의 패러디

역사적 사건 속에 현대생활에서나 쓰이는 언어표현과 인물 캐릭터들이 섞여 있으면 두 개의 시공간이 서로 부딪치거나 간섭하고 있는 듯한 서사효과를 주게 된다. 이렇게 함으로써 작가는 문장의 가독성을 높이고 독자들에게 해학적 재미를 선사하게 된다.

인터넷소설의 언어적 특징 중 하나는 바로 해학적 재미를 가지고 있다는 것인데, 『명나라 이야기』의 표현들 가운데서도 독자들이 잘 알고 있는 언어정보를 이용하여 해학적인 스타일로 풍자 혹은 조롱을 시도하는 작가의 글쓰기 태도가 엿보인다. 이처럼 사람들이 익히 알고 있는 언어 표현을 가지고 미지의 정보를 표현하는 것을 '패러디(parody)'라고 부른다. 로저 파울러(Roger Fowler, 1987: 13)는 『현대 서양문학 비평어 사전』에서 패러디를 의도성과 분석성을 최대로 담보한 문학적 수법의 하나로 꼽고 있다. 이런 표현 기법은 파괴적인 모방 수단을 통하여 모방 대상의 약점과 교만함 그리고 자아의식의 결핍 등을 드러낸다.[37] 이른바 파괴적이라는 것은 원문 텍스트의 새로운 구축을 뜻하는데, 작가 당년명월(當年明月)에게 있어 원문 텍스트의 의미는 이미 중요치 않다. 그는 단지 사람들에게 매우 일상적인 표현들을 빌려서 역사적 사건이나 인물들이 가지는 일상적이지 않은 모습을 표현하면서 일종의 유머러스한 서사효과를 전달하는 것이다.

예를 들어 명 영종(英宗) 주기진(朱祁鎮)이 오이라트의 포로가 된 뒤, 그의 숙부인 주첨선(朱瞻墡)이 황위를 대신할 것이라는 말들이 떠돌았

37) [英]羅吉・福勒主編, 袁德成譯, 『現代西方文學批評術語詞典』, 成都: 四川人民出版社, 1987年, 13쪽.

다. 그로 인해 주첨선은 주기진이 복귀한 뒤 자신에게 해를 끼칠까 저어하여 일부러 황궁에 가서 저간의 상황을 설명하였다. 작가는 이 대목을 이런 방식으로 서술하고 있다.

> 초청자와 방문자의 쌍방 회담이 화기애애한 분위기 속에서 거행되었습니다. 양측은 몇 년간의 전통적 우의를 회고하면서 동시에 공동의 관심사에 대해 의견을 나누었습니다. 주첨선은 명나라의 황위는 주기진의 불가침적 재산임을 다시 밝힘으로서 앞으로도 이 원칙을 고수할 것임을 분명히 하였습니다. 주기진은 주첨선이 그간 이룩했던 업적을 높게 평가하면서 쌍방이 앞으로도 모든 방면에서 한층 더 협력해 나가자고 제안하였습니다. (제3권 21-22쪽)

이것은 중국 중앙방송국(CCTV)에서 매일 방송되는 '중국 정치의 풍향계'라고도 일컬어지는 유명한 <뉴스연합보도(新聞聯播)>프로그램의 상투적인 언어 형식이다.

미국의 문학이론가인 에이브람스(M.H. Abrams 1990 : 31)는 패러디는 특정 작품의 엄숙한 제재나 수법 혹은 특정 작가의 창작 스타일을 모방하여 이를 통속적이거나 혹은 아무 관련 없는 주제를 표현하는데 쓰는 것이라고 주장하였다.[38] 패러디는 언어적인 표현 수법을 모방하는 것 뿐 아니라 제재나 스타일에 대해서도 모방을 시도할 수 있지만, 이때 모방하는 내용은 원 텍스트의 내용과는 직접적인 관련이 없다는 것이다. 미국의 영문학자인 월리스 마틴(Wallace Martin. 1992: 226)은 패러디의 본질은 일종의 문체 모방으로, 어떤 작가 혹은 장르의 특징에 대한 과장성을 가진 모방이며, 이는 문자의 측면에서 혹은 주제면에서

38) [美]艾布拉姆斯著, 朱金鵬·朱荔譯, 『歐美文學術語詞典』, 北京: 北京大學出版社, 1990年, 31쪽.

의 부정합으로 나타난다.[39)]

패러디가 가지는 이러한 문체적 특징은 『명나라 이야기』에서도 잘 나타나는데, 무화민・텅차오쥔(毋華敏・騰朝軍, 2011)은 『명나라 이야기』에 쓰이는 패러디 기법을 크게 <뉴스연합보도(新聞聯播)>패러디와 『봉신방(封神榜)』・『서유기(西遊記)』패러디, '동화'패러디, 그리고 '모택동어록(毛澤東語錄)'패러디의 네 가지로 분류하였다.[40)] 그런데, 위에서 예로 든 주요한 패러디 외에도 이 글 속에는 최소한 네 종류 이상의 패러디 장치가 설정되어 있다. 첫 번째는 '표어'패러디이다.

> 서유정(徐有貞)은 이상은 있으나, 도덕성은 없고, 교양은 있으나, 규율이 없는 복잡한 인재이다. 비록 그는 속이 시커멓고 얼굴이 두꺼운 사람이었지만, 그래도 뭔가를 하려하고 꿈을 가진 사람이었다. (제3권 10쪽)

여기서 인용된 '이상은 있으나, 도덕성은 없고, 교양은 있으나, 규율이 없는(有理想, 沒道德, 有文化, 沒紀律)'이란 표현은 1980년대 개혁개방을 맞이하여 중국정부가 제창한 '신세대 4대 원칙(有理想, 有道德, 有文化, 有紀律)'이라는 표어를 패러디한 것이다.

> 하언(夏言)의 꾸짖음은 실로 준엄해서, 그와 얽힌 사람들은 대낮에 출근할 때도 그를 멀리서 보면 그를 피해 길을 돌아갈 정도였다. 정말 수준있게 꾸짖고 품격있게 꾸짖었다고 할 수 있다. (제4권 45쪽)

여기서 인용된 '수준있게 꾸짖고, 품격있게 꾸짖다(罵出了水平, 罵出了

39) [美]華萊士・馬丁著, 伍曉明譯, 『當代敍述學』, 北京: 昆山出版社, 1992年, 226쪽.
40) 毋華敏・騰朝軍, 「『明朝那些事兒』, 今朝這本書」, 「名作欣賞」, 2011年 第15期, 89-92쪽.

風格)'라는 표현은 운동경기를 할 때 늘 사용하는 구호인 '수준있게 겨루고, 품격있게 겨룬다(賽出水平, 賽出風格)'라는 표어의 패러디이다.

두 번째는 영화나 드라마의 명대사 패러디이다.

> 육병(陸炳)은 평범하지 않은 집안에서 태어났죠. 집안이 대대로 관료였으니까요. '대대로'라는 글자에 주목해 주세요. 여기서 부터가 엄청납니다. 이 '대대로'라는 건 대체 얼마나 오래 되어야 하는 것일까요? 일반적으로 보면 아무리 못해도 100년은 가야겠죠? 100년요? 그건 기본값이고요, 600년부터 시작하죠! 에누리 없습니다. (제4권 111쪽)

이 문장은 펑샤오강(馮小剛) 감독의 2001년 영화인 『거물(大腕)』에 나오는 유명한 대사를 패러디 한 것으로 원 대사는 다음과 같다. "반드시 가장 좋은 금싸라기 땅을 고르고, 프랑스 건축사를 고용하여 최고급의 아파트를 지을 겁니다. …… 이런 아파트라면 1평방미터에 얼마나 할까요? 아무리 못해도 2천달러는 하겠죠? 2천달러요? 그건 본전이고요, 4천달러부터 시작하죠! 비싸다고 뭐라 하지 마세요. 에누리도 없습니다."

세 번째는 유명한 문학작품을 패러디한 것이다.

> 세상에 묻노니 권력이란 무엇이길래, 생사를 같이 하겠다 하는가(問世間權爲何物, 直教人生死相許)

이 대목은 금나라의 문인인 원호문(元好問)의 작품 <안구사(雁丘詞)>에 나오는 가장 유명한 첫 구절인 '세상에 묻노니 정이란 무엇이길래, 생사를 같이 하겠다 하는가(問世間情爲何物, 直教人生死相許)'라는 구절을 패러디한 것이다.

> “몽골인들은 위풍당당하게 떠나갔다. 마치 그들이 위풍당당하게 왔던 것처럼. 구름 한 줄기 가져가지 않았지만, 대신 많은 재산과 식량, 그리고 수많은 명나라 백성을 데려갔다. (제4권 136쪽)

이 부분은 쉬즈머(徐志摩)의 유명한 시 <안녕, 케임브리지(再別康橋)>에 나오는 구절인 ‘아무도 모르게 떠나가네, 아무도 모르게 왔듯이. 옷소매를 휘날리면서, 구름 한 조각 가져가지 않으리(悄悄的我走了, 正如我悄悄的來；我揮一揮衣袖, 不帶走一片雲彩)’라는 부분을 패러디한 것이다.

네 번째는 문장이 아닌 어휘를 패러디한 것들이다. 예를 들어 “아니러니컬 한 것은 이 죄수(전녕, 錢寧)는 뜻밖에도 그를 가두었던 명 무종(武宗) 주후조(朱厚照)와 강빈(江彬)보다도 더 오래 살았다는 점이다. 참으로 하늘도 무심하다 하겠다”라고 서술한 대목에서 ‘하늘도 무심하다(老天閉眼)’라는 표현은 ‘하늘이 지켜본다(老天開眼)’라는 어휘를 패러디한 것이며, “이경융(李景隆)은 이미 공주증(恐朱症, 주원장을 두려워한다는 뜻)에 걸려버렸다”라는 대목에서 등장하는 ‘공주증(恐朱症)’이라는 단어는 ‘고소공포증(恐高症)’과 같은 병명을 패러디해서 만든 용어이다. 이러한 다양한 패러디들을 통해 작가는 오래된 역사를 기술하면서도 독자들에게 현대적인 느낌과 함께 유머감을 주어 지나간 역사를 마치 현재 체험하고 있는 일들처럼 생동감있게 느끼도록 만들어 준다.

3.2.2 적재적소에 유행어와 복고풍 기술하기

패러디의 기법을 활용하는 것 외에도 작가는 종종 유행어나 복고적인 표현들을 적절히 사용함으로써 문장의 내용에 풍부한 변화와 함께 이야기의 흥미를 배가시키는 효과를 거두고 있다. 예를 들어 내각대신(內閣大臣) 신시행(申時行)이 만력황제에게 밀서를 써 보내는 부분에서 작가는 이렇게 적고 있다.

> 신시행의 이 밀서는 기밀공문에 속하는 것이어서 이치로 따지자면 황제를 제외하고는 아무도 볼 수 없는 것이었다. 그러나 이 밀서를 받은 지 며칠 뒤의 공문 처리 과정에서 만력황제는 열람을 완료한 문서들을 내각에 넘겨주다가 부주의하게도 이 밀서 역시 그 문서들에 끼워서 넘겨주고 말았다. 이것은 비교하자면 찍어놓은 사진들을 컴퓨터에 저장해 놓았는데, 이 컴퓨터를 다른 사람에게 수리해달라고 맡긴 것과 같은, 실로 엄청난 실수였던 것이다. (제6권 41쪽)

신시행의 밀서 유출 사건을 기술하면서 작가는 당시 연예계를 발칵 뒤집어 놓았던 '몰카 스캔들'을 빌어다가 비유하고 있다. 2008년 초 인터넷에 누군가가 홍콩 연예계스타인 천관시(陳冠希)와 여러 여성 연예인의 몰카 사진을 올렸는데, 이는 인터넷에 빠르게 퍼져 계속 확대되었고, 경찰에서 수사에 착수하게 되었다. 이 사진들은 당사자인 천관시가 자신의 노트북을 수리기사에게 맡겼는데, 수리기사가 이 사진들을 찾아내어 외부에 유출하게 된 것이었다.

또 예를 들면 태감 오경(吳經)이 명 무종 주후조(朱厚照)의 이름을 팔아 양주(揚州)에서 시집 안간 처녀들을 마구잡이로 모집하였는데, 작가는 이를 피하기 위한 백성들의 반응을 이렇게 묘사하고 있다.

> 어찌 되었든 간에 반드시 남자를 하나 찾아서 내세워야 했다. 이런 상황에서는 학력이든 외모든 가문이든 아무것도 중요치 않았고,

> 그저 남자이기만 하면 되었다. 바야흐로 노총각들의 행복한 시절이 시작된 것이다. 원래는 마누라도 얻지 못했던 이들이 갑자기 희귀 상품이 되어서 너무 빨리 팔려나갔다. …… 이렇게 거리에서 남자를 채가는 방식은 오늘날에는 통하지 않을 지도 모른다. 왜냐하면 요즘 길거리에서는 외모만 가지고 사람을 채간다면 사람을 채갈 수는 있지만, 그것이 꼭 남자라는 보장은 없으니까. 만약 당신이 운이 좋다면 몇 명의 '수퍼걸(超女)'을 얻게 될 지도 모른다. (제3권 249쪽)

여기에서 작가가 놀리듯이 말하는 '수퍼걸(超女)'은 2004년부터 2006년까지 후난(湖南)위성TV에서 방영한 여가수 선발 프로그램인 <수퍼걸 보이스(超級女聲)>의 줄임말로, 이 가운데 2005년에 제2회 전국 우승을 차지한 리위춘(李宇春)은 남자인지 여자인지 모를 중성적인 외모와 음성으로 당시 음악계의 총아로 떠올랐는데, 작가는 이를 비유하여 서술한 것이다.

당시의 유행어와 사건들로 행간의 묘미를 더해주는 것 외에도 작가는 독자들의 기억 속에 고전으로 남겨진 옛 기억들을 소환하는 방식을 활용하기도 한다. 예를 들어 성인이 된 독자들의 어린 시절 추억으로 남아있는 80년대 미국 만화인 <우주보안관 장고(Brave Starr)>의 명대사인 "그는 매의 눈과 늑대의 귀, 표범의 속도와 곰의 힘을 가졌소"라는 부분을 인용하여 이를 세습 후작(侯爵)인 구란(仇鸞)에 대한 설명으로 패러디하고 있다.

> 구형(仇兄)은 너무 강단이 없어서 언제나 변방에서 엄답(俺答)에게 쫓겨다녔지. 그러다가 일거에 이를 뒤집어 보겠다고 창의적이게도 몽골과의 말 시장(馬市)을 건의했지. 이 건의를 통해 구란(仇鸞) 선생은 비록 매의 눈도 없고, 늑대의 귀도 없고, 표범의 속도도 없지만,

돼지 같은 멍청한 머리를 가졌다는 걸 입증한 셈이지. (제4권 143쪽)

4. 『명나라 이야기』와 유사 작품 간의 비교

『명나라 이야기』는 역사를 존중하는 엄숙한 글쓰기 태도를 견지하고 있으면서도 동시에 인터넷 글쓰기가 가지고 있는 풍자 스타일도 가지고 있다. 여기서는 『명나라 이야기』와 제재가 유사한 역사작품인 『만력15년, 아무 일도 없었던 해(萬曆十五年)』과 인터넷 글쓰기라는 유사한 형식을 가지고 있는 『역사란 게 대체 뭐지(歷史是個什麽玩藝兒)』 사이의 간단한 비교를 통해 이들을 살펴보고자 한다.

4.1 제재(題材)가 같은 『만력(萬曆)15년』과의 비교

『만력15년, 아무 일도 없었던 해(1587, a Year of No Significance)』는 화교 역사학자인 레이 황(黃仁宇)의 명대사 연구서로, 저자 서문에 따르면 기획에서 탈고까지 7년의 시간이 걸렸다고 한다. 작가의 주장에 따르면 기술이라는 각도에서 바라본 역사인 이 책에서 중국은 2천년 동안 도덕으로 법치를 대신하였는데, 명대에 이르면 이것이 절정에 달했고, 결국 이것이 모든 문제의 관건이었다는 것이다.[41] 작가는 만력15년을 상징적인 시점으로 잡아 역사적 인물들에 대한 전기문의 방식으로 명나라의 쇠퇴한 원인을 찾아보고자 하였다. 반면 당년명월의 『명나라 이야기』는 가벼움 속에서 역사를 쉽게 이해하고자 쓴 책이므로, 작가

41) 레이 황 지음, 김한식 옮김, 『만력 15년, 아무 일도 없었던 해』(새물결, 2004), 4쪽.

가 가장 신경을 쓴 부분은 일련의 정치적 사건들 속에서 얽혀진 역사적 인물들의 당시의 심정과 인간적인 역할들을 그려내는 것이었다. 그러므로 『만력15년』과 비교했을 때, 『명나라 이야기』의 출발점이 비교적 가볍다고 할 수 있을 것이다. 이외에 두 작품이 겨냥하는 독자군의 성격이 다소 다르다고 볼 수 있는데, 『만력15년』이 비교적 전문성을 갖춘 책이어서 역사에 관심을 가지고 있는 독자층을 지향하고 있다면, 『명나라 이야기』는 전문성보다는 대중성을 지향하고 있으므로 이야기를 좋아하는 인터넷 세대들에게 어울리는 작품이라고 할 수 있겠다.

이러한 차이를 염두에 두고 두 작품에서 만력황제가 즉위하는 장면과 관련된 서술을 비교해보자. 『만력15년, 아무 일도 없었던 해』는 이렇게 묘사하고 있다.

> 고공(高拱)은 스스로 자부하는 선황제의 원로중신으로서, 새 황제는 안중에도 없었다. 새 황제가 사람을 보내어 고공의 의견을 물었으나, 그는 감히 거리낌없이 사자에게 말했다. "그대는 스스로 성지(聖旨)를 받들고 왔다고 말하는데, 이건 솔직히 열 살도 안 된 어린 아이의 말이잖은가. 그대는 설마 지금 새 황제가 천하의 대사를 관리할 능력이 있다고 나더러 믿으라는 건가?" 그의 눈에 천자는 어린 아이에 지나지 않았고 태후 역시 한 명의 과부에 불과했다. 이런 주제넘은 망녕됨은 신하의 신분에는 절대 용납될 수 없는 것이었다. 다행히도 하늘이 도우사 고공과 동시대에 충신 장거정(張居正)이 있었다. 그는 즉시 계책을 내어 고공을 과감하게 처리할 방안을 건의하였다.[42]

반면 『명나라 이야기』에는 이 대목이 이렇게 기술되고 있다.

---

42) 레이 황 지음, 김한식 옮김, 위의 책, 9쪽.

이로 인해 과부 이씨는 분노하였다. 황제가 이제 막 승하하셨는데, 고공 네가 감히 이런 식으로 우리 모자를 괴롭히다니! 연극을 제대로 크게 벌이기 위해서 장거정도 이 판에 끼어들어 풍보(馮保)와 함께 배후 조종을 담당하였다. 그리하여 고공이 만력제를 폐위하고 다른 번왕을 황제로 세우려 한다고 제법 근거있는 소문을 퍼뜨렸다. 이 계책은 열 살짜리 만력제마저도 참을 수 없게 만들었다. 장대인과 풍태감의 유언비어는 그의 어린 마음에 깊은 상처를 주어서, 후에 고공이 죽은 뒤에도 만력제는 고공의 장례조차 허락하지 않았다. (제5권 123쪽)

언어 스타일로 보아도 두 책은 일반적인 역사서와는 달리 풍부하고 구체적인 언어 형식을 갖춘 작품임을 알 수 있다. 이 가운데 『만력15년, 아무 일도 없었던 해』의 언어 스타일이 보다 더 성실하고 모범적인 느낌을 주는 반면, 『명나라 이야기』의 언어는 풍자와 소탈한 스타일에 가깝다는 것을 느낄 수 있다.

이 외에 이 두 작품은 인물의 이미지를 묘사할 때 최대한 다양한 각도에서 객관적인 묘사를 하고자 노력하였다는 공통점을 가지고 있다. 예를 들어 만력제에 대한 묘사에서 두 작품 모두 만력제가 초반기에는 열정적이고 노력하는 모습을 보였으나 후반기에는 소극적이고 게을러진 모습으로 묘사하고 있다. 『만력15년, 아무 일도 없었던 해』에는 이렇게 언급하고 있다.

만력제는 집권 후기에 이미 스스로 역사적 책임을 피할 수 없다는 것을 분명히 알았다. 그는 신료들과 불화하였지만, 동시에 책임을 저버리지 못하는 군주였다. 이는 이미 정해진 길이었다. 적극적으로 무언가를 행하는 군주가 되는 것은 이미 포기했지만, 현실적으로 도

> 피를 할 수는 없었기에 그는 그저 소극적으로 정사에 임할 수 밖에 없었다. 그러나 그는 신료들의 도구가 되지 않을 만큼은 총명하고 예민했으므로 소극적으로 정사에 임하면서도 여전히 완고하게 자신의 성격을 지켜냈던 것이다.[43]

반면 『명나라 이야기』에서는 이 부분을 이렇게 서술하고 있다.

> 일반적으로 역사 사료들은 이 대목을 기술할 때 만력제가 어리석고 부패하였고, 정부는 제 역할을 못했으며, 백성들의 생활은 도탄에 빠졌노라고 격정적으로 써내려간다. 그러나 내가 보기에 이런 관점을 견지하는 사람은 아는 척 하는 사람이거나 무지한 사람이다. 역사적 사실은 절대 그러하지 않았기 때문이다. 만력 시기는 그야말로 명대의 경제가 가장 발전한 시기로서, 이른바 자본주의의 맹아는 바로 이때부터 흥성해진 것이다. (제6권 103쪽)

4.2 형식이 유사한 『역사란 게 대체 뭐지』와의 비교[44]

『역사란 게 대체 뭐지』는 일전에 중앙방송국(CCTV)의 프로그램 <백가강단(百家講壇)>에 출연했던 젊은 역사연구원 위안텅페이(袁騰飛)가 쓴 중국 통사로, 예리하고 지적인 필봉과 유머러스하면서도 신랄한 언어로 유명해진 작품이다. 그러나 『역사란 게 대체 뭐지』의 명대사(明代史) 부분은 작가의 호불호가 지나치게 뚜렷한 점 때문에 역사인물의 형상화라는 측면에서 지나치게 치우쳤다는 비판을 받고 있다.

---

43) 레이 황 지음, 김한식 옮김, 위의 책, 86쪽.
44) 『歷史是個什麽玩藝兒』, 努努書坊(http://book.kanunu.org).

> 응천(應天)은 오늘날의 남경으로 주원장은 명나라 태조이다. 저렇게 생겨먹은 사람이 어디에 제왕의 풍모가 있겠는가? 이 얼굴은 구두 주걱과 매우 흡사하다. 정확히 구두 주걱이다. 또는 기왓장과도 닮았다. 그것도 온 얼굴에 곰보자국인 기왓장이다.
>
> 주원장은 후에 홍건군(紅巾軍)에 가담하면서 조금씩 성장해 갔다. 이 도적 떼 후레자식 출신이기 때문에 중국 역사상 출신이 가장 천미한 황제이다. 이런 후레자식이 일단 정권을 잡으면 반드시 폭정을 행하게 되어있다. 세계사적으로 히틀러나 무솔리니 같은 후레자식이다.
>
> 명나라 황제들은 모두 하나같이 바보이거나 단명했다. 모두들 이 삼십세에 주색이 지나쳐 죽었다. 모두 이런 것들이었다.

역사 인물에 대해 우리들은 모두 각자의 관점과 호불호를 가지고 있게 마련이다. 그러나 역사를 서술하는 작가의 입장에서는 최대한 개인의 호오를 버려야 하고, 자신의 관점을 설파하더라도 동시에 객관성을 가급적 잃지 말아야 한다. 국학의 대가인 치엔무(錢穆)는 『국사대강(國史大綱)』 첫 권에서 “이른바 자기 나라의 지난 역사에 대해 따뜻한 마음과 경의를 가져야 한다는 말은 최소한 자신의 역사를 바라볼 때 아무런 가치도 없다는 편벽한 허무주의에 빠져서도 안 되며, 현재 우리의 자리를 역사의 최고 정점으로 여기는 천박한 진화론적 관점을 가져서도 안 된다는 뜻이다. 우리가 가지고 있는 모든 약점과 잘못들을 모두 고인의 탓으로 돌리는 것은 일종의 사이비 문화자책감이다.”[45] 라고 주장하였는데, 위의 서술은 지난 역사에 대한 객관적인 태도를 유지하는 부분에서 다소 실패하였다고 보여진다. 『명나라 이야기』는 작품에서 드러나는 역사관을 볼 때 『역사란 게 대체 뭐지』의 명나라

45) 錢穆, 『國史大綱』首卷語, 北京: 商務印書館, 2010年.

부분에 비해 객관적이고 중간자적 태도를 잃지 않으려고 노력하는 흔적이 보인다. 예를 들어 당년명월의 주원장에 대한 서술 태도가 그러하다.

> 600여년이 지났다. 그러나 주원장을 둘러싼 논쟁은 멈출 기미가 보이지 않는다. 그는 불후의 업적을 남겼었고, 동시에 엄중한 과오도 남겼었다. 이러한 논쟁은 아마도 600년이 더 지나가도 멈추지 않을 것이다. 주원장은 그대로 주원장이다. 시간에 마모되고 세월에 부식된다 하더라도 당신은 여전히 그곳에 우뚝 서있을 것이다. 당신의 풍부한 업적과 성패는 사서에 그대로 기록되어 후세 사람들의 평가를 기다릴 것이다. 강산은 그림 같고, 한때 호걸들은 얼마나 많았던가! (제1권 212쪽)

당년명월(當年明月)의 역사에 대한 태도는 아래의 대목에서도 엿볼 수 있다.

> 누군가 내게 말했었다. 역사란 원래 흥미로운 것이라고. 그러나 나는 그에게 이렇게 말했다. 사실 역사란 흥미롭지 않다고. 왜냐하면 거의 모든 상황에서 역사에는 옳고 그름은 없고 단지 성공과 실패만이 있기 때문이다. (제6권 161쪽)

5. 결론

인터넷과 출판계의 엄청난 주목을 받으며 인기를 누렸던 『명나라 이야기』는 1344년부터 1644년까지 300년간의 명나라 역사를 서술한 책이다. 이 책은 『명실록(明實錄)』, 『명통감(明通鑒)』, 『명사(明史)』, 『명사

기사본말(明史紀事本末)』 등 20여종의 명대 역사서와 필기 잡록 등의 사료들을 기초 자료로 삼아, 정치적 투쟁을 기본 주제로 하고 여기에 중요한 역사적 사건들과 역사 인물들의 일대기를 첨가하였다. 아울러 소설적인 글쓰기와 역사 인물들에 대한 심리 분석, 그리고 당시의 정치 경제 제도들에 대한 평가까지 포함되어 있다.

특정 형식을 고집하지 않는 작가의 글쓰기 기법은 '반형식(反體裁)' 혹은 '무형식(無體裁)'을 특징으로 하는 포스트모던 글쓰기와도 어느 정도 닮아있지만, 서사적 수단이라는 각도에서 보자면 작가의 글쓰기 태도는 중국의 전통 서사에 대한 계승과 발전이라고 말할 수 있다.

전통 서사의 계승이라는 측면에서 『명나라 이야기』는 중국 고대의 '문사합일(文史合一)'의 서사적 관념을 따르면서 역사 작품의 대중화에 기여하고 있다. 서사가 완벽한가의 여부는 역사류 작품에는 대단히 중요한 조건이다. 작가는 도치와 미리 쓰기, 삽입하기와 보충하기 등의 서사 방식을 활용하여 작품 내용의 시간적 비지속성을 구현하였고, 이를 통해 다양한 서사적 공간들을 만들어 복잡다단한 인물과 사건 관계들을 자상하게 펼쳐나가고 있다. 중국 역사 서사의 특징 가운데 하나는 사건의 시각화 처리 방식을 사용하여 역사 인물의 성격을 잘 그려낸다는 점이다. 거대한 역사적 사건과 생생한 장면 묘사, 그리고 생동감 있는 디테일이 결합되면 역사적 인물은 개성을 가진 캐릭터로 되살아난다. 작가는 이런 노력을 해냈을 뿐 아니라 인물의 이미지 구현에 있어서도 행동과 사적, 언어와 논찬 등의 네 가지 영역들을 두루 살펴 풍부한 인물 캐릭터를 만들어 내었다.

전통 서사의 발전이라는 측면에서 『명나라 이야기』는 끝없는 창신의 노력을 거듭하였다. 우선, 작가는 주원장(朱元璋)의 이력서를 소개하는 방식으로 매우 독특한 풍격으로 책의 첫 부분을 시작했을 뿐 아니라 책의 매 장 마다 시작 부분을 현대적인 시각과 언어로 제시함으로써 독자들의 가독성과 흥미를 높여주었다. 둘째, 작가의 서사적 각도와 서사적 역할은 하나로 고정되지 않고 늘 변화하였는데, 때로는 역사인물과의 거리를 끌어당기기도 하고 때로는 서사 공간으로부터 완전히 벗어나서 매번 독자들에게 신선함을 주었다. 셋째, 작가는 역사적 사건에 얽혀있는 인물들의 심리를 그려내는데 대단히 집중하여 이들을 선악이 분명한 이분법적인 상투적 인물이 아닌 보통 사람들과 같은 복잡다단한 성격을 가진 캐릭터로 복원해 내었다.

서사적 언어 측면에서 볼 때, 『명나라 이야기』는 글쓰기의 새로운 기치를 세웠다고 할 수 있다. 늘이고 당기는 언어의 템포 조절로 강력한 서사 심리 효과를 거두었을 뿐 아니라, 다양한 스타일의 문체와 풍부한 감성적 표현들의 혼용, 그리고 아이러니와 패러디 같은 다채로운 서사 기법들을 활용하여 독자들로 하여금 과거의 역사 이야기를 읽으면서도 마치 현재와 시공이 교차되고 있는 듯한 현장성과 동시성을 제공해주었다.

명나라 역사를 다룬 대표적 작품인 『만력 15년(萬曆十五年)』과 비교해 보았을 때, 『명나라 이야기』는 언어적으로는 다소 클래식한 맛이 떨어지고 깊이에 있어서도 사회 제도 등에 대한 접근 등이 다소 깊이가 얕은 느낌이 있지만, 이것이 통속적이고 유머를 갖춘 대중적인 통속 작품으로서의 『명나라 이야기』의 가치를 떨어뜨리지는 않는다. 역사와 역사 인물이라는 각도에서 두 작품 모두 최대한의 객관성을 추구하여 역사서술에서의 편파적인 시각을 최대한 벗어나고 있다. 이는 『명나라 이야기』와 함께 대중들에게 많은 인기를 끌었던 『역사란 게 대체 뭐지(歷史是個什麽玩藝兒)』가 다소 객관성이 떨어지는 점에 비교해 볼 때 『명나라 이야기』가 보여주는 장점 중의 하나라고 할 수 있다.

제 2 장

고대 도굴서사에 대한 인터넷 도굴소설의 계승과 창신

—『귀취등(鬼吹燈)』과 『도굴일기(盜墓筆記)』를 중심으로

1. 들어가며

베이징의 카이쥐엔(開卷)정보기술주식회사가 발표한 2007년 3월의 픽션류 도서 판매 30위 리스트 가운데 '도굴 및 풍수' 소재 소설이 다섯 부를 점하고 있다. 이 가운데는 2006년 12월 출판된 『도굴일기(盜墓筆記)』가 10위를 차지하였고, 나머지는 『귀취등(鬼吹燈)』시리즈가 그 자리를 점하고 있다.[1] 중국의 도굴문화는 남파(南派)와 북파(北派)의 구분이 있는데, 『귀취등』과 『도굴일기』가 다루고 있는 내용들은 각각 북파와 남파를 대표한다. 이뿐 아니라 두 소설의 작가 역시 각각 북방과 남방 출신으로, 『귀취등』의 작가인 장무예(張牧野)는 톈진(天津)사람이고 『도굴일기』의 작가인 쉬레이(徐磊)는 저장(浙江)사람이다. 두 소설 모두 2006년 인터넷에 연재를 시작하여 큰 반향을 불러일으켰다. 이들 작품

1) 王鶴, 「盜墓風水類圖書風生水起」, 『參考資訊』, 2007.6 上旬刊, 10쪽.

에 뒤이어 『나는 신정의 묘지기(我在新鄭當守墓人)』, 『도굴왕(盜墓之王)』, 『무덤 깊숙이(入墓三分)』, 『도굴자(盜墓者)』, 『도굴범(盜墓賊)』, 『도굴의 주문(墓訣)』, 『시솽반나의 구리갑옷(西雙版納銅甲屍)』, 『우주 도굴(星際盜墓)』, 『도굴 전기(盜墓傳奇)』, 『도굴 가문(盜墓世家)』, 『도굴 풍수사(盜墓風水師)』, 『마오산의 후예(茅山後裔)』 등 도굴 소재 소설들이 연달아 쏟아져 나왔으나 이들의 영향력은 『귀취등』과 『도굴일기』에는 미치지 못하였다. 역시 이 두 편의 소설이 인터넷 도굴 소설의 남북파 대표 작품이라고 할 수 있다.

1.1 소설 간략 소개

『귀취등』시리즈는 천하패창(天下霸唱, 장무예의 필명)이 2006년 티엔야(天涯) 사이트의 '리엔펑(蓮蓬鬼話) 괴담 커뮤니티'에 연재를 시작하여 몇 개월간 연속으로 검색어 1위에 올랐던 작품이다. 동명의 소설이 오프라인에 출판되자 판매량이 50만권을 돌파하였고 그 뒤로 4쇄를 더 찍어내었다.[2] 이 소설은 총 8권으로 이뤄졌는데, 상하 양부(兩部)로 구분하여 상부는 『정절고성(精絶古城)』, 『용령의 미로(龍嶺迷窟)』, 『운남의 벌레계곡(雲南蟲穀)』, 『곤륜신궁(昆侖神宮)』의 4권으로, 저주를 풀어줄 봉황담(鳳凰膽)이라는 신비의 돌을 찾아나서는 여정을 주제로 하고 있다. 하부는 『족제비 무덤(黃皮子墳)』, 『남해의 귀허(南海歸墟)』, 『샹시의 누칭계(怒晴湘西)』, 『무산의 현관 협곡(巫山棺峽)』의 4권으로, 주요하게는 사람을 구해준다는 환약 '시단(屍丹)'을 찾아나서는 이야기로 시작하여 여기에 주인공들의 전사(前史)가 곁들여지는 구성으로 이루어져 있다.[3] 후

---

2) 「IP攬金TOP10: 盜墓筆記10年養成超級IP價値200億」, 『理財新聞』, 2016.03.15.

3) 『鬼吹燈之精絶古城』, 『鬼吹燈之龍嶺迷窟』, 『鬼吹燈之雲南蟲穀』, 『鬼吹燈之昆侖神宮』, 『鬼

룬(胡潤)연구소와 제휴한 지적재산권 운영기구인 마오피엔(貓片)은 2017년 베이징에서 『2017 마오피엔 후룬 창조문학 지적재산권 가치 순위』를 발표하였는데, 이 가운데 『귀취등』이 100대 창조문학 지적재산권 가치 순위 중 12위를 차지하였다. 현재까지 『귀취등』시리즈 8권 전체가 영상물 제작권이 모두 팔려 나간 상태이며, 『정절고성(精絶古城)』을 원작으로 개작한 영화인 <구층요탑(九層妖塔)>과 『족제비 무덤(黃皮子墳)』을 영화로 개작한 <용을 찾는 주문(尋龍訣)>, 그리고 『정절고성』과 『족제비 무덤』을 개작한 동명의 TV 드라마는 이미 방영되었다.[4] 이외에도 『귀취등』을 개작한 만화와 연극, 게임 등이 대중에게 선을 보임으로써, 『귀취등』은 인터넷 도굴 소설의 원조로서 이후 각종 도굴 소설들이 연달아 등장하는데 밑거름이 되었다고 할 수 있다. 『귀취등』의 팬들은 스스로를 '떵쓰(燈絲)'라고 부르기도 한다.[5]

『도굴일기』시리즈 역시 2006년부터 연재되었는데, 시기는 『귀취등』보다 약간 늦게 등장하였다. 남파삼숙(南派三叔, 쉬레이의 필명)은 치디엔 중원(起點中文) 사이트에 연재를 시작하였는데, 2007년 이후로 4년 동안 『도굴일기』 전 9권의 총 판매량은 1,200만권에 달했다. 『2017 마오피엔 후룬 창조문학 지적재산권 가치 순위』에서 『도굴일기』는 100대 작품 가운데 2위를 기록하였다.[6] 『도굴일기』시리즈는 총 9권으로, 『칠성노왕궁(七星魯王宮)』, 『친링의 신수(秦嶺神樹)』, 『구름 위의 천궁(雲頂天宮)』, 『뱀 연못의 유령성(蛇沼鬼城)』, 『수수께끼의 소굴(謎海歸巢)』, 『음산의 누각(陰

吹燈之黃皮子墳』, 『鬼吹燈之南海歸墟』, 『鬼吹燈之怒晴湘西』, 『鬼吹燈之巫山棺峽』, 青島: 淸島出版社, 2016年.

4) 「眞相在此!詳解『鬼吹燈』八本書影視改編權分布」, 1905電影網, 2016.04.28.

5) 중국에서는 영어의 Fans와 비슷한 음을 사용하여 팬클럽을 펀쓰(粉絲)라고 부른다.

6) 「胡潤發布2017原創文學IP價值榜: <人民的名義>未能進入前10, 第一名竟是……」, 南方都市報 2017.07.12.

山古樓)』, 『동굴 속의 바위 유령(邛籠石影)』, 『대단원(大結局)』(상, 하 두 권)으로 이루어져 있다.[7] 『귀취등』과 마찬가지로 『도굴일기』 역시 웹드라마, 게임, 라디오 드라마 등으로 개작되었으며, 2016년에는 영화 『도굴일기』가 중국에서 상영되어 10억 위안의 흥행을 거둠으로써 2016년 중국내 영화 흥행 순위 9위와 중국어 영화 흥행 순위 5위를 차지하였다.[8] 『도굴일기』의 팬들은 스스로를 '따오미(稻米)'라고 부르기도 한다.

1.2 선행 연구 및 연구 동기

도굴 소설에 대한 사람들의 독서량이 늘어남에 따라 도굴 소설에 관한 연구 역시 이에 비례하여 증가추세에 있으며, 연구의 방향 역시 다양해지고 있다. 이 글에서는 인터넷 도굴 소설과 고대 도굴 소설의 관계에 대해 고찰한 선행 연구만을 대상으로 하여 간략하게 정리해 보았다.

수웨이링(舒威鈴, 2008)은 『귀취등(鬼吹燈)』이라는 작품은 '신선요괴(神仙妖怪)나 인과응보(因果報應), 여우귀신(花精狐女)이나 서생과 귀신의 사랑(書生紅粉)' 같은 전통 지괴소설이 가지는 상투적인 주제와는 다르며, 그렇다고 오늘날 유행하는 현환문학(玄幻文學)의 '신선 수련(魔法修眞)이나 환상의 가공세계(異世幻想), 시공 초월 역사극(歷史風雲)이나 선남선녀의 사랑(帥哥美女)' 같은 스타일에도 속하지 않는다고 지적했다. 오히려 이 작품은 중국의 전통문화와 관련된 풍수(風水)나 매장(墓葬), 도굴(盜墓)

7) 『盜墓筆記之七星魯王宮』, 『盜墓筆記之秦嶺神樹』, 『盜墓筆記之雲頂天宮』, 『盜墓筆記之蛇沼鬼城』, 『盜墓筆記之謎海歸巢』, 『盜墓筆記之陰山古樓』, 『盜墓筆記之邛籠石影』, 『盜墓筆記之大結局(上,下)』, 上海: 上海文化出版社, 2011年.

8) 「2016內地總票房共計457.12億, 9部影片突破10億」, 搜狐娛樂, 2017.01.03.

이나 강시(僵屍) 같은 이전 같으면 풍속을 해치는 미신으로 치부되었을 민속적인 요소들을 심도있게 연구하여, 이를 현대인들이 좋아할 만한 신비로운 전설로 전환시키는데 성공했다는 것이다.[9] 리우모린(劉茉琳, 2009)은 『귀취등』이 중국의 전통적인 귀신문화와 산수문화(山水文化)를 잘 응용하여 접목하였다고 주장했으며,[10] 리성타오(李盛濤, 2012)는 인터넷 소설장르가 중국 전통소설이 가지고 있던 '서사성'을 다시 살려내어, 5·4 근대 시기에 억눌렸었던 중국 고전소설의 스토리 전통을 계승하여 중국문학에 다시 고유한 특징을 되찾게 하였다고 주장했다.[11] 주완잉(朱婉瑩, 2012)은 『귀취등』은 『산해경(山海經)』의 형식을 빌어 와 고대 중국의 신화를 재구성하였다고 보았으며,[12] 한잉치(韓穎琦, 2013)는 도굴소설의 폭발적인 인기를 중국의 유구한 장례문화와 대중매체에서의 고고학 열풍, 도굴문화에 대한 독자들의 호기심, 그리고 도굴 소설 자체가 가지고 있는 문학적 매력을 그 원인으로 꼽았다.[13] 리우지아런(劉嘉任, 2015)은 『도굴일기(盜墓筆記)』로 대표되는 인터넷 도굴소설이 '도굴'이라는 문학적 소재를 재구성하여, 내용의 심도에 매몰되거나 현실에 대한 반영과 비판, 풍유와 민중에 대한 교화적 기능 같은 교훈적 입장을 고수하지 않고, 소설의 오락적 기능에 치중하였다고 분석하였다.[14]

---

9) 舒威鈴, 「"驚竦懸疑"背後的現代心理追求—探析網絡小說『鬼吹燈』的內在意蘊」, 『現代語文(學術綜合版)』, 2008(4).

10) 劉茉琳, 「"想象力"與"神秘感"是文學永遠的魅力」, 『江蘇教育學院學報(社會科學版)』, 2009.07 第25卷 第4期.

11) 李盛濤, 「網絡小說對中國傳統小說敘事的激活—以『鬼吹燈』爲例」, 『淮陰師範學院學報(哲學社會科學版)』, 2012.2 第34卷.

12) 朱婉瑩, 「論『鬼吹燈』的藝術特色及其貢獻」, 『東南大學學報(哲學社會科學版)』, 2011.06 第13卷增刊.

13) 韓穎琦, 「盜墓小說緣何如此火」, 『文化與傳播』, 2013.10, 第2卷 第5期.

14) 劉嘉任, 「對"盜墓"文學母題的重構—論網絡盜墓小說『盜墓筆記』」, 『中小企業管理與科技旬

이 외에 허한난(何漢南, 1985)은 중국 역사에 나오는 도굴 현상들을 총정리한 뒤, 일부 도굴행위들은 문인들에 의해 소설 속에서 범죄행위가 미화되는 모습을 보이고 있음을 지적했다.[15] 위엔우(袁武, 2009)는 지괴(志怪)라는 이름으로 불리웠던 위진남북조 소설 가운데 무덤과 관련된 이야기 중에는 귀신에게서 보물을 얻는다는 내용이 많은데, 이는 사실 도굴꾼들이 자신의 범죄행위를 미화하기 위해 민간의 도교신앙을 이용하여 자신들을 도가적 협객인 것처럼 위장한 불법 도굴 이야기들이라고 주장하였다.[16] 장위리엔(張玉蓮, 2013)은 중국 고대 도굴 서사의 탄생과 현실에서의 도굴 행위 사이에는 밀접한 연관이 있는데, 이는 중국의 후장(厚葬) 풍속에서 기인하는 것으로 보았다.[17] 양야용(楊亞男, 2014)은 당대(唐代) 소설에 등장하는 도굴 현상들이 그 당시의 사회 풍속이나 역사적 현실 등과 밀접한 관련이 있음을 분석하였고,[18] 쉬관시(許關喜, 2017)는 『강시무덤(屍穸)』이라는 작품에 등장하는 도굴현상과 도굴방지 현상들은 모두 고대의 장례문화의 중요한 요소들이라고 지적하였다.[19]

종합해보면, 현재까지의 관련 연구들은 주요하게는 인터넷 도굴 소설이 전통문화를 어떻게 계승하고 있는지에 대한 것들이며, 중국 고대의 도굴 소설의 전통을 어떻게 계승하고 있는지에 대한 연구는 대부분 고대 소설 텍스트 자체에 대한 분석에 국한되어 있다. 따라서 이

刊』, 2015(35).

15) 何漢南, 「歷史上的盜墓」, 『文博』, 1985(05).

16) 袁武, 「魏晉南北朝小說中的盜墓者」, 『西南大學學報(社會科學版)』, 2009.05 第35卷第3期.

17) 張玉蓮, 「古小說中的盜墓敘事研究」, 『燕山大學學報(哲學社會科學版)』, 2013.03 第14卷 第1期.

18) 楊亞男, 「唐五代小說中的掘墓現象」, 『三明學院學報』, 2014.06 第31卷 第3期.

19) 許關喜, 「『酉陽雜俎·屍穸』中的"盜墓與反盜墓"現象探析」, 『晉城職業技術學院學報』, 2017年 第10卷 第1期.

글에서는 최근 폭발적으로 유행하게 된 인터넷 도굴 소설과 고대의 도굴 소설의 서사적 연관성에 대해 인터넷 도굴 소설의 남북파 대표작인 『도굴일기(盜墓筆記)』와 『귀취등(鬼吹燈)』을 주요한 연구대상으로 삼아 인터넷 도굴 소설과 중국 고대의 도굴 서사와의 계승과 창신에 대해 살펴보고자 한다.

2. 인터넷 도굴소설의 서사적 계승

2.1 도굴 동기의 설정

『귀취등(鬼吹燈)』과 『도굴일기(盜墓筆記)』에 나오는 도굴행위의 동기는 크게 재물을 얻기 위한 목적과 사람을 구하기 위한 목적, 그리고 의혹을 풀기 위한 목적의 세 가지로 나눠볼 수 있다. 이 가운데 '의혹해결(解惑)'이라는 목적은 인터넷 소설이 추구하는 참신한 글쓰기 특징과 끊임없이 미스터리를 심어놓는 글쓰기 방식과도 관련이 깊다고 할 수 있는데, 이 부분은 나중에 다시 다루도록 한다. 재물 획득과 사람 구하기라는 두 가지 동기는 전통 도굴 서사의 맥을 잇고 있다고 할 수 있다.

도굴이라는 행위는 인류의 시작과 그 역사를 같이 한다고 해도 과언이 아닐 정도로 예부터 있어왔다. 『술이기(述異記)』에는 "창힐의 묘가 북해에 있는데, 장서대라고 부른다. 주나라 말엽에 무덤을 파서 정방형의 옥돌을 얻었는데, 거기에는 80개의 글자들이 새겨져 있었다."[20]

20) "倉頡墓在北海, 呼爲藏書臺, 周末發塚得方玉石, 上刻文八十字." [梁]任昉, 『述異記 · 卷上』, 北京: 中華書局, 1961年, 6쪽.

라는 기록이 전해지는데, 허한난(何漢南, 1985)은 이것이 도굴과 관련된 가장 오래된 기록이라고 보았다.[21] 양야난(楊亞男, 2014)은 당대(唐代) 소설 작품에 나오는 무덤과 관련된 내용들에 대해 정리하면서 파묘(破墓) 행위가 일어나도록 만드는 주 원인으로 도굴을 통해 재물을 가져가기 위한 것, 개장(改葬)이나 합장(合葬)을 위한 것, 부관참시(剖棺斬屍)를 위한 것, 잘못 묻은 산 사람을 꺼내기 위한 것 등을 꼽았는데, 이 가운데는 위에서 언급한 인터넷 도굴 소설의 주요한 동기인 '재물 획득'과 '사람 구하기'가 포함되어 있다.[22] 장위리엔・량지에(張玉蓮・梁傑, 2013)는 도굴 서사 중에는 '어쩔 수 없는' 도굴이라는 소재도 있는데, 이는 도굴자가 어떤 신령한 힘의 계시를 받아 도굴을 하게 되었는데 그러한 행위의 결과로 무덤의 주인이 부활하게 된다는 이야기이다.[23] 이것 역시 '사람 구하기' 도굴 서사의 일종이라고 하겠다.

재물을 취하기 위해 도굴을 하는 행위는 고대 중국의 후장(厚葬) 풍속과 밀접한 관련이 있는데, 『여씨춘추・맹동기(呂氏春秋・孟冬紀)』의 <절상(節喪)>편에서는 "나라가 커지고 가문은 부유해지면서 장례는 더욱 사치스러워졌다. 죽은 사람의 입에는 주옥(珠玉)을 물리고, 몸에는 구슬을 감추며, 죽은 사람이 생전 즐기고 좋아한 온갖 보물과 평소 사용하던 그릇・솥, 병, 가마와 말, 의복, 창과 검 등의 재물을 셀 수 없이 넣어둔다."[24]라는 기록이 있다. 『수신기(搜神記)』의 이야기 가운데 <이아(李娥)>라는 고사는 재물을 위해 도굴을 하는 내용을 다루고 있다.

---

21) 何漢南, 「歷史上的盜墓」, 『文博』, 1985(05), 66-74쪽.

22) 楊亞男, 「唐五代小說中的掘墓現象」, 『三明學院學報』, 2014.06 第31卷第3期.

23) 張玉蓮・梁傑, 「古小說中的發墓複生硏究」, 『河北科技大學學報(社會科學版)』, 2013.06 第13卷 第2期.

24) "國彌大, 家彌富, 葬彌厚. 含珠鱗施, 玩好貨寶, 鍾鼎壺濫, 輿馬衣被戈劍, 不可勝其數." 張雙棣・張萬彬・殷國光・陳濤譯注, 『呂氏春秋』, 長春: 吉林文史出版社, 1987年, 267쪽.

> 한나라 건안 4년 2월, 무릉현에 이아라는 부인이 살았는데, 60세에 병으로 죽어 성 외곽에 매장하여 14일이 지났다. 그 이웃에 사는 채중이라는 자가 이아의 집이 부유하다는 소문을 듣고 시체를 염할 때 틀림없이 금은보화를 같이 넣었을 것이라고 여겨 무덤을 파헤치고 도끼로 관을 쪼개어 보물을 취하고자 하였다.[25)]

이 이야기는 전형적인 '재물 얻기' 류의 도굴 서사로 지괴적인 내용보다는 범죄에 가까운 도굴행위에 대한 서사가 주를 이루고 있다. 순수한 '재물 얻기'류 도굴 서사 외에도 사람을 구하기 위한 동기로 도굴을 하는 이야기도 있다.

> 상공 가탐이 활주를 다스리고 있을 때, 경내에 가뭄이 심하게 들어 가을 추수를 거의 망치게 되었다. 이에 가상공은 장군 2명을 불러 이르기를, "올해 가뭄이 심하니 그대들이 삼군과 백성들의 민생을 구해야 겠네"라고 말하였고, 모두들 "군과 고을을 위해서라면 죽음도 마다하지 않겠습니다."라고 대답하였다.[26)]

위 인용문은 『유양잡조 · 낙고기(酉陽雜俎 · 諾皐記)』에 나오는 고사로, 군대가 백성들의 생계를 해결하기 위해 도굴을 한다는 이야기이다. 활주라는 지방을 다스리고 있던 가탐이라는 상공이 가뭄이 들어 곡식 한 톨 거둘 수 없게 된 백성들을 구하기 위해 휘하 장수들에게 도굴을 하여 식량을 구하라고 명하고 아울러 구체적인 방법까지 가르쳐준다

---

25) "漢建安四年二月，武陵縣婦人李娥，年六十歲，病卒，埋於城外，已十四日．娥比舍有蔡仲，聞娥富，謂殯當有金寶，乃盜發塚求金，以斧剖棺." [晉]干寶撰，『搜神記』，北京: 中華書局，1979年，180쪽.

26) "賈相公耽在滑州，境內大旱，秋稼盡損. 賈召大將二人，謂曰: '今歲荒旱，煩君二人救三軍百姓也.' 皆言: '苟利軍州，死不足辭.'" [唐]段成式，『酉陽雜俎 · 諾皐記上』，北京: 中華書局，1981年，134-135쪽.

는 내용이다.

그렇지만, 동기가 어떻든 간에 도굴이라는 행위는 망자의 영면(永眠)을 깨뜨리는 짓으로 여겨져 사람들에게 비난의 대상이 되어왔다. 고대 중국인들은 가족들이 망자를 추모하는 것은 인간으로서의 당연한 성정이기에 망자를 위해 장례를 잘 치러주는 것 역시 인정상의 도리로 여겼다.[27] 그렇기 때문에 망자의 영면을 해치는 도굴 행위는 인성에 반하는 패륜적 행위로 여겨졌으며, 따라서 도굴꾼들은 나라에서는 국법을 어기는 죄인으로, 가정에서는 불효 불손한 자손으로, 그리고 마을에서는 추방해야할 무뢰배로 간주되었다.[28] 실제로 선진(先秦)시기부터 이미 도굴을 금하는 법률이 등장했으며, 이후 청대에 이르기까지 역대로 도굴을 금하고 도굴범을 처벌하는 엄격한 법률 규정이 마련되어 있었다.[29] 도굴 서사에 등장하는 도굴범들의 최후 역시 법적인 제재를 받거나 재앙을 초래하게 되는 결말이 대부분인데, 앞에서 살펴본 <이아(李娥)>의 이야기에서 도굴범 채중이 맞이하게 되는 결말은 이와 유사하다.

> 도끼를 몇 번 내리치자 갑자기 관 속에서 이아의 소리가 들렸다. "채중! 내 머리를 치지 마!" 이 말을 듣고 채중은 깜짝 놀라 달아났으나, 때마침 현의 관리에게 들켜 잡혀가게 되었다.[30]

---

27) "凡生於天地之間, 其必有死, 所不免也.孝子之重其親也, 慈親之愛其子也, 痛於肌骨, 性也. 所重所愛, 死而棄之溝壑, 人之情不忍爲也, 故有葬死議."『呂氏春秋』孟冬紀第十「節喪」, 張雙棣・張萬彬・殷國光・陳濤譯注, 呂氏春秋譯注, 長春: 吉林文史出版社, 1987年, 266쪽.

28) "君之不令民, 父之不孝子, 兄之不悌弟, 皆鄉裏之所釜甂者而逐之."『呂氏春秋』孟冬紀第十「安死」, 張雙棣・張萬彬・殷國光・陳濤譯注, 長春: 吉林文史出版社, 1987年, 272쪽.

29) 王子今,「中國古代嚴懲盜墓行爲的司法傳統」,『中國投資』, 2009.05, 105쪽.

30) "斧數下, 娥於棺中言曰: '蔡仲! 汝護我頭.' 仲驚, 遽便出走, 會爲縣吏所見, 遂收治." [晉]幹寶撰,『搜神記』, 北京: 中華書局, 1979年, 180쪽.

도굴을 위해 관을 도끼로 내리치던 중 망자의 혼령이 소리를 지르는 바람에 도굴범 채중은 혼비백산하여 달아나게 되고 결국은 때마침 그 곳을 지나던 관리에게 붙잡혀 법의 심판을 받게 된다는 이야기이다. 또한 『태평광기(太平廣記)』 총묘부(塚墓部)에는 <노관총(奴官塚)>이라는 제목의 이야기가 수록되어 있는데, 여기에서는 무덤의 주인이 직접 현령을 찾아와 도굴범의 죄상을 고발하기도 한다.

> 자주색 옷을 입은 사람이 문 앞에 서서 도적들과 서로 치고받고 싸웠다. 도적들이 숫자가 많아 싸움에서 밀리게 되자, 이 사람은 도적들을 뚫고 관아에 달려 들어와 큰 소리로 외쳤다. "도적들이 내 무덤을 도굴했소!" 그러자 현령이 말했다. "그대의 무덤은 어디에 있는가?" 이에 그는 "노관총이 바로 제 무덤입니다."라고 대답하였다. 이에 현령은 이장을 파견하여 도적들을 추적하게 하였고 모두 붙잡을 수 있었다.[31]

무덤의 주인이 도적들이 너무 많아 그들을 막을 수 없자 관아로 뛰어 들어가 현령에게 도움을 요청했다는 이야기이다. 위에서 열거한 두 편의 이야기는 모두 도굴범이 현실의 법으로 처벌받게 된 사례들이다. 이 외에 명대(明代) 풍몽룡(馮夢龍)의 『성세항언(醒世恒言)』에는 <다정한 주승선이 번루에서 소동을 피우다(鬧樊樓多情周勝仙)>라는 이야기가 수록되어 있는데, 그 이야기에는 도굴을 가업으로 대를 이어 오던 주진(朱眞) 부자의 처참한 결말이 나온다. 주진은 법의 심판으로 사형에 처해지고, 그 아버지는 인과응보의 천벌을 받아 죽는 것으로 결말이 지

31) "有紫衣人當門立, 與賊相擊. 賊等群爭往擊次, 其人沖賊走出, 入縣大叫云: '賊劫吾墓!' 門主者曰: '君墓安在?' 答曰: '正奴官塚是也.' 縣令使里長逐賊, 至皆擒之." [宋]李昉, 『太平廣記』, 北京: 中華書局, 1961年, 3112쪽.

어진다. 이야기 속에서 주진이 주대랑(周大郎) 딸의 묘를 도굴하러 가려고 할 때, 그 어머니가 그를 말리는 대목이 나온다.

> 얘야. 이 일은 장난이 아니란다. 곤장 몇 대 맞고 끝날 가벼운 일도 아니고. 네 아버지 꼴을 봐라. 20년 전 네 아버지가 어느 집 무덤을 팠었는데, 관 뚜껑을 열자마자 시체가 네 아버지를 보고 웃었다잖니. 네 아버지는 혼비백산하여 도망쳐 왔지만, 그 뒤로 사오일간 시름시름 앓다가 돌아가셨단다.[32)]

작가는 주진 어머니의 입을 빌어 그 아버지가 도굴을 하다가 당한 재앙에 대해 설명을 하고 있다. 주진의 아버지는 20년 전 도굴을 하다가 시체를 보고 놀라 그것으로 인해 마음의 병이 생겨 죽게 된 것이다. 이를 통해 당시에도 도굴이라는 행위가 떳떳한 것이 아니며 한번 붙잡히면 처벌 또한 대단히 엄중한 위험지수가 높은 일이었다는 것을 알 수 있다. 이러한 사실은 『귀취등(鬼吹燈)』과 『도굴일기(盜墓筆記)』에도 모두 언급되고 있다. 물론 두 편의 작품에서 도굴이라는 행위의 시발점이 재물을 위한 것은 아니었지만, 이 작품들 역시 도굴 행위를 합법화하고 있는 것은 아니다. 『귀취등』에서는 청말민초(清末民初) 시기의 도굴꾼 선배들이 모두 불행한 최후를 맞았음을 언급하고 있다. 자고새(鷓鴣哨)는 죽는 날까지 가족에게 걸린 저주를 푸는 방법을 찾지 못하였으며, 진봉사(陳瞎子)는 도굴을 하다가 두 눈을 잃었고, 김주판(金算盤)은 도굴 하던 도중 거미에게 쏘여 죽었다. 『도굴일기』에서는 주인공인 우시에(吳邪)의 고조부가 당시 자신의 자식 손자들과 함께 전국(戰國)시

32) "這個事卻不是耍的事. 又不是八棒十三的罪過, 又兼你爺有樣子. 二十年前, 你爺去掘一家墳園, 揭開棺材蓋, 屍首覷你爺笑起來.你爺吃了那一驚, 歸來過得四五日, 你爺便死了." [明]馮夢龍, 『醒世恒言』, 海口 : 海南出版社, 1993年, 204쪽.

대의 백서(帛書)를 도굴하러 들어갔으나, 결국에는 우시에의 할아버지 한 사람만 살아서 나왔다고 적고 있다. 게다가 작품 속에서는 경찰들이 도굴범을 잡으러 다니는 장면도 등장하는데, 경찰의 체포를 피하기 위해 우시에는 판즈(潘子)가 이끄는 대로 먼저 기차의 침대칸에 탔다가 기차가 잠시 정차한 틈을 타 갑자기 기차에서 뛰어내려 철도 옆에 대기시켜 둔 차를 타고 금화까지 운전하여 도망한다. 거기서 다시 표를 사고 그들이 전에 뛰어내렸던 기차에 올라타는 방식으로 경찰들의 추격을 따돌리기도 하고, 도굴 팀들이 모여 있는 기차역에서 경찰들과 마주쳤으나, 때마침 설 연휴 귀성 기간이었던 탓에 수많은 인파들을 헤집고 구사일생으로 도망치기도 하는 등 도굴 행위에 따른 여러 가지 제재의 장면들이 등장한다. 이 외에도 도굴 행위를 단속하기 위해 골동품 시장을 감시하는 장면 등도 도굴 소설의 주요한 소재이다.

위에서 서술한 이런 이유들 때문에 『귀취등』과 『도굴일기』에서는 모두 주인공이 무덤을 도굴하는 행위에 충분한 합리적 이유를 설정하는데 신경 쓰고 있다. 도굴을 통한 재물 얻기는 스토리의 부차적 라인이 되고 '사람 구하기'와 '미스터리의 해결'같은 주제가 주요한 스토리 라인이 된다. 이른바 '부차적 라인'이라 함은 주요 서사의 진행에 부수적으로 따라오는 서사라는 것인데, 예를 들어 『귀취등』에서 재물을 탐하는 주체는 주인공 후바이(胡八一)가 아니라, 그의 친구이자 조연인 왕뚱보(王胖子)이다. 그것도 어쩔 수 없는 상황에 밀려, 혹은 양심의 가책 때문에 언제나 결정적인 순간에 도굴에서 얻은 재물을 포기하게 되고 만다. 그러나 서사의 재미를 위해, 그리고 서사의 진행을 위해 이 부분이 필요한데, 왕뚱보의 재물 욕심 때문에 결국은 후바이(胡八一)가 도굴을 하는 활동 경비를 충당하게 되고 이에 따라 서사를 계속 이어날 수 있는 것이다. 같은 차원에서 『도굴일기』의 주인공 우시에(吳邪)

는 골동품 가게를 운영하면서, 친구인 삼촌(三叔)가 도굴을 통해서 구해 온 골동품들을 되팔아 생계를 꾸려간다. 그는 도굴 행위에는 가담하지 않았지만, 사실상 도굴 행위를 통해 돈을 벌고 있었으며, 그로 인해 소설의 큰 스토리로 확대될 '전국백서(戰國帛書)'사건에 발을 들이게 된다.

『귀취등』과 『도굴일기』는 모두 서사의 핵심을 '재물 얻기'에 두고 있지 않기 때문에 작가는 주인공의 도굴 행위에 그럴싸한 합리적 동기를 찾아주어 독자들로 하여금 이들의 불법적인 행위가 합리적으로 허용되도록 만들어야만 했다. 『귀취등』의 주인공 후바이는 스토리의 전개 동기를 '의리'로 시작하고 있다. 즉, 월남전에서 목숨을 잃은 전우의 가족들에게 경제적 도움을 주기 위해 도굴을 시작하게 된다는 설정이다. 그 뒤 후바이는 '고고학적 유물 발굴'이라는 명의로 고고학 탐사대에 들어가게 되는데, 셜리양(Shirley楊)의 지원을 받고 탐사대를 이끌게 되면서 그녀와 같은 저주에 걸리게 되고, 저주를 풀기 위해 끊임없이 무덤 발굴을 통해 저주를 풀 실마리를 찾아 나서게 된다. 마침내 그들은 다령(多鈴)이라는 작은 열매에 의해 중독이 되는데, 이를 해독할 '시단(屍丹)'을 찾기 위해 계속 새로운 여정을 이어가게 된다. 『도굴일기』의 주인공 우시에는 대대로 도굴을 가업으로 삼아온 도굴 가문 출신으로 정작 본인은 도굴행위에 발을 담그지 않았지만, 우연한 기회에 전국백서를 접하게 되고 그 안에 엄청난 비밀이 담겨있음을 알게 된다. 게다가 이 백서는 자신의 조상들과도 깊은 연관이 있음을 알게 된 우시에는 한편으로는 전국백서의 비밀을 풀어내기 위해, 또 한편으로는 생사를 알 수 없는 삼촌(三叔)을 구하기 위해, 생사를 넘나드는 다양한 모험을 이어나가게 된다.

2.2 도굴 수단의 설정

예팡리우(倪方六, 2010)는 고대 중국의 도굴범들을 지역적으로 구분한다면 장강(長江)을 경계로 하여 남파(南派)와 북파(北派)로 나눠볼 수 있다고 언급했다. 이 가운데 북파는 '힘'을 중시하는데, 이들은 무덤 발굴의 도구 사용에 일가견이 있어서 '낙양삽(洛陽鏟)'이라는 도구는 이들 북파가 발명한 것이기도 하다. 반면 남파는 '기술'을 중시하는데, 스스로 혹은 조상 때부터 전해 온 비장의 기술을 경험으로 풍수지리(風水地理) 이론을 결합시켜 묘혈을 찾아내고 발굴한다. 이들은 고대 중국의 풍수학 지식에도 조예가 깊어 '주변 형세를 멀리서 바라보고(望)', '묘혈 근처에서 나는 특이한 냄새를 맡아보고(聞)', '마을 주민들에게 지역의 역사 등에 대해 물어보고(問)', '이를 통해 묘혈 내부의 상황을 판단해 내는(切)' 방법에 일가견이 있다고 한다.[33] 『청비류초(清稗類鈔)』의 도적류(盜賊類) 편에는 <초사(焦四)가 도굴을 통해 부자가 되다>라는 이야기가 수록되어 있는데, 내용인 즉 광저우(廣州)의 대 도굴범 초사가 수십 명의 패거리를 이끌고 정교한 기술을 동원하여 도굴을 통해 막대한 재물을 취했다는 내용이다. 이 이야기에서 눈길을 끄는 것은 초사와 그 일당들이 사용한 묘혈 찾는 기술이다.

> 광주의 흉악범 초사는 그 지방의 주둔병이었는데, 늘 백운산 근처에 머물면서 도굴을 업으로 삼았다. 일당 수십 명을 거느리며 빗소리, 바람 소리, 천둥 소리, 풀 색깔, 진흙 자국 등 다양한 방법을 동

---

33) 倪方六, 「古代盜墓賊南北派別絶技之分」, 『文史博覽』, 2010.03, 67쪽. 원래 望, 聞, 問, 切은 후한(後漢) 때 의성(醫聖)이라고 불리웠던 장중경(張仲景)이 고안한 네 가지 진찰법(四診法)으로, 환자의 얼굴빛을 살펴보고(望), 환자의 목소리를 들어 보고(聞), 환자에게 여러 가지 증상들을 물어보고(問), 환자의 맥을 짚어본(切) 뒤 병을 판단한다는 방법을 뜻하는 말이었으나, 이를 도굴 행위에 패러디하여 사용한 것이다.

> 원해 묘혈을 찾아내는 데 백 번 중 한 번의 실수도 없었다. 하루는 북쪽 교외에 나갔다가 정오 무렵 때 마침 천둥 번개가 번갈아 치자, 초사는 일당들을 모두 급히 소집해 사방으로 흩어져 묘혈을 찾게 했다. 말하기를, "천둥번개가 몰아치고 비바람이 몰아치지만 절대 조금도 물러서지 마라. 특이한 소리가 들리거든 조용히 내게 와서 아뢰거라."라며, 자신은 천둥과 폭우가 쏟아지는 고개 위에 우뚝 서있었다. 이윽고 비가 그치자 동쪽에서 한 녀석이 돌아와 아뢰기를, "천둥이 칠 때 발 아래에서 미세한 진동이 느껴졌습니다. 마치 땅 속에서 천둥 소리에 공명을 하는 듯 했습니다."라고 하자, 초사는 기뻐하며 말했다. "찾았다!"[34]

초사 일당은 정교한 전문적 기술과 오랜 경험을 통해 천둥과 폭풍이 몰아칠 때 산 전체에서 들려오는 메아리와 진동으로 고분의 묘 터를 찾을 수 있다는 것을 터득하게 된 것이다. 이러한 능력은 신비롭게 들리지만, 사실 과학적 근거가 없는 것이 아니다. 왜냐하면 고분에는 망자의 신분이나 지위에 걸맞게 대량의 청동기나 금속 장식품 등을 함께 매장하기 때문에 이런 전도체 금속들은 천둥과 번개 같은 전류가 땅 속으로 흐르게 되면 특정한 반응을 일으키게 되는 것이다.[35] 다양한 도굴의 고수들 가운데는 심지어 냄새로 고분의 연대를 알아맞히는 사람도 있다. 한나라에서 당나라에 이르는 고대 시기에는 대부분 진흙으로 묘실을 만들었지만, 명청 시기 이후에는 벽돌로 묘실을 만들었기 때문에, 건축 재료가 내뿜는 냄새가 다르기 때문에 후각이 예민

34) "廣州劇盜焦四, 駐防也, 常於白雲山旁近, 以盜墓爲業. 其徒數十人, 有聽雨, 聽風, 聽雷, 觀草色, 泥痕等術, 百不一失. 一日, 出北郊, 時方卓午, 雷電交作, 焦囑衆人分投四方以察之, 謂雖疾雷電, 暴風雨, 不得稍卻, 有所聞見, 默記以告. 焦乃屹立於嶺巓雷雨之中. 少頃, 雨霽, 東方一人歸, 謂大雷時, 隱隱覺脚下浮動, 似聞地下有聲相應者, 焦喜曰: '得之矣.'" [淸]徐珂, 『淸稗類鈔』, 北京: 中華書局, 1984年, 5341쪽.

35) 倪方六, 「古代盜墓賊南北派別絶技之分」, 『文史博覽』, 2010年, 67쪽.

한 도굴꾼들은 땅 속에서 풍겨오는 냄새로 고분이 얼마나 오래 되었는지를 알 수 있다는 것이다.[36)]

『귀취등』에 등장하는 골동품 상인 금니(大金牙) 역시 도굴꾼 집안 출신이다. 그의 아버지는 후난(湖南)의 한 도굴 고수에게서 기술을 배웠는데, 이들이 주로 사용했던 기술이 바로 '코로 냄새 맡기'였다. 이들은 후각을 예민하게 유지하기 위해 흡연과 금주는 물론 매운 음식을 먹는 것까지 금하고 있었다. 왕뚱보(王胖子)가 지니고 있던 옥 노리개를 보자마자 금니는 냄새를 한번 맡더니 그 연대를 알아맞히는 장면이 등장하기도 한다. 『도굴일기』에서도 도굴꾼의 기발한 기술을 소개하고 있다.

> 묘혈의 자리와 모양을 알아내는 것은 도굴꾼들의 기본 능력이지. 대개는 땅 위의 모양이 어떻게 생겼는지를 보면 땅 속의 묘실이 어떻게 생겼을 지도 십중팔구는 알 수 있거든. 그런데 이 고분의 묘실은 좀 이상하단 말이야. 대부분의 전국시기 고분은 지하 공간이 따로 없는데, 이 묘의 아래엔 분명히 있단 말이거든. 게다가 그것도 벽돌 지붕이야. 정말 이상해. 삼촌은 손가락으로 깊이를 잰 뒤 마지막으로 관의 위치를 대략 정하였다.[37)]

전문 도굴꾼들은 삽에 묻어 나오는 흙만 가지고도 고분의 대략적인 윤곽을 알아낼 수 있었다. 이렇게 발견한 고분을 발굴하기 위해서는 남들의 이목을 피하여 고분을 파헤치기 위한 사전작업을 해야만 했는데, 대개는 고분 주변에 집을 짓는다든지, 바로 옆에 가짜 무덤을 조성

36) 「歷史上的盜墓賊: 能用嗅覺判斷墓葬的年代」, 羊城晩報, 2010.03.03.
37) 『盜墓筆記之七星魯王宮』, 上海: 上海文化出版社, 2011年, 38쪽. 이하 『도굴일기』가 출처인 경우 페이지만 표시함.

한다든지, 아니면 나무를 심어 그 자리를 엄폐한다든지 하는 방법이 대부분이었다.[38] 『현괴록(玄怪錄)』에는 <노공환(盧公煥)>이라는 이야기가 수록되어 있는데, 도굴꾼이 먼저 나무를 심어 사람들의 이목을 가린 뒤 도굴을 진행한다는 내용이다.

> 계곡 주변에는 인가가 없었는데, 고분을 도굴하는 도둑이 말하기를, "전에 보니 수레바퀴 자국 사이에 꽃무늬 벽돌이 있었던 것으로 보아 이 자리는 옛날 고분임에 틀림없어." 그리고는 열 명 정도의 일당을 모아 그 근처에 집을 짓겠다고 관가에 계속 요청하게 하였다. 현령의 허가가 떨어지자 그 자리에 아마를 심어 외부인들의 시선을 차단하고, 땅을 파내려갔다. 이윽고 땅 속으로 난 길을 찾았는데, 점점 넓어지더니 세 개의 돌문이 나왔는데 모두 쇳물을 녹여 봉인되어 있었다.[39]

한 도굴꾼이 계곡의 넓은 땅에 사람도 살지 않는데, 수레바퀴 자국 사이에 옛 무덤을 만드는데 사용된 것으로 추정되는 꽃무늬 벽돌이 있는 것을 보고 그 땅 아래 고분이 있다는 것을 알아차렸다. 그는 남들의 시선을 피하여 도굴을 진행하고자 관아에 집을 짓겠다는 허가를 받은 뒤 길고 빽빽하게 자라는 아마를 심어 밖에서 그곳을 볼 수 없게 만든 다음 무덤을 파헤친다는 내용이다. 『귀취등』에도 이와 비슷한 묘사가 등장한다. 후바이(胡八一) 일행이 용골묘(龍骨廟)라는 이름의 한 사당을 발견하는데, 후바이는 그곳이 옛날 도굴꾼들이 도굴의 통로를 드러나지 않게 하기 위해 그 위에 사당을 짓는 방식으로 엄폐했던 곳이

---

38) 「歷史上的盜墓賊: 能用嗅覺判斷墓葬的年代」, 羊城晚報, 2010.03.03.

39) "溪穀逈無人處, 有盜發墓者云 : '初見車轍中有花磚, 因揭之, 知是古塚墓.' 乃結十人於縣投狀, 請路旁居止. 縣尹允之. 遂種麻, 令外人無所見, 卽悉力發掘, 入其隧路, 漸至壙中, 有三石門, 皆以鐵封之." [唐]牛僧孺, 『玄怪錄』, 北京: 中華書局, 1982年, 81쪽.

라는 것을 알아차렸는데, 이 역시 역사적 근거가 있는 서술이라고 하겠다.

> 이 골짜기는 마치 용이나 뱀이 지나가는 모양처럼 생겨서, 사방의 산맥이 둘러싸지도 않고 산 기운의 보호도 받지 못하는데다가 너무 깊은 산중이라 음기 역시 너무 강하지. …… 그래서 이런 곳에 사당을 짓는다는 것은 이치에 맞지 않아. 이건 틀림없이 도굴꾼들이 도굴을 하기 위한 은폐용 건물로 지은 것이야.[40]

『도굴일기』에서도 주인공 우시에가 현지인들로부터 누군가가 청동대정(大鼎)이 출토되었던 그 산위에 별장을 지으려한다는 이야기를 듣고 "이런 황량한 산 위에 별장을 짓다니, 그건 돈 많은 화교 아니면 도굴꾼이겠군."이라고 단정 짓는 대목이 나온다.[41] 이를 통해 볼 때 각종 엄폐물로 도굴 행위를 은폐하는 방법은 이 '업종'에 종사하는 사람들 사이에선 기본적인 수단에 속한다고 할 수 있다.

2.3 무덤 속 모습의 설정

『귀취등(鬼吹燈)』과 『도굴일기(盜墓筆記)』를 보면 도굴꾼이 무덤에 들어가면 다양한 현상들과 접하게 된다. 특이한 상태의 시체를 보게 되거나, 귀신이나 이상한 괴수(怪獸)를 만나게 되거나 금기물에 부딪치기도 하고 혹은 도굴을 막기 위해 설치해 둔 방어 장치를 만나게 되기도 한다. 이 모든 무덤 속 모험 요소들은 고대 도굴 서사에서도 소재로

40) 『鬼吹燈之龍嶺迷窟』, 青島: 青島出版社, 2016年, 37쪽. 이하 『귀취등』이 출처인 경우 페이지만 표시함.

41) 『盜墓筆記之七星魯王宮』, 31쪽.

쓰였던 것들이다. 장위리엔(張玉蓮, 2013)은 고대 소설에서 도굴 관련 서사의 대부분 내용은 도굴꾼이 무덤에 들어간 뒤 벌어지는 특이한 현상들에 대해 다루고 있는데, 주요하게는 다양하고 기이한 부장품들과 '죽었다 되살아나는' 무덤 속 망자가 그 대표적 예이다. 이 무덤 속 망자가 오랜 시간 동안 썩지 않고 보존될 수 있게 만들어준 주요한 물질은 운모(雲母)와 진향(珍香), 그리고 옥기(玉器)이다. 아래에서는 이들 무덤 속 특이한 현상들에 대해 살펴보도록 한다.

2.3.1 기이한 시신

도굴범이 무덤에 들어가게 되면 당연하게도 그곳에 안장된 무덤의 주인, 즉 망자와 조우하게 된다. 그런데 다양한 도굴 서사에서 해골로 변해있어야 할 이 망자의 시신이 여러 가지 이유로 인해 생전의 모양을 그대로 유지하고 있는 것을 보게 된다. 이러한 현상은 자연적으로 만들어 진 것이 아니라 피부를 썩지 않게 유지해주는 특수한 물질에 의존한 것이다. 예를 들어 『서경잡기(西京雜記)』에 수록된 <위나라 왕자 차거의 무덤(魏王子且渠冢)> 이야기를 살펴보자.

> 위나라 왕자 차거의 무덤은 매우 얕고 좁았다. 관도 없는 채로 시신이 돌 평상 위에 놓여있었는데, 너비가 6척에 길이가 한 장쯤 되었다. 돌 병풍이 둘러져 있었고, 돌 평상 아래에는 모두 운모로 채워져 있었다. 돌 평상 위엔 남자와 여자 시신 두 구가 누워 있었는데 둘 다 삼십 세 정도 되어 보였고, 모두 머리를 동쪽으로 둔 채 옷도 걸치지 않은 채 알몸으로 누워있었다. 피부 상태와 안색이 살아있는 사람과 똑같았고, 머리카락과 치아며 손톱까지도 살아있는 사람의 그것처럼 그대로였다.[42)]

광천왕(廣川王) 유거질(劉去疾)이 위나라 왕자 차거의 무덤에 들어간 뒤 그곳에서 마치 살아있는 사람처럼 피부와 모발이 생생한 시신 두 구를 발견했는데, 고대 중국인들은 이것이 운모(雲母)라는 광물질의 효능이라고 믿었다.

『귀취등』에도 이와 유사한 서술이 등장한다. 전대의 도굴꾼인 자고새(鷓鴣哨)가 묘실의 관 속에서 얼굴이 마치 살아있는 사람 같은 30세 전후의 여자 시신을 보았다는 것이다. 귀부인의 풍모를 지녔던 이 여자 시신은 그러나 입 속에서 붉은 구슬이 밖으로 떨어지자마자 얼굴에서 갑자기 흰색의 융털이 자라나기 시작하는 것이었다.

> 자고새는 여 시신의 입 속에서 떨어진 짙은 자주색 구슬을 살펴보았다. 주사(朱砂)와 자옥(紫玉)을 섞어 만든 것으로 추정되는 이 환약은 라오산(嶗山)에서 비밀리에 전수되던 망자의 시신이 변하지 않도록 유지해 주는 '정시단(定屍丹)'이었다. 고대 중국에서는 귀족들이 화장(火葬)을 원하는 일은 거의 없었기 때문에 죽은 뒤 시변(屍變) 현상이 일어나지 않도록 도사(道士)를 불러 단약을 만들어 시신의 몸에 넣어두었던 것이다.[43]

위의 서술에 따르면 여자 시신의 변질을 막아준 보물은 일종의 특수한 단약이었다. 한편 『도굴일기』에서는 주인공 우시에가 칠성노왕(七星魯王)의 묘실에서 역시 살아있는 것 같은 젊고 아름다운 여인의 시신을 발견하게 되는데, 이 시신의 변질을 막아 준 보물은 옥(玉)이 박혀있는 열쇠였다. 우시에가 이 열쇠를 여인의 입에서 꺼내자마자 "바

42) "魏王子且渠塚, 甚淺狹. 無棺柩, 但有石床, 廣六尺, 長一丈, 石屏風, 床下悉是雲母. 床上兩屍, 一男一女, 皆年三十許. 俱東首, 裸臥無衣衾. 肌膚顏色如生人. 鬢發齒爪亦如生人." [晉] 葛洪撰, 周天遊校注, 『西京雜記』卷六, 西安: 三秦出版社, 2006年, 260쪽.

43) 『鬼吹燈之龍嶺迷窟』, 146쪽.

로 내 눈앞에서 생생하게 살아있는 것처럼 보였던 그 미녀가 단 몇 초만에 삐쩍 마른 미이라로 변해 버렸지."[44]라고 말하듯이 생기를 유지해주는 신비로운 힘이 사라져버리는 것이었다.

2.3.2 귀신과의 만남

『유양잡조 · 시석(酉陽雜俎 · 屍穸)』편에는 도굴하는 과정에 아래와 같이 귀신을 만나는 대목이 나온다.

> 근래에 한 도굴범 일당이 촉한 선주(先主, 유비)의 고분을 파고 들어갔다. 무덤 안에서 도굴범들은 십 여명의 호위병에 둘러싸인 두 사람이 등을 켠 채로 바둑을 두고 있는 것을 보게 되었다. 도굴범들이 깜짝 놀라 엎드려 절하며 사죄하자, 바둑을 두던 한 명이 돌아보며 말했다. "그대들도 마시겠는가?" 이에 각자 한 잔씩을 마셨다. 그러자 이번에는 옥으로 만든 허리띠 몇 개를 주며 어서 나가라고 명하는 것이었다. 도굴범들이 밖으로 나와 보니 입에는 검게 칠이 되어있었고, 가져나온 것들은 큰 뱀들이었다. 그 무덤을 살펴보니 구멍도 다 사라지고 평지와 같았다.[45]

무덤의 주인이 살아있을 때처럼 등불을 켜고 바둑도 두었다는 설정이다. 그러나 도굴꾼들이 무덤을 빠져 나온 뒤에는 모든 것이 다 사라지고 없었다는 이야기이다. 또 『이견지(夷堅志)』에 수록된 <이노파의 묘(李婆墓)>』이야기에도 귀신과 만나는 내용이 들어있는데, 이 부분은

44) 『盜墓筆記之七星魯王宮』, 81쪽.

45) "近有盜, 發蜀先主墓. 墓穴, 盜數人齊見兩人張燈對棋, 侍衛十餘. 盜驚懼拜謝, 一人顧曰: '爾飲乎?' 乃各飲以一杯, 兼乞與玉腰帶數條, 命速出. 盜至外, 口已漆矣. 帶乃巨蛇也. 視其穴, 已如舊矣." [唐]段成式, 『酉陽雜俎 · 屍穸』, 北京: 中華書局, 1981年, 126쪽.

더욱 공포스럽다.

> 잠시 후 키가 칠 척 정도 되고, 흰색 명주 옷을 걸친, 백발에 검고 흉악한 얼굴을 한 귀신이 나타났는데, 관 뚜껑 위에 단정히 앉아 손가락을 튕기며 휘파람을 불자 갑자기 숲의 골짜기가 소리로 진동을 하며 계곡의 물들이 끓어 오르듯 흘러 넘쳤다. 도굴꾼들이 무서워 달아나 흩어졌다. 얼마 지나 안개와 아지랑이가 사방에서 모여들더니 구신이 나타났는데, 덜그럭거리는 수레바퀴 소리 같기도 하고 들릴 듯 말 듯한 천둥소리 같기도 하였다. 시간이 지나고 안개가 걷히자 도굴범 중에 담력이 좀 있는 자가 다시 와서 무덤을 살펴보았는데, 관은 이미 사라지고 무덤의 구멍만이 그대로 남아있어 탄식하며 돌아갔다.[46]

『유양잡조』에 실린 조용히 바둑이나 두던 귀신과는 달리, 이노파 이야기의 귀신은 무섭게 생긴데다가 심지어는 기상변화까지 조종하는 능력을 가지고 있다. 그렇지만 귀신 이야기의 결말은 언제나 그렇듯이 홀연히 사라지고 아무 것도 남지 않는 모습이다. 『귀취등』과 『도굴일기』 역시 이러한 서사 스타일을 계승하고 있다. 『귀취등』에서 주인공 후바이는 젊은 '지청(知靑)'[47] 시절에 실수로 우심산(牛心山)에 있는 태후묘에 들어가게 되었는데, 그곳에서 그는 백발에 화려한 의복을 입은 한 노부인이 피영희(皮影戲)[48]를 보고 있는 모습을 발견하게 된다. 그

46) "俄有一媼長七尺餘, 髮白貌黑, 形極醜, 素練寬衣, 端坐槨上, 彈指長嘯, 響振林壑, 溪穀涓流, 一切沸湧. 衆怖而散走. 須臾, 煙靄四合, 神鬼出沒, 或聞闐闐車馬聲或隱隱如雷. 移時開晴, 一盜有膽者復往視, 已失棺槨所在, 但存空穴, 嗟悔而歸." [宋]洪邁撰, 何卓點校, 『夷堅志』(第二冊), 『夷堅支甲卷第二(十四事)』, 北京: 中華書局, 1981年, 722쪽.

47) 지청(知靑)은 '지식청년(知識靑年)'의 준말로, 특별히 문화대혁명 기간에 농촌이나 산촌, 어촌 등으로 내려가 그곳에서 현지 주민들과 어울려 지내며 인민들의 생활을 몸소 체험했던 학생들을 지칭하는 용어이다.

48) 중국의 전통 인형극의 일종으로, 천으로 만든 막을 세워두고 뒤에서 등불을 비춘 뒤 금

노부인이 감상하던 피영희가 <당태종이 꿈에 달나라에 가다(太宗夢遊廣寒宮)>라는 극과 <적청이 밤에 곤륜관을 털다(狄青夜奪昆侖關)>라는 그림자극이었는데, 갑자기 노부인의 머리가 아래로 뚝 떨어졌는데도 땅에 떨어진 머리가 여전히 극을 보는 모습에 소스라치게 놀라 동굴 밖으로 뛰쳐나온다. 그러자 그 동굴은 입구가 닫히고 거대한 석벽으로 변하는 것이었다.[49] 『도굴일기』에서는 주인공 우시에가 칠성노왕묘에 들어가 옥 평상 위에 놓여있는 청안호(青眼狐)와 여인의 시신을 발견한다. 그와 함께 들어간 왕뚱보는 청안호의 눈을 바라보고 환술에 걸려 우시에와 서로 싸우게 되지만, 다행히도 우시에가 자기도 모르게 시신의 허리띠에 달려있던 구리비늘을 삼키게 되고 그 덕에 환술이 풀려 그곳을 빠져 나가게 된다.[50]

2.3.3 괴수(怪獸)와의 만남

도굴범들은 무덤 안에서 귀신 이외에도 기이한 동물이나 요괴와 조우할 수도 있다. 『서경잡기(西京雜記)』에 나오는 「난서총(欒書冢)」이야기를 살펴보자.

> 흰 여우 한 마리가 사람들을 보고 달아났다. 좌우의 부하들에게 쫓게 했으나 잡지는 못하고 왼쪽 다리에 상처만 입혔을 뿐이었다. 그날 밤 왕이 꿈을 꾸었는데, 눈썹과 수염이 모두 하얀 한 사나이가 나타나 왕에게 말하기를, "왜 내 다리를 상하게 했지?"라고 하며 지

속판 등으로 만든 인형들을 사람이 막대기로 조종하여 그 그림자가 막에 비치는 것을 관중들이 감상한다.

49) 『鬼吹燈之精絶古城』, 27-28쪽.

50) 『盜墓筆記之七星魯王宮』, 78쪽.

팡이로 왕의 왼쪽 다리를 내리쳤다. 왕이 꿈에서 깨었는데, 다리가 붓고 종기가 생겨 죽을 때까지 낫지 않았다.[51]

한나라 광천왕(廣川王)이 난서총에서 흰 여우 한 마리를 만났는데, 왼쪽 다리를 상하게 하자, 이 여우가 꿈에 사람의 형상으로 나타나 광천왕을 질책하고 복수한다는 내용이다. 이렇게 사람의 모습으로 변신할 수 있는 괴수의 등장 이외에도 일반적인 동물들도 무덤에서 나타날 수 있다. 『유양잡조・모편(酉陽雜俎・毛篇)』에는 「늑대 무덤을 지나다(過狼塚)」라는 이야기가 수록되어 있다.

임제군의 서쪽에는 늑대무덤이 하나 있다. 최근에 어떤 사람이 혼자서 들판을 지나다가 수십 마리의 늑대들과 부딪혔다. 그 사람은 급히 풀 더미 위로 올라갔다. 이때 늑대 두 마리가 어떤 구멍 속으로 들어가더니 늙은 늑대 한 마리를 지고 나왔다. 이 늙은 늑대가 풀 더미로 오더니 입으로 풀 몇 가닥을 물어서 뽑아내자 나머지 늑대들도 이를 따라 풀을 입으로 뽑아내기 시작하였다. 풀 더미가 무너지기 직전 마침 그 곳을 지나던 사냥꾼이 그를 구해주었다. 그 사람은 사람들을 이끌고 가 그 무덤을 파헤치고 늑대 백여 마리를 죽여버렸다. 그 늙은 늑대는 아마 이리가 아니었을까 싶다.[52]

『귀취등』과 『도굴일기』 역시 이러한 동물들을 설정하여 고분의 기

51) "有一白狐, 見人驚走；左右逐之, 不能得, 傷其左脚. 其夕, 王夢一丈夫, 須眉盡白, 來謂王曰: '何故傷吾左脚?' 乃以杖叩王左脚. 王覺, 脚腫痛生瘡, 至死不差." [晉]葛洪撰, 周天遊校注, 『西京雜記』卷六, 西安: 三秦出版社 , 2006年, 264쪽.

52) "臨濟郡西有狼塚. 近世曾有人獨行於野, 遇狼數十頭, 其人窘急, 遂登草積上. 有兩狼乃入穴中, 負出一老狼. 老狼至, 以口拔數莖草, 群狼遂競拔之. 積將崩, 遇獵者救之而免. 其人相率掘此塚, 得狼百餘頭殺之. 疑老狼卽狽也." [唐]段成式, 『酉陽雜俎・毛篇』, 北京: 中華書局, 1981年, 160쪽.

이한 환경을 조성하는 하나의 수단으로 활용하고 있다. 그러나 사람으로 변신할 수 있는 동물이나 혹은 단순한 야수와 달리 이 소설들의 작가는 등장하는 동물들에게 과장된 특성과 능력을 부여하여 엄청난 파괴력을 가진 공포의 캐릭터로 만들어 냄으로서 주인공의 모험에 난이도를 높였다. 예를 들어 『귀취등』에 등장하는 다푸귀충(達普鬼蟲)은 티벳고원의 얼음의 강 아래에 있는 구층요탑(九層妖樓)에 살고 있는 일종의 곤충인데, '무량업화(無量業火)'라는 신비한 불과 '내궁신빙(乃窮神冰)'이라는 특이한 얼음을 동시에 만들 수 있는 기이한 곤충으로, 이 벌레의 힘은 마치 죽은 자의 망령을 지옥에서 불러낸 것 같은 것이어서 피하는 것 외에는 아예 상대할 수 있는 방법이 없다.[53] 또한 사람들이 숲에서 흔히 만날 수 있는 족제비 역시 이 작품에서는 사람의 마음을 꿰뚫어보고 홀릴 수 있는 존재로 등장한다.

> 지금 우리의 일거수일투족이 저 족제비에게 읽히고 있어서 저 놈을 조금도 공격할 수 없어. 게다가 우리 넷 중에 이미 둘은 저 놈에게 정신이 홀렸고, 다들 상처도 있어서 이러다간 곧 죽게 될 거야. 어떤 식으로 싸우든 간에 당하는 건 우리뿐 이대로는 승산이 없어.[54]

『도굴일기』에서는 백두산의 태동영궁(胎洞靈宮)에 사람의 상상력을 초월할 정도로 거대한 '그리마' 같은 벌레가 등장하기도 하고, 해저의 무덤 속에서 '바다원숭이(海猴子)'를 만나기도 하는데, 이 동물은 생김새는 사람과 비슷하지만 온 몸이 비늘로 덮여있고 매우 사나워 사람

53) 『盜墓筆記之昆侖神宮』, 127쪽.
54) 『鬼吹燈之黃皮子墳』, 191쪽.

을 잡아먹기도 한다.

살아있는 괴수 외에도 중국의 민간 장례 풍속에는 '진묘수(鎭墓獸)'라고 불리는 무덤을 지켜준다는 괴수의 형상을 한 부장품이 있다. 진묘수를 같이 묻는 풍속은 춘추전국(春秋戰國) 시대부터 생겨났는데, 진묘수는 대개 정방형의 받침 위에 동물의 몸통을 만들고 그 위에는 호랑이나 표범 같은 동물의 머리를 붙여 놓은 형상이 대부분이다. 진묘수를 만들어 묻는 이유는 이 동물이 무덤 속의 망자를 지켜주어 도굴을 방지하게 한다고 믿었기 때문이다.[55] 앞서 살펴 본 『태평광기(太平廣記)』의 「노관총(奴官塚)」이야기에도 진묘수가 등장한다.

> 마을 사람들이 노관총에 보물이 묻혀 있다는 소문을 듣고 무리를 지어 무덤을 도굴하기로 하였다. 무덤에 막 들어가니 거위 한 마리가 날개를 휘저으며 사람들을 공격하였다. 사람들이 몽둥이로 반격하니 움직이지 못했는데, 알고 보니 구리로 만든 거위였다.[56]

「노관총(奴官塚)」이야기에 등장하는 이 진묘수는 도굴범을 쫓아낸다는 구리 거위였는데, 『귀취등』과 『도굴일기』에서 작가는 이 진묘수라는 존재에 엄청난 능력을 부여하여 도굴서사에 모험적인 요소를 더하였다. 예를 들어 『귀취등』에 나오는 한나라 헌왕묘(獻王墓)에는 무술(巫術)로 만들어낸 '충인(痋引)'[57]이 등장하고, 『도굴일기』의 해저묘에서 등장하는 한발(旱魃, 흰 털로 뒤덮인 강시)과 금파(禁婆, 긴 털과 머리카락을 가진 바다 속 악귀) 같은 존재 역시 도굴범의 침입으로부터 무덤을 지키

55) 田亮, 「盜墓與中國古代喪葬禮俗」, 『安徽史學』, 1997年, 8-13쪽.

56) "村人素聞奴官塚有寶, 乃相結開之. 初入埏前, 見有鵝, 鼓翅擊人, 賊以棒反擊之, 皆不複動, 乃銅鵝也." [宋]李昉, 『太平廣記』, 北京: 中華書局, 1961年, 3112쪽.

57) 동충하초처럼 사람의 시신 속에 넣어두면 천년 동안 동면상태를 유지하면서 시신을 지켜준다고 믿었던 전설 속의 벌레.

고자 하는 목적으로 만들어낸 신비한 존재이다.[58)]

2.3.4 금기의 설정

도굴 행위에서 나타나는 기이한 현상 중에는 '금기'의 설정도 포함된다. 예를 들어 『유양잡조・시석(酉陽雜俎・屍穸)』편에 나오는 "망자의 무덤에는 가죽제품이나 철기, 혹은 구리거울이 달린 화장대를 넣지 않는다. 왜냐하면 망자가 빛을 볼 수 있게 해서는 안 되기 때문이다."[59)]와 같은 언급이다. 또한 『태평광기』「최함(崔涵)」의 이야기에도 "잣나무 관에는 뽕나무로 모서리를 만들지 않는다"[60)]라는 언급이 나오는데, 왜냐하면 저승에서도 병사를 징발하는데, 잣나무 관에 들어있으면 병사로 징발되는 것을 피할 수 있지만, 뽕나무로 모서리를 짜면 귀병(鬼兵)으로 끌려가는 것을 피할 수 없다는 것이다. 『낭적삼담(浪跡三談)』이라는 책에서는 "대추 씨 일곱 개를 강시의 척추 혈자리에 꽂으면, 잡았던 손이 풀리게 된다."[61)]라는 기록으로 강시(僵屍)에게 붙잡혔을 때 대응하는 방법이 적혀있다. 이런 장례 금기들은 장례 문화를 복잡하게 만드는 요소이기도 하면서 동시에 도굴 서사에 디테일을 더해주는 효과도 거두고 있다. 『귀취등』과 『도굴일기』에도 이러한 금기에 대한 언급들이 등장한다. 예를 들어 『귀취등』에서 후바이 일행은 명아저씨(明叔)에게 티베트에 가기 전에 시신을 제압하는 물건 하나가 더 필요하

---

58) 차이쥔(蔡駿)이 지은 『진묘수(鎭墓獸)』라는 작품이 바로 이러한 풍속을 제재로 하여 만들어낸 중국 최초의 '반(反)도굴' 미스터리 인터넷 소설이다.

59) "送亡人不可送韋革, 鐵物及銅磨鏡奩蓋, 言死者不可使見明也." [唐]段成式, 『酉陽雜俎・屍穸』, 北京: 中華書局, 1981年, 122쪽.

60) "柏棺勿以桑木爲榱." [宋]李昉, 『太平廣記』, 北京: 中華書局, 1961年, 2980쪽.

61) "用棗核七個釘入屍脊背穴, 上手隨松出." 上海古籍出版社編, 『淸代筆記小說大觀(五)』, 上海: 上海古籍出版社, 2007年, 4345쪽.

다고 말한다.

> 나는 명아저씨에게 말했다. "법가조사(法家祖師)가 사용하던 거울은 없어졌지만, 저는 다행히 발구천관(發丘天官, 4대 도굴 가문의 명칭)이 쓰던 구리 도장을 찾아냈어요. 이것만 있으면 설령 샹시(湘西)의 강시대왕이라 하더라도 도장에 새겨진 '천관사복, 백무금기(天官賜福, 百無禁忌)'라는 여덟 글자에 제압당해 영원히 일어나지 못할 겁니다. 이 도장은 시변(屍變)을 막아줄 뿐 아니라, 잡귀와 악신(惡神)들을 막아주는 효능도 있어서 구층요탑(九層妖塔)의 악신들이라 하더라도 꼼짝 못할 거에요."[62]

고대 중국인들은 고분에서 강시가 일어나는 현상을 일종의 금기를 깨뜨린 행위로 간주하였고, 그리하여 강시를 제압하기 위한 법기(法器)가 등장하게 되었는데, 청동거울이나 구리도장 등이 이러한 법기에 해당되는 아이템들이었다. 이러한 금기와 아이템의 설정은 작품 속 주인공들이 도굴행위를 하는데 있어서 일종의 의례행위와 같은 엄숙한 느낌을 준다. 또한 『도굴일기』에서 우시에 일행은 무덤 속에서 서주(西周)시기의 흰 옷 입은 여인을 만나는데, 사실 이것은 사람이나 강시가 아니라 '꼭두각시'라고 불리는 여인의 혼백으로, 사람의 양기(陽氣)를 빨아들여 시신 동굴에서 나가려고 했던 것이다. 이에 기름병(悶油瓶)[63]은 자신의 피로 그 꼭두각시를 제압하면서 일행들에게 그 꼭두각시를 등지고 나가라고 외친다. 누구라도 그것을 보는 순간 그 혼백에게 사로잡히기 때문이다. 이 대목에서 강시에게 대응할 수 있는 아이템으로

62) 『鬼吹燈之昆侖神宮』, 25쪽.
63) 원래 이름은 장치링(張起靈)이지만, 말을 거의 하지 않는 성격으로 장벙어리(啞巴張)나 기름병(悶油瓶)이라는 별명으로 주로 불린다. 중국 전통의 기름병은 주둥이가 매우 작아 말이 없는 답답한 사람을 비유하는 표현으로 쓰인 것이다.

'검은 나귀의 발굽'이 등장하지만, 이 꼭두각시에게는 통하지 않았다.

2.3.5 도굴 방지 장치의 설정

『유양잡조・시석(酉陽雜俎・屍穸)』편에는 도굴범이 도굴 방지 장치에 제압당하는 이야기도 등장한다.

> 무덤의 옆에는 비석이 있었는데, 잘린 채로 수풀 속에 쓰러져 있었고, 글자들도 지워져 읽을 수가 없었다. 옆에서 수십 장을 파내려 가자 돌문 하나가 나왔는데, 쇳물로 봉인되어 있었다. 며칠에 걸쳐 양의 똥을 발라 녹이자 마침내 돌문이 열렸다. 사람들이 돌문을 열고 들어가자마자 화살이 비 오듯 쏟아져 몇 사람이 그 화살에 맞았다. 사람들이 무서워 나가려고 하자, 누군가가 별 것이 아니라 기관(機關)이 설치된 것일 뿐이니 그 곳에 돌을 던지라고 하였다. 과연 사람들이 그곳에 돌을 던질 때 마다 화살이 발사되었는데, 돌 십여 개를 던지고 나자 화살이 더 이상 발사되지 않았다. 이에 다들 횃불을 들고 더 깊이 들어갔다. 두 번째 돌문을 열자 이번에는 나무로 만든 인형들이 눈을 부릅뜨고 칼을 휘둘러 또 몇 사람이 부상을 입었다. 사람들이 그것을 몽둥이로 공격하자 나무 병사들이 모두 쓰러졌다. 안에 들어가 보니 사방의 벽에 모두 호위하는 병사들의 그림을 그려놓았다. 남쪽 벽에는 큰 검은 관이 쇠줄에 매달려 있었고, 그 아래에 금은보화가 쌓여있었다. 사람들이 겁을 먹고 감히 그것들을 가지러 가지 못하였다. 그때 관의 양쪽에서 갑자기 쏴아하고 모래바람이 불기 시작하였는데, 모래가 사람의 얼굴을 때릴 정도였다. 얼마 지나자 바람이 더 강해져 모래에 하반신이 잠길 정도가 되었다. 사람들이 모두 무서워 달아났고, 밖으로 나오자마자 문이 다시 닫혀 버렸다.[64)]

이러한 방어 장치는 보보기관(步步機關)이라고 불리는데, 침입자로 하여금 방비할 겨를을 주지 않는 것이 특징이다. 철을 녹여 돌문을 막은 것 뿐 아니라 돌문 뒤에 화살 발사 장치를 숨겨 두었다. 이 첫 번째 관문을 통과한다 하더라도 두 번째 관문에는 칼을 휘두르는 나무 병사들이 지키고 있다. 마지막 관문은 보물더미 위에 매달린 관인데, 관 속에서 모래가 끝없이 쏟아져 나와 도굴범들을 묻어버릴 정도이다. 『귀취등』에서는 도굴계의 선배인 진봉사(陳瞎子)가 젊은 시절에 샹시(湘西)의 핑산(瓶山) 고분에서 만난 도굴 방지 장치에 대해 이야기를 들려주는 대목이 나온다.

> 성 위에 기관이 잔뜩 설치되어 있었는데, 뒤에는 무수히 많은 나무 병사들이 서있었지. 그 병사들은 보통 사람 키 만큼이나 컸는데, 구조는 매우 간단하더군. 몸통에 걸쳐진 투구나 갑옷들은 이미 다 썩어서 없어졌고, 절구 같은 머리통에는 기름물감으로 얼굴을 그려 놓았는데, 눈은 뜨고 입은 다물고 있더구먼. 질서 정연하게 두 부대로 나뉘어서 끊이지 않고 화살 줄 당기는 동작을 되풀이 하면서 기관 화살 장치를 쏘게 해 놓았더라고. 성루에는 수은장치가 되어있어서 그 수은들이 일단 흐르기 시작하면 화살이 다 떨어지거나 아니면 기관장치가 부서지기 전에는 절대로 멈추지 않아.[65]

위에서 진봉사가 얘기한 방어 장치는 기계 동력을 이용하여 설치한

64) "墓側有碑, 斷倒草中, 字磨滅不可讀. 初, 旁掘數十丈, 遇一石門, 固以鐵汁, 累日洋糞沃之方開. 開時箭出如雨, 射殺數人. 衆懼欲出, 某審無他, 必機關耳, 乃令投石其中. 每投箭輒出, 投十餘石, 箭不複發, 因列炬而入. 至開第二重門, 有木人數十, 張目運劍, 又傷數人. 衆以棒擊之, 兵仗悉落. 四壁各畫兵衛之像. 南壁有大漆棺, 懸以鐵索, 其下金玉珠璣堆集. 衆懼, 未卽掠之. 棺兩角忽颯颯風起, 有沙迸撲人面. 須臾風甚, 沙出如注, 遂沒至膝, 衆皆恐走. 比出, 門已塞矣." [唐]段成式, 『酉陽雜俎 · 屍穸』, 北京: 中華書局, 1981年, 124-125쪽.

65) 『鬼吹燈之怒晴湘西』, 101쪽.

기관인 반면, 『도굴일기』에서는 생화학적인 방법으로 운행되는 방어 장치에 대한 서술이 나온다. 사람들이 동굴을 따라가다 벽돌로 만든 벽을 파내자, 기름병(悶油瓶)이 벽돌 하나를 벽에서 뽑아내어 이렇게 말한다.

> 그는 그 벽돌을 조심스레 땅에 내려놓고 벽돌의 뒷면을 가리켰다. 우리들은 그 벽돌의 뒷면에 검붉은 밀랍이 발라져 있는 것을 보았다. 그는 "이 벽 안에는 단약을 만들 때 사용하던 황산이 가득 차 있어. 만약 이 벽돌이 깨지기라도 하는 날엔 강한 산성의 황산액체가 우리 몸에 뿌려져서 흔적도 없이 다 타 버릴거야."라고 말했다.[66]

3. 인터넷 도굴 소설의 서사적 창신

『귀취등(鬼吹燈)』과 『도굴일기(盜墓筆記)』는 중국 고대의 도굴 서사로부터 많은 내용을 계승하였다. 그렇지만 이 두 작품은 이전 서사로부터의 계승을 넘어 새로운 서사적 내용을 보충하거나 서사 수단에 있어서도 창신(創新)의 모습을 보여주고 있다. 아래에서는 서사 내용과 서사 수단이라는 두 측면에서 분석을 진행할 것이다.

3.1 서사 내용의 풍부화

3.1.1 더욱 입체적인 인물 설정

『귀취등』은 인터넷 도굴 소설의 개척자라고 해도 손색이 없는 작품

66) 『盜墓筆記之七星魯王宮』, 39쪽.

이다. 왜냐하면 모금교위(摸金校尉), 발구중랑(發丘中郎), 사령역사(卸嶺力士), 반산도인(搬山道人) 등 4대 도굴 파벌을 상세히 구분 소개해 놓았을 뿐 아니라,[67] '도굴할 때는 동남쪽에 촛불을 켜둔다'라거나 '닭이 울면 도굴을 멈춘다'와 같은 그 세계의 규칙을 설정하기도 하였으며, 무덤 속의 시신을 '쫑즈(粽子)'라 부르고 도굴꾼(摸金校尉)의 증표를 '모급부(摸金符)'라고 부르는 등 도굴 세계에서만 통하는 은어들을 소개하는 등 한(漢)나라부터 생겨난 도굴의 세계를 완정하게 구축해 놓았기 때문이다. 또한 작가는 작품 속에서 주인공 후바이(胡八一)를 잠시 제쳐두고 모금교위 금주판(金算盤), 해령역사 진봉사(陳瞎子), 그리고 반산도인 자고새(鷓鴣哨) 등 인물들의 민국(民國) 시절부터의 활약상에 대해서도 묘사를 하고 있다. 이렇게 함으로써 작품의 통시적인 심도를 풍부하게 하는 효과를 거둘 뿐 아니라 복수의 인물들을 모두 생생하게 살려냄으로써 서사의 폭도 넓히는 효과를 만들어 내었다. 아래 표를 통해『귀취등』의 도굴 계보를 일목요연하게 살펴볼 수 있다.

표 1『귀취등』도굴 계보

	도굴 사대 문파			
문파 명칭	발구(發丘)	모금(摸金)	반산(搬山)	사령(卸嶺)
인물 호칭	모금교위(摸金校尉) 남송(南宋) 말기에 통합		이산도인(搬山道人)	사령역사(卸嶺力士)

67) 작가는 역사상 실재했던 관직을 그대로 사용하였다. "조조가 무도하여 발구중랑(發丘中郎)과 모금교위(摸金校尉)라는 관직을 만들어 이들 수십 명을 이용해 새 것과 옛 것을 막론하고 무덤을 마구 파헤쳤다. 묘지를 팔 때, 유골들을 황량한 벌판에 버렸는데, 사람들이 이를 보고 모두 슬퍼했다. 그의 흉악함이 이 정도에 달하였다. (曹操無道, 置發丘中郎, 摸金校尉數十員. 天下人塚墓, 無問新舊, 發掘時, 骸骨橫暴草野, 人皆悲傷. 其凶酷殘忍如此)" [唐]李冗撰, 張永欽·何志明點校,『獨異志』, 北京: 中華書局, 1983年, 37쪽.

인물 유래	조조 때 만든 실제 관직	고대 자그라마산 부락의 후예	한나라 말기의 농민군 출신
특장점	역학과 풍수지리학의 대가	도굴에 동물을 이용, 천산갑으로 구멍 파기	뒷일을 고려하지 않고 폭탄 등으로 무덤 부수기
도굴 목적	제세구민(濟世救民)	명약 찾기, 봉황담(鳳凰膽) 구함	재물 획득
마지막 세대	후바이 일행 20세기 1980~90년대	자고새(鷓鴣哨) 중화민국 시기	진봉사(陳瞎子) 중화민국 시기

위의 표에서 알 수 있듯이, 『귀취등(鬼吹燈)』에서 구현된 도굴 세계에서는 발구(發丘), 모금(摸金), 반산(搬山), 사령(卸嶺)이라는 사대 문파가 존재한다. 이 가운데 남송 말엽에는 발구(發丘)와 모금(摸金)이 모금교위(摸金校尉)로 병칭되었다. 작품 속의 주인공 삼총사인 후바이(胡八一), 왕뚱보(王胖子), 셜리양(Shirley楊)은 바로 모금교위(摸金校尉)의 마지막 세대들이다. 또한 반산(搬山)의 멤버들은 반산도인이라고 자칭하는데, 그들은 모두 고대 중국의 자그라마산 부락의 후예이기 때문에 가족 대대로 내려오는 저주를 풀기 위해 봉황담(鳳凰膽)이라는 전설 속의 구슬을 찾아야 한다. 셜리양(Shirley楊)의 조상은 바로 모금교위(摸金校尉)를 스승으로 모셨던 자고새(鷓鴣哨)이다. 사령(卸嶺)의 멤버들은 사령역사(卸嶺力士)라고 불리는데, 작품에서는 스토리의 전개를 돕는 조연의 역할을 하고 있다. 사령역사(卸嶺力士)의 마지막 세대인 진봉사(陳瞎子)가 우연히 후바이를 만난 후, 후바이 일행의 도굴 활동에 많은 정보를 제공하는 역할이 그것이다. 아울러 주인공 후바이가 왜 『16자풍수비술(十六字風水秘術)』을 가지고 있으며, 또 셜리양(Shirley楊)은 왜 진짜 모금부(摸金符)를 갖고

있는지에 대해서도 작가는 체계적인 서술을 제공하고 있다. 이것은 청나라 때의 기인(奇人) 장사슬(張三鏈子)에서부터 이야기해야 한다.

표 2 근대 모금교위 계승표

<table>
<tr><th></th><th>1대 제자</th><th>계승 상징물</th><th>결말</th><th>2대 제자</th></tr>
<tr><td rowspan="4">청나라
장사슬
(張三鏈子)</td><td>요진장로
(了塵長老)</td><td>모금부
(摸金符)</td><td>승려가 됨. 후에 자고새(鷓鴣哨)를 구하려다 흑수성(黑水城) 고분에서 죽음</td><td>자고새
(鷓鴣哨)
(셜리양의 외할아버지)</td></tr>
<tr><td>금주판
(金算盤)</td><td>모금부
(摸金符)</td><td>장사를 하다가 이재민을 구하기 위해 산시(陝西) 당나라 고분에서 죽음</td><td>양방
(楊方)68)</td></tr>
<tr><td>손국보
(孫國輔)
(陰陽目)</td><td>16자
풍수비술
(十六字風水秘術)</td><td>여행 중에 상한병(傷寒病)으로 죽음</td><td>호국화
(胡國華)
(후바이의 조부)</td></tr>
<tr><td>쇠숫돌
(鐵磨頭)</td><td>모금부
(摸金符)</td><td>사람을 구하기 위해 낙양(洛陽) 고분에서 죽음</td><td></td></tr>
</table>

표에서 보이는 듯이 장사슬(張三鏈子)은 『16자 풍수비술(十六字風水秘術)』과 모금부(摸金符)를 제자들에게 나누어 주었다. 제자 중에 요진장로(了塵長老)가 자기의 모금부(摸金符)를 셜리양(Shirley楊)의 외할아버지에게 주었고, 손국보(孫國輔)가 『16자 풍수비술』을 후바이의 할아버지에게 전해준 것이다.

이제 『도굴일기(盜墓筆記)』의 등장인물 사이의 관계를 살펴보자. 『도굴일기』 역시 입체적이고 복잡한 인물 관계가 이루어져 있는데, 작가

68) 양방은 천하패창(天下霸唱)의 소설 『儺神: 崔老道和打神鞭』(天津人民出版社, 2019년)에서 금주판의 제자로 등장하는 인물이다.

는 이 작품에서 청말민초(淸末民初) 시기의 남방의 도굴 가문들을 대표하는 '9대 문중(老九門)'을 설정하고 있다.

표 3 『도굴일기(盜墓筆記)』의 '9대 문중(老九門)' 계승표[69]

	분류	신분	대표 인물	주요 후손
9대 문중	상류 3대 문중	신분 세탁함	장계산(張啓山)	
			이월홍(二月紅)	
			반쪽이(半截李)	
	중류 3대 문중	도굴꾼	아쓰(陳皮阿四)	딸 천원진(陳文錦)
			개달인(吳老狗)	아들 우산성(吳三省), 손자 우시에(吳邪, 우산성의 조카)
			검은등(黑背老六)	
	하류 3대 문중	골동품상 (장물아비)	곽선녀(霍仙姑)	딸 훠링(霍玲), 손녀 훠슈슈(霍秀秀, 훠링의 조카)
			제입심(齊鐵嘴)	양아들 치위(齊羽)
			해나리(解九爺)	아들 시에리엔환(解連環), 손자 시에위천(解雨臣, 리엔환의 조카)

위의 표를 통해 『도굴일기』의 주인공 우시에가 도굴 세계의 계보 가운데 어디에 놓여있는지를 알 수 있다. 9대 문중(老九門)의 제3세대가

69) 이 작품에서는 '9대 문중'의 모든 인물들이 다 등장하는 것은 아니다. 위 표는 필자가 남파삼숙(南派三叔)이 『도굴일기』의 번외편 격으로 지은 『우시에의 개인 일기(吳邪的私家筆記)』라는 작품을 통해서 정리한 것임을 밝혀둔다. (http://www.daomubiji.org/wu-xie-de-si-jia-bi-ji).

모두 놀라운 비밀과 음모에 연루되는데, 9대 문중의 1세대와 2세대가 도굴에 참여했으나, 제3세대인 우시에는 조상들이 도굴에 참가한 이유를 밝혀내기 위한 목적으로 무덤 탐험을 시작하게 된다.

리우홍펑(劉宏鵬, 2016)은 인물의 계보도로 놓고 보았을 때, 이 두 작품은 모두 전형적인 '3+1 스타일'의 팀 구성을 보여준다고 주장했다. 즉 충동적이고 유치하지만 풍수를 제대로 아는 남자 주인공, 싸움을 잘하는 돌격형 뚱보, 남자 주인공과 은밀한 커플 관계를 암시할 수 있는 스마트한 여자 조연, 그리고 거의 만능인 신비의 보호자 캐릭터로 구성되어 있다는 것이다. 그런데 『귀취등』에서는 네 번째 캐릭터인 보호자 캐릭터가 드러나지 않고 숨어 있는데, 사실상 『귀취등』의 보호자는 실제 인물이 아니라 후바이의 호신부와 다름없는 『16자 풍수비술(十六字風水秘術)』이라는 책이다.[70] 생사고락을 함께 하는 '삼총사' 구조는 서사의 전개에서 매우 중요한 촉진제 역할을 한다. 『귀취등』의 주인공 후바이는 풍수지리적 지식을 통해 고분을 찾아내고, 『도굴일기』의 주인공 우시에는 자신이 배운 건축학 지식을 가지고 묘실의 구조를 추측한다. 『귀취등』과 『도굴일기』에서 공통적으로 등장하는 뚱보는 몸으로 부딪히는 일과 유머 코드로 분위기 조절을 담당한다. 『귀취등』의 셜리양(Shirley楊)과 『도굴일기』의 아닝(阿寧)은 모두 용감하고 지혜로운 여자로 등장한다. 『귀취등』의 『16자풍수비술』과 『도굴일기(盜墓筆記)』의 기름병(悶油瓶)은 모든 어려운 문제를 해결해 주는 조력자 겸 보호자 역할을 한다.

위에서의 분석을 통해 우리는 『귀취등』과 『도굴일기』가 주인공의 종적 배경으로서의 역사적 인물 계보라는 측면에서 서사의 깊이를 더

70) 劉宏鵬, 「接受美學視野下盜墓小說的創新性」, 『四川職業技師學院學報』, 201602 第26卷 第1期.

하여 주고 있으며, 횡적인 서사의 너비로서의 핵심 인물들 간의 관계라는 측면에서 서사의 폭을 넓혀주는 역할을 하고 있음을 알 수 있다.

3.1.2 더욱 풍부해진 줄거리

동한(東漢)시대의 왕충(王充)은 『논형(論衡)』 제3권 「기괴(奇怪)」편에서 '사람들은 기이한 것을 좋아하는데, 이것은 지금이나 옛날이나 같은 이치이다'[71]라는 관점을 제기했다. 읽어서 재미를 느끼는 것은 문학 작품의 중요한 기준 가운데 하나이다. 소설에서의 가독성을 확보하기 위해 작가는 현실 속의 지리적 환경과 민간의 전설 등을 충분히 활용하여 현실을 기반으로 여기에 예술적 가공을 통해 일련의 기이한 광경을 보여주었다. 예를 들면 도굴 탐험의 지리적 환경이라는 각도에서 『귀취등』과 『도굴일기』는 중국이 가지고 있는 지리적 환경의 이점을 충분히 활용하여 주인공들의 도굴 장소를 육지의 지하에만 제한하지 않고, 높은 산꼭대기에서 고원, 빙하, 열대 습지, 그리고 남해 바다 속 등 육해공의 모든 공간을 다루고 있다. 심지어 많은 신비한 지역은 고대의 기록을 근거로 하여 여기에 민간의 전설까지 상상력의 소재로 활용하였다[72]. 예를 들어 오작교(鵲橋) 전설이나 신필(神筆)을 가진 마량(馬良)의 이야기, 그리고 곤륜산(昆侖山) 요지(瑤池)에 산다는 서왕모(西王母)의 전설 등을 소개하고 있다. 소설 속의 주인공들은 바로 이러한 독특한 지리적 공간에서 한 단계 한 단계 모험을 펼쳐나가게 되는 것이다.

71) "世好奇怪, 古今同情." [東漢]王充原著, 袁華忠・方家常譯注, 『論衡全譯』, 貴陽: 貴州人民出版社, 1993年, 227쪽.

72) 주완잉(朱婉瑩, 2011)은 『귀취등』의 고분 장소 선택은 『열자・탕문(列子・湯問)』이나 『사기・서남이열전(史記・西南夷列傳)』, 『한서・서역전(漢書・西域傳)』, 그리고 9~17세기에 이르는 티벳의 역대 왕조 역사 등의 고적을 토대로 한 것이라고 언급했다. 朱婉瑩, 「論『鬼吹燈』的藝術特色及其貢獻」, 『東南大學學報(哲學社會科學版)』, 2011年6月 第13卷增刊.

『도굴일기』의 도굴 활동은 시간적 순서에 따라 9대 문중의 '제1세대 도굴'과 '제2세대 도굴', 그리고 작품 속 주인공들인 '제3세대 도굴'로 나눠볼 수 있다. 제1세대들은 당시 정치세력의 영향을 받았으므로 어떤 특정 인물의 조직에 들어가 비밀리에 영생불사(永生不死)의 비법이 적혀있다는 전국백서(戰國帛書)를 구하기 위한 도굴과 연구에 착수한다. 그러나 도굴을 하던 중 변고를 당하여 9대 문중의 각 문파들은 모두 큰 타격을 입게 된다. 몇 년 뒤 9대 문중의 제2세대들 역시 어떤 정치 세력의 지원을 받아 새로이 도굴 활동을 전개하지만, 이번에는 도굴 팀 내부의 내분이 일어났고, 이 가운데 한 문중이 정치세력의 속박으로부터 벗어나 9대 문중의 내분을 끝내고자 하였으나 실패하고 만다. 이들 제2세대의 도굴활동은 풀리지 않는 수수께끼들을 남긴 채 끝나고 말았다. 우시에를 대표로 하는 제3세대는 이 수수께끼들을 밝혀내기 위한 목적으로 다시금 도굴의 여정을 떠나게 된다. 이들 3대의 도굴활동을 아래 표로 정리해 보았다.

표 4 『도굴일기』 '9대 문중'의 도굴 활동

9대 문중	시간	지역	도굴 목적	참가 인물	결말
제1세대	1963-1965年	四川	전국백서 찾기	제1세대 기름병 (悶油瓶)	9대 문중이 큰 손실을 입고 분열됨
제2세대	1976年	廣西	고고학적 발굴을 빌미로 거짓 발인식	제2세대 산귀신 (鬼影)	인원 일부가 교체됨 산귀신(鬼影) 불구가 됨

	1985年	西沙	왕장해(汪藏海)의 해저 무덤 찾기	제2세대 기름병(悶油瓶)	셋째 삼촌과 시에리엔환이 연합하여 내분을 막기로 함 발굴 팀원들 신체에 이상 징후 발생
제3세대	2003年	山東	백서(帛書)의 지도에 나오는 칠성노왕궁(七星魯王宮) 찾기	셋째 삼촌, 우시에, 기름병, 뚱보 등	저승 옥새와 구리물고기를 찾음
	2003年	西沙	실종된 셋째 삼촌 찾기	우시에, 기름병, 뚱보, 아닝 등	벽화에서 백두산의 운정천궁(雲頂天宮)을 발견함
	2003年	秦嶺	해저묘에서 나타났었던 육각방울(六角鈴鐺)의 비밀 찾기	우시에, 라오양(老癢) 등	청동수(青桐樹)가 사람에게 신비한 힘을 줄 수 있음을 발견함
	2003年	長白山	셋째 삼촌이 메시지를 남김	세째 삼촌, 우시에, 기름병, 뚱보, 아쓰, 아닝 등	구리물고기와 동하(東夏) 만노왕(萬奴王)의 비밀을 알아냄
	2004年	塔木陀	이상한 비디오테이프에 담긴 비밀 찾기	우시에, 기름병, 뚱보, 아닝 등	실종된 천원진(陳文錦)을 찾아내어 셋째 삼촌의 정체를 알아냄
	2004年	廣西	기억상실증에 걸린 기름병의 광시에서의 행적 찾기	우시에, 기름병, 뚱보 등	장가고루(張家古樓) 발견 그곳의 돌 안에 살고 있는 괴물 밀락타(密洛陀) 발견

	2004年	四川	장가고루(張家古樓)에 들어갈 수 있는 암호 찾기	우시에, 시에위천 등	암호가 틀림, 기름병과 뚱보 등 실종됨
	2004年	廣西	실종된 기름병과 뚱보 등을 구출하기	우시에, 시에위천, 판즈 등	기름병과 뚱보가 구출됨 장가고루의 비밀이 풀림

도굴이라는 행위를 통해서 주인공은 피할 수 없이 많은 위험과 자극적인 경험을 얻게 된다. 『귀취등』과 『도굴일기』에서는 모두 '귀타장(鬼打牆, 유령이 만든 미로처럼 결코 빠져나올 수 없는 길)' 같은 이상 현상이 등장한다. 『귀취등』에서 후바이 일행은 친링(秦嶺)에 있는 당나라 때의 고분에서 주나라의 '유령 무덤(幽靈塚)'을 만나게 되고, 이로부터 귀타장에 갇히게 된다. 즉, 출구를 찾지 못하게 되는 것은 물론이고 어디로 가든지 결국은 원래의 자리로 돌아오게 되는 떠있는 계단을 만나게 된 것이다. 『도굴일기』에서 우시에 일행 역시 백두산 운정천궁(雲頂天宮)에서 귀타장에 갇히게 되어 아무리 다른 길로 가도 결국은 제자리로 돌아오게 되는 공포를 겪는다.

주인공들은 귀타장 외에 귀신에 들리는 현상도 경험하게 된다. 『귀취등』에서 왕뚱보는 무덤 속에서 이민족 무녀 시신의 혀가 굳어져 옥처럼 변한 것을 보고 탐이 나서 몰래 가지고 나오다가 귀신에 빙의되게 된다. 『도굴일기』에 나오는 뚱보 역시 백두산 아래의 장시각(藏屍閣) 안에서 묘실의 양시혈(養屍穴, 시신을 보존하는 구멍)에서 길러낸 태아의 시신에게 홀리게 된다. 또한 작품 속에는 사람도 귀신도 아니며 그렇다고 괴수도 아닌 특이한 존재도 등장하는데, 『귀취등』에서 후바이이가 윈난의 헌왕묘(獻王墓)에서 만나게 되는 반인반충(半人半蟲)의 괴영(怪嬰)과 사람 모양의 식물 등과 『도굴일기』에서 우시에가 칠성노왕궁에서 만나게 되는 주변의 살아있는 것들을 잡아먹는다는 '머리 아홉 달린 뱀나무(九頭蛇柏)' 등이 그러한 것들이다.

끝으로 언급할만한 것은 도굴 도구의 현대화에 관한 것이다. 『귀취등』에서 등장하는 도굴 도구들은 대단히 많은데 예를 들어 방독마스크, 고성능 LED 손전등, 군용삽, 고성능 탐조등, 64구경 권총, 방독면, 방수포, 조명탄, 에어백, 등산 케이블, 등산용 피켈, 군대용 라이트, 상어퇴치제, 휴대용 산소통, 잠수용 칼, M1 소총, 수류탄 등이 줄거리에 등장한다. 여기에 작가는 제1세대 도굴꾼들이 사용했던 먹줄(墨鬥)이나, 시체 포승줄(捆屍鎖), 노루발 못뽑이(探陰爪), 양초, 연시향(軟屍香), 검은 나귀 발굽(黑驢蹄子), 찹쌀, 그리고 홍렴묘심환(紅奩妙心丸, 시체의 독을 해독해 준다는 약) 같은 도굴 도구들 역시 문파 별로 상세히 분류하여, 모금교위(摸金校尉)들이 강시에게 대응하기 위해 사용했던 발구인(發丘印), 시체포승줄(捆屍索), 검은 나귀 발굽(黑驢蹄子), 성관정시침(星棺釘屍針) 등의 도구와 반산도인(搬山道人)들이 강시를 걷어차기 위해 배운 괴성척투(魁星踢鬥) 기술, 그리고 사령(卸嶺)의 도굴꾼들이 고기 잡는 그물처럼 만들어 가지고 다니던 귀신잡이 그물(纏屍網)이나 시신 드는 막대(抬屍竿) 등의 도구들을 자세히 소개하고 있다. 『도굴일기』에서도 조립형 광부등(分體式防水礦燈), 나선형 쇠파이프(螺紋鋼管), 발굴용 삽(考古鏟頭), 다용도 군도(多用軍刀), 접는 삽(折疊鏟), 짧은 망치(短柄錘), 붕대, 나이론 로프, 터보라이터 등의 현대식 도굴 도구들과 암시장에서 몰래 사들인 총포류 등이 언급되고 있다.

3.1.3 도굴에 대한 새로운 가치관 정립

고대의 도굴 서사가 '착한' 무덤 속 망자를 훼손하는 '악한' 도굴꾼의 선악의 대립으로 주로 그려졌다면, 인터넷 도굴 소설에서는 이러한 선악의 대립적 가치관이 크게 변하였다. 일단 작품의 주인공들이 도굴을 행하는 주체이기 때문에 도굴 행위의 동기를 '재물 획득' 보다는 '인명 구조'나 '문제 해결' 같은 합법적 미션으로 바꾸었고, 비판의 대상도 도굴범들이 아닌 고분의 주인, 즉 무덤 속 망자의 헛된 망상을 드러내는 방향으로 바뀌게 되었다는 것이다.

작가는 많은 편폭을 할애하여 주인공들이 찾아내는 고분 속의 벽화나 기록, 부장품의 성격 등을 묘사하고 있는데, 벽화 등의 기록은 무덤 주인의 살아생전의 모습과 이 묘실이 만들어지게 된 배경 등을 설명해 줄 수 있을 뿐 아니라 주인공 일행이 무덤 밖으로 탈출할 수 있는 힌트도 아울러 제시하고 있다. 이런 부분의 서술을 통해 작가는 무덤 속 주인을 구체적으로 형상화 해내고 있는 것이다. 『귀취등』에서 헌왕묘(獻王墓)에 그려진 벽화는 헌왕이 살아있을 때 두 번의 전쟁을 지휘했음을 그리고 있다. 그 첫 번째 전쟁은 야랑국(夜郎國)과의 전쟁이며, 두 번째 전쟁은 헌왕이 고전국(古滇國)의 지배에서 벗어난 뒤 용산(龍山)으로 옮겨가 그 곳의 원주민들을 도살했던 전쟁이었다. 벽화에는 용맹하지만 잔인했던 헌왕의 성격이 그대로 그려져 있었고 이로 인해 독자들은 헌왕이 왜 각종 잔인한 무술(巫術)들을 행하고 있었는지, 그리고 후바이가 헌왕의 두개골을 잘라냈을 때 각종 죽을 고비를 넘겨야만 했는지를 이해할 수 있게 된다. 벽화 외에도 각종 문자나 채색 역시 무덤 주인을 형상화하는데 도움을 주는 수단이다. 『도굴일기』에서 칠성노왕궁(七星魯王宮)의 청동관 위에 빽빽하게 새겨진 문자들은 노상

왕(魯殤王)의 생평을 그대로 알려주고 있다. 소문에 전해지던 그가 귀신 병사를 지휘했었다는 전설은 사실 그의 도굴행위가 와전된 것이었다.

벽화와 문자의 기록 외에도 무덤에 같이 매장된 많은 부장품들도 무덤 주인이 어떤 사람이었는지를 알려주는 단서가 된다. 작품에서 등장하는 고분의 주인들은 대개는 귀족이거나 부자들이어서 백성들의 재물을 수탈하여 거대한 능묘를 조성하거나 자신의 영생불사(永生不死)를 위해 다른 사람의 목숨을 희생시키는 것도 마다하지 않는 사람들이 많았다. 『귀취등』에 등장하는 어린 사내아이를 희생시켜 만들었다는 '접인동자(接引童子)'에 대한 서술과 『盜墓筆記』에서 묘사된 친척들을 같이 묻어서 만든 '양시관(養屍棺)' 같은 것이 그러한 예이다.

무덤 주인의 야만적 행위가 가장 잘 표현된 부분이 바로 무술(巫術) 행위이다. 인터넷 도굴 소설은 종교적 색채를 되도록 덜어내지만, 무술(巫術)을 부각시키는 이유는 중국 고대의 무속과 저주 행위 등은 무궁무진한 상상력을 발휘할 공간이 매우 넓기 때문이다. 무술(巫術)은 작용되는 성격에 따라 공격적이고 적극적이며 악의를 가지고 있는 흑마술(黑巫術, Black Magic)과 방어적이고 소극적이며 악의가 없는 백마술(白巫術, White Magic), 그리고 두 가지의 중간적 성격을 가진 예언무술(預兆巫術)로 구분된다.[73] 도굴 소설에 등장하는 무술(巫術)은 대개 무덤 주인의 명령을 듣거나 아니면 제사를 위해서 혹은 무덤을 지키기 위한 용도로 사용되는데, 모두 그것을 이루기 위해서는 대가를 치러야 하기 때문에 흑마술의 일종이라고 할 수 있다. 예를 들어 『귀취등』에서 등장하는 윈난(雲南) 헌왕묘(獻王墓)에는 외부인들이 고분을 찾아내지 못하도록 '충술(痋術)'이라고 불리는 일종의 주술 행위를 해놓았는

73) 梁釗韜, 『中國古代巫術: 宗教的起源和發展』, 廣州: 中山大學出版社, 1987年, 28-29쪽.

데, 벌레의 알과 뜨거운 송진 혹은 나무 수액을 사지를 절단한 여자 노비에게 발라 '살아있는 호박(活人琥珀)'을 만들었다.

> 뜨거운 송진이 식으면 그 표면에 '착혼부(辵魂符)'를 잔뜩 새겨둔다. 이건 저 하녀가 죽을 때 느꼈던 공포와 슬픔, 원망과 저주 등의 감정을 모두 호박(琥珀) 속에 봉인해 둔다는 의미이지. …… 이렇게 죽은 자의 강한 원한이 '충독(瘇毒)'을 만들어 이것이 저 거대한 벌레의 몸을 통해 이 계곡에 사시사철 피어나는 '산 안개(山瘴)'를 만들어 내는 거지. 여기에 가까이 닿는 자는 시름시름 앓다가 죽게 되는 거야.[74]

또한 『도굴일기』에는 서왕모(西王母) 부족의 기이한 전통인 '사람머리 제사(人頭祭祀)에 대한 서술이 있다.[75] 즉, 두세 살 정도 되는 노예 어린아이의 머리에 항아리를 씌운 뒤 항아리와 목 사이의 틈으로 음식을 먹인다. 후에 노예가 자라서 항아리와 목 사이로 음식을 넣어줄 틈이 없어지면 노예의 목을 잘라 항아리를 막은 뒤 이를 서왕모에게 제물로 바친다는 것이다. 주인공들은 다른 사람들의 생명을 빼앗아 자신의 장생을 시도하는 이런 미신적인 행위를 보면서 "세상사는 바둑과 같아 어떤 판이 펼쳐질지 알 수 없고 흥하고 망하는 것은 오직 하늘의 운명일 뿐"[76]이라고 탄식하거나 "귀신보다도 더 무서운 것이 바로 사람의 마음"[77]이라며 분노하기도 한다.

종교가 탄생한 뒤 무술(巫術) 역시 신령과 소통할 방법과 종교 의식을 갖추게 되었다.[78] 『도굴일기』에 나오는 인류 최후의 대철문(大鐵門)

74) 『鬼吹燈之雲南蟲穀』, 171-172쪽.
75) 『盜墓筆記之蛇沼鬼城』, 229-230쪽.
76) "世事如棋局局新, 從來興廢由天定."『鬼吹燈之精絶古城』, 242쪽.
77) 『鬼吹燈之謎海歸巢』, 282쪽.

이 바로 일종의 유사종교적 성격을 갖는 무술(巫術)인데, 그 철문을 들어가면 영생을 얻기 때문이다. 동하(東夏)의 역대 만노왕(萬奴王)들은 모두 나무를 구하러 갔다가 그 철문에 들어갔고 영생의 윤회를 완성한 뒤 다시 세상으로 나온다는 것이다. 즉, 대철문은 바로 신령과 소통하는 방법이었던 것이다. 그러나 대철문으로 들어가기 위해서는 저승옥새(鬼璽)와 대대로 '장기령(張起靈)'이라고 불리웠던 묘지기가 필요한데, 장기령이라고 불릴 수 있기 위해서는 반드시 혈통이 순정한 가문이어야 함과 동시에 천부적 자질과 가혹한 훈련을 견뎌내어야만 한다. 이처럼 작가는 대철문을 통과하는 조건을 매우 까다롭게 종교의식처럼 만들어 내고 있는 것이다.

작가는 한편으로 무덤 주인의 잔인함을 부각시켜 도굴 행위를 합리화하는 수단으로 활용하고 있으며, 다른 한편으로는 주인공 일행이 도굴 과정에서 보여주는 희생과 의리를 부각시켜 내고 있다. 『귀취등』에서는 삼총사가 위기에 처할 때마다 목숨과 우정, 의리를 위해서 재물을 포기하는 장면을 그려내고 있으며, 『도굴일기』에서는 위기에 빠진 동료들을 구하기 위해 자신의 안위를 돌보지 않고 뛰어드는 주인공들의 모습을 부각시키고 있다.

78) 량자오타오(梁釗韜)는 『중국 고대 무술(中國古代巫術) : 종교의 기원과 발전(宗教的起源和發展)』이라는 책에서 무술과 종교는 대개 서로 섞여있어 엄밀하게 나눌 수 없다고 주장한다. 그의 주장에 따르면 무술은 순수한 원시무술과 종교적 무술로 나눠볼 수 있는데, 전자는 종교가 생겨나기 전부터 원시 인류가 가지고 있었던 것인데 반해, 후자는 종교가 생겨난 이후에도 종교행위 속에서 계속 보존해 오던 무술로서 여기에는 신령과 소통한 방법이나 종교적 제의 등이 포함된다고 한다. 량자오타오(梁釗韜, 1987), 『中國古代巫術: 宗教的起源和發展』, 廣州: 中山大學出版社, 1987年, 30-32쪽.

3.2 서사 수단의 다양화

3.2.1 자유롭고 생생한 언어 스타일

인터넷 문학의 특징 가운데 하나로 풍부한 표현력과 자유로운 언어 스타일, 그리고 구어적인 표현 등을 꼽을 수 있다. 예를 들어 『귀취등』의 주인공 후바이와 왕뚱보는 모두 문화대혁명 시기에 상산하향(上山下鄕) 운동을 겪었던 세대로 당시의 혁명구호가 늘 입에 붙어있다. 『도굴일기』에 등장하는 인물들은 모두 전문적으로 도굴 관련 일들로 생계를 꾸려나가는 '9대 문중(老九門)' 출신들이므로 교육을 많이 받지 못하여 대화마다 욕이나 비속어를 많이 쓴다. 예를 들어 셋째 삼촌을 따라온 판즈(潘子)는 입만 열면 첫 마디가 '씨발(靠)'이다. 왕뚱보는 사람들이 관을 열려고 할 때 이를 제지하면서 지저분한 헐후어(歇後語)를 사용한다.

> 안돼, 안돼. 이런 식으로 열면 큰일 날 수 있어. 니미럴 니들 수준으로 저걸 쓰러뜨릴 수 있을 거라고 생각해? 아오, 진짜 니기미 뒷간에서 손전등 켜봤자 똥밖에 더 보이냐?[79)]

구어적인 표현 외에도 이 두 작품의 언어스타일은 대단히 가볍고 유머러스하다. 특히나 『귀취등』에서 웃음을 담당하는 조연인 왕뚱보

79) 『盜墓筆記之七星魯王宮』, 88쪽. 헐후어(歇後語)란 해학적인 성어나 숙어를 가리키는 말로, 중국어의 해음현상(유사한 발음을 가진 단어를 사용하여 다른 뜻을 암시함)이 담긴 풍자적인 표현으로 많이 쓰인다. 위 인용문에서 '뒷간에서 전등 켜기 - 똥 비추기(茅坑裏打電筒－－照屎)'라는 말은 사실 '똥을 비추다(照屎)'라는 중국어 발음과 '죽음을 자초하다(找死)'라는 중국어 발음이 유사하기 때문에 여기서는 죽음을 자초한다는 의미로 사용된 것이다.

의 대사는 특히 그러한데, 그는 덩치는 곰 같은데 고소공포증이 있는 캐릭터로 등장한다. 후바이와 함께 윈난(雲南)의 판산(盤山)으로 가는 여정을 묘사할 때, 길은 좁고 험하고 몹시 구불구불한데다 길 가는 바로 천 길 낭떠러지에 아래는 시퍼런 호수여서 고소공포증이 있는 왕뚱보에게는 그야말로 공포 그 자체였다. 작가는 독자들에게 유머를 제공하고자 차 속에서의 왕뚱보의 반응을 과장되고 재미있는 언어로 서술하여 코 골면서 자고 있는 다른 승객들과 대비되게 하고 있다.

> 뚱보는 고소공포증이 생겨 온 몸이 떨려와 차 창밖으로 눈 하나도 내밀지 못한 채, 그저 계속해서 소리만 질러댔다. "이 기사가 정말 죽을라고! 이게 …… 운전하는 거여, 아님 서커스를 하는 거여? 이번엔 나 진짜로 우리 할아버지 만나러 갈 거 같여. 후바이, 우린 이 차에서 무사히 내릴 수 없을겨. 이 몸은 이제 저 세상으로 간데이."[80]

3.2.2 복잡해진 서사 기법

인터넷 도굴 소설이 활용하고 있는 가장 두드러진 서사 기법은 서사 구조의 '공간화'라고 할 수 있다. '공간서사'라는 말은 '서사공간'과는 다른 소설의 서사 구조에 대한 표현이다. 횡적인 차원에서 보면『귀취등』과『도굴일기』는 모두 '중국찬합세트(中國套盒)'식 서사구조를 가지고 있다. '중국찬합'은 '마트로시카'라고 불리는 러시아 특산인형과도 유사한 구조로, 러시아 인형의 상반신 뚜껑을 열면 그 안에 크기를 줄여가며 유사한 형태의 인형들이 계속 들어있는 것처럼 중국의 민간 공예품인 '중국찬합' 역시 큰 그릇의 뚜껑을 열면 크기는 다소 작고 모

80)『盜墓筆記之雲南蟲穀』, 4쪽.

양은 같은 작은 그릇들이 연이어 들어있는 구조로 되어있다.[81] 예를 들어 『귀취등』은 '봉황담세트(鳳凰膽套盒)', '시단세트(屍丹套盒)', '옛 기억세트(回憶套盒)', '도굴 가문세트(盜墓派系套盒)'라는 네 개의 찬합세트로 구성되어 있다고 볼 수 있는데, 이 가운데 '도굴 가문세트'는 가문별로 다시 '발구세트(發丘套盒)', '모금세트(摸金套盒)', '반산세트(搬山套盒)', '사령세트(卸嶺套盒)'로 세분되며, 이렇듯 이야기의 세부 소재별로 구분해 가면 1층부터 N층까지의 찬합세트 구조를 만들 수 있게 된다. 『도굴일기』 역시 마찬가지로, 전체 작품은 '9대 문중의 제1세대 세트', '9대 문중의 제2세대 세트' 그리고 '9대 문중의 제3세대 세트'로 크게 나눠 볼 수 있다. 이 가운데 우시에가 주인공으로 등장하는 '제3세대 세트'는 다시 '칠성노왕궁(七星魯王宮)세트', '운정천궁(雲頂天宮)세트', '사소귀성(蛇沼鬼城)세트', '미해귀소(迷海歸巢)세트', '음산고루(陰山古樓)세트'로 세분된다. 그리고 이들 매 세트는 다시 그 안에서 소재와 행적에 따라 더 작은 세트로 나눠질 수 있다.

종적인 차원에서 보면 『귀취등』과 『도굴일기』는 모두 시간을 거슬러 올라가면서 서술하는 '시간도치'식 구조를 사용하고 있다. 이른바 '시간도치'라는 것은 어떤 사건이 발생한 뒤 이어지는 서사는 그 사건 발생 후의 일이 아니라 그 사건이 일어나기 전날 밤 혹은 그 이전의 상황으로 어떤 사건의 이전 상황이란 한 가지가 아니라 여러 가지 성격의 과거 상황들이 다양하게 펼쳐질 수 있다.[82] 『귀취등』은 후바이가 용령미굴(龍嶺迷窟) 속에서 펼치는 모험을 주요 스토리 라인으로 하고 있는데, 이 사건의 전개를 위해서는 후바이의 준비활동과 고분의 존재

81) [秘魯]巴・略薩, 『中國套盒—致一位青年小說家』, 趙德明譯, 天津: 百花文藝出版社, 2000年, 86쪽.

82) [阿根廷]豪・路・博爾赫斯著, 『博爾赫斯全集』, 汪永年・陳泉譯, 杭州: 浙江文藝出版社, 1999年, 112-113쪽.

(서주시기 고분 터에 새로 조성된 당나라 고분), 그리고 이번 도굴활동 이전에 존재했던 다른 도굴행위(김주판도 이곳을 다녀갔던 적이 있었음)라는 세 가지의 각기 독립적인 '전서사(前敍事)'가 제시된다. 이 가운데 후바이의 준비 활동이라는 서사는 다시 '삼총사'의 구성과 이춘(李春)이 가져온 꽃신과 금니의 추측, 그리고 용골묘(龍骨廟)의 존재로 추정한 고분의 위치 파악이라는 세 가지 '전서사'로 다시 거슬러 올라간다.

서사구조의 공간화 외에도 인터넷 도굴 소설은 파편적인 서사 삽입의 특징도 보여주고 있다. 작가는 주요한 스토리 라인을 펼쳐나가는 도중에 틈틈이 여러 가지 정보를 설명해주거나 과거의 기억을 소환하는 방식 등으로 주 서사 라인에 부차적 서사를 삽입해주고 있다. 『귀취등』의 작가는 이런 파편적인 정보들을 통해 서사를 보충함으로써 독자들에게 새로이 완성된 도굴 세계를 보여줌과 동시에 중간 중간에 도굴계 선배들의 전설적인 경험담을 들려주거나 독자들에게 풍수지리와 지리적 정보 등도 제공해주고 있다. 『도굴일기』의 작가는 파편적인 정보들을 가지고 실마리를 연결하여 서사적 복선으로 활용하게 한다. 예를 들어 '궁극의 비밀'을 풀어주는 중요한 단서인 구리물고기(銅魚, 비밀문자)는 모두 세 마리인데, 각각 칠성노왕묘(七星魯王墓)와 왕장해(汪藏海)의 해저무덤, 그리고 광시(廣西)의 불탑에서 구할 수 있다. 물고기의 몸통에 새겨진 여진문자는 명나라 때 왕장해가 자신의 경험과 동하(東夏) 만노왕(萬奴王)의 불사의 비밀 등을 기록한 것이다. 또한 '셋째 삼촌'의 실제 정체에 대한 몇 가지 단편적 정보들 역시 알게 모르게 새로운 실마리로 작용하게 하여 독자들의 호기심과 흥미를 유발하고 있다.

4. 결론

『귀취등(鬼吹燈)』과 『도굴일기(盜墓筆記)』는 각각 인터넷 도굴 소설 가운데 북파와 남파의 대표작으로 꼽힌다. 이 중 『귀취등』은 특히 사람들 사이에서 중국 인터넷 도굴 소설의 개척자로 인정받고 있다. 인터넷 도굴 소설은 참신한 소재와 매력적인 스토리, 유머러스한 언어스타일, 그리고 스토리 사이사이에 등장하는 풍수지리 정보와 역사 전설, 다양한 민간 풍속, 기이한 괴수 이야기 등 어느 것 하나 독자들의 무한한 상상력을 자극하지 않는 것이 없다. 그런데 사실 '도굴'이라는 소재는 현대사회에서 갑자기 튀어나온 새로운 소재가 아니다. 중국 고대 소설 작품 가운데 많은 이야기에 도굴과 관련된 서사가 있었고, 인터넷 도굴 소설은 이 고대 도굴 서사로부터 자양분을 흡수하여 이를 더욱 흥미롭게 발전시켜 냄으로써 대중들이 좋아하는 하나의 문학 장르로 완성된 것이다.

『귀취등』과 『도굴일기』로 대표되는 인터넷 도굴 소설의 고대 도굴 서사에 대한 계승은 아래 세 가지 측면에서 살펴볼 수 있다. 첫 번째는 도굴 동기 설정의 계승으로, 주요하게는 '재물 얻기'와 '사람 구하기'로 대표된다. 두 번째는 도굴 수단 설정의 계승으로, 도굴꾼의 정교한 고분 찾기와 발굴 수단 등이 이에 포함된다. 세 번째는 무덤 속 환경 설정의 계승으로, 특이한 상태의 시신이나 귀신 혹은 괴수과의 만남, 금기물이나 방어 장치의 설정 등이 이에 해당한다.

고대 도굴 서사로부터의 발전은 서사의 내용과 서사의 수단이라는 두 가지 차원에서 살펴볼 수 있다. 서사의 내용이라는 측면에서 볼 때, 인터넷 도굴 소설에서는 인물 설정이 훨씬 풍부해졌는데, 작가는 주인공 일행을 신묘한 기술과 의리와 용기를 가진 영웅으로 변모시켰을 뿐 아니라 주인공을 둘러싼 다양한 조연 캐릭터들을 창조해 냄으로서 스토리를 더욱 탄탄하게 하였다. 다음으로 스토리의 진행이 훨씬 풍부해졌는데, 주인공의 도굴 행위에 긴장감과 자극적인 요소를 첨가했을 뿐 아니라 발굴의 대상이 무덤 속 망자의 스토리도 적절히 배치하여 서사의 풍부함을 더하고 있다. 또한 도굴의 동기와 가치관을 적절히 바꾸어 고대 도굴 서사에서 보였던 '재물을 탐하다가 천벌을 받는' 도굴꾼의 모습을 미스터리를 풀어내고 인명을 구해내는 능력자의 모습으로 변모시켰다. 서사의 수단이라는 측면에서 볼 때, 인터넷 도굴 소설은 공간에 대한 서사 기교를 다양하게 활용하여 횡적으로 '중국찬합(中國套盒)'식 구조와 종적으로 '시간도치' 구조를 활용하여 전체 소설의 서사적 구조를 구성하고 있다. 이 외에도 소설 작품 속에서 구어의 사용이나 인물마다 토속적인 언어 스타일을 구사하게 하는 등 언어의 형식이 자유로워진 점 등도 서사의 수단에서의 창의적인 발전 양상이라고 볼 수 있다.

제 3 장

Faction(歷史可能性), 그리고 숭고미와 비장미

—장편역사소설 『장안 24시(長安十二時辰)』의 영웅 이미지 분석

1. 들어가며

1.1 소설 『장안 24시(長安十二時辰)』 간략 소개

『장안 24시』(上下 2편)는 2017년 1월 후난(湖南)문예출판사에서 출판된 장편소설로, 이 소설의 작가는 인민문학상(人民文學奬)과 주즈칭산문상(朱自淸散文奬)을 거머쥐고 평단에서 '언어의 마술사'라는 평가를 받은 마보용(馬伯庸)이다. 그의 작품은 5·4 시기부터 이어진 역사문학의 계보를 계승하면서도, 언어 구사에 있어서는 독특하고 재미있는 스타일을 가지고 있는 것으로 평가되고 있다.[1] 그는 사실적 사료를 다시 해체하고 상상하는 작업을 통해 상상력과 리얼리티를 동시에 구현한 '팩션(Faction)' 소설을 써내는 데 탁월한 자질을 가지고 있다.[2] 대표작

---

1) 『長安十二時辰·封一』, 馬伯庸著, 長沙: 湖南文藝出版社. 뒤부터는 페이지 수만 표기함.
2) 樊文, 「馬伯庸: 作家不是一種職業, 而是一種狀態」, 國際出版周報, 2017.09.11, 第009版.

으로는 『골동품 함정(古董局中局)』 시리즈와 『삼국의 기밀(三國機密)』, 『롱시에서 일어난 사건(風起隴西)』, 『장안 24시』 등이 있다. 『장안 24시』는 마보용의 신작으로 종합 평점 사이트인 떠우빤(豆瓣)에서 현재까지 3만여 명의 독자로부터 8.4의 높은 평점을 받고 있으며 이 가운데 80% 이상의 독자들이 별 4개 혹은 별 5개를 주었다.[3] 이 소설은 오프라인 출판 전에 작가의 블로그에서 연재를 시작하여 소설과 역사 애호가들로부터 호평을 받은 결과, 블로그 원문 코너의 한 챕터 조회 수가 85만에 달하는 기록을 세우기도 하였다.[4] 이 소설을 개작한 동명의 웹 드라마가 2019년 6월 중국의 동영상 공유 사이트인 유쿠(優酷)에서 방영되었는데, 7만여 명의 시청자들이 떠우빤(豆瓣) 사이트에 8.7점의 높은 평점을 매겨주었고,[5] 이 드라마는 원작의 계승과 역사에 대한 환원 문제로 사람들에게 뜨거운 화제거리가 되기도 하였다.

이 소설의 후기를 보면 『장안 24시』의 최초 구상은 쯔후(知乎)라는 Q&A 사이트에 올라온 한 질문으로부터 시작되었다고 한다. "당신이 만약 <자객수칙(刺客信條)>의 게임 시나리오를 쓴다면 공간적 배경을 어디로 하겠는가?"라는 질문이었다. <자객수칙(刺客信條)>은 온라인 시뮬레이션 게임의 일종으로, 주인공이 고대 혹은 근대의 한 도시를 누비고 다니면서 다양한 킬러 임무를 수행하는 게임이다. 작가 마보용이 제시한 답안은 당나라 시기의 장안성이었다. 그 당시 장안(長安)이라는 도시는 질서 정연하고 기세가 웅장한 국제적인 대도시로, 그 곳은 별의 별 직업을 가지고 다양한 지역에서 온 인간 군상들이 모두 모여 다

---

3) 豆瓣讀書 (https://book.douban.com/subject/26899537/), 떠우반(豆瓣)은 일종의 도서와 영화, 음악 등의 추천과 평론을 주로 다루는 포털사이트로, 2018년초 현재 사용자 수가 1억6천만 명에 달한다. (「豆瓣的用戶數量和質量, 其實眞的都不差」, 搜狐新聞, 2018.05.11)

4) 錢好, 「馬伯庸網上連載新作『長安十二時辰』引關注」, 文彙報, 2016.04.07.

5) 豆瓣電影 (https://movie.douban.com/subject/26849758/).

채롭고 번화한 생활 풍경과 이국적이고 개방적인 분위기를 모두 느낄 수 있는, 말 그대로 당시의 장안은 어떤 일도 다 일어날 수 있을 것만 같은 곳이었다는 것이다. 작가가 독자들에게 그려내고 싶었던 스토리는 자객의 모험을 그린 고대의 사극 이야기가 아니라 장안이라는 국제 도시에서 일어난 현대적 스토리로, 다만 사건이 우연히 고대에 일어난 것일 뿐이다. 작가가 보기에 장안이라는 도시는 바로 시공을 초월한 듯한 분위기를 가진, 고전과 현대의 요소를 모두 아우르는 공간이다. 그리하여 작가는 스토리를 느릿느릿한 고전 무협극으로부터 빠른 템포를 가진 반테러리즘 소재의 외로운 영웅 서사로 변모시키고 있다.[6)]

소설『장안 24시』의 주인공은 사형수인 장소경(張小敬)으로, 그는 악을 미워하고 행동이 거친 군인으로 친구를 보호하기 위해 황족인 영왕(永王)을 협박한 죄로 사형수가 되었다. 그러나 그는 장안성에 테러 사건이 일어나자 다시 조정으로부터 명을 받아 자신의 목숨도 돌보지 않고 장안성을 위기에서 구해낸다. 이 소설의 서사 시점은 천보(天寶) 3년 정월 14일의 정월대보름 하루 전 날로, 스토리의 흐름은 장소경이 겪는 일련의 사건들을 통해 구성된다. 그는 돌궐의 자객을 붙잡고 난 뒤, 그들의 배후에 수착랑(守捉郎)이라는 불법 용병조직이 개입되어 있음을 발견한다. 그는 수착랑 조직의 추격을 따돌리는 과정에서 그 배후에 흰개미(蚍蜉)라는 더 큰 조직이 있음을 알아내고 흰개미 조직을 물리치는 과정에서 결국은 이것이 고위급 인사들의 정치 투쟁임을 알게 된다. 사건과 음모가 꼬리에 꼬리를 물고 끊임없이 이어지는 가운데, 적들의 '장안성 파괴 프로젝트'의 카운트다운이 시작된 순간, 장소

6)『長安十二時辰·後記二』, 309-310쪽.

경에게 주어진 시간은 딱 24시간뿐이다.

작가 마보용(馬伯庸)은 자신이 '인터넷 사유방식'으로 역사 소설을 쓴다고 밝힌 바 있다. 인터넷 사유방식이라는 정의는 최근 등장하는 일련의 소설들의 새로운 방향을 개괄하는 표현으로, 이전의 전통적 서사 기법과 비교해 볼 때 역사적 사실을 기초로 한 역사 소설에 종종 요즘 유행하는 스타일의 요소를 첨가하여 더욱 다양하고 참신한 새로운 모습의 글쓰기를 구현해 내고 있다.[7] 예를 들어 당년명월(當年明月)의 『명나라 이야기(明朝那些事兒)』는 역사 인물에 풍부한 심리묘사를 곁들이고, 거기에 인터넷 문학이 가지는 다양한 전달 방식을 가미하여, 전지적 시점과 작가 시점, 역사적 인물의 시점 등 서술자의 입장을 끊임없이 전환하고 있다. 또한 예원비아오(冶文彪)의 『청명상하도 비밀코드(清明上河圖密碼)』에서는 현대적 서사 기법을 도입하여, 송나라 때의 역사 문헌을 고증하여 중국의 국보인 <청명상하도>에 등장하는 800여 명이 인물들을 생생하게 살려내었다. 한편, 『장안 24시』는 매우 참신한 '서사 시간 분할 방식'을 채택하고 있는데, 이는 작가가 밝힌 대로 미국 드라마 <24시간(24hours)>의 서사 진행 방식에서 힌트를 얻은 것으로, 작가는 소설의 장절을 1시간 당 1장으로 할애하여 총 24장의 서사 내용에 정확히 하루라는 서사 시간을 담아내고 있다.[8]

1.2 선행 연구 및 집필 동기

작가 마보용의 작품에 대하여 허징(何晶, 2012)은 마보용이 가장 중점을 두고 있는 작품들이 모두 역사물들임을 지적하며, 『농서에서 일어

7) 錢好, 「馬伯庸網上連載新作『長安十二時辰』引關注」, 文彙報, 2016.04.07.
8) 『長安十二時辰・後記二』, 310쪽.

난 사건(風起隴西)』에서는 삼국의 역사라는 틀 속에서의 위나라와 촉나라 양국간의 첩보전을 그리고 있고, 『삼국의 기밀(三國機密)』에서는 한나라 조정과 조조, 유비, 손권의 권모술수에 대해 이야기를 풀어나고 있으며, 또 다른 대표작인 『골동품 함정(古董局中局)』은 골동품의 감정과 소장, 그리고 위조 판별 등에 대한 백과전서 스타일의 소설로, 역시 골동품을 가지고 역사를 이야기 하면서 골동품 뒤에 가려진 인물과 사건들을 파헤치고 있다고 분석하였다.[9] 천수지에(陳舒劼, 2018)는 마보용의 삼국지 서사가 삼국시대의 평범한 인물들의 다툼을 가지고 그 당시의 문화정체성에서 강렬한 불안감과 평화의 회복을 갈망하는 자기 위안을 반영하고 있다고 보았다. 이들 삼국지 서사는 주류문학과 인터넷 문학 두 곳에서 모두 평가를 받으며 삼국지 관련 서사의 새로운 가능성을 제공하고 있다고 언급하였다. 이 가운데 음모론(陰謀論)은 마보용의 삼국지 서사 전편을 관통하는 중요한 관점으로, 이 음모론이야말로 그 서사 시대의 문화적 심리와 그 심리 아래 감추어진 강렬한 존재적 불안감을 전달해주는 주요한 수단이 된다는 것이다.[10]

할리우드식 영웅 이미지에 대한 선행 연구 가운데는 리우징(劉靜, 2014)이 미국 영화에 등장하는 할리우드식 영웅을 '무소불위(無所不爲)형'의 슈퍼 히어로와 스스로를 극복해가는 풀뿌리 영웅, 그리고 인류를 구원하는 미국식 평민 영웅의 세 가지 유형으로 구분해 내었다. 이 가운데 스스로를 극복해가는 풀뿌리 영웅은 자유를 숭상하며 어떠한 사회적 관계 속에서의 제약과 구속도 거부하는 개인주의적 성향을 가지지만, 동시에 사회와의 불화로 자신의 약점을 고독감 속에 감추며

9) 何晶, 「馬伯庸: 一個業餘作家的福利」, 文學報, 2012.11.1, 第005版.
10) 陳舒劼, 「歷史重構, 陰謀想象與歡愉下的不安—作爲當代文化認同表征的馬伯庸的三國敘事」, 『石家莊學院學報』, 2018.07 第20卷 第4期.

사회에서의 책임을 짐으로 짊어지는 운명을 지고 나가게 된다.[11] 장티에후(張鐵虎, 2017)는 할리우드 영화 속의 영웅들이 슈퍼맨과 같은 타고난 영웅이 아닌, 평범한 일반 시민 가운데 만들어지는 '평민화' 추세를 나타내고 있음을 지적하며, 이를 구체적으로 역사적 풀뿌리 영웅과 슈퍼 풀뿌리 영웅, 그리고 현실적 풀뿌리 영웅의 세 가지 층위에서 이들 할리우드 영웅 이미지를 고찰하였다.[12] 또한 리우즈(劉荔, 2018)는 서사 전달이라는 각도에서 할리우드식 영웅주의 영화들이 대개 '대중-영웅-악당'이라는 공고한 삼각 구도를 보여주고 있다고 지적하였다. 그러면서 허리우드 서사는 '대립과 모순'을 스토리의 원료로 사용하는데, '악당의 출현 → 일반 대중들의 피해 → 위기에서 영웅의 출현 → 악당과의 사투'라는 긴장감 있는 서사를 통해 대단원으로 결말을 맺게 된다는 것이다.[13]

위에서 정리한 내용을 통해 우리는 작가 마보용이 평범한 인물의 시각에서 역사를 재구성하고 재현해 내는데 능숙하다는 것을 알게 되었다. 이 작품은 미국 드라마 『24시간』이 가지고 있는 서사적 특장점인 미스터리의 효율적 배치와 리듬감의 조절을 잘 벤치마킹하였고, 게다가 소설 속 주인공인 장소경을 할리우드식 영웅의 전형적인 이미지인 책임감 있으나 반사회적인 약점을 지닌, 그러나 위기의 순간에 자신의 능력과 인성을 폭발시키는 모순적인 존재로 잘 그려내었다.

마보용의 신작 『장안 24시』는 고전 스타일과 현대적 서사가 결합된 역사 소설로 주인공 장소경은 사형수 신분에서 장안성 전체를 구해내는 사회 하층민 출신의 영웅이다. 그는 풍채가 위엄 있고 무공과 경륜

---

11) 劉靜, 「好萊塢電影中個人英雄主義價值觀研究」, 『電影文學』, 2014年, 第24期.
12) 張鐵虎, 「解讀好萊塢影片中的平民英雄形象」, 『電影文學』, 2017年 第13期.
13) 劉荔, 「好萊塢電影中的個人英雄主義」, 『當代電視』, 2018年 第三期 總第359期.

이 뛰어난 중국의 전통적인 영웅상과는 거리가 멀다. 오히려 용모는 험상궂고 행동과 말투는 거칠고 윗사람에게 반항하고 운명을 거스르는 고독한 존재로 전형적인 할리우드식 풀뿌리 영웅이다. 구체적으로 장소경의 영웅 이미지는 세 가지 수단을 통하여 창조되었다. 하나는 역사적 사실에 근거한 역사적 가능성을 가지고 독자들에게 영웅이 탄생하기에 적합한 시대와 장소-화려함과 위기감이 공존했던 당대(唐代)의 장안(長安)-를 구축했다는 것이다. 또 하나는 서사적 구조에서 독자들에게 끊임없이 커지는 음모에 맞서 평범한 풀뿌리 영웅이 여기에 대처하고 자신을 희생해 나가는 일종의 '숭고미'를 느끼게 했다는 것이다. 끝으로 서사적 배경 면에서 평범한 주인공이 내면과 외부에서 부딪치는 갈등과 충돌을 통해 독자들에게 일종의 '비장미'를 제공했다는 것이다.

2. 영웅 탄생의 역사 가능성

『장안 24시』는 게임에서 탈피하여 드라마와 같은 시각적 효과와 함께 인터넷 글쓰기 스타일로 변모한 역사 소설이다. 서사 기법이 매우 현대적이지만, 소설은 여전히 역사에 대한 경의감을 가지고 있어, "글 속에 등장하는 크고 작음 인물들은 모두 역사에서 실존했던 인물들이며, 100자를 넘지 않는 간단한 묘사 가운데서도 예닐곱 개가 넘는 전문 직업 어투가 보인다. 게다가 디테일이 매우 실재적이어서 과거의 역사를 현대로 재현해 놓은 듯 시공간에 독자들을 데려다 놓은 느낌을 준다. 역사적 사료로부터 실마리를 찾아내어 이를 스토리로 엮어낸 것은 독자들로부터 감탄을 자아낸다."[14]

마보용(馬伯庸)은 이 소설의 창작과정에 대해 회고하면서 이렇게 언급하였다. "이 소설을 만들면서 가장 큰 시련은 스토리의 편집이나 인물의 창조 같은 것이 아니라 그 당시 시대의 생활상을 최대한 리얼하게 재현해 내는 것이었습니다. 독자로 하여금 그 시대 그 공간에 들어와 있는 것 생생한 느낌을 주기 위해서는 작가는 반드시 이 시기 역사를 손바닥 들여다보듯 꿰뚫고 있어야 합니다."[15] 이렇게 하기 위해 작가는 대량의 역사 사료들을 꼼꼼하게 살폈을 뿐 아니라 당대(唐代) 장안(長安)이 있었던 도시 시안(西安)을 수시로 찾아가 다양한 현지 조사를 진행하기도 하였다. 역사에 대한 작가의 존중과 경외감이 역사소설 『장안 24시』를 매 인물의 출현과 모든 사건의 발생에 강렬한 몰입감을 주는 걸작으로 탄생하도록 한 원동력이 되었다.

역사소설에 대한 이러한 창작 태도는 마보용이 역사소설을 창작할 때 '역사'는 기초로 하고 '소설'을 중점에 두어야 한다고 주장하는 데서 잘 드러난다. 대부분의 역사서는 조각조각의 사료들을 한데 모아놓은 것에 지나지 않는 것이 많다. 예를 들면 '모년 모월에 누가 어떤 일을 벌였다' 와 같은 서술이 주종을 이루는데, 여기서 대단히 중요한 '왜 그런 일을 벌였는가'라는 심리적 동기가 드러나지 않는다. 그로 인해 객관적인 행동과 심리적인 동기 사이에 거대한 공백이 생겨난다. 바로 이 공간이 소설가에게 최고의 소재를 제공하는 것이다. 역사소설이 독자들을 매혹시키는 지점이 바로 이 공간에서 벌어지는 '역사적 가능성'이기 때문이다. 역사적 가능성이란 진짜로 발생하지는 않았을지도 모르지만, 상식적인 논리의 틀 속에서라면 충분히 발생했을 수 있는, 스스로를 합리화시킬 수 있는 가능성을 말한다.[16]

---

14) 錢好, 「伯庸網上連載新作『長安十二時辰』引關注」, 文彙報, 2016.04.07.
15) 『長安十二時辰・後記二』, 310쪽.

네덜란드의 역사철학자인 앤커슈미트(F.R.Ankersmit)는 역사소설의 서사에는 두 가지 층위가 있음을 지적했는데, 하나는 특수한 사건이나 상황을 진술하는데 쓰이는 비교적 낮은 층위이고, 또 하나는 특정한 역사적 시기의 성격에 관한 일반적인 해설의 층위라는 것이다.[17] 소설 작품에서 비교적 낮은 층위의 서사라는 것이 작가가 역사적 기록에 근거하여 창조해내는 역사적 가능성을 가리키는 것이라면, 일반적인 해설의 층위라는 것은 작가가 스토리 안에서 역사적 사실에 대해 진술해 나가는 재현적인 역사적 가능성을 가리킨다고 할 수 있다. 아래에서 이들을 구체적으로 분석해보자.

2.1 창조된 역사적 가능성

이른바 창조된 역사적 가능성이라 함은 작가가 역사 인물에 약간의 가공을 거치거나 혹은 역사적인 문학작품을 근거로 여기에 픽션(Fiction)의 디테일을 입혀서 만들어낸 일종의 허구적 리얼리티를 지칭하는 것으로 소설에서의 캐릭터 설정과 디테일의 전개에서 나타난다.

역사소설에서 등장하는 인물들은 기본적으로 역사적으로 실존했던 실재 인물들이다. 다만 작가는 여기에 역사적 사실에 기초하여 문학적 허구를 입히는 것이다. 예를 들어 주인공 장소경(張小敬)은 역사적으로 확실히 존재했던 인물로, 그의 이름이 『안록산사적(安祿山事跡)』에 등장한다. 그 당시 당나라는 안사의 난을 만나 당 현종(玄宗)이 황망하게 장안을 버리고 피난하게 된다. 『안록산사적』에는 그 장면이 이렇게 기재

16) 「歷史小說迷人處在於“歷史可能性”」, 東方早報, 2013.07.02.
17) F.R.Ankersmit 著, 田平原 譯, 『敘述邏輯: 歷史學家語言的語義分析』, 北京: 北京出版社, 2012年, 25쪽.

되어 있다.

> 십팔일에 마외에 도착하였다. … 이때 토번 병사 20여기가 양국충을 영접하며 "저희들은 외국 병사들인데, 국난을 만나 길을 잃었사오니 부디 돌아갈 길을 좀 알려주십시오."라고 말을 건네었다. 양국충이 막 그들과 말을 주고받을 때 군중에서 누군가가 소리를 질렀다. "양국충이 토번과 모반을 일으켰다! 위방진도 그들과 한패다!" 일시에 군졸들이 무기를 들고 역참을 포위했다. 양국충이 말하기를, "안록산이 이미 반란을 일으켜 황제를 핍박하고 있거늘 너희들도 그를 따르려는 것이냐?"라고 소리 지르자, 군졸들은 "너는 반역자 주제에 누구를 들먹이는 것인가?"라고 대꾸하며 맞섰다. … 기사(騎士) 장소경(張小敬)이 먼저 양국충을 쏘아 말에서 떨어뜨린 뒤, 바로 그를 효수하였고 그 시체를 토막 내었다.[18]

이것이 바로 '마외파(馬嵬坡)의 변'이라고 불리는 유명한 역사적 사건으로, 태자 이형(李亨)과 용무대장군(龍武大將軍) 진현례(陳玄禮) 등이 군을 움직여 양국충을 제거하고, 결국은 당 현종을 압박하여 양귀비를 자결하게끔 만든 사건이다. 역사서에서는 몇 글자 안 되는 짧은 기록이지만 장소경의 대담하고 용맹한 모습이 매우 생동감 있게 묘사되어 있다. 작가는 이 기록에서 착안하여 이 인물의 특징을 설정하고 역사 속의 작은 인물을 소설 속의 주인공으로 되살려 낸 것이다. 즉, 역사소설의 주인공을 대장군이나 명재상이 아닌 평범한 작은 인물로 내세워

18) "十八日, 至馬嵬. ……有吐蕃二十餘騎, 接國忠曰: '某等異域番人, 來遇國難, 請示歸路.' 國忠方與語, 衆軍傳介曰: '楊國忠與吐蕃同反, 魏方進亦連.' 一時帶甲圍驛, 國忠曰: '祿山已爲梟獍, 逼迫君父, 汝等更相仿效邪?' 衆軍曰: '而是逆賊, 更道何人?' ……騎士張小敬先射國忠落馬, 便卽梟首, 屠割其屍." [唐]姚汝能撰, 曾貽芬點校, 『安祿山事跡』(卷下), 北京: 中華書局, 2006年, 105쪽.

그를 통해 번화한 장안의 배후에 도사린 부패와 음모를 밝혀내고, 풀뿌리 영웅의 어려운 문제 해결 과정을 부각시킨 것이다.

이 외에도 이밀(李泌), 하지장(賀知章), 잠삼(岑參), 요여능(姚汝能), 이형(李亨), 이임보(李林甫), 양옥환(楊玉環), 원재(元載), 진현례(陳玄禮), 그리고 심지어는 외국인 이쓰(伊斯)에 이르기까지 작가는 역사서에서 이들의 원형을 모두 찾아낸 뒤, 역사 기록에 근거하여 모든 인물들의 성격적 특징을 파악해 내고 이들에게 걸맞는 스토리 라인을 구상해내었다. 예를 들어 역사서 속의 원재(元載)는 일 처리가 능수능란하여 재상을 맡았던 기간에 큰 재물을 긁어모았다는 기록이 남아있다. "원재가 국정을 전횡하여 나라의 기강이 갈수록 위태해졌다. 그에게 금은보화를 뇌물로 쓰지 않는 사람들은 조정에 출입하는 것조차 어려웠다."[19] 소설에서 작가는 원재가 간에 붙었다 쓸개에 붙었다 하면서 일개 소리(小吏)에서 출세해 가는 과정을 사실(史實)에 부합하게 그려내고 있는데, 바로 웅화방(熊火幫)이 대장군 왕충사(王忠嗣)의 딸 왕온수(王韞秀)를 문염(聞染)으로 착각하여 잘못 잡아온 것을 평소 사치품 판별에 조예가 깊은 그의 눈썰미를 통해 잡아내는 대목이 그러하다. "그는 문에 들어서자마자, '이 아이의 뺨에 붙인 연지는 은실로 수놓은 것이라고. 연지 자체야 꼭 비싼 거라고 할 수 없겠지만, 이 아이의 뺨에 붙인 것처럼 은실로 깃털의 질감처럼 만든 그 수공은 최소한 비단 열 필 가치는 될 텐데. 게다가 머리에 꽂은 봉황꼬리 모양 비녀는 모양은 단순해도 나무 사이사이에 황금색 실처럼 조각해 놓은 걸 보면 딱 봐도 최고급 금사남목(金絲楠木) 비녀라고."[20]

---

19) "元載專政, 益墮國典. 若非良金重寶, 趑趄左道, 則不得出入於朝廷." [唐]蘇鶚, 『杜陽雜編』(卷上), 見『筆記小說大觀(第一冊)』, 蘇州: 江蘇廣陵古籍刻印社, 1983年, 142쪽.

20) 『長安十二時辰(上)』, 191쪽.

이 외에도 마보용은 많은 고대 문헌을 참조하여 문헌에 기재된 내용들을 직접 스토리 전개에 옮겨놓기도 하였다. 예를 들어 이밀(李泌)이 음모의 기획자가 이임보(李林甫)라고 의심하고 있을 때, 이임보는 되려 선수를 쳐서 이것이 음모라고 주장한다. 이밀은 마음 속으로 '구밀복검(口蜜腹劍)의 이임보가 이것이 음모라고 말하다니 정말이지 아이러니한 일이군'[21]이라고 생각한다. 여기서 나온 '구밀복검(口蜜腹劍)'이라는 성어는 『자치통감(資治通鑒)』의 이임보 관련 기사에 등장하는 말로서, 이임보가 재상이 되자, "학문이 깊은 선비들을 꺼려하여 겉으로는 그들과 친한 척 하여 달콤한 말들을 건네었지만, 보이지 않는 곳에서는 그들을 음해하였다. 그래서 세간에서는 이임보를 '입에는 꿀이 있지만, 뱃속에는 칼이 있다'고 일컬었다."[22]라는 기록이 있다.

소규(蕭規)가 제조한 폭약의 숯은 남산(南山)에 사는 한 '숯 파는 노인'으로부터 얻은 것으로, 그는 궁중으로부터 자주 터무니없는 매입 조건으로 숯을 빼앗기다시피 했으므로 소규의 계획을 알고 난 뒤에는 무상으로 숯을 제공하여 그를 돕기로 한다. 여기서 등장하는 '숯 파는 노인'은 당대의 유명 시인 백거이(白居易)의 신악부(新樂府) 시가인 <숯 파는 노인(賣炭翁)>에서 전고(典故)를 가져온 것으로, 시인은 "한 수레 가득한 숯, 천 여근도 넘는데, 궁중 관리들이 몰고 가니 아깝다 말도 못 꺼내네. 붉은 베 반 필에 명주 한 발, 소 머리에 묶어 두곤 숯 값이라 큰 소리 치네."[23]라는 구절을 통해 남산에서 숯을 구워 파는 노인

---

21) "口蜜腹劍的李林甫說這是個陰謀, 這是一件多麼諷刺的事."『長安十二時辰(下)』, 231쪽.

22) "尤忌文學之士, 或陽與之善, 啖以甘言而陰陷之. 世謂李林甫 '口有蜜, 腹有劍'"『資治通鑒』卷二百一十五・唐紀三十一・玄宗天寶元年, [宋]司馬光編著, [元]胡三省音注,『資治通鑑』, 北京: 中華書局, 1956年, 6853쪽.

23) "一車炭 千餘斤, 宮使驅將惜不得. 半匹紅綃一丈綾, 系向牛頭充炭直." [唐]白居易,「賣炭翁」,『白居易集』卷四, 北京: 中華書局, 1979年, 79쪽.

의 힘겨운 생활상과 당시 조정의 부패와 횡포를 동시에 폭로하고 있다. 장소경이 장안성 성문이 닫혀있음에도 불구하고 성안에 잠입할 수 있었던 유일한 방법은 것은 부주급사(涪州急使)가 싣고 가던 큰 광주리 속에 숨어드는 방법이었다. 그런데 부주급사가 닫힌 성문을 소리 질러 열게 만들 수 있었던 권력은 바로 그가 운송하던 광주리가 바로 양귀비가 좋아했다던 리쯔(荔枝) 열매가 담긴 광주리였기 때문이다. 사천 출신의 문지기가 “부주에서부터 여기까지 2천리가 넘고 칠일이나 걸리는데 중간에 잠시라도 쉴 수 있겠어? 대체 어떤 물건이 이리 급한거야?”[24]라고 탄식했던 것처럼 시인 두목(杜牧)은 이를 “멀리서 말 한 필 붉은 먼지 일으키며 달려오니 양귀비 웃음 짓네, 누가 알았으랴. 리쯔를 싣고 달려오는 것을”[25]이라는 <화청궁을 지나며(過華淸宮)>라는 시의 한 구절로 노래하였다.

2.2 재현된 역사적 가능성

이른바 재현된 역사적 가능성은 작가가 역사적 배경을 빌려와 소설 서사의 배경을 풍부하게 만드는 작업으로, 소설의 서사적 배경을 실재했던 역사적 배경에 끼워 넣는 리얼리티의 재현이라고 할 수 있다.

『장안 24시』의 주인공인 장소경(張小敬)과 반란파인 소규(蕭規)는 모두 군인 출신들이다. 그들 사이의 갈등은 당시의 군대 상황과 큰 관계가 있다. 『자치통감(資質通鑒)』의 기록에 따르면, “천보 년간 이후에는

24) 리쯔는 중국 남방에서만 나는 열대성 과일이었기 때문에 장안까지 운송하는 과정에서 상하기 십상이었다. 이로 인해 신선한 리쯔를 황궁으로 가져가기 위해 성문을 닫는 시간에도 특별히 성문을 열게 만들 수 있는 특권이 있었던 것이다.

25) “一騎紅塵妃子笑, 無人知是荔枝來.” [唐]杜牧, 『過華淸宮絶句』, 朱碧蓮・王淑均選注, 『杜牧詩文選注』, 上海: 上海古籍出版社, 1982年, 36쪽.

변방을 지키는 장수들의 보고에 따르면 병사들이 점점 늘어났기 때문에 매년 의복 1200만 필과 식량 190만곡이 필요하게 되었다. 이로 인해 정부와 민간이 군비를 마련하느라 백성들이 곤궁해지기 시작하였다."[26]라고 적혀있다. 당시 당나라의 화려한 번영의 뒤 안에는 갖가지 사회적 모순들이 격화되고 있었던 것이다. 『장안 24시』에서는 이러한 모순의 한 단면을 소규와 그가 이끄는 '흰개미'군단의 서사 부분에 할애하여 구체화시키고 있다. 반면 당시 통치자들은 여전히 태평성세의 환상 속에 빠져있었는데, 소설 작품에서는 이 부분이 400만관이나 되는 큰 비용을 들여 지은 태상현원대등루(太上玄元大燈樓)가 소규에 의해 폭파되고 이 혼란을 틈타 황제와 양귀비를 납치하고자 시도하는 대목을 통해 구체화되고 있다. 여기서 작가는 대등루의 모습을 통해 당시 황실의 사치스러운 생활을 단적으로 부각시키고 있는 것이다. 이 누각은 "높이가 150척에 너비가 24칸이었으며, 밖은 화려하게 채색하고 안에는 등을 달아 등불을 한번 켜면 등을 단 틀이 계속 회전을 하여 몇 리 밖까지 밝게 비추었으니 실로 여지껏 보지 못한 신기한 광경이었다."[27] 당시 황실의 사치스러운 모습은 사서에도 잘 기록되어 있으니, 양귀비로 대표되는 후궁의 사치를 채워주기 위하여, "궁궐에서 양귀비에게 배치해 준 바느질과 자수 인력만도 700명이나 되었고, 그녀의 머리 장식을 만들어주는 사람만도 수백 명에 달하였다."[28]라는 구당서의 기록이 있다. 이 작품에서 우리에게 보여주는 번화함과 위기감이

26) "天寶之後, 邊將奏益兵浸多, 每歲用衣千二十萬匹, 糧百九十萬斛, 公私勞費, 民始困苦矣." 『資治通鑒』卷二百一十五・唐紀三十一・玄宗天寶元年, [宋]司馬光編著, [元]胡三省音注, 『資治通鑒』, 北京: 中華書局, 1956年, 6851쪽.

27) 『長安十二時辰(下)』, 35쪽.

28) "宮中供貴妃院織錦刺繡之工, 凡七百人, 其雕刻熔造, 又數百人." [後晉]劉昫等撰, 『舊唐書・卷五十一』, 北京: 中華書局, 1975年, 2179쪽.

병존했던 당시 사회의 모습은 역사 그대로의 재현이라고 하겠다.

역사의 거시적 배경을 제외하고라도 소설작품의 서사과정에서 작가는 독자들에게 끊임없이 당시 사회의 다양한 모습들을 재현해주고 있는데, 예를 들어 장소경(張小敬)이 돌궐의 낭위(狼衛)대장인 조파연(曹破延)을 통해 입수한 '십자연화(十字蓮花, 경교(景教)의 십자가)'라는 중요한 단서를 입수했을 때, 작가는 "경교(景教)는 마니교(摩尼教), 조로아스터교와 함께 3대 외래 종교라고 불렸던 종교이다. 이 종교는 대진(大秦, 로마)에서 창시되어 정관(貞觀) 연간에 중국으로 들어왔다. 관방의 문서에 보면 이들을 페르시아사원(波斯寺)이라 적고 있다. 이들의 규모는 조로아스터교보다 다소 작아 서역지방에서만 소규모로 전파되었기에 장소경도 십자연화의 출처를 알지 못했던 것이다."[29]라고 서술함으로써 당시 세계제국으로서 다양한 외래 종교에 개방적이었던 당나라의 대외정책과 경교의 규모 등에 대해 사실(史實)에 근거한 언급을 하고 있다. 실제 그 당시는 "당대(唐代)의 중국은 그 당시 세계문명의 주요 거점으로, 그때 유행했던 이른바 '삼이교(三夷教)'라고 불렸던 3대 서양종교, 즉 마니교와 조로아스터교, 경교 등은 문화적 거점의 산물이었다."[30] 당나라 때 전파된 경교는 중국의 사상에는 큰 영향을 주지 못하였으나, 선교 수단으로 활용되었던 다양한 실용적 과학기술들은 오히려 사람들로부터 주목을 받았다고 한다.[31] 장소경(張小敬)이 '십자연화(十字蓮花)'를 몰랐던 것은 이러한 역사적 개연성을 가지고 있는 것이다.

또 하나의 장면을 예로 들어보자. 장안성 지도를 가지고 조로아스터교의 사원으로 뛰어 들어간 돌궐의 낭위병이 사원의 사제를 인질로

29) 『長安十二時辰(上)』, 209-210쪽.

30) 林悟殊, 『唐代三夷教的社會走向』, 見榮新江主編, 『唐代宗教信仰與社會』, 上海: 上海辭書出版社, 2003年, 359쪽.

31) 林悟殊, 위의 글, 377쪽.

잡아 대치하고 있을 때, 원래 장소경은 그를 겁주는 척만 하며 사태를 해결하려고 하였으나, 이때 갑자기 서생 잠삼(岑參)이 뛰어 들어와 돌궐 낭위병에게 왜 자신의 말을 훔쳤느냐며 사생결단으로 따지려 달려들게 된다. 잠삼의 갑작스런 출현에 놀란 돌궐 낭위병은 자기도 모르게 인질로 잡고 있던 사제를 찔러죽이게 되고 이에 분노한 신도들이 집단으로 돌궐 낭위병을 때려죽인다. 그 혼란스런 와중에 그 병사의 품 속에 있던 장안성 지도가 땅에 떨어지고 소규(蕭規)가 이를 훔쳐 달아나게 된다. 장안의 치안을 담당하는 정안사(靖安司)에서 잠삼을 조사하였는데, 그는 "몰락한 선비 가문의 자제로서 말 안장 주머니에 시문(詩文)을 잔뜩 싣고 다녔는데, 그것들은 과거 시험이 열리기 전에 유력 인사들에게 드려 이름을 얻고자 했던 작품들이었다."[32] 여기에 서술하고 있는 내용은 당대(唐代)에 '행권(行卷)', 혹은 '온권(溫卷)'이라고 불렸던 풍습으로, 송대(宋代)의 문인 조언위(趙彦衛)가 지은 『운록만초(雲麓漫鈔)』에는 "당나라의 과거 준비생들은 먼저 당시의 유력인사들을 찾아가서 자신의 이름을 알린 뒤, 자기가 지은 작품들을 그에게 바친 뒤, 며칠이 지나 또 가져다 바쳤다. 이를 온권이라고 불렀는데, 유괴록(幽怪錄)이나 전기(傳奇) 같은 작품들이 다 그러한 것들이었다. 이런 작품들은 문장력과 다양한 문체들을 고루 갖추고 있어서 그 작품을 통해 그의 역사적 지식과 시를 짓는 능력, 그리고 의론 등을 모두 알 수 있었다."[33]라고 하여 당시의 과거를 준비하는 선비들이 유력한 대관(大官)들에게 자신들의 이름과 능력을 미리 보여주어 과거시험에서 유리한 입장을 누리고자 『유괴록(幽怪錄)』이나 『전기(傳奇)』같은 재미와 시

32) 『長安十二時辰(上)』, 67쪽.

33) "唐之擧人, 先籍當世顯人, 以姓名達之主司, 然後以所業投獻. 踰數日又投, 謂之溫卷. 如幽怪錄, 傳奇等皆是也. 蓋此等文備衆體, 可以見史才, 詩筆, 議論." [宋]趙彦衛撰, 傅根淸點校, 『雲麓漫鈔』卷八, 北京: 中華書局, 1996年, 135쪽.

문을 겸비한 전기소설(傳奇小說)을 지어 바침으로서 자신이 가지고 있는 역사지식과 글재주, 그리고 논리적 사고 등을 홍보하는데 썼음을 말하고 있다. 이 작품에서 선주(仙州)의 과거응시생 잠삼이 늘 자신이 지은 시문을 잔뜩 휴대하고 다녔던 것은 이러한 역사적 맥락을 가진 것이다.

3. 영웅의 숭고미

『장안 24시』 작품 속에서 작가는 자신의 서사적 시각을 투사할 주인공으로 '평범한 인물(小人物)'을 설정하였다. 물론 여기서 평범한 인물이라는 것은 역사의 진행에 영향을 미쳤던 역사적 인물에 비유하여 상대적으로 말한 것이다. 위에서 언급했던 것처럼 이 작품의 주인공은 그 당시 당나라 역사를 좌지우지 했던 황제나 대장군, 혹은 뛰어난 관료나 반란군의 괴수 등 역사적으로 유명한 인물이 아닌, 역사 기록에 단 한 줄 이름이 등장했던 '평범한' 사형수 장소경(張小敬)이었다. 인물 자체만으로 보면 그는 정의를 위해 왕족을 협박하다가 사형수가 된 군관으로, 귀족들로 이루어진 통치 계급에 어떤 호감도 가지고 있지 않았고, 그래서 조정을 위해 목숨을 걸 이유도 하등 없었다. 그런데 장안성을 구하라는 임무가 하필 그의 어깨에 주어진 것이다. 인물 포커스의 원칙에 따르면, "가장 우수한 작품은 인물의 리얼리티를 드러내 줄 뿐 아니라, 서사의 과정에서 인물의 본성이 어떻게 변화하고 발전해 나가는 지를 잘 표현하는 작품이다."[34] 이 작품에서 작가가 그리고

34) Robert McKee 著, 周鐵東 譯, 『故事—材質, 結構, 風格和銀幕劇作的原理』, 北京: 中國電影出版社, 2001年, 123쪽.

있는 장소경의 영웅으로서의 이미지는 두 가지 면에서 바라볼 수 있다. 하나는 숭고함으로, 장소경이 일련의 음모들과 부딪혀 나가는 과정에서 드러나는 자신의 본성이다. 또 하나는 비장미로서, 역경을 헤쳐 나가는 과정에서 장소경 본인의 내면과 외면에서 일어나는 다양한 갈등과 슬픔 등의 감정들이다.

3.1 커져가는 음모 속에서 형성되는 숭고함

숭고함이란 조금씩 조금씩 만들어지는 일종의 양적 감정이다. 이러한 양적인 누적은 그에게 닥쳐오는 음모와 시련이 조금씩 커져가는 방식으로, 그리고 장소경이 그 과정에서 점점 자신을 던져 위기에 맞서 나가는 방식으로 표현된다. 또한 스톱워치를 켜놓은 채 전개되는 것 같은 빠른 전개방식은 미국 드라마 <24시간>의 서사 기법을 차용하여, 시간의 전개에 따라 사건이 새로운 국면으로 펼쳐지고 그에 따라 사건에 연루된 인물들도 대응 변화해나가는 양상을 보여준다. 다시 말하면 숭고감은 음모론을 그림자처럼 따라다니는 것으로, 음모론의 존재는 이 혼돈의 세계 속에서 우리가 완전히 무시되는 존재만은 아니라는 것을 보여주는 방식으로 우리를 위로해주기 위한 것이다.[35] 음모론은 바로 마보용 역사소설의 한 특징으로, 장소경이라는 '풀뿌리' 영웅의 등장 자체가 음모로 인해 만들어진 것이다. 여기서 말하는 음모는 '권모(權謀)'의 일종으로, 권(權)이란 상황에 따라 대응하는 수단이자, 구체적인 대응 문제로서, 특정한 목적을 이루기 위해 얻어내는 방법이나 행동계획을 가리킨다. 권(權)과 모(謀)를 합쳐서 말하자면 상황

35) [英]阿羅諾維奇著, 薛效思・楊偉麗・宋金寧譯, 『平行歷史: 陰謀論塑造的世界』, 南京: 江蘇鳳凰文藝出版社, 2015年, 293쪽.

에 따라 임기응변해나가는 계책이라고 할 수 있다. 권모란 누구라도 되고 싶어 하는 천사가 될 수도 있지만, 또 누구라도 벌벌 떠는 악마의 모습으로 될 수도 있다. 이 모든 것은 권모의 주체와 대상이 누구냐에 따라 결정된다.[36)]

만약 이렇게 임기응변하는 권모(權謀)가 대중들을 희생시켜 개인의 이익을 취하는 수단으로 쓰이게 되면 이것이 음모가 된다. 마보용의 삼국 서사에서는 서사 주체로서의 풀뿌리 영웅들이 시종일관 불굴의 의지로 음모론이 장악하고 있는 이 세계와 맞서 싸움으로써, 텍스트 내부에 흥미로운 긴장 - 강렬한 불안감과 동시에 불안감 속에서의 한 줄기 위안을 만들어 내고 있다.[37)] 마보용의 『장안 24시』에도 이런 음모론이 장악하고 있는 세계에서의 풀뿌리 영웅의 몸부림과 저항의 모습이 그려지고 있다. 정월 대보름 당일, 사람들은 분주히 거리를 오가고 곳곳에는 화려한 등불과 장식들이 걸려있다. 이런 환락의 도가니 속에서 거대한 음모가 이미 장안성을 뒤덮고 있어 곧 이곳이 불바다가 될 것이라는 것을 아는 사람은 어느 누구도 없다. 모든 불안감과 초조함은 풀뿌리 영웅 장소경에게 집중되고, 한 단계 한 단계 펼쳐지는 음모의 향연은 독자들의 신경을 곤두세운다. 이때 장소경의 신묘한 예측과 몸을 던지는 희생으로 음모는 하나하나 무산되어가고 이러한 승리의 과정은 장소경이라는 인물을 점점 부각시키게 된다. 그리고 장소경에게 서사의 포커스가 맞추어지는 이 과정에서 독자들은 일종의 심리적 위로 효과인 숭고함을 느끼게 되는 것이다.

임마누엘 칸트는 자신의 책 『아름다움과 숭고함의 감정에 관한 고

36) 趙國華・劉國建著, 『詭秘的權謀・傳統權謀學評析』, 桂林: 廣西人民出版社, 2004年, 7쪽.
37) 陳舒劼, 「歷史重構, 陰謀想象與歡愉下的不安—作爲當代文化認同表征的馬伯庸的三國敘事」, 『石家莊學院學報』, 2018年7月 第20卷 第4期.

찰』에서 심리학적인 분석의 층차로 아름다움이란 '사람을 끌어당기는 것'이고, 숭고함이란 '사람을 감동시키는 것'이라고 정의한 바 있다. 『판단력 비판』에서는 다시 비판 철학의 입장에 서서 숭고함의 선험적 근거를 검토하여, 아름다움은 상상력과 지성의 조화이고 숭고함은 상상력과 이성의 조화라고 언급한 바 있다.[38] 소설 『장안 24시』에서 장소경이라는 인물이 만들어 내는 숭고함 역시 독자들로 하여금 일종의 이성적인 감동을 만들어 낸다고 할 수 있다. 왜냐하면 독자들이 이 작품에서 대하고 있는 것은 맹목적이고 두려움을 모르는 타고난 영웅이 아니라 동요와 포기를 끊임없이 오가는 평범한 보통 사람이기 때문이다. 독자들은 이 '평범한' 영웅의 모습에서 끊임없이 고뇌하고 좌절하지만 초심을 잃지 않는 영웅의 가능성을 발견하고, 아울러 이 영웅의 모습 속에서 마음의 위로와 공감을 얻게 되는 것이다.

매번의 행동 후에 따라오는 온몸의 상처와 대비하여, 매번 행동 이전의 어려운 선택이 인물의 의지와 초심을 그려내는데 더욱 용이하다. 그래서 작가는 미국 드라마 <24시간>의 시간 구조가 가지는 구조적 기능을 차용하여 장소경의 이미지를 한층 더 구체화시켜 나가고 있다. 미국의 시나리오 작가인 로버트 맥키(Robert Mckee)는 구조의 기능은 끊임없이 커지는 긴장감을 제공하여 등장인물들을 갈수록 어려워지는 역경 속으로 몰아넣고 그들로 하여금 갈수록 어려운 모험을 선택하고 해결해 나가도록 하는 과정을 통해, 이 과정에서 리얼리티를 확보함과 동시에 등장인물들의 무의식적인 자아를 끌어내는데 있다고 보았다.[39] 『장안 24시』에서의 장소경 역시 이러한 부단히 커지는 긴장감 속에 놓여 있다. 그는 줄곧 돌궐의 낭위(狼衛)병과 관군, '수착랑(守捉郎)

38) 鄧曉藝, 『冥河的擺渡者—康德的「判斷力批判」』, 昆明: 雲南人民出版社, 1997年, 51-52쪽.
39) Robert McKee 著, 周鐵東 譯, 앞의 책, 124쪽.

조직'과 '흰개미(蚍蜉)조직' 등 적대 세력에 둘러싸여 부상과 절망 등으로 끊임없이 포기하고 싶은 과정 속에서도 매번 닥치는 역경에서 자아를 회복해 나가고 결국은 위기를 해결한다. 이 모든 사건들은 사슬처럼 엮여서 조금씩 난이도가 높아진다. 그리고 매번의 사슬에는 최종의 음모를 둘러싼 하위 음모와 핵심적인 사건으로 향하게 하는 미스터리가 담겨져 있다. 작품 속에 설정된 구조를 아래의 그림으로 표현해 보았다.[40]

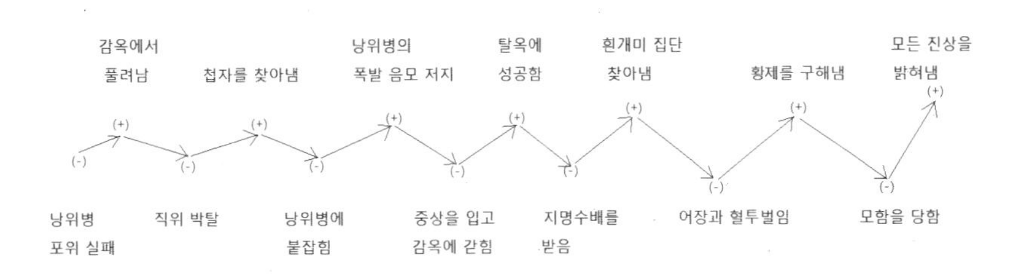

그림 1『장안 24시』 구조 기능도

그림에서 보여지는 바와 같이, 아래로 향하는 화살표는 장소경에게 닥치는 역경을 나타내고, 위로 향하는 화살표는 이 역경에 대처하는 장소경의 대응방식을 나타낸다. (+) 표시는 사건 속의 긍정적 장면을, (−) 표시는 사건 속의 부정적 장면을 나타내는데, (+)와 (−) 표시가 연

40) 이 그림은 로버트 맥기의 이론을 기초로 하여 만든 것이다. 원 그림에서 맥기는 '+'는 주인공에게 도움이 되는 사건이나 승리, 향상 등의 사건에 표시하고, '−'는 주인공에게 불리한 사건이나 실패, 하락 등의 사건을 표시하는 데 사용하였다. 위로 향하는 화살표가 길어질수록 이상적인 문제 해결의 크기가 커짐을 의미하는 것이며, 아래로 향하는 화살표가 길어질수록 위기에 부딪치거나 좌절의 폭이 더 커지는 것을 의미한다. Robert McKee 著, 周鐵東 譯, 앞의 책, 147쪽.

결된 것은 전체 사건이 사슬처럼 연쇄적으로 연결되어 있음을 뜻하며, (+)와 (-) 표시의 거리가 점점 커지는 것은 사건의 난이도가 조금씩 상승하고 있음을 나타낸다. 이 그림을 통해서 우리들은 음모와 미스터리, 그리고 역경의 층차들이 끝없이 서로 얽혀있음을 직관적으로 알 수 있다. 미스터리란 관중들로 하여금 호기심과 기대감, 불안함을 만들어 내게 하기 위해 극의 전개 사이에 설정하는 일종의 추측성 요소이다. 미스터리의 긴장감은 수간의 연장에 따라 증가한다.[41] 미스터리와 음모의 교직적인 설정은 장소경의 이성적 심리적 사건 해결 능력이 끊임없이 향상되고 있음을 나타내줌과 동시에 독자들의 사건 파악 능력도 분명하게 향상시켜 준다. 음모를 하나하나 밝혀내고 미스터리를 풀어내고 역경을 극복해 나가는 과정들을 통해서 작가는 독자들의 텍스트 몰입감을 높이고 장소경의 영웅 이미지를 더욱 풍부하게 만들어 준다.

3.2 타임라인의 보충이 가져다주는 숭고함

그렇지만 24시간 동안에 일어난 이야기를 서술하는 것만으로 인물들의 배경을 완벽하게 설명해 낼 수는 없다. 그렇기 때문에 작가는 기본적인 타임라인에 곁들여 다양한 스토리를 삽입하거나 보충한다. 이렇게 덧붙여진 삽입서사와 보충서사 역시 누적되는 과정을 거쳐 독자들에게 장소경의 입체적인 모습을 보여주는 서사적 효과를 거두게 된다. 먼저 서사의 보충에 대해 살펴보자. 사건의 발단은 상단(商團)으로 변장한 돌궐의 낭위(狼衛)부대의 정보를 당나라 조정이 입수하고 이들

41) 黃會林主編, 『電視文本寫作學』, 北京: 北京廣播學院出版社, 2000年, 366쪽.

을 유인하여 포박하기 위한 작전으로부터 시작된다. 이때 낭위부대의 대장인 조파연(曹破延)은 유목민족 특유의 동물적 감각으로 매복을 눈치 채고 역으로 이중 스파이 역할을 했던 최육랑(崔六郎)을 죽이게 된다. 이 사건의 책임자였던 이밀(李泌)은 부하의 건의를 받아들여 사형 날짜가 임박했던 장소경(張小敬)에게 사면을 조건으로 최육랑 대신 사라진 조파연의 행방을 찾도록 시킨다.

이 지점에서 서사의 보충이 일어난다. 장소경이 등장하기도 전에 독자들은 이밀의 부하인 서주사(徐主事)의 소개와 이들 듣고 난 이밀의 판단 등으로 미루어 장소경에 대한 사전 정보들을 입수하게 되는 것이다. 서주사가 장소경을 소개하면서 "전에는 안서도호부(安西都護府)의 군대에서 분대장(什長)을 맡았다가 공을 세워 장안으로 돌아왔죠. 만년현(萬年縣)에서 불량수(不良帥)를 맡아 9년을 일했었고요."[42]라고 말하자, 이밀이 이를 듣고 "불량수라는 건 담당 구역의 치안을 담당하는 포적현위(捕賊縣尉)의 부관으로, 외근 관리 중엔 가장 높은 직급이지. 일개 도호부의 분대장 따위가 현(縣) 전체의 불량수 일을 해내는 것도 이미 대단히 어려운 일인데, 하물며 보통 현도 아니고 천자가 계시고 왕공과 귀족들이 기거하는 만년현에서 9년이나 별 탈 없이 불량수 일을 해내다니."라며 장소경에 대한 평가를 내린다. 본 사건의 전개를 도와주는 이러한 보충 설명을 통해 독자들은 장소경이라는 존재에 대해 미리 파악할 수 있는 정보를 가지게 되며, 최소한 그가 다른 이들과는 다른 능력이 있다는 것을 알게 된다. 후에 장소경은 이밀을 만나 그로부터 사건의 전말을 듣자마자, 즉시 그의 면전에서 말과 낙타 등 동물들의 소리가 전혀 없이 거리가 너무 조용했던 것이 유목민족인 조파

---

42) 『長安十二時辰(上)』, 15쪽.

연이 이상한 낌새를 채게 한 원인이었음을 바로 지적해 낸다. 이것은 작품의 앞 내용과도 호응할 뿐 아니라 독자들에게 장소경의 정확한 판단 능력을 부각시키는 효과도 가진다. 또 한 가지로 호상(胡商)들의 점포를 조사하는 대목에서 작가는 호상들의 대화를 빌어 장소경의 스타일에 대한 서사적 보충을 시도한다. "만년현의 장애꾸(張一眼)는 별명이 5대 염라야. 염라대왕만큼 사납고, 독하고, 잔인하고, 까다롭고, 매정하다는 거지. 만년현 동쪽의 건달들을 꼼짝 못하게 하는 살신(殺神)이기도 하고."[43] 장소경은 눈 하나를 잃었고, 성격은 냉혹하고 매정하여, 외모와 속마음 할 것 없이 보통 사람들과는 다르지만, 이야기를 읽어나갈수록 독자들은 점점 장소경이 사실은 불의를 미워하고 정의를 사랑하는 착한 심성을 가진 사람이며, 그의 운명이 비록 비참하지만 여전히 그는 십 수 만의 장안 백성들을 위해 헌신하려는 사람임을 깨닫고 그에 대한 경탄과 동정의 마음이 생기게 된다.

작가는 다른 인물의 입을 빌어 장소경의 성격과 스타일에 대한 정보를 보충해 주는 것 외에도 장소경 주변 인물들의 태도 변화를 이용하여 독자들로 하여금 장소경의 이미지에 대한 공감과 동일시를 이끌어내고 있다. 예를 들어 요여능(姚汝能)이라는 인물은 처음에는 장소경에 대해 "어떨 때는 냉혹한 흉악범 같다가, 어떨 때는 인자한 용사 같고, 또 어떨 때는 자기가 한 말은 반드시 지키는 협객 같다"[44]며 그에 대한 의심의 태도와 경계를 늦추지 않았다. 그 후 그는 장소경이 폭파 지역에서 대피할 때 생면부지의 일개 하인의 목숨을 구해주는 모습을 주목하고 장소경에 대한 본인의 선입견에 대한 혼란에 빠지게 된다. 그 뒤 장소경이 화약통이 가득 실린 마차를 몰고 얼어붙은 광통거(廣通

---

43) 『長安十二時辰(上)』, 31쪽.
44) 『長安十二時辰(上)』, 103쪽.

渠)를 달려갈 때, 요여능은 스스로 '이런 일대의 영웅을 끊임없이 의심했던' 자신에게 부끄러움을 느끼게 된다.[45] 그로인해 장소경이 몇 번이나 죽을 고비를 넘기는 모습을 직접 목도한 뒤, 자신의 상사인 이밀에게 어떻게 이런 영웅을 이렇게 홀대할 수 있느냐고 따지기도 하고,[46] 그 뒤로는 완전히 장소경의 추종자가 되어 정안사(靖安司)가 권력을 빼겼을 때, 요여능은 정보의 핵심인 대망루(大望樓)를 지키기 위해 장소경을 자신의 멘토를 삼아 "죽어도 이곳을 지키다 죽겠어. 왕년에 장도위(張督尉)가 서역에서 죽을 각오로 봉수대를 지켰던 것처럼, 정안사 전체를 적으로 만들어도 아깝지 않아."[47]라며 자신의 각오를 다진다.

이번에는 서사의 삽입을 살펴보자. 사건 당일의 사시(巳時), 서주사는 감옥으로 장소경을 찾으러 간다. 작가는 여기에 장소경이 이전에 전쟁터에서 보고 느꼈던 경험담을 삽입한다.

> 사막, 폐허, 그리고 진하고 강렬한 피비린내. 무수히 많은 검은 기병들이 멀리서부터 달려온다. 저 멀리 장강의 위, 핏빛으로 둥근 태양이 저물어 간다. 외로운 변방의 성에는 봉화대 연기가 황혼의 하늘을 가로지르고 있다. …… 둥둥둥, 적들이 쳐들어온다는 북소리가 울려퍼지고, 메뚜기 떼처럼 새까만 화살들이 하늘을 뒤덮는다. 바로 이때 오직 그 한 사람만이 적들을 대하고 있다. …… 둥둥 울리던 꿈속에서의 그 북소리는 누군가가 채찍 손잡이로 감옥의 난간을 두드리는 소리였다.[48]

위 문장이 서술하고 있는 서사의 시간은 9년 전 서역 변방의 전쟁터

45) 『長安十二時辰(上)』, 162쪽.
46) 『長安十二時辰(上)』, 166쪽.
47) 『長安十二時辰(上)』, 291쪽.
48) 『長安十二時辰(下)』, 16쪽.

에 있을 당시이다. 작가는 이 서술과 장소경의 꿈속 장면을 뒤섞고, 다시 여기에 북소리와 감옥 난간 두드리는 소리의 유사함을 매개로 독자들을 24시간의 긴장 속으로 끌어들이고 있다. 드라마와 영화에서 보는 듯한 카메라의 전환과 같은 절묘한 서사 속에서 우리는 두 가지 서사적 역할을 발견할 수 있다. 하나는 독자로 하여금 잠시 팽팽한 24시간의 긴장에서 벗어나 스토리와 임물의 배경에 대해 이해하게 함으로서 당기고 풀어주는 리듬감 있는 서사 템포를 느낄 수 있게 한다. 두 번째는 현실과 과거라는 두 가지의 타임라인이 자연스럽게 전환되면서 빠른 템포의 전체 스타일을 유지시켜 주는 서사적 효과를 얻게 한다.

4. 영웅의 비장미(悲壯美)

앞에서 언급했듯이, 주인공 장소경의 영웅으로서의 숭고함은 음모론과 결합하여 정월대보름 하루 동안 장안성을 구하기 위해 벌이는 다양한 노력들로 구체화된다. 반면 그의 영웅으로서의 비장미는 그의 모든 인생행로에서 얻어지는 경험들에 의해 재현된다. 허리우드 스타일의 영웅은 처음부터 드러나지도 않고 타고난 영웅도 아니다. 영웅도 자신만의 고민과 복잡한 내면을 가지고 있으며, 대개는 특정 영역에서의 실패와 상실, 혹은 슬픔을 가지고 있는 인물로 등장한다. 장소경은 자신의 인생이라는 무대에서는 비극의 주인공이다. 군인으로서 그는 자신의 목숨을 돌보지 않고 성을 지켜내는 임무를 완수하였다. 그 와중에 그는 한 쪽 눈을 잃으며 전우들이 죽어가는 모습을 지켜봐야 했다. 치안을 담당하는 말단 관리로서 그는 불의를 미워하는 '5대 염라'로 불리며 온갖 범인들을 소탕하였지만, 이 과정에서 불량배 조직인

'웅화방(熊火幫)'에게 미움을 사 후에 목숨을 잃을 뻔 하기도 하였다. 자신의 전우 문무기(聞無忌)가 이유 없이 억울하게 죽어가는 것을 지켜볼 수 밖에 없었고, 전우들의 시체가 불태워지는 것을 막을 수도 없었던 장소경은 분노를 참지 못하고 자신의 상관을 죽이고 영왕(永王)을 협박하게 되고 그 죄로 사형 판결을 받게 된다. 바로 이처럼 삶 속에서 끊임없이 좌절과 아픔을 겪은 인물이 절체절명의 위기에서 모두를 깜짝 놀라게 하는 초인적인 능력을 발휘해 내는 모습은 독자들에게 감동을 배가시켜준다. "비극의 주인공은 대개는 비범한 인물이다. 선과 악을 막론하고 그는 일반적인 기준을 훨씬 넘어선 무서운 격정과 의지를 소유하고 있는 인물이다. 비극에 대해 말하자면, 치명적인 것은 사악함이 아니라 바로 연약함이다."[49] 장소경이 가지고 있는 굳건한 의지력과 불굴의 용기는 바로 비장미로 묘사되는 고뇌하는 영웅의 표상이다. 다시 말해 장소경의 비장미는 그의 삶 속에서 표출되는 다양한 갈등과 고뇌의 모습으로 표현된다.

4.1 내면의 충돌

로버트 맥키(Robert Mckee)는 한 개인의 삶의 세계는 몇 개의 상상의 동심원으로 구상해 볼 수 있다고 보았다. 즉, 개인 본연의 개성이나 자아라는 핵심을 몇 개의 동심원이 둘러싸고 있는 구조인데, 여기서 몇 겹의 동심원은 각각 그 개인이 삶 속에서 부딪치는 갈등과 충돌의 층차를 나타낸다. 이를 아래의 그림과 같이 표현할 수 있다.[50]

---

49) 朱光潛著, 張隆溪譯, 『悲劇心理學—各種悲劇快感理論的批判研究』, 北京: 人民文學出版社, 1983年, 89쪽.

50) Robert McKee 著, 周鐵東 譯, 앞의 책, 171쪽.

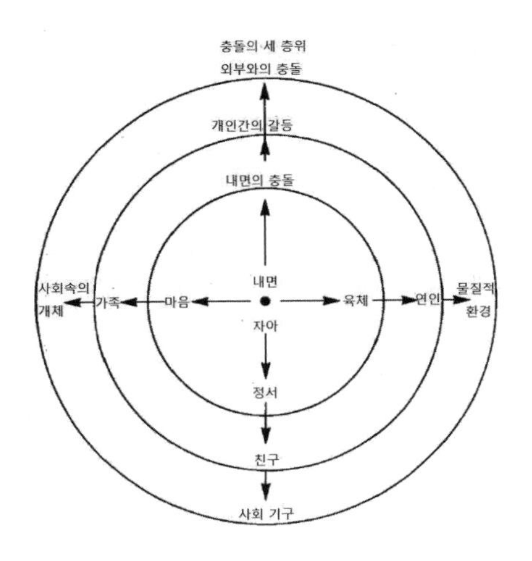

그림 2 로버트 맥키의 개인 갈등의 동심원

이 동심원 그림에 근거하여 우리는 장소경의 삶 속에서 몇 가지 갈등의 층위들을 분석해 볼 수 있다. 첫 번째로 가장 작은 동심원은 장소경의 내면 갈등 층위로서, 이 부분은 그의 내면적 본성과 매력이 가장 강하게 드러나는 층위이기도 하다. 예를 들어 작품 속에서 이밀의 시녀인 단기(檀棋)는 장소경에게서 여러 가지 얼굴이 보인다고 말한다. "호색한, 사형수, 염라대왕, 혹리(酷吏), 협객, 능리(能吏), 그리고 여인을 대신해 죽을 수도 있는 신사이기를 거부하는 남자 … 그러나 쉽게 파악할 수 없는 이 모든 얼굴들은 '고독'이라는 두 글자로 응축되죠."[51]라며 장소경의 내면적 본질을 읽어낸다. 장소경은 이 번화하고 시끌벅적한 장안성에 어울리지 않는 사람으로 그는 그저 먼 곳을 바라보며, 이 곳을 지킬 뿐이다. 장안성을 대하는 장소경의 마음은 요여능(姚汝能)이 장안성의 위기를 구하려는 장소경의 본심을 의심했었다가 후에 그에

51) 『長安十二時辰(上)』, 269쪽.

게 사과하면서 나누었던 대화에서 엿볼 수 있다. 장소경은 이 도시에 대한 자신의 열정을 직접적으로 드러내지 않은 채, 그저 이 도시에서 살아가는 사람들의 삶을 디테일하게 얘기해 주는 것으로 자신의 마음을 대신하고 있다.

"여능(汝能), 자네 곡우(穀雨) 무렵에 대안탑(大雁塔) 꼭대기에 올라가 본적 있나?"

"거기엔 탑을 지키는 어린 사미승이 하나 있는데 말야. 그 아이에게 돈을 반 푼만 쥐어주면 몰래 탑 꼭대기에 올라갈 수 있게 해준다네. 거기 올라가면 장안의 모란꽃을 다 볼 수 있지. 그 사미승이 돈을 함부로 쓴다고 오해하진 말게. 그 돈으론 몰래 물고기를 사서 자은사(慈恩寺) 주변에 있는 고양이들을 거두어 먹인다네."

"승도방(升道坊)에는 호떡을 만들어 파는 위구르족 할아범이 있는데, 그는 늘 가장 좋은 참깨만 쓰기 때문에 막 구워낸 호떡은 냄새가 죽인다고."

"동시(東市)에 사는 아로욕(阿羅約)은 낙타를 조련하는 데는 최고 고수지. 그 사람 평생의 꿈은 안읍방(安邑坊)에 가게를 차리고 마누라 얻고 자식 낳아 장안에서 뿌리를 내리는 거지. 장흥방(長興坊)에는 태상시(太常寺)의 악공(樂工)인 설씨(薛氏)가 살고 있지. 여릉(廬陵) 사람인데, 매일 밤 구름 없는 한밤중에 천진교(天津橋)에 나와서 퉁소를 불지. 달빛 아래에서 퉁소 소리를 헹궈야 한다나. 그 덕에 내가 몇 번 야간 통금을 눈감아 줬었지. 숭인방(崇仁坊)에 사는 이십이(李十二)라는 무희는 항상 기세 좋게 왕년의 최고 무희였던 공손(公孫) 낭자의 수준에 도전하겠노라고 하지. 춤 연습을 얼마나 열심히 하는지 발바닥이 피가 나도록 다 헐어서 빨간 천으로 발을 싸고 다닐 수밖에 없다네. 아, 그렇지! 우란분재(盂蘭盆齋)때 강물에 등불을 띄우는데, 그땐 강 전체가 등불로 뒤덮이지. 자네 만약 용수거(龍首渠)에 갈 일 있거든 나루터에서 예쁘게 접은 종이배를 파는 장님 할매를 볼 수 있을 걸세. 그 할매는 늘 손녀의 구리 비녀를 사줘야 한다고 말하는데, 사실 그 손녀는 벌써 병으로 세상을 떴다네."[52]

위 대목은 장소경의 마음을 읽어낼 수 있는 심금을 울리는 진술이자, 장소경이 생생하게 살아 숨 쉬는 장안성 사람들의 삶을 얼마나 중요하게 생각하는지를 보여주는 부분이다. 그의 내면에 이런 신념이 있기에 이들의 진실한 삶을 지켜주고 싶은 마음이 생길 수 있고, 바로 그렇기에 매번 부딪치는 선택의 기로에서 그는 자신의 초심을 잃지 않는 것이다.

장소경의 내면적 갈등은 각각 신체적 갈등과 감정적 갈등, 그리고 이성적 갈등이라는 세 가지의 층위로 나눠 볼 수 있다. 장소경의 신체적 갈등은 그가 전쟁의 소용돌이 속에서 눈 하나를 잃었다는 사실로 가장 직관적이고 쉽게 발견할 수 있는 요소이자 가장 치명적인 요소이기도 하다. 왜냐하면 장소경이 매번 해결해 나가는 음모들은 늘 생사를 오가는 위험을 무릅써야 하기 때문에 그의 체력 소모는 그가 감당할 수 있는 임계점에 늘 근접해있다. 낭위병들에게 붙잡혀 고문을 당하느라 피를 쏟아내기도 하고 심지어는 칼로 겨드랑이 피부를 도려내기도 하였다. 요행히 그곳에서 탈출하였지만, 그 과정에서 눈썹과 머리카락이 불에 타기도 하고 팔에는 화상을 입었으며, 창틀에 꽂아놓은 대나무 가시에 찔려 큰 상처를 입기도 한다.[53] 또한 화약이 가득 실린 마차를 몰고 얼음이 얼어붙은 광통거(廣通渠)로 뛰어든 뒤 죽을 고비에서 살아나오지만, 불에 데고 물에 얼어버린 몸에다 손가락과 겨드랑이, 그리고 등에 난 상처에서는 선혈이 흘러내려 거의 기절할 지

52) 『長安十二時辰(上)』, 133-134쪽.
53) 『長安十二時辰(上)』, 96-99쪽.

경의 고통을 견디게 된다.[54] 그 뒤 등루(燈樓)의 폭발을 막기 위해 어장(魚腸)과 목숨을 건 격투를 벌이고, 본능적으로 불길 속에서 탈출하지만, 뛰어내리는 과정에서 기절하기도 하고, 최후에는 황제를 암살하려는 소규(蕭規)를 저지하기 위해 온 몸에 경련이 일어나는 것도 불구하고 그와 함께 죽기 위해 젖 먹던 힘까지 다 짜내어 그와 싸운다.[55] 24시간이라는 짧고도 긴 고통의 시간 동안 장소경의 몸은 언제나 긴장과 고통의 상태에 있었으며, 그가 겪었던 신체적 고통과 괴로움은 그의 의지를 꺾는 갈등 요소로 작용하였다.

다음으로 감정적 갈등은 그가 자신의 감정을 다스리는 대목에서 주로 나타나는데, 즉, 당황스러운 감정들을 수습하고 동시에 분노의 감정을 억누르는 것으로 주로 표현된다. 당황스러운 감정들은 주로 사건이 급변하여 발생하는 상황에서 생기는 데, 장소경은 이에 대한 대책을 즉각 생각해낸다. 예를 들어 그가 거짓으로 소규(蕭規)의 패거리에 가담했을 때, 뜻밖에도 이밀(李泌)이 그들에게 잡혀온 것을 발견하게 되고 잠시 당황하지만, 다시 이밀에게 이렇게 이야기한다.

> 당신은 정안사(靖安司) 사승이라는 직위가 안어울리니 차라리 다시 산에 들어가 도나 닦으쇼. 삼청(三淸)신에게 절하고, 십일요(十一曜)신에게 빌고, 팔괘(八卦) 판이나 돌리고, 4산5악(四山五嶽) 찾아다니쇼. 뭘 해도 정안사보다는 나을거요. 근데 만약 당신이 나를 찾아와 복수할 생각이 있다면 아마 18층 지옥에 갈 각오는 해야 할 거요.[56]

54) 『長安十二時辰(上)』, 162쪽.
55) 『長安十二時辰(下)』, 238쪽.
56) 『長安十二時辰(下)』, 83쪽.

이때 장소경은 이밀이 잡혀온 것을 보고 잠시 당황하지만, 이내 평정심을 되찾고는 숫자 암호를 사용하여 이밀에게 자신의 입장을 전달한다. 위의 대사에서 등장하는 숫자인 '3'과 '11', '8', '4', '5', '18' 등의 숫자는 『당운(唐韻)』이라는 책을 활용하여 정안사에서 만든 암호로 숫자들을 조합하여 의미를 만들면 '물러서지 않는다(不退)'라는 뜻이 된다.

분노의 감정을 억누르는 부분에서 장소경은 확연히 다른 두 가지 모습을 보여준다. '대보름 사건' 이전에는 치안을 책임진 관리로서 악당들을 소탕하는 것이 그의 임무였기 때문에 그는 불의를 증오하는 감정들을 숨기지 않고 이들을 악독하고 잔인하게 처리하는 걸로 이름을 떨쳤다. 또 이런 과정에서 그의 옛 전우인 문무기(聞無忌)의 처참한 죽음을 복수하기 위해 웅화방(雄火幫)을 박살내고, 상관인 만년현위(萬年縣尉)를 죽이고, 친황인 영왕(永王)을 납치한다. 대보름 당일 그가 상대해야 할 적은 자신의 옛 전우였던 소규(蕭規)와 그가 이끌던 퇴역병사들의 조직인 '흰개미'집단이다. 그런데 장소경 본인 역시 퇴역병사로서 국가로부터 불공정한 대우를 받아왔기 때문에, 그와 '흰개미' 집단은 동병상련의 아픔과 백성들을 착취하는 통치계급에 대한 증오심을 공통적으로 가지고 있다. 그 스스로가 자신의 정체성에 대해 부르짖은 것처럼 그는 "더 이상은 정안사(靖安司)의 장도위(張督尉)가 아니라, 제8 군단에서 혈투를 벌이던 장대장(張大頭)이자, 현위(縣尉)를 살해하고 감옥에 들어갔던 불량수(不良帥)이자, 장안성 전체에 현상수배 되었었던 사형수이자, 이제는 장안성에 정의를 세우고자 하는 노병일 뿐!"[57]인 것이다. 이런 절규는 비록 사실이긴 하지만, 그는 장안성의 백성들을

57) 『長安十二時辰(下)』, 75쪽.

지키기 위해 자신의 분노를 억누르고 대의를 위하여 자신의 개인적 복수를 내려놓는다.

이성적 갈등은 그가 자신의 신념을 지켜나가기 위한 고뇌로 주로 표현된다. 장소경 역시 고뇌하는 인간이기 때문에, 그가 돌궐의 낭위 부대는 흰개미 집단의 장기 알에 불과하다는 것을 알았을 때, 그리고 흰개미 집단의 뒤에도 엄청난 힘을 가진 존재가 있음을 알았을 때, 자신의 능력으로는 역부족임을 느끼면서 절망에 빠진다. 때마침 정안사의 주인이 바뀌고 자신이 또 다시 스파이로 몰려 성 전체에 수배령이 내려지자 그는 마침내 동요하기 시작한다. '일개 사형수가 뭐 하러 이렇게 목숨 걸고 싸워야 하는 걸까?' 만약 지금 발길을 돌려 이곳을 떠난다 하더라도 어느 누구도 그가 도의를 저버렸다고 탓할 수는 없을 것이었다. 사실 대보름 밤이 지나가면 장안성에 사는 어느 누가 그의 이름을 기억할 수 있을지, 그런 사람이 남아있을지 조차 모르는 일이기 때문이다. 그러나 다행히도 그의 동요는 짧고 결심은 굳건했다. '내가 잘못 생각했군. 일이 이렇게 되어 어차피 사형수가 되었으니, 차라리 아무 것도 망설일 필요가 없어진거지.'[58] 또 장소경이 자신의 힘으로는 도저히 등루(燈樓)의 폭발을 막을 수 없다고 절망하고 있을 때, 수많은 얼굴들이 그의 눈앞을 스쳐 지나갔다.

> 눈 앞을 스쳐가는 수많은 사람들의 얼굴은 모두 이렇게 그에게 묻고 있었다. '후회하는 건가?' 그는 오늘 하루 그에게 닥친 일들을 조용히 떠올리며 부르트고 갈라진 입술로 나직이 두 마디의 말을 되뇌었다. '후회하지 않아'[59]

58) 『長安十二時辰(下)』, 10쪽.
59) 『長安十二時辰(下)』, 143쪽.

4.2 개인 간의 갈등

이번에는 장소경의 개인적 갈등 층위를 살펴보자. 개인적 갈등은 대개 그가 맺고 있는 인간적 관계들을 어떻게 처리하는지의 양상으로 나타난다. 즉, 이 층위의 갈등 양상은 아랫사람을 대하는 태도와 친구들을 대하는 모습, 그리고 가족이나 동료를 대하는 모습 등에서 살펴볼 수 있다.

작품에서 그의 아랫사람으로 등장하는 인물은 크게 요여능(姚汝能)과 소을(小乙) 두 사람을 꼽을 수 있다. 요여능은 대보름 날 정안사 이밀의 명을 받고 장소경에게로 파견되었으며, 소을은 이전에 장소경이 도박판에 심어놓은 정보원이었다. 요여능은 정의감이 넘치는 젊은이로 바로 그 지나친 정의감과 경험 부족 등으로 인해 융통성 없는 원칙주의자 캐릭터로 그려진다. 끝없이 닥쳐오는 위기 앞에서 장소경은 그에게 매번 자신의 행동 동기를 설명할 시간도 설명할 이유도 찾지 못한다. 이로 인해 초기에는 요여능에게 반감과 의심을 사기도 하였으나, 이러한 그의 태도에 대한 장소경의 대응은 단순하고 거칠었다고 할 수 있다. 예를 들어 장소경이 정보를 얻기 위해 기루(妓樓)에서 정보를 사고파는 일을 하는 갈노인과 거래를 하려 했을 때, 요여능은 공무원이 적들과 거래를 하는 것은 옳은 일이냐고 따져 물었고, 이에 대해 장소경은 친절한 설명 대신 '쥐에게는 쥐의 방법이 있고, 뱀에게는 뱀의 방법이 있다(鼠有鼠路, 蛇有蛇路)'라며 지나쳐버렸다. 이 거래의 대가가 관부의 이중 첩자를 제거하는 것임을 요여능이 알고 난 뒤, 이를 장소경에게 따지자 장소경은 설명 대신 그 첩자가 천자(天子)라고 하더라도 한 명의 희생으로 십 수만의 장안성 백성들을 살릴 수 있다면 자신은 기꺼이 그렇게 하겠노라고 대답하고, 이에 요여능은 더 이상 참지 못하고 장소경의 대역무도함을 꾸짖는다. 그러나 장소경은 그에게 자신의 입장을 자세히 해명하는 대신, 장안성 폭발까지 고작 세 시진 밖에 남지 않았다며, "나를 도와줄 생각이 아니라면 당장 꺼져"라고 거칠게 대꾸한다. 이 부분을 통해서 우리는 장소경의 인간관계로 인해 빚어지는 갈등 국면을 쉽게 이해할 수 있게 된다. 즉, 사람들이 보기에 장소경이 인정미 없어 보이는 이유는 바로 그의 일 처리 스타일과 관련이 있다는 것이다. 하지만, 요여능에 대한 장소경의 속마음은 겉보기처럼 차갑기만 한 것이 아니라, 보호하고 지켜주려는 것이었기에, 갈노인의 면전에서 이중 첩자를 죽일 때, 단순한 요여능이 충격을 받을까봐 먼저 그를 때려 기절시킨다.[60] 이번에는 정보원 소을(小乙)에 대해 알아보자. 소을은 장소경이 직접 키운 정보원으로 장소경은 소을의 어머니가 소을이 정보원 노릇을 하며 벌어온 돈을 숨겨 두면서 나중에 그 돈으로 소을을 장가보낼 거라고 얘기했던 사실까지도 기억하고 있다. 그러나 소을은 그 돈을 훔쳐내어 장소경에서 성냥을 사주며, "장대장이 이 성냥으로 불을 켤 수 있으면 길을 잃어버릴 일이 없을 거에요."라고 말할 정도로 소을의 장소경에 대한 충성과 장소경의 소을에 대한 신임 역시 한 가족처럼 깊었다고 할 수 있다. 그러나 후에 장소경은 더 많은 사람들의 목숨을 살리기 위해 소을을 희생시킬 수밖에 없게 되고 자신의 손가락을 잘라 스스로를 자책하며 요여능에게 말해준다. "이건 마땅히 해야 하는 일이야. 그렇지만, 이건 잘못된 일이야."[61] 즉, 장소경은 마음속으로 엄청난 죄책감과 고통을 느꼈던 것이다. 아랫사람을 대하는 장소경의 태도를 통해 장소경이 냉혹하고 무정한 겉보기와는 달리 연약하고 부드러운 속마음을 가졌음을 알 수 있다. 그가 지

60) 『長安十二時辰(上)』, 76-77쪽.
61) 『長安十二時辰(上)』, 102-103쪽.

나치게 예리하고 구구절절 해석을 해주는 스타일이 아니기 때문에 사람들은 그저 그의 겉모습만을 통해 그의 사람됨을 단정 짓게 되는 것이다. 이 역시 그가 개인적 인간관계를 통해 얻게 되는 비장미의 한 단면이기도 하다.

작품 속에서 그려지는 장소경의 친구는 두 가지 유형으로 대표된다. 한 가지 유형은 일찍이 그와 생사고락을 함께 했던 전우이자 후에 흰개미 집단을 만든 소규(蕭規)이고, 또 하나의 유형은 대보름 사건 당일 그와 함께 작전을 수행했던 이밀(李泌)을 들 수 있다. 소규는 9년 동안 몰래 세력을 키워 돌궐의 칸과 연합하여 장안성을 파괴할 계획을 세웠는데, 그 이유는 나라로부터 공정한 대우를 받지 못한 장소경을 포함한 옛 전우들을 위해 당나라에 복수하기 위함이었다. 장소경은 소규의 설득에 두려움을 느꼈는데, 그 두려움은 그가 설계한 음모가 무서워서가 아니라 그의 설득을 반박할 이유를 찾지 못한데서 오는 두려움이었다. 장소경은 원래부터 조정에 대해 원한을 가지고 있었다. 그가 사건을 조사해 달라는 이밀의 부탁을 받아들인 이유는 나라에 충성하기 위해서가 아니라 순전히 장안성에 살고 있는 백성들을 걱정했기 때문이었다. 그러나, 소규가 꾸민 음모는 왕공과 대신들만을 향한 것이었고, 마침 그때 정안사(靖安司)도 없어져서 그를 끝까지 지원해줄 사람도 없었으므로 장소경은 이제 소규의 제안을 거절할 이유를 찾지 못하게 된 것이다.[62] 그러나 장소경은 소규가 천자를 납치하기 위해 수많은 장안 백성의 목숨을 희생시키는 것도 아랑곳하지 않는 것을 보고 다시 자신의 심지를 굳건히 세운다.

이밀(李泌)은 어떤 사람인가. 이 작품에서 장소경을 가장 잘 이해하

62) 『長安十二時辰(下)』, 70쪽.

는 친구를 꼽으라면 그와 함께 장안성 구출작전을 수행했던 이밀을 꼽을 수 있는데, 오랜 친구 사이였던 소규와는 달리 이 작전을 위해 알게 된 사이였지만, 함께 해나가는 과정에서 두 사람 사이에는 서로에 대한 신뢰와 연대의식이 싹텄다고 할 수 있다. 장소경이 이밀과 처음 만났을 때, 정안사의 모든 관원들이 장소경이 역할을 수행하는 것에 대해 의심하고 걱정하였지만, 오직 이밀만이 언제나처럼 평정하게 그를 대했다. 그는 장소경이 어느 누구의 통제도 받지 않으려 한다는 것과 그가 장안 백성들을 위해서라면 불 속에도 뛰어들 수 있는 사람임을 알아차렸던 것이다. 후에 감옥에서 장소경을 구출해 내기위해 이밀은 한편으로는 요여능과 단기를 보내어 그의 탈옥을 돕고, 다른 한편으로는 직접 하지장(賀知章)을 찾아가 도움을 청한다. 그러나 하지장이 어떻게 이밀에게 허락을 했는지, 또 어떻게 되어 그 현장에서 혼절하게 되었는지, 그 자리에는 하지장과 이밀 두 사람만 있었기 때문에 아무도 그 자리에서 어떤 일이 일어났는지 알 수는 없다. 그렇지만 장소경은 그 연유를 추측해내고 이밀을 칭찬하며 말한다. “일찌기 이사승(李司丞)은 어떤 대가를 치루더라도 돌궐인들을 막아내겠다고 했는데, 정말 자신이 한 말을 지켰군요.” 여기에 이밀은 따로 대답하지 않은 채 오히려 장소경에게 반문한다. “장도위(張督尉)도 처음에 승낙한대로 그렇게 하겠지요?” 게다가 두 사람은 서로를 바라보며 상대방의 눈빛에서 말하지 않아도 읽을 수 있는 무언가를 느낄 수 있었다.[63]

이 두 사람은 모두 정의를 위해서는 ‘한 명을 죽여서 백 명을 구한다(殺一人, 救百人)’는 원칙을 가지고 있었다. 소규가 이밀을 붙잡아 장소경에게 그를 죽이라고 명했을 때, 장소경은 나직히 “이사승, 대단히

63) 『長安十二時辰(上)』, 197-198쪽.

미안하오만 나도 어쩔 수 없소."라고 말을 건넸을 뿐, 실제로 살기등등하게 이밀을 향해 화살을 날렸다. 비록 이는 소규가 장소경의 본심을 시험하기 위해 꾸민 것으로, 화살촉을 제거한 덕분에 이밀은 목숨을 건졌지만, 장소경은 정말로 이밀을 쏜 것이었다.[64] 이 점은 이밀 역시 충분히 이해하고 있는 것으로 후에 입장을 바꾸었더라면 자신도 그리 했을 것이라고 말한다. 소규는 장소경의 오랜 친구였으나 그와 장소경은 백성들의 생명을 생각하는 관점이 달랐다. 그에 반해 이밀은 장소경이 그토록 증오하던 조정의 관리였지만 그와 장소경은 같은 가치관을 가지고 있었다. 가치관이 같으면 적도 친구가 될 수 있으나, 가치관이 다르면 친구도 적이 된다. 친구가 적이 되고 적이 친구가 되는 이러한 상황은 장소경의 내면 심리를 무척 괴롭게 하였다. 이 역시 그가 인간관계를 통해 받게 된 비장미의 한 표현이었다.

이 작품 속에서 장소경은 딱히 가족이나 지인이 없다. 굳이 한 명을 들자면 옛 친구 문무기(聞無忌)의 딸 문염(聞染)을 꼽을 수 있다. 문염은 옛 친구의 딸일 뿐 아니라 장소경이 몸 담았던 제 8군단의 생존자 가운데 유일한 혈육이기도 하다. 장소경이 돌봐야 할 이 세상의 유일한 끈이기 때문에 문염은 단순한 지인의 범주를 넘어 장소경의 정신적 귀속지이기도 한 것이다. 문염을 잘 돌보는 것으로 장소경은 이미 세상을 떠난 제8군단 전우들에 대한 죄책감의 보상을 받는다고 여길 수 있으며, 반대로 문염에게 무슨 일이 생기면 장소경은 살아갈 희망을 잃게 된다. 그렇기 때문에 문염이 영왕에게 희롱을 당할 뻔 했을 때, 장소경은 그가 왕족의 신분임을 아랑곳하지 않고 영왕을 위협해 자기 어머니 영전에서 다시는 문염을 건드리지 않겠다는 맹세를 시킨 뒤

64) 『長安十二時辰(下)』, 73-74쪽.

스스로 자수한다. 또 문염을 대장군 왕충사(王忠嗣)의 딸로 오해한 돌궐 낭위병들이 문염을 잡아갔을 때도 장소경은 자신의 안위를 돌보지 않은 채 돌궐의 수중에서 그녀를 구해낸다. 이를 통해 볼 때 문염은 장소경에게 있어서 혈연관계도 아니고 사랑하는 사이도 아닌데도 불구하고 자신의 생명보다 더 소중한 존재로 그려지고 있음을 알 수 있다. 작가는 문염에 대한 장소경의 희생적 태도를 통해 그가 옛 전우에 대한 의리를 지키기 위해 자신의 생명도 기꺼이 버릴 수 있는 인물임을 말해주고 있다.

4.3 외부와의 충돌

끝으로 장소경의 외부와의 충돌이라는 층위를 살펴보자. 외부와의 충돌이라는 것은 그를 둘러싼 사회라는 생존환경으로부터 받는 갈등과 충격을 의미한다. 이 층위에서 장소경의 비장미적인 색채는 사회 조직과의 충돌과 사회 개체와의 충돌이라는 두 가지 층면으로 보여진다. 사회 조직과의 충돌은 주요하게 특권 계층에 대한 장소경의 반항으로 그려지는데, 이는 작품에서 작가가 주인공의 캐릭터를 설정할 때 중요하게 생각했던 지점이기도 하다. 장소경이 만년현(萬年縣)의 불량수(不良帥)로 근무하던 시기, 잠시 지방에 일이 있어 출장을 간 사이에 친구 문무기(聞無忌)가 운영하던 향초 가게가 당시 도시 건설을 담당했던 우부(虞部)로부터 통지를 받는다. 내용인 즉, 조정에서 소발율(小勃律)의 사신을 맞이하기 위해 돈의방(敦義坊)에 영빈관을 짓기로 하였는데, 그 자리는 문무기의 가게도 포함되어 있었던 것이다. 우부에서 제시한 토지 매입가격이 터무니없이 낮아서 문무기는 가게를 내놓기를 거절

하였고, 조정 관리의 노여움을 산 문무기는 조정에서 고용한 깡패집단인 웅화방(雄火幫)의 테러로 맞아죽고 그의 딸 문염 역시 협박을 받게 된다. 문염이 관부에 신고를 했지만, 웅화방은 관부의 비호를 받고 있었기에, 오히려 문염은 감옥에 갇히고, 문무기는 적들과 내통했다는 누명을 씌워 문무기의 가게는 조정에 환수당하고 만다.[65)]

문무기는 군인 시절 장소경을 구하다가 한쪽 다리를 잃었을 정도로 두 사람은 목숨을 주고받은 전우였기에 문무기의 억울한 죽음은 장소경에게 조정 관리에 대한 반항심과 분노를 일으키기에 충분했다. 그렇지만 그 혼자서 당나라의 전체 특권세력에게 맞선다는 것은 불가능한 일이었다. 사실 장소경 개인 뿐 아니라, '사기 당해 몰락한 상인, 학대를 당해 도망한 노비, 세금 내느라 등골이 휜 농부, 윗전에게 괴롭힘 당하는 하급관리, 그리고 돈이 없어 고향으로 돌아가지도 못하는 서역인들과 조정을 위해 모든 것을 바쳤으나 결국 자기가 지켜주던 조정 관리들에 의해 뒤에서 칼을 맞은' 퇴역 병사들까지 이 모두는 사회의 주변부로 밀려난 사람들이었다. "한 사람이 이런 일을 당했으면, 운수가 사나워서 그랬을 수 있다고 치자. 다섯 명이 이런 일을 당했으면 사이에서 누가 농간을 부린 거지. 그런데 백 명, 오백 명이 이런 똑같은 일을 당했을 땐 이미 이 나라 조정이 썩어문드러졌다는 뜻이라고! 눈을 뜨고 제대로 좀 봐! 태평성세라며 춤과 음악이 흐드러지지만, 사실은 뿌리부터 썩어 들어가고 있는 거야."[66)]라는 테러분자 소규(蕭規)의 울부짖음에 장소경도 자신이 그대로 겪은 일이기에 반박할 수 없을 정도였다. 모두 알다시피 바로 뒤에 일어난 안사의 난은 당나라가 급전직하 하게 되는 전환점이었다. 그렇지만 로마가 하루아침에 이루

---

65) 『長安十二時辰(上)』, 271-272쪽.
66) 『長安十二時辰(下)』, 68-69쪽.

어진 것이 아니듯이 거대한 금자탑도 하루아침에 기울어지는 것이 아니다. 작가가 장소경이 처한 사회적 환경을 이처럼 설정한 것은 대단히 현실적이라고 할 수 있다.

이제 사회 개체와의 충돌이라는 층위를 살펴보자. 소규와 상대할 때 장소경에게 최대의 위협으로 다가오는 인물은 소규의 부하인 어장(魚腸)이었다. 소규와 맞서 싸울 때는 장소경은 그저 심리적인 갈등을 극복해내면 되었었다. 그러나 어장은 자기의 원수는 기필코 갚는 잔인한 킬러였기에 이전에 장소경에게 잡혀 감옥신세를 졌던 어장으로서는 죽을 때까지도 장소경의 목숨을 노리는 것이 당연한 일이었다. 흥미로운 것은 장소경이라는 인물 역시 자신이 중시하는 사람을 위해 충성하고 그를 대신해 복수하는 의리의 아이콘이라는 것이다. '선한' 자기 사람을 해친 악의 세력을 잔인하게 처단하고, 영왕에게 아첨하는 자신의 상사를 살해하는 등 행위의 동기는 서로 다르지만, 장소경과 어장은 어떤 의미에서는 같은 코드의 캐릭터라고도 할 수 있다는 것이다.

그러므로 작가가 어장 같은 인물을 설정한 것은 단순히 장소경에게 역경 하나를 더 설정하여 극적 효과를 높이기 위한 것만은 아니다. 심층적인 의미에서 보자면 어장은 특권계층에 대한 장소경의 원한을 상징하기 위한 작가의 은유 코드라고 할 수 있다. 장소경은 최후에 등루의 폭발을 저지하기 위해 어장과 함께 동귀어진(同歸於盡)하고자 한다. 이는 장소경이 '충(忠)'과 '의(義)'를 모두 선택한 것인데, 그가 원래는 흰개미 집단과 같은 퇴역병사의 일원이었기에 장안성 백성들의 목숨을 구하기 위해 조직과 동료들을 배신했었지만, 결국 죽음으로서 옛 전우들에 대한 충심을 지키고자 했던 것이다. 어장을 죽이고 흰개미 집단의 복수를 저지하는 것은 옛 동료들에 대한 '작은 의리'를 버리는 것이지만, 장안성 백성들을 구하는 것은 자신이 사랑하는 장안성 백성들에 대한 '큰 의리'였기에 그는 결국 대의(大義)를 위해 소의(小義)를 버리는 선택을 할 수밖에 없다. 대의와 소의 사이의 갈등에서 어떤 것을 버리고 어떤 것을 따랐든 간에 이 선택은 장소경에게는 고통의 선택일 수밖에 없었을 것이고 이는 장소경이라는 '인간적인 영웅'의 비장미로 승화되어 나타나게 되는 것이다.

5. 덧붙이는 말

마보용(馬伯庸)의 신작 『장안 24시』는 정통 역사서사의 엄숙함과 미국식 드라마 특유의 빠른 템포의 서사 스타일, 그리고 헐리우드 영웅서사 모델이 한데 섞여 탄생된 고풍적 시공간과 현대적 사유를 겸비한 역사소설이다. 주인공 장소경(張小敬)은 사회의 밑바닥 출신으로 억울한 죄수의 신분에서 출발하여 장안성을 절체절명의 위기에서 구해내는 영웅이 된다. 그는 중국 전통서사에서 흔히 그려졌던 초인적인 영웅이 아니라, 내적 모순에 괴로워하고 조정에도 반항하며, 외모는 험상궂고 행동수단은 거칠었으며, 윗사람에겐 대들지만 백성들을 마음 아파하는 평범한 풀뿌리 영웅이었다. 장소경이라는 영웅이미지의 탄생은 세 가지 측면에서 살펴볼 수 있다. 첫 번째로 작가는 역사적 사실과 합리적인 상상력에 근거하여 독자들을 위해 가장 어울리는 영웅 탄생의 시간과 공간-번화함과 위기감이 공존했던 당나라 현종(玄宗) 시기의 장안성-을 구상하였다는 것이다. 다음으로, 서사 구조에 있어서 작가가 구현해 낸 영웅의 숭고미는 끊임없이 커지는 음모를 가지고 장소경의 위기 대처 능력과 헌신의 정신을 표현해 내는 것으로 발현되었다는 것이다. 또 한 가지, 서사의 배경 설정에 있어서 작가는 장소경의 내면과 내면, 그리고 외부와의 갈등 속에서 일종의 비장미를 드러나게 서술하고 있다는 것이다.

작가 마보용의 작품은 고대를 배경으로 하고 있음에도 불구하고 언어에서는 일종의 현대적 느낌이 묻어나는데, 이는 빠른 템포의 서사 전개에서 뿐만 아니라 해학적인 언어 표현에서도 느낄 수 있다. 빠른 템포의 서사 전개 방식은 위에서 충분히 언급했으므로 여기서는 작품 속 언어의 해학성에 대해서만 살펴보기로 한다. 작가는 천의무봉의 솜씨로 일련의 유행어들을 적절하게 작품 중간 중간에 삽입하여 젊은 독자들의 가독성을 높여주면서도 역사서사의 장중함을 잃지 않고 있다. 예를 들어 요여능(姚汝能)이 작은 일로 호들갑을 떠는 잠삼(岑參)을 대하는 장면에서 작가는 "요여능은 입을 한번 삐죽이고는 반박하려는 마음을 억지로 누르면서 마음속으로 이렇게 되뇌었다. '네가 행복하면 됐지 뭐'"[67]라고 서술하였는데, 여기 나오는 '네가 행복하면 됐지 뭐(你高興就好)'라는 표현은 최근에 등장한 인터넷 유행어로 어쩔 수 없는 상황에 대한 일종의 자포자기식 타협의 의미를 가지고 있다. 또한 깡패 집단인 웅화방(雄火幫)의 봉대륜(封大倫)은 계속 영왕(永王)과 약삭빠른 관료 원재(元載)에게 결탁하고자 애썼지만, 결국에는 그들로부터 모든 누명을 뒤집어쓰고 이렇게 외친다. "정말 미쳐버리겠군. 어떻게 영왕과 원재가 한꺼번에 적으로 돌변할 수 있지? 장소경만 죽이면 모든 사람에게 이로운 거 아녀? 우리 셋이 분명히 한 배에 탔는데, 어떻게 그리 쉽게 뒤집어 버릴 수가 있느냐 말야!"[68] 이 대사의 맨 마지막 부분인 '쉽게 뒤집어 버리다(說翻就翻)'는 2016년 10대 유행어에 선정된 '우정이라는 배는 쉽게 뒤집힐 수 있다(友誼的小船說翻就翻)'라는 유행어

67) 『長安十二時辰(上)』, 273쪽.
68) 『長安十二時辰(下)』, 283쪽.

를 따온 것이다.[69]

이 외에도 마보용은 풍자와 조롱의 언어 구사에도 능한데, 서사의 팽팽한 긴장 가운데 던져지는 이런 언어는 문장의 템포를 늦추거나 독자들의 웃음을 자아내며 분위기를 전환하는 효과를 가진다. 예를 들어 장소경이 자살하려다 미수에 그친 죄수를 심문하는 대목에서 그는 심리전술을 활용하여 아무런 심문도 하지 않고 일부러 혹형(酷刑)의 과정을 소상히 설명해주며 죄수로 하여금 공포감이 커지도록 만들었다. 작가는 이 부분에서 "형벌이라는 예술은 섹스와 같아서 핵심은 전희에 달려있다."[70]라는 자신의 논평을 기술하고 있다. 또한 이밀(李泌)의 하녀인 단기(檀棋)가 자신의 상전인 이밀을 돕지 못하여 분노와 실의에 빠져있을 때, 장소경은 오히려 이렇게 단기를 도발한다. "그래, 너 분노할만 하지. 너 인정도 많아. 근데 너의 그 개똥같은 기분이 문제를 푸는 데는 아무 쓸모가 없다고! 내 말 잘 들어. 니기미 아무런 소용이 없다니까!" 거칠지만 감정 풍부한 장소경의 대사는 그의 영웅 이미지를 손상시키지 않으면서도 도리어 그의 냉정한 면모를 잘 드러내준다.

그런데 이 작품에는 다소 아쉬운 부분도 있다. 우선 주인공 장소경에게 배역의 비중이 지나치게 치우쳐있다. 요여능(姚汝能), 단기(檀棋), 이쓰(伊斯) 등은 모두 그에게 감화되어 적극적으로 장안을 구하는 임무에 뛰어든다. 게다가 모든 난제들은 매번 위기 때 마다 죽을 고비를 넘기는 장소경 혼자의 힘으로 풀어낸다. 게다가 장소경의 영웅적 이미지를 부각시키기 위해 그 주변의 인물들은 거의 대부분 주인공의 부각시키는 역할로 그려지고 있다. 정치적 감각도 없이 신중하지도 못한 동료와 뇌물을 받아먹거나 권력에만 눈이 먼 관리들, 잔인하고 아둔한

---

69) 「『咬文嚼字』公布年度十大流行語, "小目標"等入選」, 澎湃新聞網, 2016.12.14.
70) 『長安十二時辰(上)』, 256쪽.

깡패집단과 외국의 테러집단들, 그리고 위기의식도 느끼지 못한 채 즐거움만 탐닉하는 많은 백성들까지 그들이 배경이 되어준 덕분에 장소경의 고독한 영웅 이미지는 무한히 확대될 수 있었고 고군분투의 외로운 싸움을 벌여나가게 된 것이다.

또 한 가지는 음모기획자의 설정에 대한 부분이다. 이밀(李泌)은 소규(蕭規)의 배후에 있는 음모의 주인이 태자일 것이라고 추측했는데, 장소경은 오히려 소규의 말을 통해 음모의 주인이 태자가 아니라, 태자에게 충성을 바쳤던 하지장(賀知章)일 것이라고 추측해 내었다. 이 두 사람의 분석에 이어 이밀은 "이익을 취하게 되는 자를 의심해야 하는 법. 이 이익은 꼭 실리가 아닐 수도 있고, 충성이 아닐 수도 있으며, 어쩌면 효성에서 우러난 것일지도 모르지"[71]라는 결론을 내려 배후의 음모 기획자가 사실은 하지장의 양자인 하동(賀東)임을 암시한다. 아버지에게 효성스러웠던 양아들 하동은 아버지의 뜻이 위험을 무릅쓰고 태자에게 충성을 바치는데 있음을 알고, 몰래 돌궐의 반당(反唐)세력들과 결탁하고 '흰개미 집단'을 끌어들여 자기 휘하의 관원들을 움직인다. 이 모든 것은 아버지가 정적을 제거하고 태자를 황위에 오를 수 있도록 돕기 위한 것이었다. 그러나 이 엄청난 음모의 소용돌이 속에서 정작 태자는 아무 것도 모른 채 서사의 대상으로 전락하였다.

끝으로 '흰개미 집단'의 일원들은 관료제의 폐해 때문에 처참한 삶을 살아가고 있는 하층민들이었다. 그런데 이들은 그토록 증오하던 황제와 대신들을 붙잡아 두고서도 그들에게 복수를 하지 않고 한바탕 그들 앞에서 신세 한탄을 퍼부은 뒤, 다시 황제와 양귀비를 데리고 황성을 빠져나가 돌아다니는 알 수 없는 일을 벌인다. 이로 인해 소규의

71) 『長安十二時辰(下)』, 300쪽.

주변에서 잠복하던 장소경은 계책을 써서 이들을 하나하나 처리하게 된다. 원래 이 작품에서 '흰개미 집단'의 설정은 대당제국의 화려한 그늘 뒤에 가리워진 퇴락한 모습의 한 단면을 보여주기 위해 만들어진 것이라고 생각된다. 그러나 그들이 보여준 이해할 수 없는 행동과 그들의 배후인물로 억지스럽게 설정된 인물 등으로 인해 이들 당시의 하층계급이 전달하고자 했던 메시지는 왜곡될 수밖에 없었다. 결국 이 작품의 모순과 갈등은 당시 사회의 병폐가 만들어낸 대규모의 테러집단과 하층 민중의 정치적 반항이라는 각도에서 아버지의 정치적 이상을 실현시켜주기 위한 아들의 효성이라는 도덕적인 각도로 급선회하게 되는 아쉬움을 남기고 있다.

제2부

중국 전통문화를 애니메이션으로 그려내다

제 1 장

영화 〈몬스터 헌트(捉妖記)〉에 나타난 『산해경(山海經)』의 흔적과 중국의 전통적 문화요소

1. 들어가며

1.1 〈몬스터 헌트(捉妖記)〉 간략 소개

2015년 여름 시즌을 가장 뜨겁게 달구었던 영화는 단연 63일간 흥행 누적 집계 20억 위안을 돌파했던 <몬스터 헌트(捉妖記)>였다. 비록 <몬스터 헌트>의 흥행 실적에 의혹을 제기하는 목소리도 있었지만, <몬스터 헌트>가 일으킨 예상외의 관심과 반응은 부정할 수 없을 것이다. 2015년 8월 2일 자 『런민일보(人民日報)』는 이 영화가 중국 영화산업의 수준을 한 단계 끌어올린 새로운 이정표가 되었다고 보도하고 있다.

<몬스터 헌트>가 많은 관객의 주목을 끌게 된 데에는 다양한 이유가 있다. 드림웍스의 <슈렉(Shrek)>을 공동 연출했던 쉬청이(許誠毅) 감독과 많은 초대형 배우들이 강력한 홍보효과를 가져오기도 했거니와,

다양한 감성의 휴머니즘적인 처리와 현실의 반영이라는 요소 이외에도 영화 자체에 담겨있는 문화적 공감 요소들이 있었는데, 이러한 문화적 공감 요소의 핵심은 전통문화로의 복귀에 있었으니 구체적으로 말하자면 일찍이 명대의 문인인 호응린(胡應麟)이 '고금의 志怪 원조'라고 평했던 『산해경(山海經)의 소재들을 다양하게 운용하여 중국 전통의 문화적 소재들이 영화 곳곳에 드러나게 했다는 것이다.

<몬스터 헌트>의 줄거리는 복잡하지 않다. 영화는 시작과 함께 사건 발생의 사회적 배경을 그려준다. 원래는 인간과 요괴 등 모든 만물이 함께 공존했던 이 세계가 인간의 탐욕으로 인하여 요괴 종족이 주변부로 밀려나게 된다. 이어서 요괴 세계에 반란이 일어나 요괴왕이 피살된 뒤 요괴왕자를 임신한 요괴왕후는 어쩔 수 없이 인간세계로 도피하게 되고, 반란 세력인 악당 요괴의 추격을 피해 막 태어난 요괴왕자는 인간 세계의 도사인 송천음(宋天蔭)에게 맡겨진다. 송천음은 요괴왕자를 보호하며 악당 요괴와 인간들로부터 도망 다니는 과정에서 요괴왕자에게 따뜻한 부자의 정을 느끼게 된다.

쉬청이(許誠毅) 감독은 소후(搜狐) 엔터테인먼트와의 인터뷰에서 이렇게 말한 바 있다.

> 이 영화에 나오는 요괴들은 전통적인 요괴들과는 다릅니다. 어떤 요괴도 여우나 뱀이 변해서 된 것들은 없어요. 이 영화에 나오는 요괴들은 더 오래된 과거, 즉 『산해경』의 캐릭터들을 참고하여 여기에 『요재지이(聊齋志異)』의 상상력을 더한 것들입니다. 예를 들어 많은 요괴들은 (『요재지이』의 <사람 가죽을 그리다(畵皮)>처럼) 사람의 탈을 쓰고 있거나, <집안의 요괴들(宅妖)>처럼 의자나 걸상 등도 오래 묵으면 요괴로 변신할 수 있다는 거죠..[1]

<몬스터 헌트>의 요괴들은 『산해경의 괴수 이미지로부터 착안한 것들이기 때문에 영화에서는 '요괴 → 사람 → 신선'이라는 계급관념이 존재하지 않고, 불로장생이나 인과윤회 같은 종교적 색채도 드러나지 않는다. <몬스터 헌트>에 등장하는 요괴들은 거대 종교 이전의 중국 민간 신앙의 원시적 형태를 갖추어 괴이한 형상에도 불구하고 단순하고 귀여운 이미지를 구현하였다.

1.2 〈몬스터 헌트(捉妖記)〉 관련 선행 연구

류판(劉帆, 2015)은 '판타지'에 대한 이해에 있어서 중국과 서양의 관념이 다른 점들을 분석했다. 할리우드 판타지 블록버스터는 종종 선악의 이원적 대립이 주제이며 악역의 악은 반드시 정의의 힘에 의해 소멸되고, 선과 악은 공존할 수 없다고 말했다. 그러나 중국의 전통 신화는 애니미즘적 토속신앙의 관념의 영향으로 죄책감과 악의 힘을 상징하는 '악'이 없고 애니미즘을 바탕으로 한 관념에서 만들어진 '요괴'가 대신한다. 그렇기 때문에 <몬스터 헌트(捉妖記)>에서 비록 "인간과 요괴는 다른 세계에 있다."라고 하지만 이러한 문제를 날카롭게 꼬집지 않고, 인간과 요괴의 대립과 모순을 완화시키고 반전시킨다.[2)]

영화의 서사적인 측면에서, 시웨이(席威, 2016)는 <몬스터 헌트(捉妖記)>를 세 가지 표현법으로 정리했다. 먼저, 영화에서 잘 드러낸 무릉도원식의 이상이다. 다음으로 중국 전통지괴 소설은 귀신, 요괴, 기이한 존재들의 기이한 형상을 묘사하는 것에 능숙하고 이러한 기이한 이미지들은 옛날 중국 사람들의 판타지적인 상상을 가득 채워 주었다

1) http://yule.sohu.com/20140603/n400347447.shtml 참조.

2) 劉帆, 「<捉妖記>: 魔幻電影的在地化和女性目光的承迎」, 『北京電影學院學報』, 2015(3-4).

는 점이다. 마지막으로는 아름다운 소망을 담은 대단원의 결말도 중국 전통소설에 대한 계승이 있다.[3]

전통적인 요소의 구현에 있어서, 린쉬에차오(林雪嬌, 2016)는 <몬스터 헌트(捉妖記)>는 중화민족 전통문화적 특성요소를 직관적으로 볼 수 있다고 말했다. 그중 비교적 두드러진 것은 중국의 '먹는' 문화에 대한 표현이다. 영화에서는 중국 전통요리 중 튀김, 찜, 굽기, 담금(醉釀), 무침, 절임 등 각종 방식과 개성 있는 민족적 특성이 드러난다고 말했다[4]. 청수웨이(程蘇娓, 2015)는 <몬스터 헌트(捉妖記)>는 중국풍의 화면감을 갖고 있고 중국의 산수적 요소가 뚜렷하게 보여주며 중국식의 심미적 특색을 나타내고 있다고 했다.[5]

이 글은 학자들의 연구를 기반으로 <몬스터 헌트(捉妖記)>가 『산해경(山海經)』에서 얻은 창작 영감과 영향을 전면적으로 분석하였고, 동시에 나아가 <몬스터 헌트(捉妖記)>에 드러나 있는 중국의 전통문화 요소를 총정리 하였다.

2. 〈몬스터 헌트(捉妖記)〉에 나타난 『산해경(山海經)』의 자취

2.1 요괴의 원형과 이미지

펑레이・시엔징천(彭磊・鮮京宸, 2012:11)는 '요괴'라는 개념의 출현은 무술(巫術)의식과 매우 밀접한 관계가 있다고 했다. 무술의식은 원시시대 사람들의 일종의 애니미즘적 사고에서 생겨났다. 원시인의 생각에

3) 席威, 「電影<捉妖記>對中國傳統藝術的承襲與創新」, 『傳媒』, 2016.4(下).
4) 林雪嬌, 「論<捉妖記>對國産魔幻類型化的新發展」, 『電影文學』, 2016(6).
5) 程蘇娓, 「論<捉妖記>對中國古典妖神文學的再創造」, 『電影評介』, 2015(19).

는 모든 만물은 평범한 사람은 알아차리지 못하는 신령한 힘을 가지고 있다. 이러한 신령한 힘의 구체적인 표현은 바로 사람의 힘으로는 어찌 할 수 없는 상황이나 사람의 힘으로는 알아볼 수 없는 존재 같은 것들이고, 특별한 능력을 가지고 그들과 교감할 수 있는 사람이 바로 '무당'이다. 그리고 이들 무당들이 그러한 존재들과 소통하는 방식이 바로 '무술'이다.[6] 리지엔궈(李劍國, 2011:126)는 『산해경(山海經)』은 무서(巫書)와 지리 박물지가 혼합된 것으로, 다시 말하면 『산해경(山海經)』은 원시 신화 요소 및 주술 관념이 반영된 지리의 풍물이 기록되어 있다는 것이다.[7]

'요괴'의 개념은 넓은 의미와 좁은 의미로 나눌 수 있다. 넓은 의미로는 일반적으로 비정상적인 동시에 기괴한 성질의 현상을 띠는 것을 가리킨다. 좁은 의미는 네 가지 특징으로 표현할 수 있다. 신비한 기이성, 인간과는 다른 종족의 원시적인 특징, 인간의 여러 가지 특징과 변화의 특징을 가지고 있다는 점이 있다. 사실 좁은 의미의 '요괴(妖怪)'의 개념에 '정괴(精怪)'의 개념이 녹아 있는데 이러한 융합은 기본적으로 당 오대시기에 완성되었다.[8] '정괴' 또한 원시 신비 신앙의 중요한 개념 중의 하나이다. 리우중위(劉仲宇, 1997:1)는 정괴현상(精怪現象)의 처음 발단은 원시시대 때 자연물에 대한 의인화 혹은 인격화에서 비롯됐다고 말한다. 그러나 그것은 시작 단계에 변화무쌍한 특징을 가지고 있지 않았다. 사람들이 영혼의 관념을 갖게 되고 자연물에 부여하게 되면 그들은 정신적 실체의 품격을 가지고 신비로운 세상의 기본 구성원이 되어 자연숭배관념에서 고정되었다.[9] 즉, 정괴(精怪)는 영혼의 현

6) 彭磊・鮮京宸, 『先秦至唐五代妖怪小說研究』, 重慶: 重慶大學出版社, 2012年, 11쪽.
7) 李劍國, 『唐前志怪小說史』, 北京: 人民文學出版社, 2011年, 126쪽.
8) 彭磊・鮮京宸, 『先秦至唐五代妖怪小說研究』, 重慶: 重慶大學出版社, 2012年, 36쪽, 79쪽 참고.

실 존재가 부여된 것이다. <몬스터 헌트(捉妖記)>의 등선루(登仙樓) 주인 갈천호(葛千戶)가 앉은 의자도 하나의 전형적인 '精怪(정괴)'이다. 그것들은 '요괴잡기, 요괴팔기, 요괴 먹기'의 산업사회에서 가치를 창출하는 요괴와는 다르다. 그렇게 때문에 '요괴 잡기' 범위 내에 존재하지 않는다.

『몬스터 헌트(捉妖記)』의 귀여움과 감동을 담당하고 있는 주인공 캐릭터인 아기요괴 왕자는 영화에서 무처럼 생겼다는 평가를 받는다. 그러나 실제로 아기 요괴 왕자와 '무'는 어떠한 관련도 없다. 쉬청이(許誠毅)감독은 일찍이 요괴 왕자의 디자인 영감은 『산해경(山海經)』의 '제강(帝江)'에서 탄생했다고 말했다. 제강(帝江)은 여섯 개의 발을 가지고 있다. 아기 요괴 왕자뿐만이 아니라 『몬스터 헌트(捉妖記)』의 요괴는 모두 발이 여섯 개다. 남자요괴는 네 개의 손, 두 개의 다리, 여자요괴는 두 개의 손 네 개의 다리가 있다. 『산해경(山海經)』에 제강(帝江)과 관련된 기록을 보면 아래와 같다.

> 이 곳의 어떤 신은 그 형상이 누런 자루 같은데 불기가 빨간 불꽃 같고 여섯 개의 다리와 네 개의 날개를 갖고 있으며 얼굴이 전연 없다. 가무를 이해할 줄 아는 이 신이 바로 제강(帝江)이다.[10]

위의 서술을 종합해보면, 아기 요괴 왕자의 네 개의 손, 두 다리의 이미지와 춤추는 능력, 화가 났을 때 동그란 상태로 변하는 점이 모두 제강(帝江)과 일치하다는 것을 알 수 있다. 요괴의 모습 이외에도 <몬

---

9) 劉仲宇, 『中國精怪文化』, 上海: 上海人民出版社, 1997年, 1쪽.

10) "有神焉, 其狀如黃囊, 赤如丹火, 六足四翼, 渾敦無面目, 是識歌舞, 實爲帝江也." 李潤英・陳煥良譯注, 『山海經』, 長沙: 嶽麓書社, 2012年, 50쪽. 뒤에 인용되는 『산해경』의 원문들은 모두 이 책을 참고한 것이므로 뒤에서는 페이지만 표시함.

스터 헌트(捉妖記)>에서 아기 요괴 왕자의 행동은 아기와 같지만 천성적으로 피를 좋아하는 인물로 설정되어 있고, 아기 요괴 왕자 '후바(胡巴)'라는 이름의 유래, 아기 요괴왕자가 많은 시련과 고생을 겪으면서도 죽지 않는 생명력, 모든 요괴가 변할 수 있는 능력은 『산해경(山海經)』에서 유래를 찾을 수 있다.

『산해경(山海經)』에는 아기처럼 소리를 내지만 맹수들이 많이 있는데, 구오산(鉤吾山) 위에는 포효(狍鴞)라는 동물이 있다.

> 포효는 생김새가 양의 몸에 사람의 얼굴을 하고, 눈은 겨드랑이 아래에 붙어 있으며 호랑이 이빨에 사람의 손톱을 하였는데 그 소리는 어린 아이와 같다. 이름을 포효(狍鴞)라고 하며 사람을 잡아먹는다.[11] (『산해경・북산경(山海經・北山經)』)

영화 속 아기 요괴왕자의 형태는 인간의 아기와 다름없이 행동하지만, 그는 천성적으로 피를 좋아했지만 송천음(宋天蔭)의 교육을 받고 피를 좋아하는 본성을 버리고 채식을 했다.

『산해경(山海經)의 많은 동물들의 이름이 그 동물들의 울음소리에서 만들어 진거라고 언급했다. 예를 들어 장아산(章莪山) 위에는 '필방(畢方)'이라고 불리는 새가 있다.

> 그 생김새는 학처럼 생겼는데 외다리이고, 붉은 무늬, 푸른 몸바탕에 부리가 희다. 이름을 필방(畢方)이라고 하며 그 울음은 자신을 부르는 소리와 같다.[12] (『산해경・서산경(山海經・西山經)』)

11) "其狀如羊身人面, 其目在腋下, 虎齒人爪, 其音入嬰兒, 名曰麅鴞, 是食人." (77쪽)
12) "其狀如鶴, 一足, 赤文青質而白喙, 名曰畢方, 其鳴自叫也." (48쪽)

영화 속에서 아기 요괴왕자는 늘 '우바우바'라는 소리를 내서 송천음(宋天蔭)이 '후바(胡巴)'라는 이름을 지어 주었다. 즉, 아기 요괴왕의 울음소리도 자기 자신의 이름을 부르는 것과 같다.

'불사(不死)'라는 주제에 대해서도 『산해경(山海經)에서 관련된 기록을 찾아볼 수 있다. 이와 관련되어 순산(洵山)에는 '환(䍺)'이라는 짐승이 있다.

> 생김새는 양 같은데 입이 없고, 죽일 수 없으며 이름은 환(䍺)이라고 한다.[13] 『산해경 · 남산경(山海經 · 南山經)』

영화에서 아기 요괴왕자가 등선루(登仙樓)에 팔려가게 되고 주방장은 온갖 방법을 사용하여 보양식으로 만들려고 하지만 아기 요괴왕자는 도마 위, 기름 가마솥, 찜통에서 마치 불사신인 것처럼 살아남았다.

이외에도 『산해경(山海經)에서는 여러 군데에서 '변형'과 관련된 길고이 등장한다. 유명한 사자성어 '정위전해(精衛填海)'의 '정위(精衛)'는 발구산(發鳩山) 위의 새이다.

> 생김새가 까마귀 같은데 머리에 무늬가 있고, 부리가 희며, 다리는 붉은 색이었고, 항상 '정위'라는 소리를 내어 자기 이름을 외쳐 부르는 것 같았다. 정위는 염제의 딸 여와였으며 동해로 놀러 갔다가 빠져 죽었다가 (새로 환생하여) 정위(精衛)로 불리었다.[14] (『산해경 · 북산경(山海經 · 北山經)』)

후바(胡巴)는 화가 날 때 동그란 달걀형이 되고, 다른 요괴들은 사람

13) "其狀如羊而無口, 不可殺也, 其名曰䍺." (11쪽).

14) "其狀如烏, 文首、白喙、赤足, 名曰精衛, 其鳴自詨. 是炎帝之少女, 名曰女娃. 女娃遊於東海, 溺而不返, 故爲精衛." (89쪽).

의 가죽을 입으면 사람의 형태로 변하고, 갈천호(葛千戶)는 사람으로 변한 후 몸집까지 몇 십 배 축소할 수 있는데 이것들 모두 '변형'의 이념을 응용했다.

2.2 요괴의 효용 – 능력과 무병장수

<몬스터 헌트(捉妖記)>에 나오는 영녕촌(永宁村)의 요괴들은 인간과 어울리기 위해 피를 좋아하는 천성을 포기하고, 인간의 옷을 입고 채식을 하였다. 반면 인간은 이익을 위해 '요괴 잡기, 요괴 팔기, 요괴 먹기'의 외식산업을 발전시켰다. 심지어 '등선루(登仙樓)'라는 고급 요괴고기 식당까지 등장했다. 이러한 설정은 사실 『산해경(山海經)』의 기록과 유사한 점이 있다. 『산해경(山海經)』에는 사백여 종의 요괴와 괴이한 괴물들이 언급 되어있다. 그 중 대부분의 괴물들은 먹을 수 있고, 반대로 사람을 잡아먹는 동물은 드물었는데 필자의 집계로는 사람을 잡아먹는 괴수의 대부분은 구미호와 같은 괴수(怪獸), 체(彘), 고조(蠱雕), 포효(狍鴞), 농질(蠪侄), 개작(鬿雀), 합유(合窳), 마복(馬腹), 서거(犀渠), 알유(窫窳), 도견(蜪犬) 등 열 가지 종이었다.[15]

『산해경(山海經)에 나오는 먹을 수 있는 동물들은 신체적·정신적 질병을 치료할 수 있을 뿐만 아니라 건강에 도움을 줄 수 있고 먹는 것 외에 장식용으로도 쓸 수 있다. 치료 방면에서 어떠한 괴수는 신체적 질병을 치료할 수 있는데, 예를 들면 저산(柢山)의 물에 '육(鯥)'이라고

15) 각각 『南山經』에 나오는 괴수(5쪽), 체(彘)(9쪽), 고조(蠱雕)(12쪽)와 『北山經』에 나오는 포효(麅鴞)(77쪽), 그리고 『東山經』에 나오는 농질(蠪姪)(110쪽), 개작(鬿雀)(116쪽), 합유(合窳)(119쪽), 그리고 『中山經』에 나오는 마복(馬腹)(131쪽), 서거(犀渠)(137쪽)와 『海內南經』과 『海內經』에 나오는 알유(窫窳)(236쪽, 298쪽), 그리고 『海內北經』에 나오는 도견(蜪犬)(247쪽) 등이다.

불리는 물고기가 있다.

> 생김새는 소와 같은데 높은 언덕에 살고 있다. 뱀 꼬리에 날개가 있으며 그것은 겨드랑이 밑에 갈비뼈에 있는데 소리는 유우(留牛)와 같다. 이름은 육(鯥)이라고 하며, 겨울이면 동면하다가 여름이 되면 살아난다. 이것을 먹으면 종기가 없어진다.[16] (『산해경・남산경(山海經・南山經)』)

어떤 괴수는 정신적인 질병을 치료할 수 있는데, 예를 들면 북악산(北岳山)의 제회수(諸怀水) 속에 많은 지어(鮨魚)들이 있다.

> 물고기의 몸에 개의 머리를 하고 있고 그 소리는 갓난 아이 같은데 이것을 먹으면 미친 병을 낫게 할 수 있다.[17] (『산해경・북산경(山海經・北山經)』)

또한 건강 증진에 도움을 주는 경우도 있는데, 어떤 괴수는 먹으면 체질을 건강하게 만들어주는 효과가 있다. 예를 들면 소요산(招搖山)에 있는 야수가 있다.

> 그 모습은 원숭이와 같고 귀의색은 하얀색이다. 기어가기도 하고 두 발로 걷기도 한다. 그 이름을 생생(狌狌)이라 부른다. 사람이 이것을 먹으면 잘 걸을 수 있다.[18] (『산해경・남산경(山海經・南山經)』)

신체적인 도움 이외에도 어떤 괴수는 잡아먹으면 정신적인 보양이

16) "其狀如牛, 陵居, 蛇尾, 有翼, 其羽在魼下, 其音如留牛, 其名曰鯥, 冬死而夏生, 食之無腫疾." (3쪽).

17) "魚身而犬首, 其音如嬰兒, 食之已狂." (72쪽)

18) "其狀如禺而白耳, 伏行人走, 其名曰狌狌, 食之差善走." (1쪽)

되는 경우도 있는데 유차산(羭次山)의 새가 있다.

> 생김새는 올빼미 같은데, 사람과 같은 얼굴에 외다리이다. '탁비(橐𩇯)'라고 부르며 겨울에 나타났다가 여름에 숨어 산다. 이것을 차고 다니면 천둥을 두려워하지 않게 된다.[19] (『산해경 · 서산경(山海經 · 西山經)』)

장식품이라는 차원에서 보자면, 『산해경(山海經)』의 많은 괴수들은 그것을 몸에 지니고 있으면 질병을 물리치거나 액막이 작용을 하는 장식품으로 사용 할 수 있다. 예를 들면 추양산(杻陽山) 헌익(憲翼)의 물 속에 선구(旋龜)라고 불리는 청거북이 있다.

> 그 형상은 거북이와 같고 새의 머리와 뱀 꼬리를 닮았으며. 이름을 선구(旋龜)라고 부른다. 나무를 쪼개는 듯한 소리를 내며 착용하면 귀머거리가 되지 않는다.[20] (『산해경 · 남산경(山海經 · 南山經)』)

<몬스터 헌트(捉妖記)>에서 등선루(登仙樓)의 요괴 연회는 요괴를 잡아먹고 건강을 보양하는 『산해경』 이래의 전통을 자세하게 보여준다. 여주인공 곽소람(霍小嵐)이 객잔에서 우연히 정부인을 만났을 때 정부인은 그녀에게 "우리는 순천부(順天府)에 가는 길이에요. 가서 등선루(登仙樓)의 백수연(百壽宴)이 있거든요. 사실은 우리 남편 몸보신 하러 가는 거죠. 아이를 갖고 싶거든요.."라고 말한다. 이후 정부인은 등선루(登仙樓)에서 조부인(鄒夫人)으로 변장한 요괴 팡잉(胖瑩)을 만났을 때 그녀와 인사하며 "부인, 아파서 오셨나요, 몸보신하러 왔나요?"라고 말하며

19) "其狀如梟, 人面而一足, 曰橐𩇯, 東見夏蟄, 服之不畏雷." (25쪽).
20) "其狀如龜而鳥首虺尾, 其名曰旋龜, 其音如判木, 佩之不聾." (3쪽).

인사했다. 영화에서 요괴를 먹는 것은 질병 치료와 몸보신도 가능하다는 것을 알 수 있다. 마지막에 등장한 아기 요괴왕자를 "오늘의 주제인 '만수무강요왕연(萬壽無疆妖王宴)'의 주 요리입니다. 장수는 물론이고 노화까지 막아주죠."라고 소개하였다. 이러한 말들은 시청자들에게 요괴에 따라 보양 작용과 효능이 다르다는 것을 알려주고 있다. 이 영화는 『산해경(山海經)』에 등장하는 괴수들이 각기 질병의 치료와 보양 효과를 가지고 있다는 점을 착안하여 이를 영화 속에 직접적으로 반영한 것이다.

2.3 남자가 아이 낳기

『산해경(山海經)』은 남자가 아이를 낳았다는 기록이 존재하는 최초의 저작이기도 하다. 『산해경・해내경(山海經・海內經)』에는 다음과 같이 기재되어 있다.

> 홍수가 범람하자, 곤은 천제(帝)의 보물인 식양(息壤=저절로 불어나는 흙)을 훔쳐서 둑을 쌓아 홍수를 막았는데 천제의 명령을 기다리지 않았다. 천제(帝)는 축융에게 명하여 우(=우산羽山)의 들에서 곤을 죽이게 했다. 곤의 배에서 우가 태어났다.[21] (『산해경・해내경(山海經・海內經)』)

이 부분은 <몬스터 헌트(捉妖記)>에 기상천외한 영감을 제공했다. 송천음(宋天蔭)은 본래 남성이지만 요괴 여왕이 알 모양이던 아기 요괴왕 후바(胡巴)를 송천음(宋天蔭) 입속으로 집어넣은 후 송천음(宋天蔭)의

21) "洪水滔天, 鯀竊帝之息壤以堙洪水, 不待帝命. 帝令祝融殺鯀於羽郊, 鯀複生禹." (302쪽).

뱃속에서 계속 자라났고, 결국 송천음(宋天蔭)의 입속에서 태어났다. 송천음(宋天蔭)이 후바(胡巴)를 품고 있었을 때, 일반 임산부와 다를 바 없이 배가 나오고, 식욕이 증가했으며 신맛을 선호했다. 그리고 후바(胡巴)가 출생한 후 송천음(宋天蔭)은 막 아이를 얻은 엄마처럼 후바(胡巴)의 배를 채우기 위해 노력하고, 배변훈련을 시키고, 즐겁게 해주며 아프고 다치는 것을 걱정했다.

남성이 아이를 낳는다는 참신한 소재를 차용한 것뿐만이 아니라 <몬스터 헌트(捉妖記)>는 『산해경(山海經)』의 기록을 바탕으로 대담한 구상을 하였다. 예를 들어, 영화의 재미를 추구하기 위해 남성이 아이를 낳는 제재에서 더 나아가 '부창부수(夫唱婦隨)'의 전통적인 관념과 상반된 '여창남수(女唱男隨)'의 부부관계로 확장시킨다. 예를 들어 곽소람(霍小嵐)이 송천음(宋天蔭)에게 고백할 때 "우리 곽(霍)씨 가문에는 나 하나 뿐이야. 앞으로 아기를 많이 낳아서 대를 잇게 해줘"라고 한다. 이 말은 원래 영화에서 남편이 아내에게 말하는 전형적인 대사였으나 <몬스터 헌트(捉妖記)>에서는 오히려 반대로 되었다. 이러한 예로는 정씨부부 내외도 있다. 정부인 역시 남편보다 위치가 높고, 남편에게 이래라 저래라 할 뿐 아니라 남편을 등선루(登仙樓)에 데려가 몸보신을 시킨다. 부부사이 뿐만 아니라 전당포(大押店)의 여사장 역시 호탕하고 분방한 기질이 강한 캐릭터로 표면상으로는 전당포를 열지만, 실제로는 은밀히 요괴를 팔고 있다. 그녀와 마작을 하는 요괴는 그녀를 즐겁게 해주지 못하면 팔려나가 인간들의 식사가 된다.

그 외, 판타지 장르에서 인간과 요괴의 관계가 여자 요괴가 남자 주인공을 해치는 설정과 달리 <몬스터 헌트(捉妖記)>의 아기 요괴왕은 남자요괴의 이미지를 적용한 것 외에는 성별이 부각되지 않았다. 오히려 사랑스럽고, 귀여움, 활발한 성격이 강조되었다. 게다가 영화 속의 인간 세계에서 요괴는 인간의 음식이 된다. 요괴와 인간은 더 이상 침해당하고 침해 받는 관계가 아닌데도 우스꽝스럽게도 식재료와 식객(食客)의 관계가 되었다. 일부러 그런 것인지, 어쩌다 그렇게 된 것인지는 확실히 알 수 없지만, 영화 속의 이러한 설정은 요괴의 성별을 따지지 않고 요괴의 식용 가치를 상세히 기록하는 등의 기록방식과 흡사하다.

3. 〈몬스터 헌트(捉妖記)〉에 나타난 중국의 전통문화적 요소

3.1 우의적 표현을 사용한 중국식 명칭

<몬스터 헌트(捉妖記)>에서는 매우 중요한 두 장소가 있다. 주인공 송천음(宋天蔭)과 모씨아줌마(莫大娘) 등 요괴들이 함께 살고 있는 영녕촌(永宁村)과 부자들이 요괴를 보양식으로 먹기도 하고 선악의 마지막 전투가 벌어지는 등선루(登仙樓)이다. '영녕(永宁)'이라는 글자는 조화로운 사회, 대동사회의 열망을 표현한다. 갈천호(葛千戶)가 요괴 사냥단을 데리고 영녕촌(永宁村)을 약탈했을 때, 인간으로 변한 모씨아줌마(莫大娘)의 대화에서 '영녕(永宁)'의 취지는 즉 '공존'이라고 말한다.

모씨아줌마(莫大娘): 우린 잘못한 것 없어, 다들 채식주의자라 인간을 해친 적도 없고 송공(宋公, 송대천(宋戴天), 송천음의 아버지)의 말처럼 인간과 잘 어울려 살았거든

갈천호(葛千戶): 명색이 천사당의 일품 시위라는 자가 겉으로는 명을 받드는 척 하면서 뒤로는 이렇게 호박씨를 까고 있었군. 이건 대역죄라고! (송대천(宋戴天)이 요괴를 잡으라는 명령을 받았으나 비밀리에

요괴를 인간의 모습으로 만들고 큰 산중의 하나인 영녕촌(永宁村)에 숨겼다.)

모씨아줌마(莫大娘): 역적은 네가 역적이지! 스밀로돈이나 맘모스나 모두 너희들에게 밀려 다 사라졌지. 너희들이 살겠다고 우리가 살 수 있는 길은 안 만들어 줄거야?

갈천호(葛千戶)는 바로 사회의 화합을 파괴하는 세력을 대표하는 인물이며 자기의 정체를 숨긴 채 드러내지 않는 요괴이다. 인간의 모습을 하고 나라의 어지러움을 이용해 자신의 목적을 달성하기를 바라는 그는 인간과 요괴의 전쟁을 선포하고 요괴 사냥단을 선동하며 신분관념이 강하다. 예를 들면 그는 모씨아줌마(莫大娘) 등 사람들에게 "갈천호(葛千戶) 너희들은 사람인 척하고 부자인 척은 안 한다"라고 외치는 그의 대사를 보면 알 수 있다. <몬스터 헌트(捉妖記)>에서는 시청자들에게 천하가 화합할 수 있다는 믿음을 심어주기 위해 영화에서 사람이든 요괴든 공존하는 방향으로 전환되었다. 위에서 언급했던 모씨아줌마(莫大娘) 무리가 천성을 버리고 인류사회 들어간 것 외에, 곽소람(霍小嵐)은 애초에 돈 때문에 후바(胡巴)를 돌봐주었지만 나중에는 등선루(登仙樓)에 이미 팔려간 후바(胡巴)를 자신을 희생하면서까지 구한다. 그리고 항상 곽소람(霍小嵐)이 잡은 요괴를 부당하게 가져가는 요괴 사냥꾼 나강(羅剛)은 생사의 경계에서 요괴 팡잉(胖瑩)과 주가오(竹高)에 의해 구출된 후 그들을 도와 나란히 싸운다. 송천음(宋天蔭)을 떠난 후바(胡巴)는 풀 위에서 토끼 한 마리를 잡았지만 송천음(宋天蔭)에게 받았던 교육을 생각하고 토끼를 놓아준다. 이러한 설정은 모두 '영녕(永宁)' 속에 내포되어 있는 '공존'의 의미를 부각시키기 위한 것으로, 세상의 모든 존재가 노력과 어떤 희생을 통해 조화의 경지에 도달할 수 있다는 것을 보여준다.

산종(山宗, 2015)은 예로부터 중국인은 신, 인간, 귀신, 요괴 사이의 경계가 애매모호하다고 주장하였고 처음부터 신을 신봉하지 않았지만 자연은 신봉했다고 말한다. 중국인은 토지, 하늘, 사계, 생명을 믿었으며 자연의 위대함 앞에서 사람들은 경건하고 책임과 의무를 가지고, 우주 만물과 자손 번식, 생사와 성쇠, 그리고 슬픔과 기쁨 등이 모두 균형에 순응하는 길이라고 믿었고, '천인합일'의 대화합의 경계는 중국인이 추구하는 정신이라고 하였다.[22] <몬스터 헌트(捉妖記)>는 이러한 균형에 순응하는 소박한 사상을 보여준다. <몬스터 헌트(捉妖記)>의 요괴 이미지와 다른 판타지 영화를 비교한다면 <화피(畵皮)>에 나오는 요괴는 수련을 거쳐 성인이 될 수 있고, 영화 <퇴마전(鐘馗伏魔)>에 등장하는 사람 역시 수련을 거쳐야 신선이 될 수 있는 '요괴', '인간', '신선' 등의 계급의식을 보여주지만 <몬스터 헌트(捉妖記)>의 요괴에는 그러한 게 없다. 그리고 <심용결(尋龍訣)>에서 보여주는 것처럼 사람이 불로장생을 위해 요괴로 바뀌는 것도 아니고 <서유기, 강마편(西游記 · 降魔篇)>의 인간윤회 등 도교, 불교 교의와 닮지 않았기 때문에 종교적 색체가 강하지 않은 민간신앙의 최초의 상태를 가지고 있다.

'등선루(登仙樓)'의 '등선(登仙)'의 두 글자는 '득도성선(得道成仙)'의 도가 사상을 나타낸다. 그러나 등선루(登仙樓)의 주인 갈천호(葛千戶)는 요괴의 몸으로 돌아가 자신의 위장 목적이 요괴왕 세력의 잔존을 토벌하기 위해서라 말하였다. 즉, 등선루(登仙樓)는 하나의 위장일 뿐 모두를 신선으로 만들 방법이 없다는 것이다. 중국 도가이론에 의하면, 만약

22) 山宗, 「從『山海經』說起: 中國文學的 "妖鬼情懷"」, 『齊魯周刊』, 2015(19).

신선이 되고 싶다면 '형신겸수(形神兼修)'의 과정을 거쳐야 한다고 했다. 즉 육체와 정신의 수련, 신체건강과 정신건강 모두 중요하다는 것이다. 그러나 <몬스터 헌트(捉妖記)>에 나오는 '등선루(登仙樓)'의 현판은 현실에 대한 일종의 반어적인 풍자이다. 거금을 주고 먹는 요괴 고기가 사람들의 신체를 건강하게 바꿔 줄 수 있는지는 알 수 없다. 그리고 사람들이 건강을 요괴 요리에 지나치게 의존하는 것도 바람직하지 않다. 이것은 자연스럽게 현실에서 비싼 돈을 주고 진귀한 야생동물을 먹는 장면을 연상시킨다. 다른 방면에서 보면 영화에서 요괴는 완전히 인간의 사고를 가지고 있고, 인간과 마찬가지로 평화를 지향한다. 그러나 요괴들은 주방장의 칼에 의해 죽었고, 이것은 신선이 되기를 추구하는 것은 타인의 고통위에 세워 질 수 없다는 것을 마치 인간에게 알려주는 것처럼 보인다. 신체적 수양이든 정신적 수행이든, 모두 도법자연에 응하지만 단순히 심리적 안위를 찾거나 무고한 사람을 다치게 하는 것이 아니다. 그 외 '등천루(登天樓)'의 장소인 '순천부(順天府)' 역시 비슷한 의미가 있다. '순천(順天)'은 본래 자연의 이치에 순응, 도법자연의 이론을 나타내지만 순천부(順天府) 번화가에는 요괴를 사들이는 암거래가 숨겨져 있다.

3.2 각종 전통문화의 아이콘

여기에 나타나는 전통문화의 상징은 주로 풍속화, 전통 민속 및 전통 관념 세 가지 측면이 있다.

먼저 풍속화를 보자. <몬스터 헌트> 영화 전체가 한 폭의 그림과 같고, 그 중 산중의 작은 촌락인 영녕촌(永宁村) 그리고 순천부(順天府)로

가는 길의 묘사에 전통 산수화의 소재를 많이 사용하였다. 높은 산, 대나무 숲, 작은 다리, 흐르는 물 및 울창한 숲 속 가운데 보일 듯 말듯한 촌락을 산수화의 고요함을 하나의 무릉도원과 같은 세계를 묘사하였고, 이곳의 사람들은 행복하고 편안한 생활을 하며 지낸다. 전개가 느리면서 유연한 리듬은 일종의 정적인 미학을 보여준다. 순천부(順天府)에 도착한 후, 화풍은 시끌벅적하고 번화한 골목, 빽빽하게 늘어선 건물, 북적거리는 사람들 무리로 크게 변화시켜 시각적 충격을 주었고 시청자들을 무릉도원에서 세상 밖으로 떨어지게 했다. 마치 시청자를 <청명상하도(淸明上河圖)>의 시정풍속 그림 속으로 끌어들인 것 같았다. 그 곳에서 사람들은 생계를 위해 분주히 뛰어다니고 각종 거래가 금전을 둘러싸고 전개된다. 흐름이 갑자기 빨라지는데 이거 역시 또 하나의 역동적인 미학을 보여준다. 산수와 세속, 정적인 장면과 동적인 장면의 교체가 화면의 에너지를 강화시켰다.

다음으로 전통 민속품이다. 영화에서 첫 번째로 부적이 나온다. 여주인공 곽소람(霍小嵐)은 요괴와 싸우는 과정에서 정신부(신체고정부적)를 사용한 적이 한두 번이 아니다. 정신부는 민간 술법 중 흔히 사용되는 부적이다. 부적은 중국 도교의 수련 중 하나의 주요 수단으로 사용된다. '부적(符)'은 어떤 종류의 신비한 형상을 그려낸 것이고, '주문(咒)'은 구결의 일종으로, 부적과 주문은 양생, 기복, 액막이, 귀신 퇴치 등의 기능을 가지고 있어 민간에서 널리 사용된다. 곽소람(霍小嵐)은 정신부를 말고 요술 거울(照妖鏡)을 사용하는데 이 것 역시 액막이를 하는 민간 용품이고, 귀신의 형상을 보이게 할 수 있다. 두 번째로는 전지예술이 있다. 종이를 자르는 것은 가위나 조각칼을 가지고 종이에 창작을 하는 민간예술로 지금도 민간에서 장식용품으로 널리 사용되고 있다. 특히 결혼식에서 쌍희전지가 필수부가결한 혼수품이다. 영화에서 곽소람(霍小嵐)이 소환하는 전지 소인은 이러한 예술의 활용이다. 세 번째로는 토굴이다. 토굴은 중국 서부지역의 전통 거주형식으로, 곽소람(霍小嵐)과 송천음(宋天蔭)이 후바(胡巴)를 데리고 길가에서 휴식을 취하는 한 장면이 있는데 바로 동굴형식 형태로 나오는 폐묘이다. 네 번째로는 중국전통 게임인 마작으로 영화에서 대압점의 여사장은 마작에 푹 빠진 사람이다. 현재에도 마작은 국민들의 사랑을 받는 오락이다. 다섯 번째는 춤의 형식이 익살스러운 민간가무 대앙가(大秧歌, 중국 북방의 농촌 지역에서 널리 유행하는 민간 가무의 일종)이다. 등산루(登仙樓)의 주방장은 아기 요괴왕 후바(胡巴)를 찜통에 한동안 찐 후 찜통 뚜껑을 열고 익었는지 확인했지만 후바(胡巴)는 죽지도 않았을 뿐더러 신나게 춤을 추고 있었는데 바로 그 춤이 동북대앙가 였다.

마지막으로 전통 관념을 살펴보면, 앞 글에서 언급한 대동 사회, 도법자연, 구도승선 등 철학 이념적인 측면의 전통관념은 언급하지 않고, 백성의 세속적인 생각 즉 '대를 잇는 것'이 주요하게 드러난다. 유가사상의 영향을 받아, 백성들은 후사 문제에 있어 "불효에는 세 가지가 있는데, 자손이 없는 것이 제일 큰 불효이다"라는 고유의 사상을 가지고 있다. 비록 현대사회에서 이러한 사상이 조용히 바뀌고 있지만 시간이 고대로 설정된 <몬스터 헌트(捉妖記)>에서는 대를 이을 중요성은 말할 필요도 없을뿐더러 정부인이 아들이 필요하여 요괴고기를 먹으러 간 것은 합리적이고 납득할 만한 행동이었다.

4. 결론

<몬스터 헌트(捉妖記)>는 요괴와 인간의 조화로운 공존을 주제로 하

는 영화로 영화의 상징성과 그 당시 사회에 대한 투사는 사람에 따라 견해가 다르다. 필자는 이 영화가 모티브로 삼은 『산해경(山海經)』의 요소들과 아울러 영화에서 보여준 중국문화의 전통적인 요소를 정리해 보았다.

<몬스터 헌트(捉妖記)>에서 표현하는 요괴들은 비교적 단순하고 '요괴-인간-신선'이라는 계급관념에서 벗어난다. 종교에 얽매이지 않고, 요괴들을 간단하게 인간을 해치는 것과 인간과 평화롭게 공존하려는 것으로 나눌 수 있다. 이것 역시 요괴 세계의 두 대립세력이다. 그러나 <몬스터 헌트(捉妖記)>에서 추구하는 것은 인관과 요괴의 공존세계이다. 그렇기 때문에 최후의 승리를 거둔 것도 필연적으로 작은 요왕으로 대표되는 인간과 평화롭게 공존하는 요괴다. 이러한 단순한 요괴의 형상은 모두 『산해경(山海經)』에서 시작되어 '노래도 잘하고 춤도 잘 추는' 캐릭터로 변화되었다. 이들의 약용가치는 『산해경(山海經)』에서 원형을 찾을 수 있다. 영화의 웃음 포인트 중 하나인 '남자인 송천음이 아이를 낳은 것'도 『산해경(山海經)』에서 영감을 받은 것이라고 할 수 있다.

『산해경(山海經)』에서 전통적인 요소들을 받아들인 것 외에 <몬스터 헌트(捉妖記)>는 또한 다양한 중국 전통문화 요소를 영화에 융합시켰다. '영녕촌(永寧村)', '등산루(登仙樓)', '순천부(順天府)' 등 이름만으로도 의미를 짐작하게 해주는 명칭들이 등장 하였고, 때로는 수묵화와 같은 배경에서 때로는 시정풍속화 같은 배경으로의 전환이나, 부적, 요술거울, 종이공예, 토굴, 마작, 동북앙가 등 각종 문화의 아이콘들은 생생한 조화를 이루었으며 이러한 요인들이 <몬스터 헌트(捉妖記)>를 중국 전통적인 영화로 만들었다.

<몬스터 헌트(捉妖記)>는 2015년 여름 중국영화의 다크호스라고 할 수 있었지만 북미와 한국에서 개봉했을 때는 흥행에 실패하였다.[23] 필

자는 영화 자체의 줄거리와 특수효과 요소를 제외하고 영화에 담긴 중국 전통문화적 요소들이 중국 관객의 심미관과 이해도에 중점을 둔 점이 외국에서는 흥행하지 못한 이유라고 생각한다.

23) 鳳凰娛樂(http://ent.ifeng.com/a/20160125/42567753_0.shtml), 2016.01.25, 時光網(http://ent.ifeng.com/a/20151116/42527243_0.shtml), 2015.11.16참고.

제 2 장

중국 애니메이션 〈나의 붉은 고래(大魚海棠)〉에 표현된 물의 이미지 연구

1. 들어가며

중국 고전시학에서 '상징성(意象)'이란 시인의 주관적 감성이 객관적 경물과 부딪치면서 심미와 감흥이라는 작용을 통해 만들어 내는 '마음 속의 이미지' 혹은 '인간의 마음이 구성해 낸 형상'을 가리킨다. 동일한 사물이라 할지라도 받아들이는 감정과 의미가 달라짐에 따라 다양한 상징을 만들어 낼 수 있다.[1] 중국의 고전 문학 작품들 속에서 '물'은 매우 풍부한 상징성을 담고 있어서 작가의 다양한 생각과 감정을 표현해 낼 수 있다. <나의 붉은 고래(大魚海棠)>는 중국적인 판타지 색채와 동양적인 고전미를 구현해 낸 애니메이션 영화로, 스토리 라인에 대하여 다양한 이견이 존재하긴 했지만 아름답기 그지없는 중국식 화풍에 대해서는 일치된 찬사를 받았다. 영화는 망망대해를 배경으로 시

1) 陳淨・鄒慶武, 「意象與具象: 中英古典詩歌的審美比較—以唐詩和浪漫主義詩歌爲例」, 『名作欣賞』, 2009(2).

작하여 다양한 형태의 '물'이 영화 내내 교차하며 등장한다. 이 영화에서 '물'은 영화를 관통하는 주제의 바탕 소재일 뿐 아니라, 스토리 전개를 추동하고 등장인물의 심리를 나타내는 수단으로 기능한다. 그러므로 이 글에서는 <나의 붉은 고래>에 나오는 다양한 물의 상징성을 밝혀내고자 한다.

1.1 〈나의 붉은 고래(大魚海棠)〉 간략 소개

<나의 붉은 고래>는 량쉬엔(梁旋)과 장춘(張春)이 공동 연출한 애니메이션 영화로, 영화는 『장자(莊子)』의 <소요유(逍遙遊)>, 『산해경(山海經)』, 『수신기(搜神記)』같은 중국 고전에서 소재를 취하여 '중국인을 위한 중국식 판타지 서사'를 구현하고자 하였다. 2016년 7월 8일 전국적으로 상영되어 개봉 첫날 흥행 수익 7,460만 위안(한화 약 120억 원)을 기록함으로써 중국 국산 애니메이션 개봉일 수익 신기록을 세웠다.[2] 2017년 12월 3일 제15회 부다페스트 국제 애니메이션 영화제에서 <나의 붉은 고래>는 최우수 장편 애니메이션상을 수상하였고,[3] 그 뒤 미주와 한국 등에서 상영되기도 하였다.[4]

<나의 붉은 고래>의 시간적 공간적 배경은 45억 년 전의 지구로 설정되어 있다. '인간'도 아니고 '신'도 아닌 '다른 존재들'인 주인공의 종족들은 인간의 영혼과 만물의 운행 규칙을 관장하고 있다. 이들은

---

2) 「<大魚海棠>上海見面會 梁旋: 這是守護的故事」, 網易娛樂, 2016.07.10.
3) 「中國動畫電影<大魚海棠>在匈牙利獲獎」, 新華社, 2017.12.05.
4) <大魚海棠>은 2017년 6월 15일 <나의 붉은 고래>라는 제목으로 한국에서 상영되었고, 2018년 4월 11일에는 <Big Fish & Begonia>라는 제목으로 미국에서 상영되었다. 「<大魚海棠>6月15日韓國上映 預告片火爆網絡」, 新浪娛樂, 2017.05.25.; 「<大魚海棠>北美上映獲大量好評, 但國漫出海爲何依然難以突破百萬美元票房瓶頸」, 搜狐動漫, 2018.04.20.

바다 밑의 또 다른 세계에 살고 있는데, 이 세계의 하늘은 인간 세계의 바다와 연결되어 있다. 스토리의 주인공인 '춘(椿)'과 '치우(湫)'는 이 세계에서 살아가고 있다. 이 세계에서는 매년 성인식을 거행하는데 만 16세가 되는 모든 아이들은 돌고래로 변신하여 '바다로 통하는 하늘의 문(海天之門)'을 통과하여 인간세계로 나가 7일간의 여행을 마치고 돌아와야 한다. 주인공 '춘'은 인간 세계를 돌아다니던 도중 우연히 '곤(鯤)'이라는 인간 소년을 만나게 되고, '곤'은 그물에 걸린 '춘'을 구해주기 위해 자신의 생명을 희생한다. '곤'의 희생으로 다시 살아난 '춘'은 '곤'에게 고마움과 죄책감을 느낀 나머지 자기 수명의 절반을 인간의 영혼을 관장하는 영매 할멈에게 주고 '곤'의 영혼을 작은 물고기로 되살린다. '곤'의 영혼이 담겨있는 작은 물고기가 다 자라면 인간 세계로 돌아가 이전의 '곤'의 모습으로 부활할 수 있는 것이다. 그러나 '춘'의 이 같은 행동은 그녀가 속한 세계의 자연 규칙을 깨뜨린 것으로 이로 인해 '다른 존재들'의 세계에는 폭우가 쏟아지고 하늘 구멍이 열리는 등 큰 홍수가 일어난다. '춘'을 사랑한 '치우'는 자신의 신통력으로 '바다로 통하는 하늘의 문'을 열고 '춘'과 '곤'을 함께 인간세계로 보내주려 하였으나, 그의 신통력에는 한계가 있었고 이로 인해 오히려 물이 점점 더 차오르게 된다. 결국 '춘'은 자기 세계를 구하기 위해 남은 절반의 생명까지 바쳐 할아버지가 환생한 해당화 나무에 자신을 섞어 거대하게 자란 나무줄기로 하늘의 구멍을 막고 자신들의 바다 밑 세계를 구한다. 그러나 '치우'는 영매 할멈을 찾아가 자신의 모든 생명을 걸고 거래를 하여 '춘'의 절반의 생명을 구해온다. '치우'의 희생으로 다시 살아난 '춘'은 인간세계로 보내져서 해변에서 '곤'과 재회하게 되고, '치우'는 영매 할멈과의 약속을 지키기 위해 영매 할멈의 자리를 물려받게 된다.[5)]

1.2 관련 선행 연구

<나의 붉은 고래>에 관한 연구는 화면의 여백에 관한 것부터 중국의 붉은 색을 포함한 전통적인 색채 표현, 전통 악기에 의해 표현되는 고전음악, 은유 기능을 갖춘 전통 건축 '토루(土樓)'의 응용, 다양한 전통 의상의 응용, 산해경(山海經)과 수신기(搜神記) 속의 인물, '크라우드 펀딩(衆籌)'의 마케팅 수단, 중국 자국과 해외의 같은 장르 영화와의 비교 등 매우 다양하다. 여기에서는 주로 철학적 의미, 동양적인 아름다움, 물의 상징적 의미 등 세 가지 방면에서 간단히 정리해 보고자 한다.

1.2.1 철학적 의미

후샤오밍(胡曉明, 2016)은 바다 속 '다른 사람'의 세계를 추상적인 '이(理)'의 세계로, 인간이 사는 세상을 생명력이 충만하고 웅장하며 화려한 변화가 많은 '기(氣)'의 세계로 보고, 영화에 보이는 환상적인 반인반신의 세계를 비판하고, '이'의 세계와 '기'의 세계 사이에 대화와 소통을 부른다고 여겼다.[6] 마허단(馬賀丹, 2016)은 오행 이론을 이용하여 분석을 진행하였고, 영화 속 생사부에서 '곤(鯤)'이 사망한 시각인 '인시(寅時)'는 음양이 바뀌는 시간이라는 것을 언급하였다. '인시'는 양의

---

5) <大魚海棠> 제작팀의 인터뷰에 따르면 영화 종료 후에 잠깐 보여주는 서비스 필름에 인간세상으로 돌아간 춘(椿)이 어느 날 물고기로 변하여 다시 돌아와 추(湫)를 만나는 장면을 만들었다가 상영 직전 삭제했다고 한다. 추(湫)는 '쥐할멈'의 후계자로 영매 일을 하면서 8천년을 그곳에서 춘(椿)을 기다린 것이다. 이 장면을 통해 제작팀은 생명이란 매우 긴 것이니 조급해 하지 말라는 메시지를 주고 싶었다고 말했다. 그리고 이런 생각은 『장자 · 소요유(莊子 · 逍遙遊)』편에 나오는 "옛날 춘(椿)이라는 큰 나무가 살았는데, 8천년을 봄으로 살고, 다시 8천년을 가을로 사는데, 이것이 오래 사는 것이다. (上古有大椿者, 以八千歲爲春, 以八千歲爲秋. 此大年也.)"라는 표현에서 착안했다고 한다.

6) 胡曉明, 「<大魚海棠>的文類、隱喩及其他」, 文彙報, 2016.07.24, 第006版.

기운은 상승하고 음의 기운은 가라앉으며, 생기가 급격히 돋아나고 괘가 편안함을 상징하는 '태(泰)'에 대응하게 되어 '곤'이 다시 태어날 것을 암시하고 있다. 또 성인식 중 '물고기로 변하게 해주는 약'을 들고 온 소년의 머리 위에 있는 '감(坎)'괘는 험난함과 굴곡을 뜻해 '춘(椿)'이 인간 세상에서 위험에 닥칠 것을 암시한다.[7] 리시(李西, 2016)는 영화가 대륙 문명의 주체인 '인류'의 기원을 해양 문명 속 '고래(大魚)'로 해석해 하늘과 인간세계의 바다 밑을 연결한다고 주장했다. 이 세계에서는 '천신(天神)'은 절대적인 권위를 대표하며 만물을 복종하게 한다. 인간과 나의 경계가 모호해지고, 사람들의 자신의 이익을 희생시킴으로써 세상의 질서를 유지한다. 보수와 자유, 질서유지와 권력 추구, 전통문화와 신문화의 침입처럼 지금 현실사회도 바다 밑 세상과 같은 신구세대의 충돌과 충돌을 겪고 있다.[8] 장안위(張安予, 2016)는 <나의 붉은 고래>는 장자(莊子)를 모티브로 삼아 자유로움과 조화로움, 자연의 법칙들을 구현했다고 말했다.[9] 종주판・비린지엔(宗祖盼・畢林健, 2017)는 나아가 감정을 묘사할 때는 대량의 '물'이 등장했는데, 그것들은 모두 마음이 시키는 대로 자유롭고 용감하게 직진하는 애정관을 추구한다고 보았다. 이는 장자의 <소요유(逍遙游)>에 나오는 '자유로움(逍遙)'과 부합한다.[10] 니리(倪莉, 2018)는 <나의 붉은 고래>에서 토템 숭배가 당대의 전승 가치, 즉 인간과 자연이 대부분 조화롭게 공생하는 상태를 보여준다고 말했으며,[11] 선옌시아(申艷霞, 2018)는 <나의 붉은 고래>가 중국 고대 철학의 영향을 많이 받은 세계관과 장자의 철

7) 馬賀丹, 「動畫電影<大魚海棠>的文化內涵與哲學意蘊」, 『電影評介』, 2016年15期.
8) 李西, 「解讀<大魚海棠>中的深層文化內涵」, 『電影評介』, 2016年第14期.
9) 張安予, 「簡論<大魚海棠>中的傳統文化觀念」, 『美與時代』, 2016年12期.
10) 宗祖盼・畢林健, 「動畫電影<大魚海棠>中的"水"意象解讀」, 『電影評介』, 2017年07期.
11) 倪莉, 「<大魚海棠>的圖騰崇拜」, 『電影文學』, 2018年11期.

학이 밀접한 관련이 있으며 영화 속에 장자의 ‘제물관(齊物觀)’, ‘음양관(陰陽觀)’ 등을 담고 있다고 했다.[12]

1.2.2 동양적 아름다움

저우시아춘(周夏椿, 2016)은 영화의 화면과 사운드가 동양의 신비롭고 아득한 분위기를 담고 있다고 했으며,[13] 먀오펑(苗丰, 2017)은 <나의 붉은 고래> 속의 전통문화 기호와 형태가 어떻게 전해지는지 영화의 서사 언어(줄거리, 장면, 표현), 이미지(자연, 인공, 인물), 의미(스타일, 의미, 사상) 세 가지 측면에서 연구하여 영화 속의 전통문화와 동양적 정서에 대해 비교적 상세하게 서술하였다.[14] 자오춘 · 저우홍야(趙春 · 周紅亞, 2017)는 구도를 분석해 ‘유백(留白)’ 기법의 적용은 영화에 여백의 미와 신비감을 정점으로 끌어올린다고 분석했다.[15] 펑위닝(馮蔚宁, 2017)은 동서양의 신화는 인문학적 정서가 같지 않기 때문에 제우스, 큐피드, 비너스, 달의 여신 등은 육체적 욕망이나 외적 아름다움, 정서, 복수 등의 방면에서 묘사된 것이 많고, 중국의 신화는 과보(夸父)나 혼돈(混沌)이 산천 초목으로 변하여 만물을 기른다는 이타적 사상과 정서를 명확하게 표현하였다고 분석했다.[16] 리우용 · 리우징(劉勇 · 劉靜, 2018)은 <나의 붉은 고래>의 아름다운 장면은 외양과 정신을 겸비해 중국 전통문화의 정수를 얻었고, 전통 중국풍의 화면의 매력과 고전적 정서의 섬세한 아름다움이 중국화의 미학적 추구를 구현했다고 말했다. 여

12) 申豔霞, 「中國古代哲學視野下的<大魚海棠>」, 『電影文學』, 2018年10期.
13) 周夏椿, 「<大魚海棠>: 一如倒影, 一如夢境」, 中國電影報, 2016.07.13, 第007版.
14) 苗豐, 「<大魚海棠>“言、象、意”的傳播形態及意義研究」, 西南大學碩士學位論文, 2017年.
15) 趙春 · 周紅亞, 「東方的純粹: <大魚海棠>的美學追求」, 『電影文學』, 2017年第05期.
16) 馮蔚寧, 「論<大魚海棠>的生死觀和價值觀」, 『視聽』, 2017年第3期.

기서 '유백(留白)'기법의 기교가 자유자재로 적용되어 사람들에게 장면의 공허함과 신비감을 느끼게 하고 '허(虛)'와 '실(實)'이 서로 어우러지는 허실상생(虛實相生)의 의경(意境)의 아름다움을 나타낸다.[17)]

1.2.3 물의 이미지

청차오·치엔겅선(程潮·錢耕森, 1997)은 노자(老子)는 도가(道家)의 물 철학(法水哲學)의 창시자로, 물이 유연함의 정신, 겸손의 정신, 부쟁(不爭)의 정신을 가졌다고 말하며. 장자의 물 철학은 노자의 사상을 계승 발전시켰고, 우언고사(寓言故事)의 형식으로 겸손의 중요성을 구체적으로 형상화했고, 또한 물에 비유하여 사람은 자연에 순응해야 함을 말했다.[18)] 진거(金戈, 2003)는 노자와 장자의 철학이 물과 오묘하게 연결돼 있고, 이미 도를 철학의 최고 범주로 삼았지만, 장자의 도는 주로 도에 대해 형이상학적 정체성을 탐구하는 것이 아니라 도를 직접 체득하고 인생철학의 경계를 깨닫는 것이었다.[19)] 양지에·리우밍(楊頡·劉明, 2006)은 도가는 물의 형상과 속성을 중시하여, 물을 도의 '화신(化身)'으로 숭상한다고 주장하였다. 즉, 도가의 수신은 물의 허정부쟁(虛靜不爭)과 유약겸하(柔弱謙下)를 배우는 것이라는 것이 주장의 핵심이다.[20)] 장후이위엔(張慧遠, 2007)은 중국 신화에서 물에 대한 사람들의 이해에 따르면, 물은 민족정신의 상징이며 물은 인간의 삶에 이롭다는 것을 알아냈다.[21)] 장전화·펑메이시아(蔣振華·馮美霞, 209)는 『장자』 속 우언을

17) 劉勇·劉靜, 「東方魅力: <大魚海棠>的美學風格與藝術意蘊探索」, 『電影評介』, 2018年05期.
18) 程潮·錢耕森, 「先秦各家的水哲學及法水哲學」, 『學術月刊』, 1997年12月.
19) 金戈, 「中國古代哲學與水(上)」, 『海河水利』, 2003年 第一期.
20) 楊頡·劉明, 「論先秦"水"的哲學意蘊」, 『華北水利水電學院學報(社科版)』, 2006年11月 第22卷 第4期.
21) 張慧遠, 「從神話到哲學: 中國古代水思想探析」, 『求索』, 2007年 12期.

분석했는데, 장자가 물을 중시하는 것은 물의 평온함과 담담함, 광대함과 깊이, 그리고 아무것도 하지 않지만 하지 않는 것이 없는 그런 것에서 오는 것임을 말했다.[22] 양천(楊沉, 2009)은 고대 중국 신화(神話)나 시(詩詞), 곡부(曲賦), 소설(小說) 중 '물'을 여성으로 비유하여 묘사한 것들이 많이 있는데, 이는 '물'이 여성의 사랑의 삶을 표현하고 이미지를 형성하는 데 없어서는 안 될 심미적 의경(意境)이 되었다는 것을 말한다.[23] 리우옌펀(劉艷芬, 2013)은 물의 형상이 유(儒), 불(釋), 도(道), 선(禪)에서 각각 다르다는 것을 비교하여 유가에서의 물이 흐르는 형상은 흘러가는 시간을 아쉬워하는 생명의식과 유가의 사회적 공리성, 윤리성은 일치하게 되었고, 불교에서의 물의 형상은 삶과 죽음의 흐름, 인생무상 등을 가리킨다고 여겼으며, 선종(禪宗)은 물의 흐름이 자유롭고 유동적이어서 무엇인지에 따라 그 특징이 두드러진다.[24] 리우야디(劉亞迪, 2015)는 『시경(詩經)』에서는 세월을 물에 비유하여, 일은 사라지고 다시 돌아오지 않으며, 물은 연인을 가로막고, 친구들은 서로를 그리워하지만 서로 만날 수 없고, 물의 맑고 탁함으로 사람의 품행과 사물의 좋고 나쁨을 비유한다고 했다.[25] 청핑(曾萍, 2016)은 『장자(莊子)』와 『노자(老子)』를 도를 물에 비유한 대표작으로 꼽았으며, 중국 고대 문학작품에서의 물은 걱정, 사랑, 이별, 그리고 호방한 감정을 비유할 수 있다고 말했다.[26]

---

22) 蔣振華・馮美霞, 「淺論『莊子』寓言中的水意象」, 『中國文學硏究』, 2009年 第2期.
23) 楊沉, 「水意象的女性文化解讀」, 『淮南師範學院學報』, 2009年 第4期 第11卷(總第56期).
24) 劉艷芬, 「從水意象看儒、釋、道、禪時間觀的不同」, 『濟南大學學報(社會科學版)』, 2013年 第23卷 第5期.
25) 劉亞迪, 「『詩經』中"水"意象的隱喩功能及其蘊含的思維機制」, 『語文學刊』, 2015年 第4期.
26) 曾萍, 「古代文學作品中的水思想和水意象」, 『呂梁教育學院學報』, 2016年12月 第33卷 第4期(總第98期).

2. 〈나의 붉은 고래〉에서의 물의 이미지

2.1 바다: 만물의 근원

2.1.1 생명의 기원

<나의 붉은 고래>는 장자(莊子)의 고사를 참고했으며, 시작은 <소요유(逍遙游)>의 "북쪽 저승에는 물고기가 있는데 그 물고기는 '곤'이라 한다. '곤'은 매우 커서 크기가 몇 천 리인지 모른다."[27]라는 부분을 인용했다. 북쪽 바다에는 '곤'이라는 큰 물고기가 있는데, 그 크기가 거대해 몸길이를 아는 이가 아무도 없었다. 영화는 장자의 상상력을 이어받아 관객을 바다로 이끌었다. 이 영화의 무한한 상상력은 바다에서 시작됐다. 영화는 117세의 '춘'의 독백으로 시작한다.

> 우리는 누구일까? 우린 어디서 와서 어디로 가는 걸까? 내가 늘 사람들에게 하는 말이 있어 이 땅의 모든 인간은 바다 속에서 거대한 물고기였고 삶은 드넓은 바다를 건너는 여정이라고. 다들 내가 늙어서 이상한 이야기를 한다고 생각하지만 나는 매일같이 꿈을 꿔. 큰 물고기들이 한 무리를 이루어 하늘에서 헤엄쳐 내려오며 나를 부르는 꿈. 그 아름다운 소리를 들으면 옛 기억이 떠올라.

우리는 누구인가? 우리는 어디에서 왔는가? 또 어디로 가야하는 것인가? 이런 심오한 철학적 고민들은 영화에서 '춘'의 언어로 대답하고 있다. "인간 세계의 바다는 우리 세계의 하늘과 이어져 있어. 모든 인

27) "北冥有魚, 其名爲鯤.鯤之大, 不知其幾千里也." [戰國]莊子著, 陳鼓應注譯, 『莊子今注今譯』, 北京: 商務印書館, 2007年, 6쪽.

간의 영혼은 인간 세계를 떠돌다 우리 세계의 하늘에 도달하게 돼. 우리는 인간의 영혼을 관리하고 자연의 섭리를 관장했어." 현대 과학에서도 생명의 기원은 바다에서 왔을 것이라 주장한다. 영국 케임브리지 대학과 미국 뉴욕 코넬 대학 연구진은 25년간 연구한 결과 인간을 포함한 무려 6만5000여 종의 척추동물이 '제6감'을 가진 물고기와 같은 해양동물에서 진화했다는 사실을 발견했다.[28)]

중국 전통 철학 사상에는 물은 생명의 기원이고, 『산해경』의 「해외서경(海外西經)」의 기록에 따르면 '여자국(女子國)'의 여자는 물에 들어가면 임신할 수 있다. "여자국이 무함(巫咸)의 북쪽에 있는데, 두 여인이 함께 살며 물이 그곳을 에워싸고 있다."라고 했으며, 곽박(郭璞)이 이 문장에 주를 달기를, "연못이 있는데, 여자는 들어왔다 나가면 임신을 한다."라고 하였다.[29)] 옛 사람들은 물과 닿으면 생명을 줄 수 있는 능력을 갖게 된다고 생각했다. 관자(管子)의 수지편(水地篇)에 따르면, "사람은 물이고, 남녀의 정기가 합(合)하는 것은 물의 흐름의 형상과 같다."[30)]고 하였다. 게다가 인간뿐만 아니라 만물은 모두 물을 근본으로 하고 있으며, 세상 만물은 모두 물에서 기원하는 것이다. 노자는 '태일생수(太一生水)'에서 "태극이 물을 만들고 그 물은 다시 태극을 돕는다. 그리하여 하늘을 이룬다. 하늘 또한 태극을 도와 땅을 이룬다. 하늘과 땅이 서로 도와 신명을 이룬다. 신명이 서로 도와 음양을 이룬다."[31)]

28) 「人類起源獲得新突破：或從五億年前海洋動物演變」, 科技訊, (http://www.kejixun.com/article/201404/39017.html), 2014.04.30.

29) "女子國在巫鹹北, 兩女子居, 水周之." "有黃池, 婦人入浴, 出卽懷妊矣." 袁珂譯注, 『山海經全譯』, 貴陽: 貴州人民出版社, 1990年, 207-208쪽.

30) "人, 水也, 男女精氣合, 而水流形." [春秋]管子著, 謝浩範・朱迎平譯注, 『管子全譯』, 貴陽: 貴州人民出版社, 1990年, 532쪽, 536쪽.

31) "太一生水, 水反輔太一, 是以成天.天反輔太一, 是以成地. 天地[複相輔]也, 是以成神明. 神明複相輔也, 是以成陰陽." 李零, 『郭店楚簡校讀記』, 北京: 北京大學出版社, 2002年, 42쪽.

라고 하였다.

2.1.2 생사의 윤회

<나의 붉은 고래>가 제시하는 가치관에 따르면 모든 사람은 바다 속 물고기였다가 사람이 되고 죽어 다시 바다로 돌아간다. 일종의 생사 윤회적 관념이며, 인간과 만물이 서로 바뀌는 관념이다. 『논형·논사(論衡·論死)』에서는 얼음과 물의 전환을 가지고 삶과 죽음을 설명하고 있다.

> 기가 사람을 만드는 것은 마치 물이 얼음이 되는 것과 같다. 물이 뭉치면 얼음이 되듯이, 기가 뭉치면 사람이 되는 것이다. 다시 얼음이 풀리면 물이 되듯이 사람이 죽으면 신(神)의 상태로 돌아가는 데, 마치 얼음이 풀리면 그것을 물이라고 부르듯이 사람의 죽은 상태를 신(神)이라고 부르는 것일 뿐이다.[32]

영화에서 생명체의 죽음은 또 다른 생명의 시작의 형태일 뿐인 것이다. '춘'의 할아버지는 사람이 죽으면 "몸이 흙으로 변하는 것이다."라며, "영혼은 가장 북쪽 끝에 있는 여승루(如升樓)에 가서 새끼 물고기로 변해 영매의 관리를 받는단다. 이것(죽음)은 자연의 섭리이며, 죽는다고 끝이 아니라 오히려 영원한 삶은 얻는 것이란다."고 말한다. '춘'의 할아버지는 식물을 다스리고, 죽은 뒤에는 해당화 나무가 되었으며, '춘'의 할머니는 새들을 다스리며, 죽은 후에는 봉황이 된다. 영화

32) "氣之生人, 猶水之爲冰也.水凝爲冰, 氣凝爲人；冰釋爲水,人死複神.其名爲神也, 猶冰釋更名水也." [東漢]王充著, 袁華忠·萬家常譯注,『論衡全譯』, 貴陽: 貴州人民出版社, 1993年, 1282쪽.

는 바다 밑 세계에서도 소위 '다른 사람들'이 자연과 조화를 이루며 산다는 것을 보여준다.

이는 장자(莊子)의 생사관과 비슷한데 장자는 삶과 죽음은 사계절의 변화처럼 자연스러운 윤회 과정으로 여기고 아내가 세상을 떠났을 때는 그릇을 치며 노래를 불렀다. 이에 조문 온 혜자(惠子)가 질책하자 이렇게 답했다.

> 그렇지 않네. 아내가 죽었을 때 왜 슬퍼하며 곡하지 않았겠는가! 그러나 죽은 아내의 처음을 보니 본래 삶이 없었네. 삶이 없었을 뿐만 아니라 본래 형체도 없었네. 형체도 없었을 뿐만 아니라 본래 기조차 없었네. 그저 흐릿하고 어둠 속에 섞여있다 그것이 변화해 기(气)가 나타나고, 기가 변해 형체가 되고, 형체가 변해 삶이 되었지. 이제 그것이 변화하여 죽음이 된 것이네. 이것은 마치 사계절이 운행하는 것과 같은 변화였던 것이네. 아내는 지금 천지(天地)라는 커다란 방에 편안히 잠들어 누워있네. 그런데 내가 울고불고 한다면 천명(天命)을 모르는 짓이라 생각되기에 노래를 불렀던 것이라네.[33]

사람의 생명이 무에서 유를 거쳐 소멸하는 과정은 사계절이 바뀌는 것처럼 자연스러운 것으로 천명(天命)이고, 영화에서 바다 속 물고기가 인간이 되고 사람이 죽으면 다시 바다로 돌아가는 과정도 자연스런 윤회의 과정이다.

문일다(聞一多, 1945/2006)는 <설어(說魚)>편에서 적어도 동주(東周)에서 시작해 황하(黃河)유역에서 주강(珠江)유역까지, 중국 언어 중에서도

33) "不然. 是其始死也, 我獨何能無槪然！察其始而本無生, 非徒無生也而本無形, 非徒無形也而本無氣. 雜乎芒芴之間, 變而有氣, 氣變而有形, 形變而有生, 今又變而之死, 是相與爲春秋冬夏四時行也. 人且偃然寢於巨室, 而我噭噭然隨而哭之, 自以爲不通乎命, 故止也." [戰國]莊子著, 陳鼓應注譯, 『莊子今注今譯』, 北京: 商務印書館, 2007年, 524-525쪽.

특히 민가에서 '어(魚)'는 '배우자(配偶)' 또는 '연인(情侶)'의 은어로 물고기를 잡는 것은 짝을 찾는다는 말이었다고 주장하였다.[34] 그러나 영화 <나의 붉은 고래>에서 물고기는 일종의 영적 존재이며, '곤'이 죽은 후에도 영혼은 물고기가 되었다. 물고기가 영혼을 가지고 있다는 관점과 유사한 기록이 『열선전(列仙傳)』<자영(子英)>에 등장한다.

> 자영(子英)은 서향(舒鄕)사람이다. 잠수하여 고기를 잡는데 뛰어났다. (하루는) 붉은 잉어를 잡았는데, 그 고운 빛깔이 마음에 들어 가지고 돌아와 연못 속에 놓아두고 매번 쌀 알갱이를 먹였다. 일 년이 지나자 (잉어는) 한길 남짓 자랐으며 뿔이 돋고 날개가 생겼다. 자영이 괴이하게 생각하여 잉어에게 배려하자, 잉어가 "나는 당신을 맞이하러 왔으니 당신이 (내) 등에 올라타면 당신과 함께 승천할 것이오."라고 하였는데, 그 즉시 큰 비가 내렸다. 자영이 그 잉어의 등에 올라타자 솟구쳐 올라 떠났다. (그 후로) 해마다 옛집으로 돌아와 식사하고 처자를 만나고 나면 잉어가 다시 그를 맞이하러 오곤 했다. 이렇게 70년을 계속했다. 그래서 오(吳) 지역에서는 집집마다 모두 문에 신어(神魚)를 만들어 달고 자영의 사당을 세웠다.[35]

<나의 붉은 고래>는 이 이야기를 참고하여 '곤'의 머리에 뿔을 만들었을 뿐 아니라 하늘도 날 수 있게 설정한 것이다. 『습유기(拾遺記)·하우(夏禹)』에도 사람이 물고기로 변한 이야기가 등장한다.

> 요(堯)가 곤(鯀)에게 치수를 맡긴지 9년이 지났으나 아무런 성과가

34) 聞一多, 『世紀文庫: 神話與詩』, 上海 : 上海人民出版社, 2006年, 99쪽, 106쪽.
35) "子英者, 舒鄕人也, 善入水捕魚.得赤鯉魚, 愛其色, 持著魚池中, 數以米穀食之.一年長丈餘, 遂生角, 有翅翼.子英怪畏, 拜謝之, 魚言: '我迎汝耳!上我背, 與汝俱去.' 卽大暴雨, 子英上騰去. 歲歲來歸故舍食飮, 見妻子, 魚複來迎之, 如此七十年. 故吳中門戶作神魚子英祠." 王叔瑁撰, 『列仙傳校箋』, 北京: 中華書局, 2007年, 134쪽.

> 없었다. 곤은 스스로 우연(羽渊)에 빠졌고, 변화하여 현어(玄魚)가 되었다. 당시에 수염을 날리고 비늘을 떨며 파도를 가르는 곤을 본 자가 '하수(河水)의 정령'이라고 하였다. 계절마다 제사를 올렸는데, 항상 현어(玄魚)와 교룡(蛟龍)이 도약하는 것을 보았고, 이를 본 자는 놀라서 두려워하였다.[36]

생사의 윤회라는 관념도 불교적 의미를 담고 있는데, 인간의 영혼을 다스리는 '영매'가 사는 곳 여승루(如升樓) 문 앞의 대련(對聯) 중 상련(上聯)은 '시색시공(是色是空), 연해자항유육도(蓮海慈航游六度)', 하련(下聯)은 '불생불멸(不生不滅), 향대혜경계삼명(香台慧鏡啓叁明)'이라고 적혀있다. 이 대련은 건륭황제(乾隆皇帝)가 옹화궁(雍和宮) 법륜전(法輪殿)을 위해 내걸었던 것으로 깊은 뜻을 담고 있는데, 즉 물질적 현상과 정신적 현상 모두 인연으로 인한 허황된 무실체의 존재이며, 색즉시공의 자비와 사랑으로 불법을 수양한 중생들을 구한다는 뜻으로, 보시(布施), 지계(持戒), 인욕(忍辱), 정진(精進)을 실천해 선정(禪定)에 이르면 지혜를 얻어 생사의 바다에서 빠져나오게 된다는 것이다. 다시는 3계(三界) 5취(五趣)에서 새로운 삶을 얻지 않고 영원한 열반에 들어가게 되는 것이다. 이는 모든 번뇌를 완전히 끊어 열반을 성취한 아라한과(阿羅漢果)로 삶의 일체가 무실체의 불생불멸 이념에 존재한다고 인식한다. 불교의 근본 교리를 얻고, 부처의 방으로 들어서면 우주의 지혜와 법을 직면해 넓은 시야와 예지력으로 해탈에 이르는 것이다.[37]

'춘'은 영매사자가 준 증표를 가지고 배를 타고 영매의 여승루로 가

---

36) "堯命夏鯀治水, 九載無績.鯀自沉於羽淵, 化爲玄魚, 時揚振須鱗, 橫修波之上, 見者謂爲河精.四時以致祭祀, 常見玄魚與蛟龍跳躍而出, 觀者驚而畏矣." [晉]王嘉撰, [梁]蕭綺錄, 齊治平校注, 『拾遺記』, 北京: 中華書局, 1981年, 卷二, 33쪽.

37) 雍和宮主頁,
(http://www.china.com.cn/v/zhuanti/yonghegong/2008-11/13/content_1675974).

게 되는데, 여승루는 외로이 물 위에 떠 있어 여기에 가려면 밸르 타야 하는데, 이는 불교의 '바라밀(度)'의 개념을 떠올리게 한다. 반야바라밀다심경(般若波羅密多心經)에 바라밀다가 범어로 파라미타(Paramita)이며, '피안에 이른다(到彼岸)'라는 뜻이다. '피안(彼岸)'은 '차안(此岸)'에 대비되는 개념으로 '차안(此岸)'은 '윤회가 없는 곳'이고, '피안(彼岸)'은 '성인이 열반에 이르러 편안한 곳'이다.[38] 영화에서는 여승루(如升樓)에서 '춘'의 내레이션으로 이를 설명한다. "이 땅의 모든 인간은 바다 속의 거대한 물고기였어. 세상에 태어나면 이 바다 끝에서 헤엄쳐 나가지. 삶은 드넓은 바다를 건너는 기나긴 여정이야. 만남이 있으면 헤어짐도 있는 법. 죽고 난 뒤에는 해안으로 흘러가 각자 정해진 곳으로 가지." 즉 생로병사가 있는 이곳은 '차안(此岸)', 영혼이 머무는 여승루는 '피안(彼岸)'으로 '차안(此岸)'에서 중생을 기다리는 것이다. 또한, 17세의 '춘'이 고래가 되어 인간세계를 여행할 때 "종이배에 촛불을 밝혀 강에 띄웠는데, 죽은 자들의 영혼이 강을 따라 무사히 바다에 도달하길 기원하는 의식이었어."라고 말하는 장면 역시 '바라밀(度)'을 의미한다.

2.1.3 공간의 통로

<나의 붉은 고래>는 장자 사상 중에서 천인합일의 철학 이념을 본받았다. 『장자 · 산목(莊子 · 山木)』에서는 '사람과 하늘은 마찬가지다.'(人與天一也)[39]의 관점으로, 장자의 제물론(齊物論)에서는 '천지는 한 개의 손가락이요, 만물은 한 마리의 말(馬)과 같다.'[40]는 주장에서 '천지

38) 顧士敏, 「禪而無禪便是詩—『般若波羅密多心經』的哲學解讀」, 『雲南大學學報(社會科學版)』, 2004年 第四卷 第二期.
39) [戰國]莊子著, 陳鼓應注譯, 『莊子今注今譯』, 北京: 商務印書館, 2007年, 600쪽.
40) "天地一指也, 萬物一馬也." [戰國]莊子著, 陳鼓應注譯, 위의 책, 75쪽.

는 나와 같이 살고 있고, 만물이 나와 하나가 된다.'[41]라는 주장까지 천인합일(天人合一)의 개념을 제시하고 있다. 바다 밑의 '다른 존재들'의 세계에서 하늘은 곧 인간 세계의 바다이며, 하늘과 바다가 하나가 된다. 그래서 하늘과 바다를 건너려면 특별한 '바다 하늘의 문'이 필요하고, 영화에서는 '춘'의 어머니가 '춘'에게 말해준 소용돌이가 두 세계의 유일한 통로라고 한다.

거대한 물줄기 같은 이 소용돌이는 영화에서 두 번 나왔는데, '춘'의 성인식에서 처음 등장했다. 예식 중에 '춘'에게 탕약을 가져다주는 사자는 '감(坎)'괘가 적힌 모자를 쓰고 있는데, 주역 중 '감(坎)'괘는 물을 나타낸 것이다. 그 '감(坎)'괘는 험난함을 뜻하며, 험난할수록 앞으로 나아가는 것이 숭고한 것이며 물러나면 갈 곳이 없다는 것을 말한다.[42] 이 괘는 '춘'이 길을 떠나 인간 세상을 여행하면 어려움에 닥치지만 이것은 그녀가 피할 수 없는 운명임을 나타내는 것이다. 두 번째로는 바다 밑 세계에 바닷물이 역류할 때, '추'가 바다와 하늘의 문을 열어 '곤'과 '춘'을 떠나보낼 때 등장한다. 그때 불의 신 축융(祝融)은 역류를 막으려 하였는데 오행 이론의 관점에서 보면 축융이 그럴 수 없다는 것을 말해준다. 왜냐하면 오행 이론에서는 '수극화(水克火)'로 물과 불은 서로 상극이기 때문이다. '춘'은 자신의 생명을 희생하여 해당화나무의 할아버지와 하나가 되어, '수생목(水生木)'을 이용해 해당화나무 가지를 솟아나게 하고 잎을 흩어지게 하여 '다른 존재들'의 바다 밑 세계를 구하였다.

---

41) "天地與我並生, 萬物與我爲一." [戰國]莊子著, 陳鼓應注譯, 위의 책, 75쪽.
42) 祖行, 『圖解易經』, 西安: 陝西師範大學出版社, 2007年, 177쪽.

2.2 우물: 욕망의 골짜기

<나의 붉은 고래>에는 ‘영매’와 ‘쥐 할멈’라는 아주 다른 캐릭터가 있다. ‘영매’는 머리에 물고기 모양의 모자를 쓰고 있는데, 이것은 그녀도 한때 바다 밑 세계의 ‘다른 존재들’ 중 한 사람이었음을 상징할 가능성이 높다. 암담한 동굴에 살고 있는 ‘쥐 할멈’은 스피커 등 인간세계의 물건들이 있는 데다 잘생긴 남자를 좋아하며 이성에 대한 애정을 숨기지 않고, 인간세계로 돌아가려는 일념으로 보아 한때 인간세계의 일원이었을 가능성이 크다. 영화 속 외로워하는 ‘영매’의 곁에 고양이가 많이 있고, ‘쥐 할멈’의 주변에는 쥐떼가 있다는 것은 쥐와 영매가 한때 인연이 있었음을 반증하는 것일 수도 있다. 두 사람 중 한 사람이 좋은 사람의 영혼을 관장하고, 한 사람이 나쁜 사람의 영혼을 관장하는데, 같은 세상에 있으면서도 마치 다른 두 세계에서 온 것 같다.

중국 고대의 철학에서 물은 맑고 탁함이 나뉘어져 있어, 『시경 · 소아 · 사월(詩經 · 小雅 · 四月)』에는 “샘물을 보면, 어떤 때는 맑고 어떤 때는 흐리다”[43]라는 시구가 있는데, 이는 인생의 처지가 다르다는 것을 비유한다. 『시경 · 패풍 · 곡풍(詩經 · 邶風 · 谷風)』에는 “경수(涇水)는 위수(渭水) 때문에 흐리고, 강 가운데의 작은 섬을 보면 맑은 것을 알 수 있다.”[44]라는 시구가 있는데 이는 사람의 성품이 좋고 나쁨이 있다는 것을 비유한 것이다. 순자(荀子)의 군도(君道)에는 “원류가 맑으면, 물도 맑고, 원류가 흐리면, 물도 흐리다.”[45]라는 말로 물을 상행하효(上行下效)의 군신관계로 비유했다. <나의 붉은 고래>에서는 인간의 영혼이 선

43) “相彼泉水, 載淸載濁.” [宋]朱熹注, 『詩經集傳』, 上海: 世界書局, 1936年, 101쪽.
44) “涇以渭濁, 湜湜其沚.” 王秀梅譯注, 『詩經』, 北京: 中華書局, 2006年, 45쪽.
45) “源淸則流淸, 源濁則流濁.” [戰國]荀況著, 蔣南華 · 羅書勤 · 楊寒淸注譯, 『荀子全譯』, 貴陽: 貴州人民出版社, 1995年, 242쪽.

악으로 나뉘기 때문에 사후에 가는 곳도 다르다. '쥐 할멈'은 "좋은 사람이 죽으면 물고기가 되어 그녀(영매)가 다스린다."고 말하며, "나쁜 사람은 쥐로 변해 내가 관리하지. 쥐가 물고기보다 훨씬 귀엽지만."이라고 말했다. 새끼 물고기인 '곤'을 보고는 "정말 맑은 영혼이구나. 장차 큰 물고기로 자라겠어." 하였다. 선한 영혼은 '영매'에게로 가서 윤회를 기다리고, 사악한 영혼은 쥐가 되어 지하 오목지로 가서 쥐와 함께 있게 된다. '쥐 할멈'이 사는 곳에 더러운 우물이 있는데, 이것은 바로 일종의 그녀의 욕망을 표현한 것이고, 어둠은 이기적임을 나타낸다. '쥐 할멈'은 겉으로는 '춘'을 돕고 있지만, 사실 '춘'이 가지고 있는 '곤'의 훈(塤, 진흙을 구워 만든 악기)을 몰래 가지려고 하는 것이었다. 인간 세계의 물건을 가지면 다시 인간 세계로 돌아갈 수 있기 때문이었다. 아마도 이런 이유로 바닷물이 역류할 때 '영매'는 재난을 두고 "이 아래는 더러움들이 많으니 반드시 깨끗이 씻어야 한다"고 말해주었다.

'쥐 할멈'의 더러운 연못은 넓은 바다에 비해 매우 편협해 보이는데 『장자・추수(莊子・秋水)』 중에서는 좁은 식견을 가진 우물 안 개구리에 대한 이야기를 한 적이 있다.

> 그 개구리는 동해바다에 사는 자라에게 이렇게 말했다, "아, 즐겁구나! 나는 우물 밖으로 튀어나와서는 우물 난간 위에서 깡충 뛰놀다가 우물 안으로 들어와서는 깨어진 벽돌 끝에서 쉬곤 하며, 물에 들어가서는 두 겨드랑이를 물에 찰싹 붙인 채 턱을 지탱하고 진흙을 찰 때는 발이 빠져 발등까지 잠겨 버리지. 장구벌레와 게와 올챙이를 두루 돌아봄에 나만 한 것이 없다네. 게다가 구덩이 물을 온통 독점하며 우물 안의 즐거움을 내 멋대로 한다는 것, 이 또한 최고일세. 그대도 이따금 와서 들어와 보지 아니하겠는가?" 동해의 자라는 그 말을 듣고 우물 속에 들어가려 하였으나 왼발이 채 들어가기 전

> 에 오른쪽 무릎이 벌써 우물에 꽉 끼어 버렸다. 그래서 망설이다 뒤로 물러나서는 개구리에게 바다의 이야기를 해주었다. "대저 바다는 천리의 넓이를 가지고도 그 크기를 표현할 수 없고, 천 길의 높이로도 그 깊이를 다 표현하기에는 부족하다네. 하(夏)의 우(禹)임금 때에는 10년 중 9년 은 홍수가 났지만 그래도 바닷물이 더 불어나지는 않았지. 또 은(殷)의 탕(湯)임금 때에는 8년 중 7년은 가뭄이 들었지만 그래도 바닷가의 수위(水位)가 더 내려가는 일은 없었다네. 시간의 장단(長短)에 좌우되는 일도 없고 강우량(降雨量)의 다소(多少)로 물이 증감(增減)되지 않는 것, 이것이 또한 동해의 커다란 즐거움이라네." 우물 안 개구리는 이 말을 듣고 깜짝 놀라 두 눈이 둥그레지며 정신이 혼미해졌다. 자기 세계가 작다는 것을 깊게 깨달은 것이다.[46]

우물 안 개구리는 동해에서 온 자라에 대해 자신의 즐거움을 자랑하지만, 동해의 자라는 개구리에게 바다의 영원한 웅대함을 이야기하여 개구리를 당황하게 하고 망연자실하게 한다. 그러므로 장자는 자신의 관점을 "우물에 있는 개구리가 바다에 대해 말할 수 없는 것은 좁은 공간에 구애되어 있기 때문이다. 여름의 벌레가 얼음에 대해 말할 수 없는 것은 때에 충실하기 때문이다. 그릇된 학문을 연구하는 선비가 도(道)에 대해 말할 수 없는 것은 교리(教理)에 얽매여 있기 때문이다. 지금 그대는 강가의 언덕에서 나와 큰 바다를 보고 나서 그대의

46) "(埳井之鼃)謂東海之鱉曰: '吾樂與!出跳梁乎井幹之上, 入休乎缺甃之崖；赴水則接腋持頤, 蹶泥則沒足滅跗；還虷, 蟹與科鬥, 莫吾能若也!且夫擅一壑之水, 而跨跱埳井之樂, 此亦至矣. 夫子奚不時來入觀乎?' 東海之鱉左足未入, 而右膝已縶矣, 於是逡巡而卻, 告之海曰: '夫千里之遠, 不足以擧其大；千仞之高, 不足以極其深. 禹之時十年九潦, 而水弗爲加益；湯之時八年七旱, 而崖不爲加損.夫不爲頃久推移, 不以多少進退者, 此亦東海之大樂也.' 於是埳井之鼃聞之, 適適然驚, 規規然自失也." [戰國]莊子著, 陳鼓應注譯, 『莊子今注今譯』, 北京: 商務印書館, 2007年, 504쪽.

천박함을 알게 되었으니 이제 앞으로는 함께 큰 이치에 대해 함께 이야기 할 수 있게 되었다. 천하의 물 중에서 바다보다 큰 것은 없고, 수많은 강물이 바다로 흘러들어 언제 그칠지 모르지만 차는 일도 없다. 미려(尾閭), 즉 큰 바다 밑에 있는 구멍에서 물이 새어나가 언제 그칠지도 모르지만 말라 없어지는 일이 없다. 봄에도 가을에도 변하는 일이 없고, 홍수나 가뭄도 모른다. 이렇듯 황하나 양자강의 물이 지나가도 그 양을 잴 수가 없지만, 나는 이를 스스로 많다고 한 일은 일찍이 없었다. 스스로 형체를 천지에 내맡기고 음양으로부터 정기를 받아 천지 사이에 있으면서, 마치 작은 돌이나 작은 나무가 큰 산에 있는 것과 같다."[47]라고 말한 것이다. 장자의 눈에는 비교의 대상이 없이 크기를 말하는 것은 무의미하다. 영화 속 '쥐 할멈'이 '춘'이 인간에게서 가져온 증표를 훔쳐 하늘과 바다 경계의 문을 타고 인간 세계로 돌아온 그 작은 염원을 이룬 것이 진정한 해방은 아닐 것이다.

2.3 홍수: 하늘을 거스른 대가

옛 사람들은 홍수는 경각심을 일깨워주는 역할을 하는데, 맹자가 말하길 "서(書)에서 이르기를, '강수경여(洚水警餘)라.' 했는데, 강수라는 것은 홍수이다."라고 했다. 조기(趙岐)는 여기에 '물이 거슬러 오름은 끝이 없고, 그리하여 이를 홍수라 한다.'라고 주를 달았다.[48] 영화 속

---

47) "井鼁不可以語於海者, 拘於虛也；夏蟲不可以語於冰者, 篤於時也；曲士不可以語於道者, 束於敎也. 今爾出於崖涘, 觀於大海, 乃知爾醜, 爾將可與語大理矣. 天下之水, 莫大於海, 萬川歸之, 不知何時止而不盈；尾閭泄之, 不知何時已而不虛；春秋不變, 水旱不知. 此其過江河之流, 不可爲量數. 而吾未嘗以此自多者, 自以比形於天地而受氣於陰陽, 吾在於天地之間, 猶小石小木之在大山也." [戰國]莊子著, 陳鼓應注譯, 위의 책, p.477.

48) "『書』曰: '洚水警餘'.洚水者, 洪水也." "水逆行, 洚洞無涯, 故曰洚水也." [漢]趙岐注, [宋]孫奭疏, 李學勤主編, 『孟子注疏』, 北京: 北京大學出版社, 1999年, 176-177쪽.

‘춘’이 사는 ‘다른 사람’들은 모두 ‘토루(土樓)’에 살고 있고, 영화 속 건축물들은 모두 복건(福建)의 객가(客家) 토루에서, 그리고 객가 토루와 종법(宗法) 제도의 산물을 그대로 취하고 있다. 임수(林秀, 2016)는 토루에 사는 사람들이 종족, 혈연을 유대로 모여 사는 것을 가리켜 수망상조의 향토윤리와 종법제도를 따르고 있다고 했다.[49] 여주인공이 혼자 일을 저지르는 것이 토루에 사는 모든 이들에게 화가 미친다는 것이 전형적인 그 예이다. 분명한 것은 영화 속 토루의 모습은 장자가 추구하는 소요(逍遙)의 그곳이 결코 아니며 이곳 사람들은 기존의 규칙을 고수하고 제도에 어긋나는 상황을 결코 용납하지 않기 때문에 ‘춘’ 자신의 수명의 반과 ‘곤’의 영혼을 바꾼 것을 ‘영매’와 어머니를 포함한 부족의 이해와 지지를 얻지 못한다. ‘영매’는 ‘춘’에게 “하늘이 행하면 길이 있는데, 네가 이것은 공공연히 하늘과 맞서려는 것이다.”라며 “너는 하늘을 거스르는구나. 그만한 대가를 치르게 될 것이다.”라고 말했었다. ‘영매’가 살고 있는 여승루 대전 현판에는 ‘천행유상(天行有常)’이라고 적혀 있는데, 이 네 글자는 『순자 · 천론(荀子 · 天論)』에 나오며,[50] 사람들에게 만사만물은 모두 자신의 행동 규율에 있다는 것을 말해주고 규율을 어기는 것은 하늘의 행위를 거스르는 것이라 한 것이다. 그렇기 때문에 ‘춘’이 작은 물고기로 변한 ‘곤’을 돌보기 시작하면서부터 ‘다른 사람’ 세계는 이상 현상을 일으켜 비가 자주 오고, 비가 짭짤하게 내리는 등 바닷물이 역류할 것을 예고하고 있다.

‘춘’이 ‘곤’을 살리는 행위는 결국 바닷물을 거꾸로 흐르게 했고 대홍수를 일으켰지만 ‘추’가 고집을 부리며 하늘의 문을 열었을 때, 축

---

49) 林秀, 「逍遙與拯救—＜大魚海棠＞中的“中國”故事」, 『藝術評論』, 2016年, 第09期.

50) [戰國]荀況著, 蔣南華 · 羅書勤 · 楊寒淸注譯, 『荀子全譯』, 貴陽: 貴州人民出版社, 1995年, 346쪽.

융(祝融)이 '곤'을 공격하기 시작했고, 사람들은 '춘'을 가로막아 홍수로 범람하는 것을 격화시켰다.『열자 · 탕문(列子 · 湯問)』 중 분쟁이 있으면 홍수를 일으킬 수 있다는 기술이 있다는 말이 있다.

> 옛날에 공공(共工)과 전욱(顓頊)가 부락 천제의 자리를 두고 쟁탈하자, 공공은 분노하여 부주산(不周山)을 들이받았고, 하늘을 받치고 있던 큰 기둥이 부러지고, 땅에 매여 있던 큰 밧줄도 끊어졌다. 하늘은 북서쪽으로 기울어서 해, 달, 별 뜨는 시간이 모두 바뀌고, 땅은 동남쪽으로 무너져 내려 강에 흐르는 먼지가 모두 이곳에 모여든다.[51]

공공과 전욱은 황제와 싸우다가 분노하여 부주산(不周山)에 부딪쳤는데, 그 결과 일련의 연쇄 반응을 일으켜 홍수가 나는 결과를 낳았다. 게다가 자연 법칙에 따르지 않는 것도 범람하는 상상을 불러일으킬 수 있다.『상서 · 홍범(尙書 · 洪範)』에서는 '내 듣자하니 옛날에 곤이 있어 홍수를 막아 그 오행을 펼침을 어지럽혔는데 상제께서 이에 진노하여 홍범구주(洪範九疇)를 주지 아니하시니 떳떳한 이치의 무너진 바이다. 곤이 죽어난 후 우가 이에 이어서 일어나셨는데, 하늘이 이에 우에게 홍범구주를 주시니 떳떳한 이치가 차례로 행해진 바이다.'[52]라는 말이 있다. 또 하나의 설은『산해경 · 해내경(山海經 · 海內經)』에 기록되어있다.

> 홍수가 높은 하늘까지 범람하였다. 곤(鯀)이 제(帝)의 식양(息壤, 저

51) "昔共工與顓頊爭爲帝, 怒而觸不周之山, 天柱折, 地維絶. 天傾西北, 故日月星辰移焉；地不滿東南, 故水潦塵埃歸焉." [戰國]列子著, 景中譯注,『列子』, 北京: 中華書局, 2007年, 135쪽.

52) "我聞, 在昔, 鯀堙洪水, 汨陳其五行.帝乃震怒, 不畀其洪範九疇, 彝倫攸斁. 鯀則殛死, 禹乃嗣興. 天乃錫禹洪範九疇, 彝倫攸敘." 慕平譯注,『尙書』, 北京: 中華書局, 2009年, 126쪽.

> 절로 불어난다는 하늘의 흙)을 훔쳐서 이로써 홍수를 메웠는데, 제(帝)의 명을 기다리지 않고 메웠다. 제가 축융에게 명하여 곤을 우교(羽郊)에서 죽이게 하였다. 곤이 우(禹)를 낳았다. 제가 이에 우(禹)에게 명하여 흙을 고르게 하고 구주(九州)를 정하게 하였다.[53]

'곤'이 물을 다스리고 흙을 사용하는 것 자체가 자신에게 부합하는 오행이론 중 '토극수(土克水)'의 이치에 부합하지만 시행 방법이 잘못되었다. 무조건 막혀서 물살을 잡으려다 도리어 그 반대로 당하게 되는 것이다. 『맹자・등문공하(孟子・滕文公下)』에서 '우(禹)는 땅을 파서 물을 바다로 흘러가게 하고 뱀과 용은 늪지대로 몰아냈으며, 물은 땅의 길을 따라 흐르므로 그렇게 만들어진 것이 장강(長江), 회수(淮水), 황하(黃河), 한수(漢水)이다. 험하고 막힘이 이미 멀어졌으며, 새와 짐승 같은 사람을 해침은 것들이 없어진 이후에 사람이 땅을 얻어 살게 될 것이다.'라고 말했다.[54] 우는 땅을 파서 물을 바다로 끌어와서 그 물을 대지 위를 뚫고 지나가게 하여 장강(長江), 회하(淮河), 황하(黃河), 한수(漢水)를 형성하였다. 이것은 물의 흐름과 그 흐름을 원활하게 하는 방법이기 때문에 성공을 거두었다.

<나의 붉은 고래>에서 홍수에 대처하는 진정한 방법은 '곤'과 '춘'이 서로를 배척하는 마음이 아니라 함께 협조하고 희생하는 정신이다. '춘'의 할아버지가 죽은 후 해당화나무가 되었고, '춘'은 자신의 남은 생명으로 해당화나무와 한데 어우러지자 해당화나무는 재빠르게 대홍수 속에서 가지를 치며 하늘을 찌르는 큰 나무가 되었고, 나뭇가지로

53) "洪水滔天, 鯀竊帝之息壤以堙洪水, 不待帝命. 帝令祝融殺鯀於羽郊. 鯀複生禹, 帝乃命禹卒布土以定九州." 袁珂譯注, 『山海經全譯』, 貴州: 貴州人民出版社, 1990年, 336쪽.

54) "禹掘地而注之海, 驅蛇龍而放之菹, 水由地中行, 江, 淮, 河, 漢是也.險阻旣遠, 鳥獸之害人者消, 然後人得平土而居之." [戰國]孟子著, 萬麗華・藍旭譯注, 『孟子』, 北京: 中華書局, 2006年, 137쪽.

홍수 속의 사람들을 구하였다. 오행이론으로 보면 홍수의 맹위를 가라앉히는 방법은 '상극(相克)'이 아니라 상생(相生), 즉 '물이 나무가 되는 것'이다. 홍수 속에서 해당화나무는 홍수가 힘을 다 쓰게 만들고 홍수의 악한 기운(戾氣)을 생명력(生氣)으로 전환시켰다.

영화 마지막에 내레이션에서 늙은 '춘'은 독백처럼 우리에게 이렇게 말해준다.

> 기적이 있다고 믿는가? 삶은 험난한 여정이지. 수없이 윤회를 거쳐야 삶이란 여정에 오를 수 있어. 이 소중한 인생은 순식간에 끝나버리니 용기를 내보는 게 어떨까? 사랑을 하고 도전을 하고 꿈도 꾸는 거지. 그래, 용기를 내야 해. 여전히 이해 안 되는 일들이 많고 답을 못 찾은 질문도 많지만, 한 가지만은 분명해. 하늘이 우리에게 삶을 준 것은 우리에게 기적을 만들라는 것이지.

이 독백은 바로 '춘'이 '다른 존재들' 세계의 자연 법칙에 도전하고 깨달음을 담은 내용이다. 『장자 · 지북유(莊子 · 知北游)』에는 장자가 인생에 대해 감탄한 부분이 있다. "사람이 세상에 태어난 것을 시간으로 말하면 마치 흰말이 틈을 지나는 것과 같이 아주 짧은 시간이다."[55)]인생은 햇빛이 빈 공간을 스치듯, 휘황찬란함도 한순간이다. 만약 세속에 얽매여 자신의 내면을 따르지 않으면 평생을 허송세월할 가능성이 크다. 또한 도전을 해보면 '기적'도 있을 수 있다. 영화 속 해당화나무가 홍수를 이겨낸 것이 그 기적이다.

<나의 붉은 고래>의 감정선에 대한 평가는 극명하게 갈린다. 비평가들은 상투적인 삼각관계가 영화의 철학적 메시지를 가리고 말았다

55) "人生天地之間, 若白駒之過郤, 忽然而已." [戰國]莊子著, 陳鼓應注譯, 『莊子今注今譯』, 北京: 商務印書館, 2007年, 657-659쪽.

고 비평하기도 하였다. 그러나 필자는 '추'에 대한 '춘'의 감정은 처음엔 아마도 소녀가 사랑에 눈뜨기 시작해서 좋아하던 마음이었겠지만, 자신을 구하려다 '곤'이 목숨을 잃었을 때 그 감정은 '곤'의 여동생이 오빠를 잃은 것에 대한 죄책감으로 바뀌어 버렸다. 그녀가 자신의 수명의 반절을 '곤'의 영혼과 바꾸고 나서 물고기가 된 '곤'을 정성껏 보살피는 감정은 약하고 새로운 생명을 보호하고 포용하는 모성애와 같다. '춘'이 살던 승계루(承啓樓) 입구에는 '청여수죽한여학(淸如瘦竹閑如鶴), 좌시춘풍실시란(座是春風室是蘭)' 대련이 있다. 이 대련은 청대 양주(揚州) 팔괴(八怪) 가운데서도 으뜸으로 꼽히는 첫 화가인 김농(金農)이 쓴 것으로 대나무(竹), 학(鶴), 춘풍(春風), 목란(蘭)을 칭송하는 내용을 담고 있다. 문인묵객(文人墨客) 서예가들의 글귀에서의 대나무는 고풍량절(高風亮節)의 표현을 대표하고, 학은 선풍도골(仙風道骨)의 대표이며, 영화 속 '춘'의 캐릭터는 봄바람 같이 따뜻하고 난초 같이 은은한 소녀라서 곤(鯤)에 대한 감정은 단순하고 진지한 것이었고, 추(湫)에 사랑에 호응하지 않았던 것도 아마도 사랑을 깊이 느낄 수 있는 나이가 되지 않았기 때문일지도 모른다.

2.4 빗물: 사무치는 그리움

영화 속 엔딩곡인 「추혜여풍(湫兮如風)」은 '추'를 위해 특별히 만들어진 것이다. 노래 제목은 송옥(宋玉)이 지은 초나라 사부(辭賦)인 「고당부(高唐賦)」의 "서늘한 것이 마치 바람과 같고, 처연한 것이 마치 내리는 비와 같다. 바람이 멈추고 비가 그치고 구름이 흩어지면 찾을 곳이 없습니다."[56]라는 부분에서 가져왔다. 무산(巫山)의 신비로운 여자가 조운(朝雲)의 모습으로 변한 것을 말하는데, 산들거리는 바람과 맑고 처량한 가랑비가 안개가 걷힐 때까지 기다리면 그 모습은 볼 수 없는 것이다. '추'라는 이름은 한편으론 그의 순수한 사랑을 상징하면서도 다른 한편으로는 그가 사랑할 수 없는 운명임을 보여준다. 영화 <나의 붉은 고래>에서도 빗물은 사랑과 이별이라는 두 가지 의미를 가지고 있다.

영화 도입부에서는 '춘'과 '추'가 배를 타고 가는데 루조(嫘祖)가 호숫가에서 천을 짜고, 호수는 물들어 은하수가 되고, 평온하고 고요한 분위기를 이룬다. 그때 영화 속 두 주인공의 감정은 아직 소소하고 변화가 없다. 그러나 '춘'이 '곤'을 구하고 '영매'를 찾아가 도움을 청할 때, 영화에는 비 오는 밤에 '춘'이 뛰는 장면을 보여준다. '추'가 따분하게 창가에 앉아, 자신의 능력을 사용해 화분의 열매를 익게 해 하나를 집어 먹었는데, 이때 그는 아래층의 '춘'이 바삐 지나가는 것을 보았다. 그래서 일부러 화분을 떨어트리고 '춘'의 시선을 끌었지만 그는 '춘'을 막을 수 없다는 것을 알았다. 호기심과 걱정으로 주저 없이 '춘'의 뒤를 쫓아갔다. 보슬보슬 내리는 빗소리와 '추'가 계단을 뛰어 내려가는 발자국 소리를 부각시켜 '춘'에 대한 '추'의 감정을 부각시켰다. '비'는 '추'의 '춘'을 향한 감정의 승화를 대표하는 요소이다.

『고당부(高唐賦)』에는 초(楚)나라 부왕(怀王)이 고당관(高唐觀)을 유람했던 이야기를 썼다. 피곤함에 밝은 대낮에 바로 그곳에서 잠이 들었는데, 꿈속에서 무산(巫山)의 여인 한 명과 동침하였다. 그 여인이 떠날 때, "첩은 무산의 남면에 있고, 높은 구릉에 있고 아침에는 아침의 구름(朝云)이 되고, 저녁에는 내리는 비(行雨)가 됩니다. 매일 아침저녁으

56) "湫兮如風, 淒兮如雨. 風止雨霽, 雲無所處." [楚]宋玉注, 吳廣平編注, 『宋玉集』, 長沙: 嶽麓書社, 2001年, 51쪽.

로 남쪽 언덕에 살고 있습니다."라고 말했다.[57] 그 여신은 무산의 남쪽의 높은 구릉에 살고 있고, 아침에는 찬란한 구름과 빛으로, 저녁에는 흩날리는 안개비인 것이다. 그렇기 때문에 '운우(云雨)'는 남녀의 사랑을 나타내는 대표적인 말이 되었다. 하신(何新, 1986: 118)은 '운우'는 '성애'를 뜻하는 중국 고유의 은유적 표현으로 『저역 · 건 · 사(易 · 乾 · 詞)』에서 '운행우사(云行雨施), 품물유형(品物流形)'이라는 표현으로 처음 등장했다. 이곳은 구름과 비를 상징으로 음양이 만나는 관계를 그린 곳이다. 당대(唐代) 시인인 원진(元稹)은 이 말을 빌려 "깊고 넓은 창해를 겪어 본 사람에게 다른 곳의 물은 더 이상 그의 주의를 끌 수 없고, 화려하고 찬란한 무산(巫山)의 구름을 본 사람에게 다른 곳의 구름은 어둡게 빛을 잃는다."[58]라는 명언을 남겼다. 창해(滄海)의 물과 무산의 구름으로 사랑의 깊이와 두터움을 표현한 것이다. 양천(楊沉, 2009)은 원진의 이 문장은 '운우(云雨)'의 성적인 표현에서 사랑까지 내포되어 육체적 욕망의 공리성에서 비공리적인 심미적 감정으로 이 오래된 고사를 순수하고 신성한 것으로 만들었다고 말했다.[59] 그러므로 영화 속의 '비'가 의미하는 사랑은 시적인 낭만을 가지고 있지만, 탐욕스러운 소유욕은 없는 것이다.

북송(北宋) 시인 하주(賀鑄)의 <청옥안(青玉案)>이라는 시에는 이런 구절이 있다.

> 그대 사뿐히 걸어서 횡당(橫塘)을 지났고,
> 나는 그녀가 남기고 간 흙 먼지만 말 없이 바라보았지.

---

57) "妾在巫山之陽, 高丘之阻, 旦爲朝雲, 暮爲行雨.朝朝暮暮, 陽台之下." [楚]宋玉注, 吳廣平編注, 『宋玉集』, 長沙: 嶽麓書社, 2001年, 50쪽.

58) "曾經滄海難爲水, 除却巫山不是云." 何新, 『諸神的起源』, 北京: 三聯書店, 1986年, 118쪽.

59) 楊沉, 「水意象的女性文化解讀」, 『淮南師範學院學報』, 2009年 第4期 第11卷(總第56期).

내 아름다운 시절 이제 누구와 함께 보낼꼬?
달빛어린 다리, 꽃 피어 있는 정자, 아름다운 창문, 붉은 지붕들.
이제 오직 봄만이 당신 있는 곳을 알리라.
푸른 구름 피어날 제 물 가에 앉아,
붓 들어 비단 필에 이 아픔 시로 적나니,
묻노니 나의 시름은 언제나 끝이 날꼬?
시냇가에 가득히 안개 드리우고,
성 안엔 온통 바람에 날리는 버들가지,
매실 누렇게 익어가니 때마침 비 내리누나.[60]

이 시는 작가가 소주(蘇州)에 은거하는 동안 만든 작품으로, 시 속에 미인을 그리워하는 마음을 선명하게 나타냈지만 사실상 '세상을 살아가며 느끼게 될 공허한 시름(閑愁)'을 말한 것이다. 끝부분의 근심에 대한 세 가지 비유는 천고(千古)에 전해져 내려오는 명구가 되었다. '시냇가에 가득한 안개, 성에 가득 한 버들가지, 그리고 매실 누렇게 익을 때의 장맛비' 이다. 안개 낀 푸른 풀들과 온 성에 가득 찬 솜, 그리고 매실이 누렇게 익었을 때의 보슬비처럼, 아득하고 있는 듯 없는 듯 한 한가로운 시인의 마음을 나타내고 있다. 이는 『시경・채미(詩經・采薇)』 편에서 '지난 날 내가 갈 때에는 버드나무 무성했는데, 이제 내가 돌아올 때 눈과 비가 흩날린다.'[61]라는 표현과 일맥상통한다. 여기서는 눈꽃이 흩날릴 뿐, 다른 문장이지만 똑같이 훌륭한 묘사를 하고 있다. 국경을 지키던 병사가 군 복무를 마치고 돌아와, 큰 눈 속에서 고독하

60) "淩波不過橫塘路, 但目送, 芳塵去.錦瑟華年誰與度?月橋花院, 瑣窗朱戶, 只有春知處.飛雲冉冉蘅皐暮, 彩筆新題斷腸句.若問閑情都幾許?一川煙草, 滿城風絮, 梅子黃時雨." 劉石主編, 清華大學『宋詞鑒賞大辭典』編寫組編, 北京: 中華書局, 2011年, 354쪽.

61) "昔我往矣, 楊柳依依. 今我來思, 雨雪霏霏." 王秀梅譯注, 『詩經』, 北京: 中華書局, 2006年, 251쪽.

게 앞으로 나아갈 때, 마음속에 가족에 대한 그리움이 가득한데 하늘에 가득한 눈은 그의 어지러운 마음과 같다.

'추'는 자신의 수명의 모두를 사용해 '영매'로부터 '춘'의 수명의 절반을 돌려받았다. 그는 '춘'을 인간세상으로 보낼 때 "널 인간 세계로 보내줄게. 우린 다시 만나게 될 거야. 나를 믿어. 널 꼭 안아주지 못한 게 가장 후회돼. 행복하게 살아야 해."라고 말했다. 마지막에 '추'가 손을 놓는 것은 『장자 · 대종사(莊子 · 大宗師)』의 "서로를 적셔주는 것은, 강이나 호수에서 서로의 존재를 잊고 있는 것만 못하다."[62]라는 말처럼 '춘'이 곁에서 고통 받는 것을 지켜보느니 차라리 자신을 희생하는 것이 낫다고 생각한 '추'가 '춘'과 '곤'이 인간 세계에서 행복하게 살 수 있도록 자신을 희생하고, 그 후로 자신은 '춘'과 헤어져 각자 살기로 한 것이다. 마지막에 '추'는 "비와 바람이 되어 너에게 갈게."라는 말을 남겼다. 비는 영화 속에서 남녀의 애환뿐만 아니라 더 중요한 것은 '춘'에 대한 '추'의 진중한 사랑을 표현하고 대가없는 애정을 나타냈다. '비와 바람이 되어(化作風雨)'라는 말은 '추'의 이별하는 심정을 가장 문학적으로 표현해 준 말이었다.

3. 결론

<나의 붉은 고래>는 동양의 환상적 색채와 고전적인 아름다움을 보여주는 애니메이션으로, 망망대해로 시작해 다양한 형태의 '물'이 영화 속에 뒤엉켜 나타나는데, '물'은 영화의 구성의 기본일 뿐 아니

62) "相濡以沫, 不如相忘於江湖." [戰國]莊子著, 陳鼓應注譯, 『莊子今注今譯』, 北京: 商務印書館, 2007年, 209쪽.

라, 줄거리의 전개와 영화 속 인물들의 내면을 표현하는 수단이기도 하다. <나의 붉은 고래> 속 '물'은 주로 네 가지를 상징한다. 첫째, 바닷물은 만물의 근원으로 모든 인간은 바다의 물고기에서 인간이 되고, 죽은 후에는 육체는 먼지가 되고 영혼은 다시 물고기가 되어 바다로 돌아가게 된다. 그러므로 생사의 윤회는 바다에서 완성되는 것이고 바다의 소용돌이는 하늘과 바다 밑 세계의 문으로 인간 세계와 '다른 존재들'의 세계를 이어준다. 두 번째 우물의 물은 욕망의 골짜기로 광활한 바다와 비교하여 어둡고 더러운 우물은 욕망으로 가득 차 이기적인 인간의 어두운 면을 보여준다. 세 번째로, 홍수는 하늘의 뜻을 거스름을 상징한다. 영화 속에서 '춘'은 자신의 수명을 '곤'의 죽음과 바꿔 자연의 섭리를 무시하고 하늘의 뜻을 거역하여 자연은 물이 역류하고 홍수를 일으켜 벌을 내렸다. 마지막으로 비는 그리움의 아픔을 나타내는데 '춘'을 향한 '추'의 사랑은 드러내지 않아 더 순수함이 느껴지지만, 영화에서 이 사랑이 이어지지 못하였다. '춘'이 자신의 수명 절반을 사용해 '곤'을 살렸고, 남은 절반은 해당화나무와 하나가 되어 홍수 속에서 '다른 존재들'의 세계를 구해냈다. 반면 '추'는 자신의 사랑과 수명 전부를 사용해 '춘'을 살렸고, 그녀가 '곤'과 함께 인간 세상에서 평생을 살아갈 수 있도록 해주었다. 그러나 그는 '춘'을 안심시키기 위해 비와 바람이 되어 그녀의 곁에 항상 있겠다고 말했다.

<나의 붉은 고래>라는 애니메이션 영화에서의 '물'은 영화의 구상, 장면의 구성, 장면의 표현에 있어서 매우 중요한 역할을 한다는 것을 알 수 있다. 영화는 매우 깊은 동양적인 철학 사유를 구현하고 있는데, 『장자 · 소요유(莊子 · 逍遙遊)』부터 시작된 이야기는 도가 사상을 상징하는 순리를 거스르지 않는 물의 이미지, 유가의 도덕을 상징하는 물의 이미지, 그리고 불교의 윤회사상을 표현하는 물의 이미지를 포괄적

으로 삽입하였다. 장면의 구성에서는 생명의 기원부터 인간의 성장까지를 이야기하고, 순수한 사랑과 대가 없는 희생을 말할 때 모두 '물'이라는 요소를 등장시켰다. 화면 표현에서는 동양의 미학을 더욱 남김없이 표현했는데, 바다에 별빛들과 배가 떠갈 때 하늘의 색, 여승루(如升樓) 주변의 안개와 구름, '춘'이 다리를 건널 때 내리던 비, 물이 있는 모든 화면은 한 폭의 그림과 같았으며, '물'은 <나의 붉은 고래>라는 영화에 풍부한 문화적 함의와 시적 표현력을 부여했다.

제 3 장

중국 애니메이션 서사에 담긴 철학적 사유와 미학적 정취

—〈백사: 인연의 시작(白蛇: 緣起)〉을 중심으로

1. 들어가며

1.1 〈백사: 인연의 시작(白蛇: 緣起)〉 간략 소개

<백사: 인연의 시작(白蛇: 緣起)>은 Light Chaser Animation과 워너 브러더스사가 공동 제작한 애니메이션 영화로, 2019년 1월 11일 중국에서 개봉되었다.[1] 2019년 4월 12일까지 영화 평점 사이트 마오옌(貓眼)에서 39만명이 9.3의 높은 평점을 주었으며, 떠우빤(豆瓣)에서는 31만명이 7.9점을 주었는데, 비록 이 수치는 낮아 보이지만 애니메이션 가운데는 66%의 작품이, 그리고 멜로물 영화 가운데는 83%의 작품이 이 작품보다 못한 평점을 받았다. 떠우빤과 마오옌은 현재까지 비교적 공신력 있는 영화 평점 사이트로 이 영화에 대한 관객들의 평가가 매우

1) 영화의 수익은 인민폐 4.49억 위안에 달하였다.

높다는 것을 알 수 있다.

이 영화는 중국의 4대 민간전설 중의 하나인 <백사전(白蛇傳)>에서 소재를 빌어왔으나, 전통적인 백사전에서는 한 번도 언급된 적이 없는 '전생'이야기를 다루는 등 스토리의 전개는 사뭇 다르다. 영화의 배경은 과중한 세금으로 백성들이 허덕이던 당나라 말기로, 주인공인 백사요괴 샤오바이(小白)는 뱀족들을 무참히 죽여 법술을 수련하는 국사(國師)를 죽이라는 명을 받고 국사와 싸우던 중, 강물에 빠져 기억을 잃고 뱀잡이 마을의 아쉬엔(阿宣)에게 구조되면서 두 사람의 인연은 시작된다. 아쉬엔은 샤오바이와 함께 기억을 되찾는 여정을 다니면서, 두 사람의 감정은 조금씩 가까워지고 동시에 뱀 요괴인 샤오바이의 정체 역시 조금씩 드러나게 된다. 아쉬엔은 샤오바이를 보호하기 위해 기꺼이 스스로 요괴가 되는 길을 택하고 심지어는 자신의 목숨을 희생하지만, 샤오바이는 자신의 마지막 기력을 끌어내어 아쉬엔의 혼백을 옥비녀에 봉인함으로써 다음 생에 둘의 인연을 다시 이어갈 수 있도록 한다.

1.2 관련 선행 연구

린하오한(林浩晗, 2018)은 '중국스타일'에는 전통 문화의 계승과 현대 문화의 수용이 모두 포함되며, 생생하고 다양한 형태의 애니메이션 영화를 통해 독특한 매력과 아름다움을 보여줄 수 있다고 말했다. 성공적인 '중국스타일' 애니메이션 영화는 테마 콘텐츠, 문화적 의미, 전통적인 요소, 그리고 화면 구도 등 다방면에 걸쳐 중국만의 독특한 문화정신을 가진 미적 스타일을 보여주어야 한다.[2] 중국풍 애니메이션 영화 <백사: 인연의 시작(白蛇: 緣起)>의 개봉일은 2019년 1월 11일로, 현재까지는 이 영화 자체에 관련한 논문이 많지 않아, 필자는 네 편만을 수집하여 다음과 같이 정리하였다.

장치중(張啓忠, 2019)은 영화의 '유미주의'를 강조했다. 영화 <백사: 인연의 시작(白蛇: 緣起)>가 중국의 시정회의를 선양하였으며, 2015년 <대성귀래(大聖歸來)>에 이은 걸작 국산 애니메이션이라고 인정하였다. 영화에는 중국 전통문화요소가 다양하게 포함되어 있다. 고대 복식 외에도 기물부분에는 민간에서 쓰이던 곰방대, 벽옥 진주 비녀가 있으며 건축에는 종 달린 불탑, 성벽, 돌로 조성되어 있는 거리가 있다. 음악 부분에서는 고쟁 등의 악기들이 있었으며, 대사에도 의생, 점쟁이, 점성가, 관상가나 오행팔괘, 기문둔갑, 28성수 등 신비로운 색채의 문화가 가득해 있다. 심지어 주제곡 선시의 깊은 맛이 있다. 표상과 정운 외에도, 영화에는 아쉬엔(阿宣)의 낙천적 노장 사상, 샤오바이(小白)를 구하기 위한 불교의 자비정신과 유교적 책임감, 그리고 영화 주제의 인간성의 선과 악에 대한 탐구가 잘 나타나 있다.[3]

야오스지아(饒師嘉, 2019)는 할리우드에서 촬영된 <쿵푸팬더>, <뮬란(MULAN)> 등 중국적 요소를 이용하여 미국의 핵심 가치관을 논한 영화와 달리, <백사: 인연의 시작(白蛇: 緣起)>의 캐릭터 설정, 사운드와 화면 처리에는 중국풍과 중국정의 깊이가 스며들어 있다. <대성귀래(大聖歸來)>, <나의 붉은 고래(大魚海棠)>, <대호법(大護法)>과 같은 미학적 스타일과 공통적인 아름다움이 있는 중국 고전 애니메이션 영화라고 하였다. 영화는 애니메이션의 유아적인 속성과 가족친화적인 특성

2) 林浩晗, 「國産"中國風"動畫電影的解構與重構」, 『遼寧大學學報(哲學社會科學版)』, 2018年7月 第46卷 第4期.

3) 張啓忠, 「<白蛇: 緣起>: 唯類與文化底蘊的互生與壯闊」, 中國電影報, 2019.01.16.

에서 벗어나 로맨틱하고 아름다운 중국 스타일에 가장 큰 포인트를 주었다. 예를 들면 비녀, 유지우산, 법진(法陣), 선학, 종이 인간 등이 나오는 것과 '물'의 이미지에 대한 운용 등이다. 하지만 동시에 이 글에서 영화의 줄거리가 비교적 단순하고 진부하며, 샤오바이와 아쉬엔의 감정선의 발전이 너무 갑작스럽다는 등의 부족함을 지적했다.[4)]

왕샤오쉬(王曉旭, 2019)는 독일 극작가 베르톨트 브레히트(Bertolt Brecht)가 제시한 '거리두기' 효과(Verfremdungs Effekt)에 따라 서사 구조, 인물 이미지, 서사 공간 세 가지 측면에서 <백사 : 인연의 시작(白蛇 : 緣起)>의 '낯설게 하기' 서사 전략을 분석했다. 이 글에서는 영화 <백사 : 인연의 시작(白蛇 : 緣起)>는 첫째, 사서의 중점이 이야기의 기원을 탐색하는 것에 맞춰져 있어, 비록 본래의 이야기에서 벗어났지만, 이어지는 데에 합리성과 논리성이 있으며, 두 번째로 인물이 내포된 의미를 새롭게 부여해서 창조하여, 캐릭터 이미지의 형태 또한 합리적이고, 세 번째로 영화의 서사공간을 당나라 말기의 영주성(永州城)으로 하였고, 원작 스토리에서 벗어나지 않기 위해 서사공간 안에서 특별히 정체불명의 '보안당(保安堂)'[5)]이라는 간판을 등장시켜 관객들에게 원작 스토리의 서사 공간에서 여러 차례 환기시켜주었다.[6)]

멍즈양(孟子昂, 2019)은 프랑스 구조주의학자 그레마스의 기호 행렬 모델을 이용해 <백사: 인연의 시작(白蛇: 緣起)> 이야기 속 각 행동원의 활동을 분석하였으며, 영화 전체의 이야기 틀을 사랑을 중심으로 하여 '사람'과 '요괴'를 탐구하는 것을 복선으로 삼았다고 여겼다. 그 밖에 <백사: 인연의 시작(白蛇: 緣起)>의 주요 혁신 변화로 인물설정을 뽑았

4) 饒師嘉, 「<白蛇: 緣起>——以唯美中國風"致敬"經典」, 文藝報, 2019.01.30, 第004版.
5) 보안당(保安堂)는 전통 백사전 이야기에 등장하는 중요한 공간이다.
6) 王曉旭, 「淺析<白蛇: 緣起>的"陌生化"敘事策略」, 『傳播力研究』, 2018年 第36期.

다. 중국 고대 사대 민간 전설은 모두 여성의 주도적인 사랑이야기이며, 모두 여성의 사랑에 대한 용감함을 강조해왔다. 하지만 영화에서는 이러한 원작의 설정을 바꾸었다.7)

최근 IP(Intellectual Property, 지적 재산권)은 중국 영화와 드라마 시작에서 출현빈도가 매우 높은 새로운 단어로 자리 잡았다. IP는 처음에 인터넷 소설의 저작권에서 발전한 것으로, 문학작품의 크로스 플랫폼의 개편 및 운영으로 간단히 이해할 수 있다. 2015년 정통 서유기 IP를 원작으로 한 애니메이션 영화 <대성귀래(大聖歸來)>의 개봉 후 사회적 관심을 끌면서 중국 애니메이션에 대한 학계의 현지화 개편과 IP산업 운영에 관한 연구도 이어졌다. <백사 : 인연의 시작(白蛇 : 緣起)>이 작품도 전통 IP를 각색한 것이기 때문에 전통적인 IP 애니메이션 영화 개편에 관한 연구도 본 연구의 귀감이 될 수 있다. 顧毅平(2016)은 대표적인 애니메이션 영화인 <대성귀래(大聖歸來)>와 <나의 붉은 고래(大魚海棠)>를 분석했으며, <대성귀래>의 성공의 두 가지 이유로 높은 애니메이션 제작 수준과 주제 의식을 꼽았다. 영화는 『서유기(西遊記)』원작의 내용에 연연하지 않고 손오공(孫悟空)이 오지산(五指山)에서 탈출한 이후의 소재 일부를 따로 떼어내 상상력을 더했다. 또한 많은 중국적 요소를 모아놓았는데, 장가계 같은 산수에 있는 산채(山寨), 집이 겹겹이 쌓인 장안성(長安城) 같은 도시 , 판타지와 같은 아슬아슬함을 주는 현공사(懸空寺) 등의 풍경, 그리고 요괴왕의 복식, 즉 경극식의 흰색 얼굴 분장과 동굴에서 제사 때 부르던 희곡 등 모두 전통문화에 대한 구현이라고 할 수 있다. 또 <나의 붉은 고래(大魚海棠)> 또한 전통 역사 문학을 각색한 중국 이야기로 세계관도 강렬한 호소력을 가지고 있으

---

7) 孟子昂, 「情愫之間—以格雷馬斯符號矩陣理論解析<白蛇: 緣起>的故事構建」, 『視聽』, 2019年 第3期.

며 화풍에도 상당한 시각적 미적 감각이 있다. 그러나 영화의 기본 줄거리는 비교적 밋밋하고, 영화가 세밀하지 못한 논리적 사유와 가치관의 인지적 차이가 더해져, 영화 개봉 후에 양극화된 평가를 받았다.[8)]

蘇永娟(2017)은 <대성귀래(大聖歸來)>과 그 후에 나온 애니메이션 영화 <나의 붉은 고래(大魚海棠)>, <대호법(大護法)>, <풍어주(風語咒)>를 연구하여 국내 애니메이션 업계는 대본 창작에 있어서 고전적인 명작에 대한 의존에서 점차 벗어나, 전통 문화의 인자를 흡수하는 동시에 창작 스토리를 개척하려고 노력하는 반가운 걸음을 내디뎠다고 보았다.[9)]

1.3 연구 목적

선행연구의 정리에서 보듯이 학자들은 중국풍 애니메이션 영화의 대두와 더불어 애니메이션 IP의 개편을 지지하는 태도를 취하는 동시에, 애니메이션 영화에서 나타나는 문제점들을 적극적으로 더 나은 방향으로 나아가기 위해 노력하고 있다. <백사: 인연의 시작(白蛇: 緣起)>는 중국풍 애니메이션 영화 발전 과정에서의 중국 전통의 민간 전설을 각색이라는 과감한 시도라고 볼 수 있으며, 전통적인 백사전 IP에 대한 전복적 개편이다. <대성귀래(大聖歸來)>, <나의 붉은 고래(大魚海棠)> 등 우수한 중국풍 영화의 유미적 표현 수단과 전통 사상을 계승하고 있지만, 보다 극명하고 깊이 있게 발휘하고 있다. 본 문은 <백사: 인연의 시작(白蛇: 緣起)>의 성공점을 영화 서사에 있어서의 전통 IP개편, 철학사상, 화면미학의 세 가지 관점에서 분석하여 중국풍 애니메이션 영화에 대한 참고를 제공하려 하였다.

---

8) 顧毅平,「<大聖歸來>與<大魚海棠>的創作得失」,『上海藝術評論』, 2016年 第05期.
9) 蘇永娟,「本土動畫電影民族化及跨文化缺失與對策」,『電影評介』, 2017年 第06期.

이 글의 주제는 세 부분으로 나누어진다. 첫 번째는 이야기의 배경을 각색한 것에 대한 것이다. 전통적 백사전 이야기는 잘 알려진 민간 전설이지만, 영화 <백사: 인연의 시작(白蛇: 緣起)>에서는 스토리의 발생 시점을 당나라 말기로 잡았다. 그렇기 때문에 주인공은 잘 알려진 백낭자(白娘子)와 허선(許仙)이 아니며 완전히 새로운 스토리 시점과 인물이라고 볼 수 있다. 하지만 영화 속의 주인공과 백낭자(白娘子), 허선(許仙)이 완전히 관계가 없는 것은 아니다. 이런 변화는 영화의 서사에 모종의 영향을 주었으며, 이것이 바로 본문 제 2장의 주요 토론의제이다.

둘째, 민간 설화에 관한 이야기인 만큼 <백사: 인연의 시작(白蛇: 緣起)>에서 중국의 전통을 나타내는 곳이 무엇이고 구체적으로는 어떤 동양 전통의 철학관과 미학의 이념을 보여주는지를 제 3장과 제 4장에서 분석한다.

셋째, 최근 유행하고 있는 중국풍 애니메이션 중 비교적 대표적이고 화제가 되는 것은 <나의 붉은 고래(大魚海棠)>와 <대성귀래(大聖歸來)>이다. 그들과 <백사: 인연의 시작(白蛇: 緣起)>은 어떠한 공통점과 차이점이 있고, 이 작품이 앞으로의 중국 스타일 영화에 어떠한 깨달음을 주었으며, 또 어떠한 점이 부족했는지 등은 결론 부분에서 논의하겠다.

2. 전통 서사를 뒤집는 영화의 스토리

<백사: 인연의 시작(白蛇: 緣起)>의 이야기 핵심은 사랑과 모험에 관한 이야기로, 전통적 백사전 이야기에서 영화화 하며 주로 뒤집은 것은 배경에서의 각색이다. 일반적으로 스토리의 배경은 시대와 시한(時限), 그리고 장소와 갈등국면 등을 포함하는데, 이는 스토리의 구성

에 필수적이다. 시대는 이야기의 시간에 해당하고, 시한은 이야기의 시간의 길이이다. 장소는 이야기가 펼쳐지는 공간에 해당하며, 갈등국면은 이야기 속의 인간이 투쟁하는 등급에 해당한다.[10)]

<백사: 인연의 시작(白蛇: 緣起)>이 펼쳐진 시대는 당나라 말기이다. 당말 문인 이상은(李商隱)은 그 시에서 “번진이 반란을 일으키고 내시가 권력을 찬탈했다. 권력자들은 사치스럽고 방탕 무도하고 세금은 무겁다. 백성은 빈곤하며, 치안은 혼란스럽다. 재정은 위기이며, 국방력 또한 쇠락하였다”라며 당나라 말기 사회의 모순을 드러냈다.[11)] 영화는 이야기의 시대적 배경을 난세에 두고, 한편으론 ‘난세는 영웅을 내고, 난세에는 요괴가 나타난다(亂世出英雄, 亂世出妖異)’는 상식에 부합하여, 세상을 구하는 영웅인물과 민생의 요악한 이미지를 더욱 쉽게 그려낸다. 또 다른 한편으로 스토리텔링을 위한 근거도 있다. 영화 속 포사촌(捕蛇村)은 국사가 뱀으로 수련을 위하여 백성들에게 뱀으로 세금을 강요 하여 생겨난 곳이다. 국사가 이렇듯 손바닥으로 하늘을 가릴 수 있었던 것은 황제가 지나치게 미신을 믿고 신선이 되려고 한 결과이다. 이 설정은 바로 반영되어 있다 . 이 설정은 당나라 말년에 과중한 세금과 황실이 신선이 되는 약을 구하려다 황폐해진 정사 등의 사회적 현실을 반영한 것이다. 이상은(李商隱)의 「가생(賈生)」이라는 시는, 한문제(漢文帝) 선실(宣室)로 가의(賈誼)를 불러 만났다는 고사를 빌려, 현재를 풍자하면서, 황실에서 귀신에 열중하고 민생을 돌보지 않는 현실을 토로하였다. “선실(미앙궁의 선실전, 漢 文帝)에서 어진 사람을 구하려고 축출한 신하를 찾았는데, 가생(賈誼)의 재주와 자질은 더 이상 논할

---

10) [美]Robert McKee 著, 周鐵東 譯,『故事―材質, 結構, 風格和銀幕劇作的原理』, 北京: 中國電影出版社, 2001年, 80-82쪽.

11) 袁行霈主編,『中國文學史(第三卷)』, 北京: 高等教育出版社, 2003年, 458쪽.

바가 없었다. 애석하게도 무릎을 맞대고 밤늦도록 한 이야기는 헛된 이야기만 하였는데. (문제는) 백성에 대해서는 묻지 않고 귀신에 대해서만 물었다."[12]

영화 이야기의 시한을 다시 보면. 백사전의 원작에서는 백낭자(白娘子)와 허선(許仙)이 서호(西湖)에서 처음 만나 맺어지는 이이기로, 명나라 말기 풍몽룡(馮夢龍)의 「백낭자영진뢰봉탑(白娘子永鎮雷峰塔)」 중의 이야기 결말부분을 연장하여 백랑자(白娘子)가 법해(法海)에 의해 뇌봉탑(雷峰塔)에 봉인되는 이야기이다. 청나라 건륭(乾隆)년의 방성배(方成培)의 전기(傳奇, 희극 종류) 『뇌봉탑(雷峰塔)』, 가정(嘉靖)년의 옥화당 주인(玉花堂主人)의 화본소설(話本小說)인 『뇌봉탑전설(雷峰塔奇傳)』, 그리고 천우간(陳遇乾)의 탄사(彈詞, 희극 종류)인 『의요전(義妖傳)』 등의 작품에서의 시한은 백낭자(白娘子)가 뇌봉탑(雷峰塔)에 봉인된 후의 이야기이다.

그렇지만, <백사: 인연의 시작(白蛇: 緣起)> 은 과감한 개작으로 처음으로 이야기의 시한을 허선(許仙)의 전생으로 바꾸었다. 이 설정에는 두 가지 명확한 이점이 있다. 첫째, 전통 백사전 이야기는 줄거리 상 허선(許仙)이 어떻게 흰 뱀을 구했는지에 대한 명확한 설명이 없다. 민간문학류 중국무형문화유산인 학벽시(鶴壁市) 기빈구(淇濱區)는 백사전 전설의 진원지로 여겨진다.[13] 해당 지역에서는 매에게 잡아먹힐 뻔한 흰 뱀을 허씨 노인이 구했다는 이야기가 내려져 오고 있는 한편, 청나라 옥화당주인(玉花堂主人)의 화본소설 『뇌봉탑전설(雷峰塔奇傳)』에서는 흰 뱀이 취해 산 아래에 누워 잠이 들었다가 꿈에서 본체가 들어나 거지에게 잡혔으나, 허선(許仙)의 전생이 흰 뱀을 사서 다시 풀어줬다는

12) "宣室求賢訪逐臣, 賈生才調更無倫. 可憐夜半虛前席, 不問蒼生問鬼神." 袁行霈主編, 『中國文學史(第三卷)』, 北京: 高等教育出版社, 2003年, 459쪽.

13) 中國文物網『白蛇鬧許仙傳說・非物質文化遺產・民間文學』, (http://www.wenwuchina.com/article/201711/286515.html).

이야기도 있다.[14] 청대 몽화관주(夢花館主)의 장편소설 『백사전전(白蛇全傳)』도 백사가 인간 세상에 정체를 드러내는 바람에 목숨을 잃을 뻔했으며, 이번에도 허선(許仙)의 전생에 의해 구출 되는 이야기이다.[15] 짧고 함축적인 기록들이 영화의 스토리 창작에 매우 큰 상상력을 제공해 줄 수 있다.

둘째, 허선(許仙)의 전생인 만큼 영화 속 남자주인공인 아쉬엔(阿宣)과 소녀시절의 샤오바이(小白)은 전혀 새로운 인물로 알려져 있지 않은 허선(許仙)과 백낭자(白娘子)이기 때문에 전통적인 인물의 이미지를 완전히 탈피할 수 있다는 점이다. 현대 문학 작품 및 영화 작품에서, 백낭자(白娘子)는 허선(許仙) 전생의 은혜에 보답하기 위해 서호(西湖)에서 그와 첫눈에 반한 것으로 전해지지만, <백사: 인연의 시작(白蛇: 緣起)> 이야기의 시간을 허선(許仙)의 전생으로 설정하여 인연이 어떻게 시작되는지를 풀어간다. 따라서 <백사: 인연의 시작(白蛇: 緣起)>의 스토리 설정은 완전히 새로운 시도라고 할 수 있다. 송원화본(宋元話本)에서 나온 백낭자(白娘子)는 명대의 풍몽룡(馮夢龍)을 거쳐 반항적이고 용기 있는 고전적인 인물의 모습으로 새롭게 쓰였다가, 나중에 명나라의 화본소설과 청대의 희극을 거치며 현모양처의 이미지로 새롭게 바뀌었다. 하지만 어떤 이미지든 정의로운 '부인' 이미지였다. 하지만 <백사: 인연의 시작(白蛇: 緣起)>에서의 백낭자(白娘子)는 부인에서 순백의 소녀로, 오랜 수련을 거친 큰 뱀에서 수련을 얼마 하지 않은 작은 뱀으로 바뀌어 등장한다. 아쉬엔(阿宣)의 캐릭터 설정도 바뀌어 더 이상 서호에서 유약한 성격의 약초를 공부하는 인물이 아닌 포사촌(捕蛇村)의 밝고 쾌

---

14) [淸]玉花堂主人, 『雷峰塔奇傳』, 見[淸]玉山主人等, 『雷峰塔奇傳 · 狐狸緣 · 何典』, 北京: 華夏出版社, 1995年, 54쪽.

15) [淸]夢花館主, 『白蛇全傳』, 長沙: 嶽麓書社, 2012年, 4쪽.

할한 평범한 젊은이로 등장한다.

이제 영화가 펼쳐지는 장소에 대해 살펴보면, 전통적인 백사전설은 오랜 변천을 겪으며 항저우(杭州)의 서호에 고정되었으나, 영화 속에서는 항저우(杭州)에서 영주(永州)로 장소를 옮겼는데, 영주(永州)는 바로 유종원(柳宗元)이 「포사자설(捕蛇者說)」에서 이야기한 곳이다. 「포사자설(捕蛇者說)」에서 작가는 땅꾼 장씨(蔣氏)가 처한 상황을 빌려 당시의 과도한 세금이 백성들에게 가져온 재난에 대해 폭로하며 "조세를 거두는 그 혹독함이, 이 뱀보다 더 독하다!"(賦斂之毒有甚是蛇者乎!)라고 한탄하였다. 영화 속 영주(永州) 포사촌(捕蛇村) 주민들이 뱀을 잡아 세금을 낸다는 설정은 바로 「포사자설(捕蛇者說)」이라는 명작을 영화 배경 속에 끼워 넣은 시도인 것이다. 「포사자설(捕蛇者說)」이라는 이 명작은 중국의 국어 교과서에도 실려 있는 작품이기 때문에 사람들의 이해도가 높으며, 관중들은 '영주(永州)'나 '포사(捕蛇)' 같은 단어가 주는 힌트로 인해 이 작품에 쉽게 빠져들 수 있으며, 영화에서 보여준 시대적 배경인 '당나라 말년 무거운 세금과 빼앗기는 서민'이라는 설정을 더 깊게 이해 할 수 있다.

영화의 갈등 국면을 보면, <백사: 인연의 시작(白蛇: 緣起)>은 여전히 한 인간과 요괴와의 사랑을 이야기하고 있지만, 이야기의 주요 모순은 변하였다. 명나라 화본소설 백사전에서의 백사는 '반인반요(半人半妖)'로, 최선을 다해 허선(許宣)[16]과의 사랑을 지키고자 노력했지만, 조금씩 조금씩 실망한 끝에 요괴의 본성을 드러내어 모든 사람들을 다 죽이겠다고 허선(許宣)을 협박하다가 결국 법해(法海)대사에게 봉인 당한다. 이러한 결말 처리는 작가가 애써 만들어낸 '과감히 사랑하고 과감

16) 명나라 화본소설에서의 남자 주인공은 허선(許宣)이라는 이름으로 등장하며, 청나라 화본소설이나 희극 작품에서의 남자 주인공은 허선(許仙)이라는 이름으로 살짝 바뀌어있다.

히 미워하는' 여성 캐릭터와 상충되지만, 이 역시 명대 문인의 자기모순의 구현이다. 청대의 백낭자(白娘子) 이미지는 유가적 도덕관념을 주입하여, 그녀는 사리를 알고 부덕(婦德)을 지켰으나, 결국 법해(法海)에게 당한 것은 허선(許仙)을 찾으러 금산사(金山寺)에 가는데, 법해(法海)와 싸우다가 홍수를 끌어들여 무고한 사람들을 해했기 때문이다. 전통 문학 서사속의 백사는 결국 법해(法海)의 진압을 피하기 어려운데, 그녀의 본성과 상관없이 전통 지괴 서사의 '인간과 요괴의 세계는 다르다(人妖殊途)'라는 관념 때문에 인간과 요괴의 대립을 강조했기 때문이다. 그래서 이야기의 주요 모순은 정(情)과 법(法)의 대립이다. 여기서 정이란 백사와 사람간의 부부감정, 즉 인간과 요괴의 연결이다. 법은 인간와 요괴의 한계, 즉 세계만물의 법도이다.

그러나 <백사: 인연의 시작(白蛇: 緣起)>에서는 인간과 요괴의 대립이 약화되어 이야기의 모순점은 정(情)과 권(權)의 대립에 있다. 정(情)은 샤오바이(小白)와 아쉬엔(阿宣) 사이의 순수한 사랑, 권(權)은 국사로 대표되는 국가 조직의 백성에 대한 통치권, 뱀의 어미로 대표되는 대 요괴와 작은 요괴의 지배권 두 가지를 보여준다. 이 두 가지 권력은 세계에 대한 하나의 통제권으로 추상화될 수 있다. 인간과 요괴의 대립이 영화 속에서 약화되어 나타났기 때문에 아쉬엔은 샤오바이를 위해 인간의 신분을 포기하고 정기(精氣)를 베풀며 스스로 요괴의 길로 들어선다. 요컨대 '인간에서 요괴로의 변신'이라는 모티브와 앞서 언급한 '전생 이야기'는 이 애니메이션이 전통 백사전 이야기를 각색한 두 가지 가장 뛰어난 지점이라고 할 수 있다.

서사적 배경을 뒤집는 재구성은 애니메이션 영화 <대성 귀래(大聖歸來)>에서도 나타난다. 서유기로도 우리에게 잘 알려진 이 이야기는 당나라 스님 현장(玄奘)이 오공(悟空), 팔계(八戒), 오정(悟淨) 세 제자의 보호

아래 당나라에서 서천(西天)으로 가서 부처님을 높이고 경전을 구하는 이야기다. 그러나 <대성귀래(大聖歸來)>는 갈등 국면을 전통 서유기 이야기의 정(正)과 사(邪)의 힘겨루기에서 손오공의 내면의 완성으로 옮겨갔다. 그리하여 손오공으로 하여금 자포자기의 상태로부터 자기 구원과 정신 구축의 의지를 새롭게 되찾게 하고 있다.

3. 영화 서사에서의 전통 철학적 사유

최근 몇 년 사이 중국 애니메이션 영화는 중국 스타일의 길을 가고 있다. 중국 스타일이란 단순하게 중국 전통 요소를 나열한다고 해서 만들어지는 것이 아니라 중국의 전통 철학과 사상을 재현해 내는 것인데, <백사: 인연의 시작(白蛇: 緣起)>은 이 부분에서는 매우 성공적이다.

<백사: 인연의 시작(白蛇: 緣起)>은 전생에 대한 이야기지만 주제는 사랑이다. 사실 사랑이라는 주제를 애니메이션 영화에 넣는 것은 과감한 시도이다. 중국은 아직 등급제가 시행되지 않았기 때문에, 애니메이션 영화의 시청자가 모호하기 때문이다. <백사: 인연의 시작(白蛇: 緣起)>은 '성인용' 애니메이션 영화의 시작이라고 할 수 있는데, 이는 단지 키스와 포옹, 그리고 옷을 갈아입을 때 보일 듯 말 듯 한 실루엣 등의 장면이 나온다는 이유 때문은 아니다. 이 영화가 말하고 있는 사랑이라는 주제가 어린 나이의 시청자들이 깊이 이해하기 힘든 감정이기 때문이다. — "한 순간의 사랑이지만 난 500년을 간직했습니다." 샤오바이는 도대체 누구한테 마음을 줘야 한다는 말인가? 그 선량한 포사촌(捕蛇村) 주민 아쉬엔(阿宣)인가, 아니면 자신을 위해 기꺼이 요도에 빠진 꼬마 요괴 아쉬엔(阿宣)인가, 아니면 오백 년 만에 다른 사람으로

환생한 허선(許仙)인가? 오백 년 뒤 허선(許仙)이 아무것도 기억하지 못한다고 말하자 백사는 "괜찮아, 내가 기억해"라고 대답했다. 이것이 영화의 세계관이며 영화의 주제가 내포하고 있는 철학관이다. 즉, 형(形)과 신(神)의 관계이다.

형(形)과 신(神)은 중국 고대 철학의 한 범주이다. 리저허우・리우지강(李澤厚・劉紀剛, 1999)은 진나라 이전부터 중국 철학의 역사에서 형과 신의 문제가 제기되었으며 한나라에서 많은 논의가 이루어 졌다고 보았다. 그러나 이러한 논의들은, 대부분 정신과 육체의 관계를 탐구하는데 있으며, 주로 철학적 인식론과 자연과학(의학 포함)의 탐구였다.[17] 형과 신의 관계에 관해서는 주로 유물론과 유심론이라는 두 가지 다른 시각이 있다. 예를 들어『莊子・外篇・知北遊(장자・외편・지북유)』에서 나오는 "저 환하게 밝은 것은 어둠 속에서 생겨나고, 형체를 가진 것들은 형체가 없는 곳에서 생겨나며, 정신은 도에서부터 생겨나고 형체는 정기에서 생겨나며, 만물은 형체에 의지하여 서로 생성한다."와 같은 표현이 그러하다.[18] 이미 알려진 표상이 어둡고 미지의 미지에서 유래되었다고 생각되어 만물은 허무에서 생기고, 정신은 천도(天道)로부터, 형체는 정기로부터, 다른 형체가 만물을 구성한다. 이것이 전형적인 유심주의적 시각이다. 반면 순자(荀子)의 "하늘의 직분이 세워지고, 하늘의 공적이 이루어진 뒤에, 형체가 갖추어지면 정신이 생겨난다."[19]라는 관점은 일종의 유물주의적 시각으로, 사람의 정신활동은 사람의 형체에 의존한다고 본다.

---

17) 李澤厚・劉紀剛著,『中國美學史: 魏晉南北朝編』, 合肥: 安徽文藝出版社, 1999年, 134쪽.

18) "夫昭昭生于冥冥, 有倫生于無形, 精神生于道, 形本生于精, 而萬物以形相生." 陸永品,『莊子通釋』, 北京: 中國社會科學出版社, 2006年, 343쪽.

19) "天職旣立, 天功旣成, 形具而神生." 北京大學『荀子』注釋組,『荀子新著』, 北京: 中華書局, 1979年, 271쪽.

청주인(曾祖蔭, 1986)은 장자(莊子)가 가장 먼저 형신의 설을 비교적 완전하고 체계적으로 정리했다고 주장하였다. 장자는 형이상의 '도(道)'는 지극히 높고, 형이하의 '물'은 낮다고 생각한다. 도(道)는 모든 사물에 존재하며, 사람은 사물에 집착하면 도를 얻을 수 없다. 도(道)는 사람의 주관적 정신과 하나가 될 수 있고, 사람의 주관적 정신은 도(道)와 하나가 되는 상태에 이르면 최고의 정신적 경지다. 장자는 아름다움은 형체에 있는 것이 아니라 정신에 있다고 생각했다.[20] 위진(魏晉)시기부터 불학(佛學)은 현학(玄學)과 인연을 맺었는데, 불교의 중심 사상은 형신분리(形神分離)와 영혼불멸(靈魂不滅)을 강조한다. 예들 들어 석지둔(釋支遁)의 『형무신론(形無神論)』이나 혜원(慧遠)의 『형진신불멸(形盡神不滅)』 등은 모두 유심주의를 주장한 것이다.[21]

<백사: 인연의 시작(白蛇: 緣起)>에서의 사랑에 대한 주제는 유심주의에 가깝다. 두 가지 구체적인 표현이 있는데, 첫 번째로 사람과 요괴의 관계에 있다. 영화에서는 인간과 요괴의 대립을 심화시키지 않고 오히려 둘의 화합을 지지하고 있다. 예를 들어 아쉬엔(阿宣)이 샤오바이(小白)의 '요괴'의 신분을 알고도 놀라지 않거나, 오히려 "인간계에는 두 다리를 가진 악인 들이 많은데, 긴 꼬리를 가지면 좀 어때?" "인간과 요괴 사이에는 하늘이 맺어준 인연은 없지만, 너와 나 사이에는 인연이 있잖아." 등의 말을 한다. 영화는 '인간'과 '요괴'의 구별은 '형(形)'일 뿐, '신(神)' 즉 '마음'은 '형(形)'의 차이에 구애받지 않는다는 것을 말하고자 하는 것이다. '신(神)'으로서의 '인성'과 '요성(妖性)'은 진실하고 순수한 사랑 앞에서는 '형(形)'을 뛰어넘어 연결될 수 있다. 바로 『회남자(淮南子)』에서 나오는 "정신은 육체보다 귀하다. 그래서 정신

20) 曾祖蔭, 『中國古代美學範疇』, 武漢: 華中工學院出版社, 1986年, 75쪽.
21) 曾祖蔭, 위의 책, 79쪽.

이 통제하면 육체가 이를 따르는 것이요, 육체가 정신을 이기면 정신이 궁핍해지는 것이다."[22]와 같은 표현이나 "정신으로 주종을 삼는 자는 육체가 이를 따르고 이롭지만, 육체로서 정신을 통제하는 자는 정신이 육체를 따르므로 해를 입는다."[23]와 같은 관점인 것이다.

둘째, 사람과 요괴의 형상이 바뀌어가며 나타나는 장면은 구체적으로는 두 번 등장한다. 한번은 아쉬엔(阿宣)이 인간에서 요괴로 변했다가 또 한번 요괴에서 다시 인간으로 변하는 것이다. 아쉬엔(阿宣)은 샤오바이(小白)를 더 잘 보호하기 위해 스스로 요괴가 되어 꼬리가 자라는 등 '형(形)'이 변했으나 '신(神)'은 변하지 않았다. 그는 샤오바이에 대한 감정 또한 간직하고 있었다. 그가 샤오바이(小白)에게 한 고백에서 알 수 있다.

> 샤오바이, 난 스스로 요괴가 되었어. 우린 둘 다 요괴야. 너의 몸집이 크면 어때, 세상이 이렇게 넓은걸. 샤오바이, 난 가장 약한 작은 요괴이지만, 난 최선을 다해서 널 보호할 거야. 세상이 우리를 받아들이지 않는다면, 세상을 돌아다니는 자유로운 요괴가 되자.

하지만 영화의 후반부에는 법사의 진법(陣法)에서 갇혀 있던 모든 요괴들이 형체를 잃고 법력, 도행, 생명만이 아니라 혼백을 포함해 모두 사라져 영생할 수 없게 되었다. 아쉬엔(阿宣)은 자신의 목숨으로 샤오바이(小白)을 보호했고, 그의 몸과 혼백은 조금씩 사라지고, 샤오바이(小白)는 마지막 한 가닥의 기를 다해 아쉬엔(阿宣)의 혼백을 옥비녀 속에 넣어 보호하였다. 법진이 깨지고 샤오바이(小白)가 구원을 받은 뒤에야

22) "神貴於形也. 故神制而形從, 形勝則神窮." 何寧撰, 『淮南子集釋』, 北京: 中華書局, 1998年, 1042쪽.
23) "以神爲主者, 形從而利 ; 以形爲制者, 神從而害." 何寧撰, 위의 책, 87쪽.

아쉬엔(阿宣)의 혼백도 윤회할 수 있었고, 영화 마지막에 겨우 500년 만에 바뀐 세상에서 허선(許宣)과 백낭자(白娘子)는 서호(西湖)에서 만나 재회 할 수 있었다. 이야기에서 아쉬엔(阿宣)의 '형(形)'은 완전히 사라졌지만 그의 '신(神)', 즉 혼백은 샤오바이에 남겨진 것이다. 동진(東晉)의 고승 혜원(慧遠)의 말처럼 "불이 땔나무에 전달되는 것은 마치 영혼이 형체에 전달되는 것과 같고, 불이 다른 땔나무에 전달되는 것은 영혼이 다른 형체에 전달되는 것과 같다."[24]라는 이치인 것이다.

또한 영화에서는 '만물귀원(萬物歸元)'의 철학적 개념도 나타나 있다. 국사가 뱀 요괴의 정기를 흡수하여 자신의 법력을 단련하고, 뱀 어미가 자신도 국사의 단련방식을 따라할 수 있다는 것을 알았을 때, 그녀는 평소에 뱀 요괴들에게 한 마음으로 외부의 적과 맞서 싸울 수 있도록 교육한 구호인 '만물귀원'으로 그녀가 뱀 요괴들의 목숨을 희생시켜 자신의 법력을 높일 수 있는 구실이 되었다. 그러나 진정한 귀원(歸元)은 천도로 귀의하는 것이므로, 뱀 어미의 이러한 천도에 어긋나는 행위는 당연히 성공할 수 없다. 마찬가지로 도가의 웅대한 세계관을 나타낸 것으로 <백사: 인연의 시작(白蛇: 緣起)>에서 사람들의 통념적으로 가지고 있는 하늘의 뜻에서 벗어나면 큰 벌을 받게 된다는 관념들과 부합된다.

4. 영화 서사 화면의 미학적 경지

영화와 종이 텍스트의 가장 큰 차이점은 다양한 표현 방식의 집합

24) "火之傳於薪, 猶神之傳於形. 火之傳異薪, 猶神之傳異形."『沙門不敬王者論・形滅神不滅』, 見[梁]僧祐編撰, 劉立夫・胡勇譯注『弘明集』, 北京: 中華書局, 2011年, 248쪽.

체라는 것이다. 이야기 내용, 화면 이미지, 영화음악, 인물대사 등은 각기 다른 표현방식과 심미적인 각도를 가지고 있다. 영화의 카메라 서사는 제작팀의 미학에 대한 이해와 깨달음을 가장 잘 보여준다. <백사: 인연의 시작(白蛇: 緣起)>에서는 중국의 회화기법 중 '의경(意境)'을 창조해내는 방법이 잘 사용 되었는데, 이는 두 가지 부분에서 나타난다. 첫 번째는 '미적 경지는 표상의 바깥에서 생겨난다.(境生於象外)'라는 것으로 이는 중국 전통 회화에서 '공백(空白)'과 '감춤(隱)'의 효과를 강조하는 것과 일맥상통한다. 두 번째는 '배치의 미학(布置之法)'으로 그림에서의 기하학적인 구도를 중시한 것이다.

예랑(葉朗, 2005)은 중국화는 예술적 경지를 창조해내는 것을 특히 중시하는데, '미적 경지는 표상의 바깥에서 생겨나기(境生於象外)' 때문에 전통 중국화는 그림의 공백을 매우 중시한다고 언급했다. 공백은 회화가 나타내려는 '정취의 구도'에서 중요한 역할을 한다. 이것이 다중광(笪重光)이 이야기 했던 '그리지 않은 곳에 절묘한 경지가 있다(無畫處皆成妙境)'라는 말의 의미인 것이다.[25]

'그리지 않은 곳에 절묘한 경지가 있다(無畫處皆成妙境)'라는 관점은 청나라 초기 다중광(笪重光)이 『화전(畫筌)』이라는 책에서 제시한 관점이다.

> 산은 두터운 곳이 깊은 곳이며, 물이 고요한 때는 움직일 때입니다. 숲의 그늘에는 마음 쓸 곳이 없는데, 산 밖의 맑은 빛은 어떻게 그려낼 수 있겠는가? 여백이라는 것이 본디 그리기 어려운 것이니, 실경(實景)이 맑으면 여백이 드러나는 것이다. 정신세계는 그려낼 수 없으니, 진경(眞境)이 핍진하면 신경(神境)이 저절로 생겨나는 법이다. 위치들이 서로 겹쳐 그림이 그려진 곳이 많으면 번거롭게 되고, 빈

25) 葉朗, 『中國美學史大綱』, 上海: 上海人民出版社, 2005年, 543쪽.

> 곳과 차있는 곳이 서로 상생하면 그림 그리지 않은 부분이 모두 묘경(妙境)이 되는 것이다.[26]

이처럼 공백이야말로 그림을 그리는 부분보다 더 중요한 경지라고 여겼다. 또 유협(劉勰)은 『문심조용 · 은수(文心雕龍 · 隱秀)』에서 '은(隱)'의 두 가지 함의에 대해 이야기 했다. 하나는 심미적 심상이 내포하고 있는 사상적 감정의 내용을 직접 문구로 말하지 않고 논리적인 판단으로 표현하지 않는 형식이다. 즉 감정이 언어로 표현되지 않는 것을 '은(隱)'이라고 부른다는 것이다. 다른 하나는 '은(隱)'이라는 것은 밝게 드러나지 않는 것으로 감정의 표현을 위해 굳이 문자가 필요한 것은 아니라는 것이다.[27] 이것이 중국의 회화에서의 '공백'의 각기 다른 방법으로 효과를 내는 기법이다.

영화 <백사: 인연의 시작(白蛇: 緣起)>의 화면에는 중국화의 '공백' 기법과 '감춤(隱)'의 의미가 나타나 있다. 예를 들면 오프닝 장면에서 500년 후, 백사는 동굴에서 수련을 하고 있었고, 화면 위에는 은은하게 한 줄기 햇빛이 비치고 있었는데, 갑자기 백사가 주화입마(走火入魔)하는 화면이 리얼한 장면에서 백사의 의식으로 바뀐다. 그녀의 의식에서, 그녀의 몸은 물속으로 깊이 떨어졌고, 물은 깊고 끝이 없었다. 정중앙에서 뱀은 천천히 가라앉으며, 그녀의 하얀 소매는 물속에서 점점 더 흩날리다가, 그녀의 머리카락이 먹이 물에 풀어지는 것처럼 물결과 섞여 점점 모호해진다. 화면에는 거의 아무런 색깔이 없고, 물은 하얗

---

26) "山之厚處卽深處, 水之靜時卽動時. 林間陰影無處營心, 山外淸光何從着筆?空本難圖, 實景淸而空景現；神無可繪, 眞境逼而神境生. 位置相戾, 有畫處多屬贅疣；虛實相生, 無畫處皆成妙境." 笪重光撰, 王翬 · 惲格評, 『畫筌』, 見兪劍華編著, 『中國畫論類編』, 北京: 人民美術出版社, 1986年 第二版, 809쪽.

27) 葉朗, 『中國美學史大綱』, 上海: 上海人民出版社, 2005年, 227쪽.

고, 흰 뱀의 옷은 하얗고, 사람들은 흰 뱀의 동선(動線)을 먹 자국에 의해서만 판단할 수 있는데, 시각적으로 보면, 이것이 일종의 화면의 여백이다. 이것은 사람들에게 일종의 심리적인 '감춤(隱)'의 작용을 보여주는데, 세상과 격리되어 잔잔한 연못을 보여주는 한편 백사의 잃어버린 자아와 집중할 수 없는 내면을 보여준다.

하나 더 예를 들자면 영화의 마지막 부분에서, 법사가 펼친 진 가운데 모든 혼백이 다 날아가 버릴 때에 샤오바이(小白)은 아쉬엔(阿宣) 혼백이 사라지기 전에 전력을 다해 옥비녀에 봉인하는 화면으로 배경은 짙은 남색이며 법진 안에서 부서진 풀과 나무들 그리고 다른 사라져가는 뱀들의 혼백, 심지어 아쉬엔(阿宣)의 육신도 모두 흐릿하게 배치하여, 화면에서는 유일하게 아쉬엔(阿宣)의 혼백과 샤오바이(小白)이 이어져 있는 마지막 기력만 볼 수 있다. 이 화면은 세상 모든 것이 샤오바이(小白)과 아쉬엔(阿宣)에게 중요하지 않은 모든 것을 감추고, 아쉬엔(阿宣)과 샤오바이(小白)이 생사를 같이하는 감정만 남긴다.

중국화에서는 '공백'과 '은(隱)' 외에도 기하학적 구조를 중시한다. 예를 들어 청대 화가 추일계(鄒一桂)는 화초화(花草畵)의 화법인 '팔법' 중 하나인 '장법(章法)'에 대해 이렇게 말하고 있다.

> 장법이라는 것은 한 폭의 그림의 대세로 말해 보자면, 그림의 크기에 상관없이 반드시 주체와 객체가 구분되어 있어야 한다. 그리하여 하나는 실(實)이 되고 하나는 허(虛)가 되며, 하나는 성기고 하나는 빽빽하며, 하나는 위로 삐뚤면 하나는 아래로 어그러져서 마치 음양과 주야가 서로 순환하는 이치와 같다. 그림에 구도를 배치하는 방법은 기하학적인 구도를 사용해야 하는데, 위에 하늘을 그렸으면 아래는 땅을 배치해야 하고, 왼쪽에 하나를 두었으면 오른쪽에는 둘을 두거나, 위에 홀수로 배치했으면 아래는 짝수로 배치한다. 배치

> 가 법칙에 맞으면 그림이 꽉 차있어도 질리지 않고 비어 있어도 성기게 느껴지지 않는다. 대세가 이렇게 정해지고 나면 꽃 한 송이 잎새 하나도 역시 장법에 들어맞게 된다.[28]

이렇듯 회화에서 기하학적 배치가 중요하다는 것을 알 수 있다. 종바이화(宗白華, 1981)는 중국의 그림이 “선이 가장 중요하며, 선의 집합체이다. 형체를 선으로 나는 듯이 그리고, 선의 흐름에 강조를 하기 때문에 중국의 회화는 춤을 추는 것과 같은 운치가 있다”라고 하였다. 더불어 이 글에서는 한나라 때의 석화와 둔황벽화 비천(飛天)을 예로 들며 “어떤 선은 실제로 존재하는 선이 아니라, 화가의 구상이며, 화가의 의식에 흐름에 따른 리듬과 연관이 있다”라고 하였다.[29]

영화 <백사: 인연의 시작(白蛇: 緣起)>에서는 기하학적인 선을 이용해 공간배치를 펼치는 이 화면을 곳곳에서 볼 수 있다. 두 차례의 전투 장면을 예로 들어본다. 첫 회는 백사 청사 두 사람이 스님의 제자와 탑 꼭대기에서 겨루는 장면이다. 스님의 제자는 도포(道袍)에 달린 금색 선학을 무기로 삼아 흰 뱀과 푸른 뱀을 제압했다. 이때 전체 화면은 날카롭고 단단한 황금빛 선으로 가득 차며 화면 전체가 날카롭고 단단한 금색 선으로 가득 차 있고, 정체를 드러낸 흰 뱀과 푸른 뱀이 두 가닥의 부드러운 곡선처럼 위험한 금빛 직선을 넘나들며 싸우는 장면 전체가 스릴 넘치면서도 역동적이다.

두 번째 장면은 스님과 뱀 족의 전투로, 스님이 조종하는 종이학이

28) “章法者, 以一幅之大勢而言. 幅無大小, 必分主賓. 一實一虛, 一疏一密, 一參一差, 卽陰陽晝夜消息之理也. 布置之法, 勢如勾股, 上宜空天, 下宜留地. 或左一右二, 或上奇下偶, 約以三出. 布置得法, 多不厭滿, 少不嫌稀. 大勢旣定, 一花一葉亦有章法.” [淸]鄒一桂撰, 『小山畫譜』, 王翚・惲格評, 見兪劍華編著, 『中國畫論類編』, 北京: 人民美術出版社, 1986年 第二版, 1164-1165쪽.

29) 宗白華, 『美學散步』, 上海: 上海人民出版社, 1981年, 41쪽.

큰 뱀으로 변한 샤오바이(小白)과 뱀의 어미가 하늘에서 생사의 승부를 벌였다. 종이학은 하나하나의 채색으로 된 작은 종잇조각들로 이루어져 있는데, 이 작은 종잇조각들은 때로는 하나로 합쳐지기도 하고, 때로는 흩어져서 멀리 보면 하나하나의 채색으로 된 점처럼 보인다. 하늘을 나는 샤오바이(小白)과 뱀의 어미는 마치 일백일금의 두 가닥 굵은 선처럼 보이고, 점과 선의 빠른 교차 변화는 여러 가지 다른 구도를 만들어 놀라운 시각적 효과를 보여준다.

5. 결론

애니메이션 영화 <백사: 인연의 시작(白蛇: 緣起)>은 2019년 초 영화계에 전통 문학작품의 돌풍을 일으켰다. 이 성공은 전통적인 IP에 대한 계승뿐만 아니라 전통이야기를 뒤집었다는데 더 큰 요인이 있다.

우선, 영화는 이야기의 배경을 완전히 새롭게 개작했다. 이야기의 연대는 당나라 말기에 위치하여, 난세에 있어서는 세계를 구한 영웅적 인물과 화란민생의 요악한 이미지를 더욱 쉽게 부각시킬 수 있었으며, 또한 당시의 사회 환경도 국사를 맡기고 신선이 되기를 추구하는 이러한 설정에도 역사적 사실을 가지고 있다. 또한 이야기의 기한은 허선 전생으로 바뀌었다. 영화 이야기의 장소는 항저우에서 영주로 바뀌었고, 유종원(柳宗元) 「포사자설(捕蛇者說)」을 영화 서사에 합리적으로 끼워 넣어 영화의 깊이를 더했다. 영화적 충돌측면에서 이야기는 여전히 인간과 요괴의 사랑을 이야기하지만, 주요 갈등은 정(情)과 법(法)에서 정(情)과 권(權)으로 변하고, 더 이상 인간의 요괴가 양립할 수 없다는 전통적인 명제에 얽매이지 않았다.

다음으로, 영화는 중국 철학에서 형(形)과 신(神)이라는 명제의 관계를 자신만의 방식으로 풀어냈다. 인간과 요괴를 다루는 관계에서 영화는 신(神)이 형(形)을 지배한다고 주장하면서 의도적으로 인간과 요괴의 대립을 강화하지 않고 오히려 둘의 융합을 지지하고 있는 동시에 인간의 어두운 면을 비판했다. 사람과 요괴가 서로 변화함에서 이 영화는 형(形)은 멸하고 신(神)은 불멸한다고 주장했다. 아쉬엔(阿宣)의 신(神)은 인간 아쉬엔에서 작은 요괴 아쉬엔으로, 그리고 500년 후에는 허선(許仙)이라는 세 가지 모습 즉 형(形)을 거쳤다. 또 만물귀원(萬物歸元)의 철학도 언급됐다. 진정한 귀일은 하늘의 이치이며, 하늘을 거스르면 자연이 재앙을 부른다는 관점을 표현한다.

또한, 영화 서사의 카메라 서사는 중국 회화에서 의경(意境)을 창조하는 방법을 십분 활용하고 있는데, 첫 번째로 '미적 경지는 표상의 바깥에서 생긴다(境生於象外)'라는 관념이다. '공백(空白)'과 '감춤(隱)'의 효과를 중시하여, 간단한 화면에 함축된 의미를 나타낸다. 둘째는 '배치의 규칙(布置之法)'으로 기하학적 구도를 중시한다. 점과 선의 기하학적인 수단을 십분 활용해 시각적 표현력을 풍부하게 하는 이 영화의 카메라 서사는 창작자의 미학에 대한 이해와 깨달음을 잘 표현하고 있다.

비록 한 편의 영화 작품이 모든 면에서 완벽하다고는 할 수 없다. 하지만 <백사: 인연의 시작(白蛇: 緣起)>는 인물의 성격묘사에 있어서는 어느 정도 아쉬움이 남는다. 아쉬엔(阿宣)과 샤오바이(小白)의 사랑은 감동적이지만 서사적 개연성이 부족하여 다소 돌발적인 느낌을 주기도 한다. 아쉬엔의 샤오바이에 대한 보호, 이해, 포용, 희생 등은 샤오바이가 아쉬엔과 함께 하기로 마음먹기에 충분하다. 그러나 아쉬엔이 샤오바이를 처음 만났을 때 기억을 잃은 샤오바이는 정체를 알 수 없을 뿐만 아니라, 가끔 그녀가 드러내는 요괴로서의 모습은 일반 백성들이 무서워서 도망갈 정도인데, 처음부터 아쉬엔은 왜 어떻게 샤오바이를 좋아하고 사랑하게 되었는지를 영화에서는 명확하게 설명해 주지 않았다. 그저 관객들은 아쉬엔이 샤오바이의 미모에 빠져 그녀를 사랑하게 된 것이라고 판단할 수밖에 없다.

송원(宋元) 화본소설의 백사전설부터 명대의 화본소설, 다시 청나라 때의 소설과 희곡에서 백사전설의 백낭자(白娘子)는 모두 남주인공을 미모로써 매혹한 것으로 인식되어 왔다. 그러나 새로운 전생(前世) 이야기로서의 두 사람의 설정은 참신하지만, 첫눈에 반하는 이야기의 그럴싸한 동기를 좀 더 보충한다면 더 호소력을 가질 수 있을 것이다. 로버트 맥기(2001)의 말처럼 가장 뛰어난 작품은 인물의 진실을 밝혀낼 뿐 아니라, 좋은 쪽으로든 안 좋은 쪽으로든 과정에서 인물의 성격이나 발전 등의 변화도 함께 설명해주어야 한다. 그리고 "인물의 기능은 스토리텔링에 있어서 사람들이 믿을 만한 선택을 하는 요소를 제공해 주는 것이다. 쉽게 말해서, 인물은 반드시 믿을 수 있어야 한다… 모든 인물은 반드시 스토리에 적당한 요소를 제공해야 한다. 즉 인물들이 자기가 해야 하는 일을 할 수 있다는 것과 하겠다는 것을 믿을 수 있게 하는 것이다."30)

그 외에 스토리 배치에 영화들이 보완해야 할 점도 있다. 예를 들어 샤오바이는 '뱀 어미'에게 국사를 암살하라는 명을 받고 보내졌는데, 법력이 부족하여 하마터면 목숨을 잃을 뻔했고, 물에 빠진 후에 아쉬엔에게 구조되었다. 이 인연으로 두 사람은 만날 수 있었다. 그러나 당시 샤오바이는 겨우 약한 도술만 쓸 수 있는 작은 요괴였다. 목숨을 바쳐도 국사를 당해 낼 수 없는데 뱀 어미가 샤오바이를 국사를 암살

30) [美] Robert McKee 著, 周鐵東 譯, 『故事—材質, 結構, 風格和銀幕劇作的原理』, 北京: 中國電影出版社, 2001年, 124쪽.

하러 보낸 이유를 영화에서는 알려주지 않았다.

중국 애니메이션 영화는 2015년 <대성귀래(大聖歸來)>부터 2016년 <나의 붉은 고래(大魚海棠)> 그리고 2019년의 <백사: 인연의 시작(白蛇: 緣起)>까지 매번 관객들에게 시각적인 놀라움을 보여 왔으며 매 번 여론의 높은 관심을 불러일으켰다. 이 세 편에는 공통적인 성공법칙이 있는데, 바로 '중국스타일'이였다. 즉, 아름다운 동양적 의경(意境)과 깊은 철학의 경지를 알기 쉽게 풀어낸 것이다. 만약 간단한 비교를 해 보자면, 세 편에는 또 각각의 특징을 가지고 있다. <대성귀래(大聖歸來)>는 매우 '핫'하다. 이 영화는 성장을 그린 이야기로 대부분의 관객들이 어린 연령층이라도, 서유기는 사람의 성장을 수반하는 고전문학 작품으로 이미 많은 사람들의 정신적인 지주이다. 또한 제천대성(齊天大聖)이 스스로 자아를 되찾아 가는 과정도 현대인들이 가지고 있는 '좌절을 딛고 다시 올라가려는 마음'과 맞아 떨어져 '중국 애니메이션 영화중 10년 안에 보기 힘든 신드롬 급 작품'이라고 불렸다.[31] <나의 붉은 고래(大魚海棠)>는 '심오함(玄)'이라는 한 단어로 설명할 수 있을 만큼, 생명의 기원과 의미에 중점을 두었지만 영화에 대한 평가는 양극화 되어 있다. 영화 시작 부분의 『장자 · 소요유(莊子 · 逍遙遊)』에서 이끌어낸 세계관은 심오하고 방대하지만 너무 허무하다는 느낌을 지울 수 없다. 영화 속 인물과 화면은 고전문헌에서 나오는 등 문화적인 분위기가 강하지만 너무 번잡하기도 하다. '12년의 기다림'이라는 홍보에 대한 관객들의 기대감도 한 몫 했다. <백사: 인연의 시작(白蛇: 緣起)>는 한마디로 아름답다. 사랑은 순수하고 아름답지만, 특히 중국 산수화 같은 카메라 서사는 시각적인 즐거움을 넘어 정서적인 즐거움을

31) 人民日報, 2015.07.24, 24版.

준다.

이 밖에 <백사: 인연의 시작(白蛇: 緣起)>은 앞으로의 중국 애니메이션 영화들에 대해 많은 것을 배울 수 있는 다른 세밀한 것들에 대한 정보를 제공한다. 첫째, 애니메이션의 관객 연령대에 대한 생각을 바꿔놓았다. 앞서 나온 애니메이션 영화들에 비해, <백사: 인연의 시작(白蛇: 緣起)>의 수위는 비교적 높았다. 예를 들어, 샤오바이(小白)의 여성적 매력이 들어나는 복장, 샤오바이(小白)과 아쉬엔(阿宣)이 탑 아래에서 사랑을 나누거나, 여우요괴의 매혹적인 어투와 행동 등 이 있다. 하지만 상대적으로 함축성이 있는 표현이라 오히려 영화의 표현력을 키울 수 있었다. 둘째, 감정과 추억을 이용하여 인기를 모으는 것이다. 즉, 전통 문학의 소재에 대한 사람들의 '감정'을 흔들어 고전에 대한 경의를 표하게 하는 것이다. 예를 들어 백사와 청사가 함께 목욕하는 스토리는 1993년 홍콩영화 <청사(青蛇)>에 나오는 명장면을 사용했으며, 백사가 500년 만에 허선(許仙)을 다시 만났을 때의 배경음악은 사람들 귀에 익은 1992년 대만드라마 <신백낭자전설(新白娘子傳奇)>의 주제곡 이였다. 보청방(寶青坊) 주인이 여우와 소녀의 얼굴을 함께 가지고 있거나 말할 때 늙은 목소리와 어린 목소리를 바꿔가며 내는 것은 1987년 홍콩영화 <천녀유혼(倩女幽魂)>에서의 나무요괴가 노인과 젊은 사람의 얼굴과 목소리를 함께 가지고 있는 설정에서 가져왔다.

제3부

현환극(玄幻劇)과 웹 드라마의 흥행

제 1 장

인터넷 현환(玄幻)소설 『삼생삼세십리도화(三生三世十里桃花)』의 시공간 서사 연구

1. 들어가며

이 글은 인터넷 현환(玄幻)소설인 『삼생삼세십리도화(三生三世十里桃花)』에 나타난 시공간 관념을 살펴보기 위해 작성되었다. 『삼생삼세십리도화』는 인터넷 작가 탕치(唐七)가 2008년부터 인터넷 게시판에 연재한 고전 판타지 소설로, 청구(青丘)의 여제(女帝)인 바이치엔(白淺)과 구중천(九重天)의 태자인 예화(夜華)의 삼생(三生)에 걸친 사랑을 그리고 있는 소설이다. 그리고 2017년 1월 30일 이 소설을 개작한 동명의 드라마가 동팡(東方) 위성 TV와 저장(浙江) 위성 TV로 방영되었는데, 드라마가 방영된 3월 3일까지 전체 방송량은 295억을 초과함으로써,[1] 일거에 방송가의 뜨거운 화제 거리가 되었다. 2017년 7월 12일 후룬(胡潤)연구원에서 발표한 2017년 창작문학 IP 순위에서 소설 『삼생삼세십리도화』

1) 網易新聞, 2017.03.03. 참고로 『삼생삼세십리도화』라는 동명의 드라마가 2017년 5월 22일부터 한국에서도 '중화TV'라는 종편 채널에서 방영되었다.

는 11위를 차지하였다.[2] 이 소설이 이와 같은 인기를 구가하게 된 데에는 동명의 드라마가 거둔 흥행 성적도 한 몫 했지만, 이 소설 자체에 구현된 특수한 시공간 체험 요소 역시 빠뜨릴 수 없을 것이다.

1.1 소설 『삼생삼세십리도화』의 시공간적 배경 소개

소설 『삼생삼세십리도화』의 공간적 배경은 이른바 '사해팔황(四海八荒)'이라고 불리는 세계이다. 이러한 지리 관념은 『산해경(山海經)』과 같은 중국 고대의 신화 전설로부터 빌려온 것이지만, 사실 이 소설에 등장하는 '사해팔황'은 이름만 고대의 전적에서 따왔을 뿐, 작가가 역사 가공과 시공 초월의 서사적 수단으로서 만들어낸 새로운 공간 개념이다. '사해팔황'이라는 전체 공간은 다시 천족(天族)과 봉족(鳳族), 호족(狐族) 등의 신족(神族)으로 구성된 선계(仙界)와 귀족(鬼族)이 살고 있는 귀계(鬼界), 마족(魔族)이 살고 있는 마계(魔界), 그리고 인간들이 살아가는 범간(凡間)으로 나눠지며, 이 전체 세계는 천족이 주관하여 다스리고 있다.

소설 『삼생삼세십리도화』의 서사 시간 운용에는 두 가지 특징이 있다. 하나는 작가가 인간의 생명적 특징을 신선에게도 적용하여 역사적 가공의 서사 수법을 통하여 신선의 연령을 계산하는 시간 체계를 구현하였다는 것이다. 두 번째는 작가가 중국 고대의 이계 엄류형(異界淹留型) 전설의 영향을 받아 '선계의 하루는 인간계의 1년에 해당한다(仙界一日, 凡間一年)'는 시간 환산 원칙을 세워두었다는 것이다.

2) 南方都市報, 2017.07.12.

1.2 관련 선행 연구

이른바 천월소설(穿越小說)과 역사가공소설(歷史架空小說)의 정의에 대해서는 많은 학자들이 각기 다른 개념을 제시하였는데, 소설의 '시공(時空)'관념에 관한 견해들이 제각각 다르기 때문이다. 타오춘쥔(陶春軍, 2010)은 천월소설(穿越小說)이란 시공을 뛰어넘는 소설이자, 동시에 가공된 역사소설이기도 한데, 일반적으로 현대 시점의 젊은 주인공이 우연한 사건을 통해 과거의 시대로 들어가게 되고, 그 과거의 현장에서 모두가 알고 있지만 내막은 가려진 그러한 역사적 사건들에 개입하게 된다는 줄거리를 가지고 있다. 이때 소설 속에 구축되는 시공간 구조는 허구적 시공간과 역사적 시공간의 뒤섞임을 통해 만들어진다.[3] 위샤오웨이・자오총(喩曉薇・趙叢, 2011)은 천월소설은 역사가공소설의 한 갈래라고 보았다. '가공(架空)'이란 '실제로는 발생하지 않은 허구적 배경'으로, 이것은 과거와 미래를 모두 포함한다. 이러한 천월소설의 가장 중요한 특징은 스토리의 시공간적 배경이 작가가 허구적으로 혹은 기존의 시공간을 비틀어서 만든 작가의 자유로운 상상 세계이기 때문에, 서술하는 스토리는 이곳에서 일어나는 인간의 상식을 뛰어넘지 않는 내용이지만 그 내용을 담는 시공간은 작가의 상상력의 소산이므로 작가의 내면에 있는 상상의 욕구와 현실의 독자들이 납득할만한 상상적 사유가 어우러져 역사소설이 가지고 있는 무거움을 다소 덜어줄 수 있다는 것이다.[4]

이계엄류형(異境淹留型) 스토리는 일정한 구조를 가지고 있다. 리용핑(李永平, 2011)은 이 구조를 '높은 산 혹은 바다나 동굴 속에 있는 이상향(仙鄕) → 인간이 실수로 그곳에 들어가서 선약(仙藥)을 먹거나 신선

3) 陶春軍, 「解構歷史: 新歷史小說與穿越小說」, 『廣西社會科學』, 2010年 第5期, 89-94쪽.
4) 喩曉薇・趙叢, 「夢的境像—架空歷史小說時空分析」, 『哈爾濱學院學報』, 2011年5月 第32卷 第5期, 89-92쪽.

이 됨 → 그곳에서 선물을 받거나 혹은 선녀와 결혼함 → 이상향의 하루는 인간세상의 1년의 시간과 같음 → 고향으로 돌아오니 몇 십 년, 혹은 몇 백 년 의 시간이 흐름, 다시는 이상향으로 돌아가지 못함' 과 같은 유형으로 정리하였다.5) 이용핑(李永平, 2013)은 다시 중국의 '이계엄류형' 이야기는 위진남북조 지괴 소설에 집중되어 있음을 지적하고 이러한 이야기가 신화와 지괴로 구성되었지만, 그 상징은 과학적 시대와의 '시공 터널'을 통한 소통과 이미지적인 은유를 나타내고 있다고 분석하였다.6) 옌지에(閻婕, 2011)는 이계엄류형 스토리의 공간을 통과하는 방식에 따라 분류하기도 하였는데, 이계의 위치가 우물이나 수직 동굴, 나무, 산, 사다리와 같은 종적인 구조일 경우도 있고, 평행 동굴이나 바다, 강, 숲과 같은 횡적인 구조도 있다는 것이다. 아울러 이계엄류형 스토리에서 시간의 흐름은 다른 사람의 입을 빌거나 후손의 고증을 받는 식의 직접 설명형과 식물의 성장이나 마을 외관의 변화 등 공간의 변화를 통한 시간 흐름의 변화를 간접적으로 표현하는 방식으로 나뉠 수 있다고 분석하였다.7)

2. 소설 『삼생삼세십리도화』의 공간 관념

2.1 전통적 지리 개념을 빌려 만든 전체 공간

소설 『삼생삼세십리도화』의 전체 공간은 '사해팔황(四海八荒)'이라고

5) 李永平, 「一個跨學科研究的嘗試—"仙鄉淹留"故事範型的再探討」, 學術研討會暨中國"外國文化與比較詩學研究會"研討會, 2011年.

6) 李永平, 「文學思維與科學思維的統一性—以"仙鄉淹留"傳說爲例」, 『陝西師範大學學報(哲學社會科學版)』, 2013年3月 第42卷 第2期, 26-33쪽.

7) 閻婕, 「中國異境淹留型傳說硏究」, 北京大學碩士學位論文, 2011年.

불리는 곳이다. 『이아・석지(爾雅・釋地)』편에는 "구이와 팔적, 칠융과 육만을 사해라고 부른다"[8]라고 밝히고 있다. 즉, 여기서 말하는 '사해(四海)'가 가리키는 것은 동서남북에 있는 소수민족들의 생활 구역이다. 『이아・석지(爾雅・釋地)』에서는 또한 '구주(九州)'의 정의도 내려놓고 있는데, "두 河水의 사이를 기주(冀州)라 하고, 황하의 남쪽을 예주(豫州)라 하고, 황하의 서쪽을 옹주(雍州)라 하고, 한수의 남쪽을 형주(荊州)라 하고, 장강의 남쪽을 양주(揚州)라 하고, 제수와 하수의 사이를 연주(兗州)라 하고, 제수의 동쪽을 서주(徐州)라 하고, 옛 연나라 땅을 유주(幽州)라 하고, 옛 제나라 땅을 영주(營州)라 부른다."[9]라고 되어있다. 『설원・변물(說苑・辨物)』편에서는 "팔황의 안에 사해가 있고, 사해의 안에 구주가 있다. 천자는 구주의 중심에 거하며 팔방을 통제한다."[10]라고 기록되어 있는데, 이를 통해 구주란 정부의 행정구역으로, 천하 혹은 중국을 가리킨다는 것을 알 수 있다. 종합해 보면 '사해팔황'이란 천자를 중심으로 한 전체 천하를 가리키는 개념이라는 것이다. 그러나 이 작품에서 작가는 사해팔황의 개념에서 '구주(九州)'는 제외하였는데, 왜냐하면 소설의 주인공들이 일반 인간이 아닌 신선이나 천신들이기 때문이다. 그렇기 때문에 이 작품에서 세계의 중심은 인간세계의 천자가 아닌 구중천에 살고 있는 천군(天君)인 것이다. 즉 작가는 중국 고전 문헌에서 '사해팔황'이라는 용어를 빌려왔지만, 여기에 판타지적인 요소를 더하여 하나의 허구적인 입체 공간을 만든 것이다. 드라마 『삼생삼세십리도화』의 인기에 힘입어 '사해팔황'이라는 용어 역시 중국의 젊

8) "九夷, 八狄, 七戎, 六蠻, 謂之四海." 『中國古典精華文庫・爾雅』, 北京: 中國社會出版社, 2013年, 70쪽.

9) 위의 책, 69쪽.

10) "八荒之內有四海, 四海之內有九州, 天子處中州而制八方耳." [漢]劉向著, 王鍈·王天海注, 『說苑全譯』, 貴陽: 貴州人民出版社, 1992年, 765쪽.

은이들 사이에 전 세계를 지칭하는 유행어가 되기도 하였다.[11]

소설 속의 지리공간은 그 곳에 사는 다양한 캐릭터들의 족속(族屬)과 연계되어 있기 때문에 공간의 배치에 대해 명확히 이해하려면 우선 소설 속 캐릭터들의 연관 관계에 대한 정리가 필요하다. 소설에 등장하는 남녀 주인공은 모두 원고신족(遠古神族)에 속한다. 남자주인공은 구중천(九重天)의 태자인 예화(夜華)로 천군(天君)의 손자이며 신족(神族) 가운데 한 부류인 천족(天族)에 속한다.[12] 여자주인공인 바이치엔(白淺)은 청구국(青丘) 호제(狐帝)의 딸로, 호족(狐族)이다. 봉족(鳳族)인 저옌(折顔) 상신(上神)[13]과 쿤룬쉬(昆侖虛)의 모옌(墨淵) 상신(上神)[14] 역시 원고신족이다. 이 외에 소설에서는 전쟁을 일으키는 귀족(鬼族)과 그들이 함께 데려온 마족(魔族) 그리고 다른 종족들이 등장한다.[15] 또한 인간계(凡間) 역시 종종 스토리 사이사이에 끼어드는데, 이 소설 속에서 인간들은 주인공들의 배경 역할에 불과하다. 소설에 등장하는 인물들의 관계를 아래에 도식화 하였다.

11) 搜狐新聞, 2017.03.04.

12) 더 구체적으로 말한다면 예화는 천족(天族) 가운데서도 용족(龍族)이며, 구중천(九重天)에서 살아가는 존재들은 천군(天君) 일가의 용족 외에도 사해의 신선과 기타 소선(小仙)들이 포함된다. 『三生三世十里桃花』, 唐七著, 長沙: 湖南文藝出版社, 2015年, 284쪽. 이후 이 작품을 인용할 때는 페이지만 표기함.

13) 저옌(折顔)이 살고 있는 십리도림(十里桃林)은 남녀 주인공의 사랑과 이별이 그려지는 공간이기 때문에, 봉족은 작품에서 저옌 혼자밖에 나오지 않지만, 내용의 전개에서 매우 중요한 역할을 하고 있다.

14) 곤륜허(昆侖虛)에서 음악과 전쟁을 관장하는 모옌(墨淵)은 사해팔황을 창조한 부신(父神)과 모신(母神)의 큰 아들이자, 여주인공 바이치엔의 스승이면서 동시에 남주인공 예화의 친현이 되는 셈이다.

15) 작가는 '삼생삼세' 시리즈의 또 다른 책인 『三生三世枕上書』에서 마족(魔族)에 관련된 내용과 신족(神族)과 귀족(鬼族)이 같은 레벨로 위치하게 된 내력 등을 설명하고 있다.

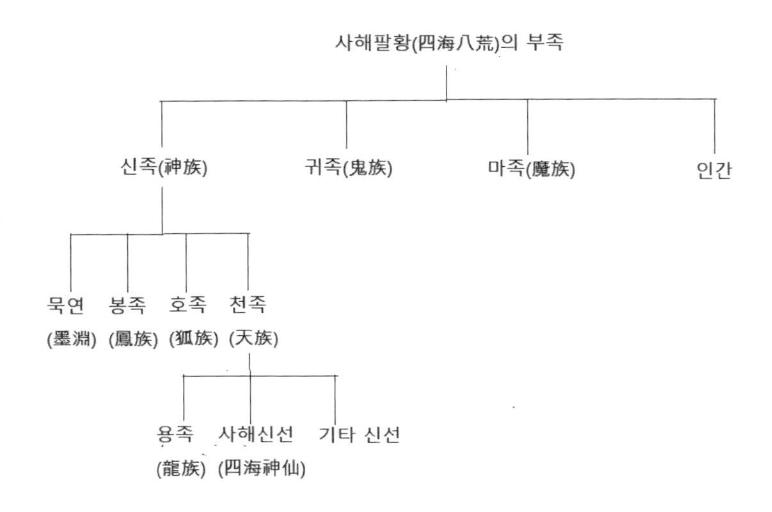

그림 1 : 소설 『삼생삼세십리도화』의 공간과 인물 관계도

이 사해팔황 속에서 살아가는 각각의 인물 혹은 각각의 족군(族群)들은 그들 족군 별로 각기 다른 지역에서 살아가고 있다. 이 작가는 또 다른 '삼생삼세' 시리즈인 『삼생삼세침상서(三生三世枕上書)』[16]에서 사해팔황의 공간 배치에 대해 서술하고 있다.

> 사해팔황에서 가장 넓은 지역은 마족(魔族)이 다스리는 남황(南荒)이고 그 다음 넓은 곳이 귀족(鬼族)이 다스리는 서황(西荒)이다. 구미백호족(九尾白狐族)이 다스리는 청구국(青丘之國)은 동황(東荒)을 중심으로 동남, 동북, 서남, 서북의 오황(五荒)을 통치하지만, 모두 합쳐도 남황(南荒) 하나 정도의 크기이다. 천족(天族)이 차지하고 있는 공

16) 『삼생삼세침상서(三生三世枕上書)』는 『삼생삼세십리도화(三生三世十里桃花)』의 시공관념을 이어받았으며, 주인공이 동화제군(東華帝君)과 백봉구(白鳳九)로 바뀌었을 뿐이다. 소설 연재에 대한 자세한 내용은 노노서방(努努書坊) 참조. (http://www.kanunu8.com/book4/10506/).

간은 좀 많은데, 천상의 36천과 지상의 동서남북 사해(四海), 그리고 북황(北荒)까지가 그들의 통치 아래에 있다. 그러나 천족의 수가 다른 종족들에 비해 많은데다 매년 사해팔황 신선 세계 이외의 지역에서 신선 수련을 통해 신선이 되는 족속들 역시 천족(天族)으로 포함되기 때문에 천족의 비중이 다소 크다고 할 수 있다.

위에 서술한 내용을 소설 『삼생삼세십리도화』의 인물 관계도와 연관시켜 보면 대체로 아래와 같은 지리 공간을 그려볼 수 있다.

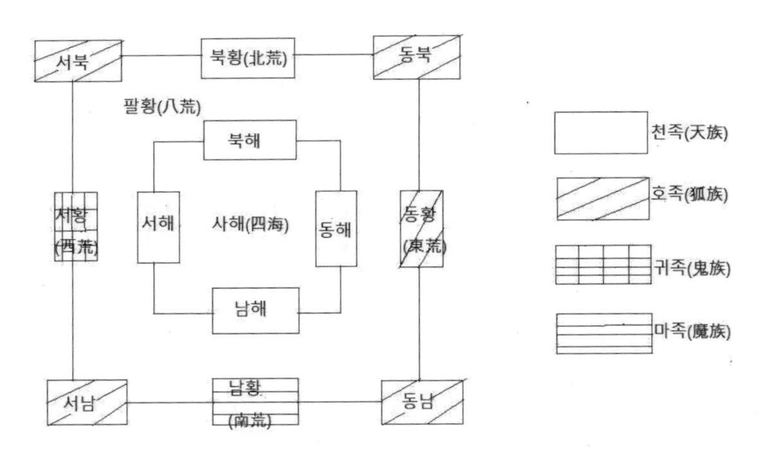

그림 2 : 소설 『삼생삼세십리도화』의 사해팔황 지역 분포도

2.1.1 수평 수직으로 확장되는 입체 공간

소설 『삼생삼세십리도화』의 서사적 공간은 수평적인 공간만을 묘사하는 것이 아닌 수직적으로도 확대된 공간을 묘사하고 있는 입체적 공간 개념을 보여주고 있다. 먼저 수직적 공간 확장이라는 각도에서

보면 이 작품에서는 '하늘(九重天) → 지상(山林) → 물 속(水下)'이라는 종적으로 확대된 공간을 설정하고 있다.

작품 초기에서 여주인공이 신분을 숨기고 무예를 배우러 갔던 곤륜허(昆侖虛)는 『산해경 · 해내서경(山海經 · 海內西經)』에도 기록되어 있는 중국 전통 신화의 공간이다.

> 해내의 서북쪽에는 상제(帝)의 지상 도읍인 곤륜의 땅(昆侖之虛)이 있다. 곤륜의 땅은 사방이 팔백리이고 높이는 만인(萬仞)에 이른다. 위에는 목화(木禾)가 있는데, 길이는 다섯 길이 넘고 둘레는 다섯 아름이나 된다. 한 쪽에는 9개의 우물이 있는데, 옥으로 가장자리를 둘렀으며, 한 쪽에는 9개의 문이 있는데, 문에는 개명수(開明獸)가 지키고 있다. 이곳은 모든 신이 모여 있는 곳으로, 팔각의 바위와 적수(赤水) 근처에 있어 예(羿)와 같은 신이 아니면 위에 있는 바위에 오를 수가 없다.[17]

이를 통해 보면 곤륜허는 하늘에 대응되는 지상에 있는 것임을 알 수 있다. 한편 여주인공의 생활 무대인 '청구(青丘)'라는 지역 역시 『산해경 · 남산경(山海經 · 南山經)』에 등장하는 곳이다.

> 또 동쪽으로 삼백리를 가면 청구의 산이라는 곳이 있는데, 그 산의 남쪽에는 옥이 많이 나고 북쪽에는 青雘가 많이 난다. 그 곳에는 특이한 짐승이 하나 있는데, 모양은 여우와 비슷하지만 꼬리가 아홉 개가 있고 어린아이와 같은 소리를 내며 사람을 잡아먹는다. 이 짐승을 잡아먹으면 고병(蠱病)에 걸리지 않는다.[18]

17) "海內昆侖之虛, 在西北, 帝之下都. 昆侖之虛, 方八百里, 高萬仞. 上有木禾, 長五尋, 大五圍. 面有九井, 以玉爲檻. 面有九門, 門有開明獸守之, 百神之所在.在八隅之岩, 赤水之際, 非仁羿莫能上岡之岩." 李潤英·陳煥良譯注, 『山海經』, 嶽麓書社, 2012年, 241쪽.

18) "又東三百里, 曰青丘之山, 其陽多玉, 其陰多青雘. 有獸焉, 其狀如狐而九尾, 其音如嬰兒,

즉, 소설 속 청구(青丘)에서 살고 있는 여주인공 바이치엔(白淺)이 바로 흰 구미호라는 것이다. 아울러 작품에서 신선들의 주요한 교통수단인 '구름타기(騰雲)'에 대한 묘사가 등장하는데, 바이치엔이 처음으로 곤륜허에 갈 때 '두 시진 정도 구름을 타고'라는 부분과 그 뒤에 '숲이 우거진 조용한 선산(仙山)'에 도착했다는 표현, 그리고 '이 산은 청구와는 다르고, 십리도림(十里桃林)과도 다르다'라는 서술 등으로 미루어 볼 때, 작품 속에서 청구(青丘)라는 공간과 곤륜허라는 공간은 수평적인 공간 개념으로는 구름을 타고 두 시진 정도 걸리는 거리에 있고, 수직적으로는 동일한 높이의 공간인 것으로 추측할 수 있다.

그렇지만, 여주인공이 구중천에 갈 때에는 '구중천에 오른다'라고 표현하는 데, 천궁(天宮)이라는 곳이 서사 공간의 가장 꼭대기이기 때문이다. 예를 들어 작가는 태자의 궁전을 묘사할 때 '세오궁(洗梧宮)의 위치는 달 보다 많이 높아서 달에 계수나무 꽃이 필 때면 계수나무 꽃향기가 구중천까지 올라온다.'고 서술하고 있다. 한편 여주인공이 동해 용왕의 아들 만월(滿月) 잔치에 갈 때는 '물 아래로 내려간다'는 표현을 쓰고 있는데, 용왕이 사는 수정궁(水晶宮)이 서사 공간의 가장 아래에 있는 것으로 설정되어 있기 때문이다. 예를 들어 바이치엔이 동해에 갈 때, '동해의 아래 쪽 삼천척이나 깊은 곳에 있는 수정궁으로 반 시진 정도 내려갔다'고 서술하고 있는 것이다.

횡적 공간으로 보자면 작품에서는 '접양(接壤)'의 개념을 활용하기도 한다. 예를 들어 귀족(鬼族)이 천족(天族)에게 도전하여 약수(若水)에서 전쟁을 일으켰을 때, '한 무리의 귀장(鬼將)들이 이미 두 부족의 경계로부터 불과 30리 밖에 떨어지지 않은 곳까지 행군해왔다'라고 표현한

能食人，食者不蠱." 李潤英·陳煥良譯注, 위의 책, 5쪽.

것으로 보아, 천족의 통치 지역인 약수의 호반지역을 경계로 동일한 고도에서 귀족(鬼族)과 분명한 영토의 경계 구분이 되어있음을 알 수 있다. 또 다른 측면에서는 공간들 사이의 거리의 원근을 두기도 하였는데, 예를 들어 바이치엔이 동해에 갈 때, '저옌(折顔)이 있는 도화림(桃花林)은 동해로부터 그리 멀지 않은 곳'이니 겸사겸사 '동해의 동쪽에 있는 십리도림(十里桃林)'에 들르겠다고 하는 표현 등이 그것이다. 도화림은 『산해경・중산경(山海經・中山經)』에 등장하는 곳이기도 하다.

> 그 북쪽에는 숲이 하나 있는데, 도림(桃林)이라고 부른다. 넓은 곳은 삼백리에 이르며 말이 많이 산다. 그 곳에는 호수가 하나 있는데, 북으로 흘러 황하로 흘러든다. 그 물 속에는 연옥(珚玉)이 많이 난다.[19]

『산해경』에서는 물론 도화림과 동해와의 거리에 대해서는 언급이 없다. 그러나 소설 속의 작가는 도화림의 위치에 대하여 구체적으로 묘사하고 있는데, 이는 이야기의 구체성을 더해주기도 하고, 또한 동시에 추상적인 서사공간의 구체화를 이루어 내는 수단으로 작용하기도 한다.

2.1.2 공간 경계선 구분의 중층적 의미

이 작품에서 공간의 구분은 이중적인 기준을 가지고 있다. 즉, 신족(神族)끼리, 그리고 신족과 귀족(鬼族) 사이에는 공간을 나눠주는 분명한 경계 표시가 설정되어 있지만, 인간세계의 공간에는 구분의 표지가 없

19) "其北有林焉, 名曰桃林, 是广員三百里, 其中多馬. 湖水出焉, 而北流注于河, 其中多珚玉." 李潤英·陳煥良譯注, 위의 책, 150쪽.

다는 것이다. 신족(천족天族, 호족狐族, 봉족鳳族, 모옌墨淵 등)과 귀족(鬼族), 그리고 인간에 이르기까지 이들이 살아가는 공간은 서로 다르며, 이들이 살아가는 공간에는 자신들만의 경계를 나타내주는 상징물이 있다.

『산해경・해내서경(山海經・海內西經)』에 나오는 곤륜허에 대한 기록을 보면 곤륜허의 네 방향에 각각 문이 있다고 되어 있는데, 이 작품에서도 이를 차용하여 공간의 경계로서의 문을 설정해두고 있다. 곤륜허 뿐만 아니라 하늘 공간을 뜻하는 구중천 역시 전통 신화에 등장하는 남천문(南天門)을 차용하여 천궁의 입구로 설정하고 있다. 이외에도 귀족(鬼族)의 중심인 대자명궁(大紫明宮)에도 궁문이 있으며, 청구의 여우 동굴에도 동굴문이 있다. 이러한 문의 기능은 그것이 산문이든 궁문이든 동굴의 문이든 간에 공간의 경계를 구분해주는 표지가 되고 있다. 예를 들어 여주인공 바이치엔이 구중천에서 하계로 내려올 때 '저옌과 함께 남천문을 넘어 서둘러 아래 세계로 내려갔다'와 같은 표현을 써서 문이라는 것이 다른 공간을 넘나드는 통로이자 동시에 서로 다른 공간을 구분해 주는 표지로서의 역할을 하고 있음을 알려주고 있다. 그런데, 신족과 귀족(鬼族)의 공간과는 달리 인간들이 살아가는 세계에는 구체적인 공간 표지가 없다. 이 작품에서 인간 세계의 공간에 대한 묘사는 다소 모호하거나 인간세계와 다른 세계를 구분해주는 공간 경계에 대한 구체적인 서술이 부족하다. 사실 이 작품에서 인간세계는 주인공들이 운명의 변화과정에서 잠깐 들르게 되는 배경으로서만 기능하고 있기 때문이다. 예를 들어 여주인공 바이치엔이 신선의 원기(元氣)가 봉인되어 인간 쑤수(素素)의 신분으로 동황(東荒)의 준질산(俊疾山)으로 떨어지거나(삼생삼세의 두 번째 세상), 남주인공 예화가 인간세계에서 부상을 당하고 동황 준질산에서 우연히 쑤수를 만나게 되는 장면, 그리고 바이치엔과 예화가 아들인 아리를 데리고 인간세상의 장터를 구경하는 장면이나 바이치엔이 위엔전(元貞)을 도와 겁난을 무사히 넘길 수 있도록 돕기 위해 인간 세상에 내려가는 장면, 그리고 예화가 리우자오꺼(柳照歌)라는 문인으로 인간 세상에 태어나 고난을 체험하는 장면 등이 그것이다. 그러므로 인간세계의 공간에 대한 묘사라는 것은 고작 사람이 거의 살지 않는 산간 오두막이거나, 희곡을 감상할 수 있는 장터의 찻집, 아니면 황궁과 문인 저택 등이 전부이다.

이러한 장소들은 모두 신족의 주인공들이 활동하는 부차적인 공간이므로 이들 공간의 구획에 관한 작가의 설명 역시 상세하지 않은 것이다. 게다가 이 작품에 등장하는 상고시대의 신수(神獸)인 '적염금예수(赤炎金猊獸)'는 선계의 신수임에도 불구하고 아무런 제한없이 인간세계인 동황의 중영국(中榮國)에 살면서 인간들에게 횡포를 부리기도 한다. 이 사건을 계기로 예화는 상제의 명을 받들어 중영국에 내려가 적염금예수를 잡으려다가 부상을 입고 중영국 근처에 있는 준질산에서 휴양을 하게 되고, 이로 인해 인간 쑤수로 환생한 바이체엔과 재회하게 되는 것이다. 그러므로 작품에 등장하는 준질산은 선계와 인간세계를 연결해주는 중요한 통로로 기능하고 있다.

준질산 역시 『산해경 · 대황동경(山海經 · 大荒東經)』에 기록되어 있다.

> 동황의 중심에 학명준질(壑明俊疾)이라고 불리는 산이 하나 있는데, 해와 달이 여기서 떠오른다. 이곳에는 중용지국(中容之國)이 있다.[20]

작가는 위와 같은 신화전설을 차용하여 자신이 설계한 '사해팔황'의 대공간에 인간세계를 배치시키고 있는 것이다.

20) "東荒之中, 有山名曰壑明俊疾, 日月所出. 有中容之國." 李潤英 · 陳煥良譯注, 위의 책 264쪽.

2.2 시공간 초월 기법으로의 공간 이동

사실 주인공들이 신족의 영지에서 귀족(鬼族)의 공간이나 인간세계로 이동하는 것은 엄격한 의미에서 '천월(穿越, 시공간 뛰어넘기)'이라고 말할 수는 없을 것이다. 왜냐하면 공간의 배치라는 측면에서 보면 각 종족들의 모든 공간은 '사해팔황'이라는 거대 공간을 구성하는 일부분이므로 주인공들이 알 수 없는 어떤 계기와 어떤 힘에 이끌려 자신도 모르는 시공간으로 뛰어넘는 것이 아니기 때문이다. 그렇지만 작가는 확실히 시공간 뛰어넘기의 서사기법을 운용하고 있는데, 서로 다른 공간은 그 공간만이 가지고 있는 각각의 이미지를 가지고 있고 제각각의 운행 시스템이 있기 때문이다. 신족의 공간이라 하더라도 신족 가운데 어떤 하위 종족이냐에 따라 그 차이는 확연하다. 즉, '사해팔황'이라는 전체 공간 내에 사실상 각각 독립적인 작은 공간들이 존재한다고 봐야 할 것이다.

예를 들어 모옌이 관장하는 곤륜허는 세속 세계와 멀리 떨어져 있어 정치의 시비를 논하지 않고 사제간에 수련에만 일심 정진하는 초월적인 선경으로 그려진다. 또한 여주인공 바이치엔이 생활하는 청구라는 공간은 민심이 순박하고 자유롭고 순수한 생활을 영위하는 일종의 무릉도원처럼 묘사되고 있다. 그런가하면 남주인공 예화가 생활하는 구중천은 복잡한 삶과 호화로운 궁궐, 그리고 엄격한 신분제도와 일부다처제가 시행되는 유가사상에 경도된 제왕적 공간으로 그려지고 있다. 반면 소설에서 천족과 충돌을 일으키는 역할로 그려지고 있는 귀족(鬼族)은 주로 대자명궁(大紫明宮)에서 생활하고 있는데, 이 곳은 세속적 관념의 속박에서 벗어나 심지어 사랑하는 동성 애인을 얻기 위해 전쟁도 불사하는 공간으로 묘사된다. 이런 묘사는 굳이 고대 중국

사상에서 연원을 찾자면 인간의 감정과 천성을 속박하는 성리학의 교조주의에 반하여 일어난 왕양명(王陽明)의 심학(心學) 세계와 연관을 지을 수 있을 것이다. 이 작품에서 가장 고난의 공간으로 설정된 곳은 인간세계이다. 인간세계는 주로 주인공들이 겁난(劫難)을 받기 위해 내려가는 곳이기 때문이다. 여주인공 바이치엔이 '정겁(情劫)'을 받으러 내려가거나, 예화나 동화제군(東華帝君) 같은 신선이 인간세계의 고통을 몸소 체험하러 가는 것 등이 그 예이다. 마치 인간세계를 중심으로 하는 시공 초월 소설에서 현실의 고통을 대신해 줄 시공간으로 초월의 공간을 아름답게 묘사하는 것과 마찬가지로, 이 소설의 작가는 신선세계를 중심 공간으로 하고 있기 때문에, 인간세계의 고통을 통해 선계의 아름다움을 더 돋보이게 하는 효과를 노리고 있는 것이다.

작품 속에서 신선들이 공간이동을 하는 주요한 방식은 '구름 타기(騰雲)'이다. 이들은 구름을 타고서 위로는 천궁에서 아래로는 바다 속 용궁까지, 혹은 선계이든 인간세계이든, 사해팔황 어느 공간이든 자유롭게 이동할 수 있다. 그러나 인간들은 이러한 능력이 없기 때문에 이들은 인간세계에 내려오는 신선을 볼 수는 있지만, 신선의 세계에 올라갈 수는 없다. 남주인공 예화가 리우자오꺼(柳照歌)라는 신분의 인간으로 인간세계에 태어났을 때, 평생 동안 청구(青丘)라는 곳에 가고 싶어 했지만 결국 찾지 못하고 죽은 것이 그 예이다. 그렇지만, 인간들도 신선이 데리고 올라가면 신선의 세계에 들어갈 수 있도록 설정되는데, 여주인공 바이치엔이 인간세계의 쑤수(素素)로 다시 태어났을 때, 그녀는 예화와 함께 구름을 타고 천궁으로 올라갔다. 아래 표에서 남녀주인공의 시공간 초월 양상을 정리해 보았다.

표 1 : 소설 『삼생삼세십리도화』 남녀 주인공의 시공 초월 양상

초월시간	주인공의 신분	시공초월의 주체	초월 공간
제1세	곤륜허의 제자	쓰인(司音) (남장한 바이치엔)	청구(青丘)→곤륜허
			곤륜허→대자명궁(大紫明宮)
제2세	인간 천족(天族)의 태자	쑤수(素素) (인간이 된 바이치엔)	약수강가→동황준질산
			구중천→청구
		예화와 쑤수	동황준질산→구중천
	청구의 여제(女帝) 천족(天族)의 태자	바이치엔과 예화	청구→동해
			청구→구중천
			청구→인간세계의 장터
			청구→서해
제3세	청구의 여제(女帝) 인간	리우자오꺼(柳照歌) (인간이 된 예화)	구중천→인간세계의 강남
			인간세계의 강남→구중천
		바이치엔	곤륜허→인간세계의 강남
			청구→구중천

3. 소설 『삼생삼세십리도화』의 시간 개념

3.1 역사 가공 서사 기법에서의 선계(仙界)의 시간 체계

현환(玄幻)소설은 중국 전통 도교문화에 뿌리를 둔 법술과 신선 수련 등을 바탕으로 하는 소설로써, 서양의 판타지 문학의 영향에 중국 고유의 무협 문화가 어우러져 형성되었다. 현환소설의 작가는 주로 역사 다시쓰기의 방식을 통해 서사를 가공하여 현실을 재창조함으로써 새로운 이야기성을 갖춘 시공간을 만들어낸다. 역사 다시쓰기를 통해 새로운 서사 공간을 창출해 내기 때문에 현환소설은 주로 중국의 고대 역사를 시공간적 배경으로 사용한다. 중국 고대의 지리와 기후상황,

정치제도와 문화적 풍속, 그리고 사상적 배경까지 고대 중국의 모습과 다르지 않다.[21] 이것은 아직 다가오지 않은 미래와 비교해 봤을 때 소설의 작가들이 지나온 과거 역사와 더 익숙하기 때문이기도 하지만, 또 한 가지를 꼽자면 법률과 제도에 의해 운행되는 현대사회에 비해 인치(人治)의 영역이 더 많았던 고대 사회가 인물의 행동과 이로 인한 사건의 전개에 더 많은 변수를 제공하기 때문이기도 하다. 고대의 인치 사회에서는 냉정하게 법치로서 처리하지 못하는 '어쩔 수 없는' 상황들이 종종 발생하게 되는데, 예를 들면 남주인공 예화가 주위의 압박에 못 이겨 여주인공 바이치엔의 양쪽 눈을 파내는 사건이 그것이다. 이로 인해 일련의 스토리가 전개되고 이러한 '어쩔 수 없음'은 그 뒤로도 스토리의 전개에 있어서 다양한 굴곡을 만들어주는 계기가 되기도 한다.

이 작품에 등장하는 신선의 이미지는 중국 전통의 신선 이미지와 서사 가공을 통해 만들어진 신선의 이미지 양쪽의 영향을 동시에 받고 있는데, 즉 우주만물의 신령으로서 장생불로를 이룬 완벽한 존재의 이미지와 동시에 인간적인 면을 가지고 있는 인간적 이미지를 동시에 가지고 있다는 것이다. 『설문해자(說文解字)』에는 "신(神)은 하늘의 신으로, 만물을 끄집어 낸 자이다."[22]라고 되어 있으며, 『설원 · 수문편(說苑 · 修文篇)』에는 "신령이란 천지의 근본으로, 만물의 시작이 된다."[23]라고 표현하고 있다. 또 『설문해자(說文解字)』에는 "신선이란 오래 살며 날아간다(僊, 長生僊去)"[24]라고 되어 있고, 『석명 · 석장유(釋名 · 釋長幼)』

21) 喩曉薇 · 趙叢, 「夢的境像—架空歷史小說時空分析」, 『哈爾濱學院學報』, 2011年5月 第32卷 第5期, 89-92쪽.
22) [漢]許愼, 『說文解字』, 長沙: 嶽麓書社, 2006年, 8쪽.
23) [漢]劉向著, 王鍈 · 王天海注, 『說苑全譯』, 貴陽: 貴州人民出版社, 1992年, 810쪽.
24) [漢]許愼, 『說文解字』, 長沙: 嶽麓書社, 2006年, 167쪽.

에는 "늙어서도 죽지 않는 것을 신선이라고 부른다(老而不死曰仙)"[25]라고 하여 신(神)과 선(仙)의 유래를 밝혀놓고 있다. 이를 종합해보면 중국 전통의 신선이라는 개념은 만물의 신령함을 주재하는 불사의 존재라는 의미이다. 그러나 소설 『삼생삼세십리도화』에 등장하는 신선들은 중국 전통의 신선 개념과는 다른 몇 가지 특징을 가지고 있다.

첫째, 신선세계에도 등급이 있다. 작품을 보면 모든 신선들이 천지를 주재하는 능력을 가지고 있는 것은 아니며, 인간사회의 권력구조와 유사하게 신선에게도 능력과 계급이 존재한다. 이 작품에서 신선이 되는 것은 태생적인 방식과 후천적인 방식 두 가지가 존재한다. 그리고 태생적인 신선 역시 출신에 따라 다른데, 예를 들면 원고신족(遠古神族) 중에서도 주인공 예화와 바이치엔은 신선의 최고 등급인 '상신(上神)'이라는 등급에 올라갈 수 있는 기회가 주어진다. 만약 평범한 신선 가문에 태어났다면 평범한 신선으로 살아가게 된다. 예를 들면 백호수지(白胡垂地)의 남극선군(南極仙君)은 백발이 성성한데도 젊디젊은 바이치엔에게 '고모님(姑姑)'이라고 부르는데, 그 이유는 바이치엔이 등급이 더 높은 상신(上神)이기 때문이다. 후천적으로 신선이 되는 것은 태어날 때는 신선의 몸이 아니었지만, 오랜 수련과 혹은 기이한 인연으로 신선명부(仙籙)에 오르게 되는 방법을 말한다.

둘째, 신선은 불사(不死)의 존재가 아니다. 작품에서는 신선들의 최종 귀착지에 대해 이렇게 서술하고 있다. "반고(盤古)가 도끼로 천지를 개벽한 이래 종족간의 전쟁이 끝나지 않고 천지의 주인도 여러 번 바뀌었다. 태고적 신들은 대부분 겁난을 만나 사라지거나 깊이 잠들었다." 그리고 사극(四極)과 구주(九州)의 붕괴를 막고 작품 속의 '사해팔황'을

25) [漢]劉熙, 『釋名』, 北京: 中華書局, 1985年, 42쪽.

창조해 낸 부신(父神)과 모신(母神), 즉 곤륜허의 전신(戰神)인 모옌(墨淵)과 구중천 태자인 예화의 부모 역시 이미 '혼돈으로 돌아갔다'라고 서술된 것으로 보아 이들 신선에게도 존재의 마지막 순간이 있는 점은 인간의 수명과 유사하다고 할 수 있다. 또한 신선들의 생명이 연장될 수는 있으나 그것도 순조로운 것은 아니다. 즉, 신선들에게는 '겁(劫)'이라는 일종의 시험 같은 것이 있어서 이 난관을 통과하면 더 높은 등급으로 올라갈 수 있지만, 이 겁을 통과하지 못하면 사라지게 될 수도 있다. 이를 소설에서는 이렇게 서술하고 있다.

> 보통의 신선이 상선(上仙)으로 승급하고, 다시 상선으로부터 상신(上神)으로 승급하는 데는 적게는 7만년, 많게는 14만년의 시간이 필요하다. 이 두 번의 겁을 잘 넘기면 천수를 누릴 수 있게 되지만, 통과하지 못하면 바로 죽게 된다.

'겁(劫)'이란 용어는 산스크리트어 'kalpa'의 한역어(漢譯語)로서, 원 뜻은 '무수히 길고 오랜 시간'을 뜻한다. 불교에서는 한 겁의 시간을 12억7664만8000년으로 보는데, 한 겁이 끝날 때에는 겁화(劫火)가 일체 만물을 모두 불태우고 세계는 한 번의 윤회를 완성한다고 여긴다.[26] 이 작품에서는 '겁'이라는 윤회 관념을 차용하여 어떤 겁난을 겪은 뒤 새로운 생명을 얻거나 더 높은 등급을 얻는 것으로 설정하고 있다. 다만, 이 소설에서 한 겁은 원래의 긴 시간을 그대로 사용하지 않고 독자들이 수용할 수 있을 정도의 시간인 몇 만 년 정도로만 설정하고 있다.

셋째, 신선들 역시 인간과 같은 발육과 성장의 과정을 거친다. 소설 『삼생삼세십리도화』의 주인공은 모두 신선이지만 그들의 생명 역시

26) 鈕衛星, 『西望梵天: 漢譯佛經中的天文學淵源』, 上海: 上海交通大學出版社, 2004年, 34-35쪽.

인간들과 마찬가지로 태아로부터 시작하여 귀여운 아동기와 생기발랄한 청소년기를 거쳐 마침내는 진정한 신선이 된다. 인간의 성장과정과 차이가 있다면 성장 시간의 길이가 다르다는 것인데, 인간이 엄마의 태중에서 열 달을 머무르는데 반해, 신선의 태아는 모체에서 삼년을 머문다. 삼백 살 된 선동(仙童)은 인간으로 치면 두세 살의 아이이며, 작품 속 예화의 나이는 5만 살로 설정되어 있는데, 이는 인간의 청소년기에 해당하는 나이이다. 바이치엔의 나이는 14만 살로 성인의 나이에 해당한다. 비록 작품에서는 자신의 나이가 예화의 할머니뻘이라고 투덜거리지만, 그녀는 여전히 사해팔황에서 손꼽히는 미인의 모습을 유지하고 있다.

3.2 이계엄류형(異界淹留型) 전설에서 착안한 선계의 시간 환산법

우연한 계기로 낯선 곳에 떨어져 머무르게 된다는 '이계엄류형(異界淹留型)' 전설은 서사적으로 몇 가지 공통적인 특징을 보인다. 대개 이 이야기의 주인공은 우연히, 혹은 특별한 인연으로 선계에 잘못 들어가게 되고 선계의 아름다운 풍경이나 맛있는 산해진미에 미혹된다. 주인공은 선계의 선녀와 인연을 맺기도 하고 혹은 은혜를 입기도 하면서 지내다가 다시 인간세계로 돌아왔을 때는 이미 알아보는 사람이 없을 정도로 시간이 훌쩍 지나버리게 된다는 이야기 구조를 가진다. 예를 들어 『유명록(幽明錄)』에 수록된 유신(劉晨)과 완필(阮肇)의 이야기가 대표적인 이계엄류형 전설이라고 할 수 있다.

> 한명제 영평 5년, 섬현의 유신과 완조는 닥나무 껍질을 채집하러 천태산으로 들어갔다가 길을 잃었다.

…

산 중턱에서 떠내려오는 싱싱한 순무잎이 보였다. 조금 후에는 깨밥이 담긴 밥그릇이 하나 떠내려왔다. 두 사람은 서로 "이건 근처에 인가가 있다는 걸세."라고 말하고는 함께 물 속으로 들어가 2,3리를 거슬러 올라갔다. 거기서 산을 하나 넘어가니 큰 계곡이 하나 나왔는데, 물가에는 절세의 미녀 두 명이 서 있다가 이들 두 사람을 보더니 웃으면서 "유낭군과 완낭군이 잃어버린 그릇을 찾아오셨네요?" 라고 말하였다. 이들은 이 여인들과 모르는 사이였으나 그녀들이 성을 불러준 까닭에 오래전부터 알고 있던 사이인 것처럼 즐겁게 대하게 되었다. 그 여인들은 "왜 이렇게 늦게 오셨어요?"라고 물으며 집으로 돌아가기를 청하였다.

…

저녁이 되자 그녀들은 각자의 침소를 하나씩 마련해주고 그곳으로 와서 잠자리를 같이 하였는데, 그녀들의 맑고 부드러운 목소리에 세상 근심을 잊을 정도였다. 이윽고 열흘이 지나 이들이 돌아가겠다고 하자, 여인들이 말하였다. "낭군께서는 전생에 쌓은 복으로 이곳에 오시게 된 것인데 어찌하여 다시 돌아가겠다고 하십니까?" 그리하여 이들은 다시 반년을 더 머물게 되었다. 때는 바야흐로 꽃 피고 새 우는 봄이 되자 집을 그리는 마음에 더욱 슬퍼져 간절히 돌아갈 것을 청하였다. 여인들이 말하기를 "속세의 죄 값이 낭군님을 붙잡는 걸 어찌 하겠어요?" 이전에 왔었던 여인들 삼사십 명을 모두 불러 송별연을 열어주고 돌아갈 길을 알려주며 함께 두 사람을 전송해주었다. 밖으로 나와보니 친척과 친구들은 이미 다 사라졌고 집들도 모두 바뀌어 알아볼 수가 없었다. 물어물어 그들의 7세손을 찾았으나 먼 조상 중에 누군가가 산에 들어갔다 길을 잃어 돌아오지 못했다는 말만 전해 들었노라고 하였다. 진나라 태원 8년, 그들은 홀연히 사라졌고 어디로 갔는지 아무도 모른다.[27]

---

27) "漢明帝永平五年, 剡縣劉晨, 阮肇共入天台山取穀皮, 迷不得返. … 見蕪菁葉從山腹流出,

위에 소개된 이야기 속에서 선계에서의 반년의 시간은 인간세계에서 백년의 시간에 해당한다. 이것이 바로 이계엄류형 전설의 가장 큰 특징이라고 할 수 있는데, 선계의 시간과 인간세계의 시간이 다르게 흐른다고 생각하는 것이다. 구체적인 시간의 차이는 이야기마다 다소 다를 수 있지만, 그리고 인간세상의 시간이 왜 선계의 시간보다 빠르게 흘러가는 것으로 설정되어 있는지에 대한 학계의 견해 또한 다양하지만, 선계에 머무른 잠깐의 시간 동안 인간세상에서는 이미 몇 십 년, 혹은 몇 백 년이 흘렀다는 설정은 공통적이다.

중국의 유선문학(遊仙文學)에 등장하는 신선에 대한 묘사는 주로 '유(遊)'와 '선(仙)'에 집중되어 있다. 여기서 '유(遊)'가 표현하고자 하는 것은 세속에 구애되지 않고 천지간을 마음대로 넘나들 수 있기를 바라는 인간들의 욕망이 투영된 것이며, '선(仙)'이 나타내고자 하는 것은 불로장생과 품격 있는 고상한 삶을 추구하고자 하는 욕망이 투영된 것이다. 이런 맥락에서 본다면 이계엄류형 전설이야말로 신선이 되기를 욕망하는 인간들의 신선 독해 방식이 드러난 것이다. 즉, 인간이 우연히 선계에 들어간다면 일종의 상대적인 '장생(長生)' 누릴 수 있게 되는데 인간과 선계의 가장 큰 구별점은 물질의 화려함이 아니라 천금과도 바꿀 수 없는 시간의 단위였던 것이다. 게다가 인류에게 있어서 시간이라는 것 자체는 한번 가면 돌아오지 않는 신비로운 존재인 것

甚鮮新, 複一杯流出, 有胡麻飯摻, 相謂曰：'此知去人徑不遠.' 便共沒水, 逆流二三里, 得度山, 出一大溪, 溪邊有二女子, 姿質妙絶, 見二人持杯出, 便笑曰：'劉阮二郎, 捉向所失流杯來.' 晨肇旣不識之, 緣二女便呼其姓, 如似有舊, 乃相見忻喜. 問：'來何晚邪?' 因邀還家. … 至暮, 令各就一帳宿, 女往就之, 言聲淸婉, 令人忘憂. 至十日後欲求還去, 女云：'君已來是, 宿福所牽, 何複欲還邪?' 遂停半年. 氣候草木是春時, 百鳥啼鳴, 更懷悲思, 求歸甚苦. 女曰：'罪牽君, 當可如何?' 遂呼前來女子, 有三四十人, 集會奏樂, 共送劉阮, 指示還路. 旣出, 親舊零落, 邑屋改異, 無複相識. 問訊得七世孫, 傳聞上世入山, 迷不得歸. 至晉太元八年, 忽複去, 不知何所." [南朝宋]劉義慶, 『幽明錄』, 北京: 文化藝術出版社, 1988年, 2쪽.

이다. 『산해경에는 시간을 관장하는 신인 일명(噎鳴)에 대한 기록이 있다.

> (일명)은 서쪽 끝에 사는데, 해와 달과 별들의 운행을 주관한다.[28]
> (『산해경・대황서경(山海經・大荒西經)』)
>
> 공공(共工)이 후토(後土)를 낳았고, 후토는 일명(噎鳴)을 낳았는데, 일명은 12개의 세(歲)를 낳았다.[29] (『산해경・해내경(山海經・海內經)』)

이계엄류형 전설의 서사적 특징의 영향으로 소설 『삼생삼세십리도화』에서도 선계와 인간세계의 시간 차이를 설정하고 있는데, 그 차이는 '선계의 하루는 인간세계의 일 년에 해당한다(仙界一日, 凡間一年)'라는 말로 대표된다. 이 작품에서는 이계엄류형 전설의 주요 스토리 라인을 차용하지 않고 주로는 선계와 인간세계의 시간 전환상의 희극적 충돌을 주요하게 다루고 있다. 예를 들어 예화가 인간세계로 내려가 60년의 생사겁(生死劫)을 겪는 그 시간이 여주인공 바이치엔에게는 불과 두 달의 시간이지만, 그럼에도 예화에 대한 그리움을 참지 못한다는 묘사 등이 그러한 예이다. 후에 바이치엔은 인간세계로 내려가 열한 살 된 예화를 보고 오는데, 그녀가 황혼 무렵부터 깊은 밤까지 예화에게 접근하려고 기다린 그 긴 시간이 선계에서는 고작 향 하나가 다 탈 정도의 짧은 시간이었다. 또 바이치엔은 선계에서 7일이 지난 뒤 다시 예화를 보러 내려가는데, 인간세계의 예화는 이미 18세의 청

28) "(噎)處於西極, 以行日月星辰之行次." 李潤英・陳煥良譯注, 위의 책, 279쪽.
29) "共工生後土, 後土生噎鳴, 噎鳴生歲十有二." 李潤英・陳煥良譯注, 위의 책, 301쪽. 똑같은 1년의 시간이지만, 쓰는 어휘에 따라 기준점이 각각 다르다. '재(載)'는 모든 자연계의 성장과 휴식이 한번 돌아오는 것을 강조하는 단위인데 반해, '세(歲)'는 세성(歲星, 즉 목성)의 공전 주기가 12년인데, 12개의 성차 중 한 군데를 지나가는 것을 가리키는 말이다. 또한 '사(祀)'는 사계절 기후의 순환을 중심으로 본 개념이며, '년(年)'은 풍년과 흉년 등 생산활동과 관련된 개념이다.

년이 되어있었다. 인간의 일생 60년과 선계의 두 달, 인간의 하루 밤과 선계의 짧은 순간, 그리고 인간세계의 7일과 선계의 7년 등, 작가는 이 두 세계의 시간 차이를 활용하여 두 사람 사이의 사랑의 마음을 더욱 강조하고 있는 것이다.

4. 나가며

인터넷이라는 공간은 그 자체로 상상력을 자유롭게 발휘할 수 있는 공간이다. 게다가 현환(玄幻)이라는 소재는 작가와 독자에게 무한한 상상력의 공간을 제공하는 소재이기도 하다. 소설 『삼생삼세십리도화』의 작가는 중국식 판타지 시공간을 만들어 가는 과정에서 다양한 서사기법의 영향을 받아 이를 구현하고 있다. 시공간 초월(穿越)은 시간과 공간의 이동을 필요로 한다. 게다가 이러한 초월이 미래를 지향하든, 과거를 지향하든 간에 허구적인 시공간의 설정은 작가의 상상력에 의존해야 하며, 이러한 상상력의 원천은 작가가 경험한 현실에 대한 이해와 체험으로부터 나온다. 역사에 대한 가공은 현실에 대한 작가의 이해와 체험을 바탕으로 작가가 만들어가는 또 다른 세계의 창조 과정이기도 하다. 그리고 이러한 창작 자체가 일종의 시공간 초월인 것이다. 그러므로 시공간 초월과 역사에 대한 가공 작업 모두 인터넷 판타지 소설의 서사 수단이다. '이계엄류(異界淹留)'라는 소재는 중국의 전통 유선(遊仙)문학에 등장하는 전형적인 서사 유형으로, 인터넷 판타지 소설에도 깊은 영향을 주었다. 특히 선계(仙界)와 인간 세상의 시간 흐름이 달라야 한다는 사유는 위의 이계엄류형 고사로부터 직접적인 영향을 받은 것이다.

소설 『삼생삼세십리도화』에는 다양한 종족과 다양한 지역, 그리고 서로 다른 사회 질서가 공존하는 '사해팔황(四海八荒)'이라는 거대 공간이 설정되어있다. 그리고 다른 역사 가공 서사와는 달리 소설 『삼생삼세십리도화』의 가공은 종족별, 지역별로 다원적이며 그리하여 이 서사에서의 시간과 공간은 종족에 따라 각기 다른 지역으로 시공간 이동을 하는 것으로 설정되어 있다.

소설 『삼생삼세십리도화』에서의 시간 체계는 두 가지의 기준을 가지고 있다. 즉, 신선들의 나이는 특정한 시간 범위 내에서 환산되며, 또 한 가지 선계(仙界)와 인간세계 사이의 시간 흐름은 각각 달라서, '선계의 하루가 인간세계의 일 년에 해당한다(仙界一日, 凡間一年)'는 법칙이 적용된다.

물론 작품 군데군데에는 공간의 모호함과 시간 환산의 모순성이 보이기도 한다. 예를 들어 인간세계와 선경(仙境)이라는 두 공간이 경계를 맞대고 있는 구조인지, 아니면 특정 지점을 통해 연결된 구조인지, 그것도 아니면 어느 한 공간이 다른 공간을 포함하고 있는 구조인지 소설에서는 구체적으로 서술하고 있지 않다. 그 밖에 선계와 인간세계에 시간의 차이가 존재함에도 불구하고 주인공이 선계에서 인간세계로 공간이동을 하는 과정에서 인간세계는 언제나 선계와 비슷한 시대적 환경을 유지하고 있다는 점 등은 옥의 티라고 하겠다. 예를 들어 예화가 바이치엔과 인간세상의 찻집(戲樓)에서 즐거운 시간을 보낸 후, 뒤에 예화가 가사(假死)상태에 빠졌을 때 바이치엔이 '우린 이 찻집에서 같이 희곡을 감상했었지. 예화가 나를 떠난 지도 이미 삼년이나 되었는데' 라며 찻집에서의 추억을 회상하는 장면이 나온다. 그런데, 선계와 인간세계의 시간 환산법을 적용한다면 선계의 3년은 인간세계의 1,080년에 해당되는데, 과거의 그 찻집이 그대로 남아있을 수 있는지는 생각해 볼 일이다.

제 2 장

『강물의 신(河神)』 IP에 나타난 지괴(志怪) 전통과 화본(話本) 스타일

—소설 『강물의 신 · 물귀신 괴담(河神 · 鬼水怪談)』과 웹 드라마 〈강물의 신(河神)〉을 중심으로

1. 들어가며

1.1 『강물의 신(河神)』 IP 간략 소개

'IP'라는 용어는 최근 몇 년간 중국의 영상 매체 관련 분야에서 가장 많은 출현 빈도를 보인 신조어라고 할 수 있을 것이다. 'IP'는 영문 'Intellectual Property'의 준말로 지적재산권(Intellectual Property Rights)을 의미하는 용어이다. 2014년부터 인터넷 소설의 판권이 조금씩 'IP'라는 개념으로 바뀌기 시작하면서 저작권과 특허권, 그리고 상표권의 세 가지로 구성된 지적재산권이라는 개념으로 확정되었다.[1] 현재까지 'IP'는 명확하게 공인된 정의를 가지고 있지는 않다. 문학작품, 게임,

1) 「知識產權時代來臨 影視圈掀起競購IP熱潮」, 經濟觀察報, 2015.05.03, (http://money.163.com/15/0503/08/AOM6EUUD00253B0H.html).

애니메이션, 영화와 드라마 작품 등이 모두 하나의 'IP'가 될 수 있다. 유명 언론인인 리엔시(闌夕)는 'IP'에 대해 "실제 현실에서 'IP'란 무엇인가에 대해 업계에서는 매우 많은 이견들이 있으나 모두 다 핵심을 건드리지는 못하고 있다. 사실상 어떤 콘텐츠가 IP에 속하는지 아닌지는 매우 단순한 기준이 있다. 즉, 그 콘텐츠가 자신만의 매력으로 한 형식에서의 속박에서 벗어나 여러 가지 형식으로 유통되고 보급될 수 있느냐를 보면 된다."[2] 간단히 말해서 'IP'는 하나의 형식을 뛰어넘어 여러 매체에서 개작될 수 있는 작품을 가리킨다고 보면 될 것이다. 이 글에서 다루게 될 소설 『강물의 신 · 물귀신 괴담(河神 · 鬼水怪談)』으로 예를 들자면, 이 소설은 종이 매체에서 성공을 거두었을 뿐 아니라 웹 드라마로 개작한 <강물의 신(河神)> 역시 2017년도 웹 드라마계의 다크호스로 떠올랐다. 주목할 만한 사실은 이 소설의 작가인 천하패창(天下霸唱, 장무예의 필명)이 바로 중국 도굴서사 'IP'의 창시자라는 것이다. 그가 창작한 『귀취등(鬼吹燈)』 시리즈는 도서와 영화, TV 드라마와 웹 드라마, 그리고 오디오북과 게임, 연극에 이르기까지 다양한 매체를 통해 주목받고 있다.

소설 『강물의 신 · 물귀신 괴담』은 2013년 1월 안후이(安徽)인민출판사에서 출판된 뒤, 같은 해 8월에는 베이징 스다이화원(時代華文) 서국에서 1쇄 10만권의 소장용 양장본이 출판되기도 하였다. 인터넷 글쓰기에 능했던 천하패창(天下霸唱)은 이번 소설은 오프라인 출판을 선택하였는데, 그 이유는 『귀취등(鬼吹燈)』을 연재할 때 매일매일 겪었던 업데이트의 고통을 다시는 느끼고 싶지 않아서라는 것이다. 이 소설은 총 4년에 걸쳐 완성되었는데, 처음 3년은 자료와 소재 수집에 할애하

2) 「哪有什麽自媒體, 做不成IP就是死路一條」, 騰訊網, 2015.12.06, (http://tech.qq.com/a/20151206/018872.html).

였고, 마지막 1년은 처음에 50여 만 자로 장황하게 쓴 글을 20여 만 자로 줄여나가는 시간이었다고 한다.[3] 이 작품이 『귀취등』시리즈와 다른 점은 『귀취등(鬼吹燈)』이 허구의 어드벤처 소설로 스토리 전부를 작가가 창조해 내야 했던데 반해, 『강물의 신』의 스토리는 대부분 민간에 원형이 존재하는 이야기였다는 것이다. 스토리 발생의 시공간적 배경은 1940~1950년대의 톈진(天津)으로, 이 작품은 톈진이라는 도시와 관련한 일종의 '사건 해결형 다큐멘터리'라고도 할 수 있다.[4]

동영상 시청 사이트인 아이치이(愛奇藝)에서 추진한 영화산업화 프로그램의 대표적 웹드라마로서 <강물의 신>은 2017년 여름 시즌 출시되자마자 대박을 터뜨렸는데, 17억 회가 넘는 뷰 수를 기록했을 뿐 아니라 떠우빤 사이트에서 8.4의 높은 평점을 받기도 하였다. 고급스런 내용과 영화 같은 촬영기법 등은 이 드라마로 하여금 '중국 웹 드라마 중 미국 드라마의 기준에 도달할 수 있는 성공적 사례'라는 평가를 받게 하였다.[5]

1.2 관련 연구

『강물의 신(河神)』IP에 대한 관련 연구는 많지 않으며 웹 드라마 <강물의 신(河神)>의 성공 원인에 대한 토론에 중점을 두었다. 예를 들어 마밍카이(馬明凱, 2017)는 웹 드라마 <강물의 신(河神)>의 성공 원인을 세 가지 측면에서 분석했다. 첫째, 시나리오부터 대본까지 모두 잘 만들어졌다. 두 번째는 완벽한 스토리 구조와 풍부한 공간 구조이다. 세

---

3) 「天下霸唱曾到重慶走訪捞屍師傅 自曝『鬼吹燈』口水話多」, 『重慶晚報』, 2013.03.26.
4) 「天下霸唱攜新作來渝簽售:國內盜墓小說已被寫“死”」, 『重慶晚報』, 2013.04.01.
5) 「愛奇藝舉辦<河神>慶功會將與工夫影業再度攜手打造<河神2>」, 愛奇藝網, 2017.09.08., (http://www.iqiyi.com/common/20170927/60e626dd31deee74.html).

번째는 웹 드라마의 변화 가능한 장르 스타일과 혁신적인 패러다임의 전환이다.[6] 리우리샹(劉麗翔, 2017)은 웹 드라마 <강물의 신(河神)>의 성공의 원인을 강력한 IP의 이미지 재생산, 아름다운 시청각 축제 및 포괄적인 마케팅 전략의 세 가지로 요약했다.[7] 양멍잉(楊蒙瑩, 2018)은 줄거리 분석, 캐릭터 설정 및 제작 방법의 관점에서 웹 드라마 <강물의 신(河神)>을 종합적으로 정리했다.[8]

또한, 지괴소설의 현대적 계승 측면에서 리우창(劉暢, 2017)은 온라인에서의 괴기소설, 선협소설 및 천월소설을 분석하여 웹 소설은 스토리 스타일, 서사관, 미적 특성 등의 각도에서 중국 고대의 지괴문학에 뿌리를 두고 있으며 심지어 중국 지괴문학의 지속과 발전의 결과물이라고 할 수 있다고 하였다. 이런 소설은 중국 상고신화, 민간전설, 고전문학의 '지괴' 필법과 같은 요소들을 융합하며, 특정 의미에서 국가 문화적 특성을 가진 '중국어 담화'를 제시하고 있다고 주장한다.[9] 리동후이(李東輝, 2017)는 고대 지괴문학의 신비주의가 현대 문학의 '귀신'이미지에 지대한 영향을 미쳤다고 지적했다.[10] 샤오샹밍(肖向明, 2006)은 현대 문학에서 '귀신 문화'는 고대 '귀신 문화'의 문학적 배경을 가지고 있다고 지적했다.[11]

6) 馬明凱, 「＜河神>: 深耕期的網劇新探索」, 中國藝術報, 2017.09.11, 第05版.
7) 劉麗翔, 「試析IP網劇＜河神>成功之道」, 『傳播力硏究』, 2017年12期, 66-67쪽.
8) 楊蒙瑩, 「淺析網絡自制劇＜河神>」, 『西部廣播電視』, 2018年02期, 124-125쪽.
9) 劉暢, 「"志怪"傳統與中國當代的網絡小說」, 『中國文藝評論』, 2017年第11期, 48-56쪽.
10) 李東輝, 「鬼魅精靈入夢來—論新時期以來小說中的"神秘主義"」, 東北師範大學碩士學位論文, 2017年.
11) 肖向明, 「"魅幻"的現代想象—論中國現代作家筆下的"鬼"」, 中山大學博士學位論文, 2006年.

1.3 연구 목적 및 연구 동기

웹 드라마 <강물의 신(河神)>은 『강물의 신・물귀신 괴담(河神・鬼水怪談)』이라는 소설을 개작했으나 소설의 내용을 그대로 옮기지 않고 주인공이나 내용들을 성공적으로 바꾸어 내었다. 소설작품이나 웹 드라마는 모두 중국의 전통 문학적 전통에 대한 계승이라는 공통점을 가지고 있다. 특히, 그것은 지괴문학과 화본의 영향을 받았으므로 본고에서는 이 두 가지를 모두 연구대상으로 삼는다. 소설 『강물의 신・물귀신 괴담(河神・鬼水怪談)』은 기이한 것을 찾기 위한 목적으로 민간전설에 대해 열거했을 뿐만 아니라 주인공의 경험을 통해 다양한 민속과 관습을 연결하는 동시에 중국 민국시기의 시대적 배경과 민생을 병행하여 일정한 문학적 깊이를 가진다. 웹 드라마 <강물의 신(河神)>은 시청자들에게 독특한 표현으로 새로운 시청각의 향연을 제공했다. 본고에서는 지괴 전통을 가진 괴기류 IP 『강물의 신』이 소설과 웹 드라마의 두 가지 텍스트 형태로 어떻게 지괴전통과 화본풍격을 보여주는지, 소설과 웹 드라마의 관련성은 무엇인지에 대해 검토하고자 한다.[12)]

2. 소설 『강물의 신・물귀신 괴담(河神・鬼水怪談)』의 지괴 전통 및 화본 풍격

오(吳) 지방의 사대재자(四大才子)로 알려진 명대 축윤명(祝允明)은 『어괴사편(語怪四編)』의 부제에서 지괴작품을 쓰게 된 동기는 '한가할 적에 책을 읽다가 책의 내용 가운데 새롭고 독특한 사건들이 많아 책에서

12) 小說『河神・鬼水怪談』, 奇書網 (https://www.qisuu.la/du/27/27943/9353937.html).

얻어진 바가 많다'고 했으며, 『지괴록(志怪錄)』의 자서에도 기이한 일을 기록하는 동기에 대해 설명하고 있다.

> 괴이한 일을 기록하는 것은 일상적인 것을 기록하는 것 보다는 이롭지 않겠으나, 괴이한 일은 이 우주에 없을 수 없고, 변이가 생겨나는 것은 사람들이 평상시 생각으로는 미칠 수가 없는 것들이기에, 지금 이 실상들을 기록해 두면, 언젠가 갑자기 필요해져서, 쫓거나 피해야 할 이유와 권고하거나 징계해야할 이유를 알 수도 있으니 역시 적어두는 것이 무익하지는 않을 것이다. 하물며 황당한 내용들이 눈과 귀를 즐겁게 하니 이 또한 내가 즐겨 말하고 즐겨 듣는 이유이다.[13]

지괴의 존재와 그 기능의 합리성을 설명하고, 지괴 작품이 세상 사람들을 권면할 수 있으며 사람들이 기쁘게 반기는 예술 형식이라고 지적했다. 현대문학, 특히 인터넷 문학의 영역에서 지괴류의 주제는 항상 많은 주목을 받았으며, 이는 중국 문학의 지괴 전통과 관련이 없을 수 없다.[14]

---

13) "志怪雖不若志常之益, 然幽詭之事, 固宇宙之不能無, 而變異之來, 非人尋常念慮所及, 今苟得其實而記之, 則卒然之頃而値之者, 固知所以趨避, 所以勸懲, 是亦不爲無益矣。况恍語惚說, 奪目警耳, 又吾儕之所喜談而樂聞之者也." 丁錫根編著, 『中國歷代小說跋集』(上冊), 北京: 人民文學出版社, 1996年, 124-125쪽.

14) 인터넷의 많은 작가들이 전통 지괴소설에 나오는 괴이한 이야기들을 모방하여 많은 글쓰기 활동을 하고 있는데, 이들의 글쓰기 작업은 주요하게는 세 가지 형식으로 분류된다. 첫 번째는 소설을 창작하는 것으로, 예를 들어 공포 괴기소설인 『동북지방 괴기사건(東北靈異檔案)』은 인터넷에 연재되어 2019년 1월 4일 현재 96만 6천 건의 조회수를 기록하고 있으며, 두 번째는 흩어진 지괴 이야기들을 모아 이를 주제별로 분류하고 총집으로 묶어 내는 작업으로, 예를 들어 <귀신 아저씨의 귀신 이야기(鬼叔怪談)>시리즈와 같은 동영상 사이트들이 유행하고 있다. 세 번째는 중국 고대의 지괴 작품을 현대 중국어로 번역하는 작업으로, 예를 들어 소장도(笑藏刀)라는 작가가 정점(頂點)이라는 소설 사이트에 게재한 『중국고대신귀지괴소설(中國古代神鬼志怪小說)』등의 작업성과가 있다.

2.1 소설『강물의 신・물귀신 괴담(河神・鬼水怪談)』 지괴 전통의 계승

류창(劉暢, 2017)은 지괴 문학에는 두 가지 뚜렷한 미학적 특성이 있다고 지적했다. 첫 번째는 기전체(紀傳體)적인 서사 풍격이다. 역대 지괴문학은 스토리의 허구성을 숨긴 채, '이 말은 근거가 있다'라는 언급을 통해 서사의 사실성을 부각시킴으로써, 허황된 귀신이야기를 겉으로는 참고할 근거가 있고, 진실로 보이는 믿을 만한 '실록'으로 보이게 하였다. 포송령은『요재지이(聊齋志異)』에서 스스로를 '이사씨(異史氏)'라고 칭하며, 지괴소설을 '별사(別史)', '잡사(雜史)'로서 삼겠다는 입장을 내포하고 있어, 실질적으로 지괴문학의 '기실(紀實)'적 성격에 대한 공감을 내비쳤다. 두 번째 미학적 특성은 엉뚱하고 기괴한 심미적 재미였다. 지괴문학은 미적 대상의 황당화를 통해 초자연적이고 영특한 문학세계를 만들었다.[15]

소설『강물의 신・물귀신 괴담(河神・鬼水怪談)』은 위에서 언급한 두 가지 미학적 특성을 모두 계승했다. 예를 들어, 작가는 전설적인 사건을 이야기 할 때 항상 이야기의 출처를 언급한다. 예를 들어, '두물머리 익사 사건(三岔河口沉屍案)'에 대해 이야기 할 때 작가는 이야기의 출처를 길거리에서 당의정을 파는 오노현(吳老顯)이라고 밝혔다.

> 오노현은 술 두 잔을 마시고, 마음을 놀라게 하는 지난 일을 이 세 형제에게 말했는데, 두물머리 어귀 밑에는 원래는 여자 시체 같은 것은 없었고, 물 속에 쇠로 만든 호랑이를 두었다는 것이다. 이 구우이호(九牛二虎)와 닭 한 마리로 물 귀신을 제압해 두는 것은 일찍이 전해 내려오는 전설인데, 청나라 가정(嘉靖) 연간에 그 강물의 눈인 소용돌이를 메우면 홍수가 난다는 말이 전해져 왔는데, 실제로 소용

15) 劉暢,「"志怪"傳統與中國當代的網絡小說」,『中國文藝評論』, 2017年 第11期, 48-56쪽.

> 돌이를 메우자 홍수가 났다는 것이다. 그 후 소용돌이의 구체적인 위치는 점차 전해지지 않아 이런 일을 믿는 사람도 별로 없었는데, 그 당시 관부(官府)가 마고도(魔古道)를 토벌하고, 요법이 기록된 기서(奇書)가 민간에 유출되어, 적지 않은 사람이 살해되었다. 두물머리 익사 사건(三岔河口沉屍案) 은 이 사건과 관련이 있을 것이다. (5장 「오노현 채원 기우(吳老顯菜園奇遇)」)

미적 취향 면에서 작가 천하패창은 기괴하고 괴이한 이야기를 잘 묘사하기로 유명하다. 이 소설은 주로 '들개촌에서 요괴를 잡다(惡狗村捉妖)'와 '쌀집 골목의 흉가(糧房胡同凶宅)'라는 두 가지 이야기를 다루었다. '들개촌에서 요괴를 잡다(惡狗村捉妖)'에서 두개의 눈동자를 가진 련화청(連化青)이 사형을 당한 후에 그의 몸에 달라붙은 하요(河妖)는 검은 물로 변하고 도주하며 련화청(連化青)의 시신도 두개의 눈동자에서 하나의 눈동자로 바뀌었다. '쌀집 골목의 흉가(糧房胡同凶宅)'에서 나오는 오래된 금사나무 판자는 요괴가 되어 환상으로 인간을 통제할 수 있을 뿐만 아니라 사람의 생명을 위협할 수도 있는 물건이 되었다. 이렇게 이야기의 주된 줄거리만 놓고 보면, 이 작품에서는 '사람과 요괴와의 공존(人妖共生)', '물건이 오래되면 정괴가 됨(物老成精)', '애니미즘(Animism) 등 지괴문학에 담겨있는 고유한 사상들을 전하고 있다. 이제 구체적으로 작품 전체를 통틀어 소설의 지괴 전통의 계승에 대해 아래와 같은 네 가지 측면으로 고찰해 보고자 한다.

2.1.1 물건이 오래되면 정괴가 됨(物老成精)

지괴문학에는 모든 사물에는 영혼이 있으며, 사물도 오래 묵으면 정괴(精怪)로 변할 수 있다는 세상 만물에 대한 옛 사람들의 인식을 반영하는 이야기들이 많다. '오래된 만물, 그 정교함은 사람의 형상을 가장할 수 있고, 사람의 마음을 현혹시키는 것으로 항상 사람을 시험한다.'[16) 예를 들어 어떤 특정 상황에서는 사람이 요괴와 영기와 통하거나 몸이 약해 쉽게 다치기 쉬울 때 어떤 초자연적인 현상을 느낄 수 있다. '무릇 오래된 사물은 그 정기(精氣)로 사람이 될 수 있는데, 오래되지 않은 사물이라도 사람의 모양처럼 변할 수 있다. 사람이 기를 받을 때 어떤 사물과 함께 정신을 같이 쓰면 그 사물이 사람과 교류가 있게 되는데, 그러다가 사람이 병에 걸려 정기가 쇠약해지면 그 틈을 타서 사람을 범하는 것이다.[17)

소설『강물의 신・물귀신 괴담(河神・鬼水怪談)』의 '쌀집 골목의 흉가' 이야기에서, 용으로 변할 조짐을 보이는 '금사나무 판자'를 백기(白記) 장의사집의 주인이 풍수를 바로잡겠다며 들보로 쓰려고 가져오지만, 이 판자는 용으로 변하기에는 도력(道力)이 약간 모자랐기 때문에, 그저 사람의 목소리를 흉내 내어 건달 백사호(白四虎)가 살인하도록 부추기고, 또 이곳에 보물을 훔치러 온 대오두(大烏豆)를 환영(幻影)을 보게 하여 놀라 도망치게 만들었다. 금사나무의 '음침목(陰沈木)'이란 흑단목(烏木)으로 흙 속이나 물 속에 천년 동안 묻혀있어야 만들어지는 귀한 목재이다. 그래서 소설 속 이 판자도 오래 묵어 정괴로 변하여 인간에게 해를 입힌 것이다. 물론 피해를 당한 백사호와 대오두 역시 재물을 탐하거나 음심을 품었다가 화를 만나게 된 것이다.

---

16) "萬物之老者, 其精悉能假托人形, 以眩惑人心而常試人." [晉]葛洪著,『抱樸子・登涉篇』, 見顧久譯注,『抱樸子內篇全譯』, 貴陽 : 貴州人民出版社, 1995年, 424쪽.

17) "夫物之老者, 其精爲人, 亦有未老, 性能變化, 象人之形. 人之受氣, 有與物同精者, 則其物與之交. 及病, 精氣衰劣也, 則來犯陵之矣." [東漢]王充原著, 袁華忠・方家常譯注,『論衡全譯(上)』, 貴陽: 貴州人民出版社, 1993年, 1384쪽.

2.1.2 민간의 소박한 세계관

지괴문학은 중국 민간의 오래되고 소박한 세계관을 구현하며, 이야기를 통해 사람과 자연의 관계, 사람과 사람의 관계를 표현하고 있다. 과학기술이 발달하지 않았던 고대 사회에서는 많은 자연현상들에 대해 사람들이 파악할 수 없었기 때문에 그저 이들 현상을 숭배하고 두려워하는 미신사상을 갖게 되는 것은 자연스러운 일이다. 지괴문학에도 자연현상으로서의 일을 인간사회의 행위와 연관지어 판단하려는 이야기들이 많이 등장하는데, 『속현괴록(續玄怪錄)』의 <이정(李衛公靖)> 이야기를 보면 이정이 용을 대신하여 비를 내리는 역할을 맡게 되는데, 비를 관장하는 용부인(龍夫人)의 딱 한 방울만 뿌리라는 명을 어기고 스무 방울의 비를 뿌렸다가 마을에 홍수가 난다는 내용이 나온다. 왜냐하면 '하늘에서의 비 한 방울은 땅에서의 비 한 척에 해당되기 때문이다.[18]

소설 『강물의 신・물귀신 괴담(河神・鬼水怪談)』에도 자연현상을 미신적으로 해석하는 장들이 적지 않다. 예를 들어 하룽묘(河龍廟) 의장(義莊, 시신을 임시로 놓아두는 옛 절)에 봉안된 용왕신의 진흙상(泥胎塑像)을 소개할 때, 작가는 궈더요우(郭得友) 사부님의 입을 빌려 과거의 미신 같은 이야기를 들려주었다. 즉, 몇 백 년 전에 일어난 가뭄으로 팔십 일 동안 비가 내리지 않았는데, 풍수(風水) 선생은 그간의 경험으로 어느 조상의 묘에서 강시가 한발(旱魃)이 되어서 가뭄을 일으켰을 거라고 단정하였다. 그러나 현장을 살펴보니 시체는 이미 강시보다 더 강력한 시마(屍魔)로 변했고, 이 시마(屍魔)의 피는 역병을 옮길 수 있어 아무도 이를 제압하지 못했다. 결국 마을 사람들은 할 수 없이 동남동녀(童男童

18) [唐]李複言編, 『續玄怪錄』, 見『玄怪錄・續玄怪錄』, 北京: 中華書局, 1982年, 188-191쪽.

女)를 산 채로 제물로 썼는데, 그러자 며칠 후 강물을 관장하는 광제용왕(廣濟龍王)이 사람들의 꿈에 나타나 들어가 시마를 퇴치하는 방법을 알려주었다는 것이다. (제2장 「갑교 밑의 물귀신(閘橋底下的水怪)」)

지괴문학은 사람과 사람 사이의 관계에 대해 선을 행하면 좋은 보답이 있고, 악을 행하면 나쁜 대가를 받는다는(善有善報, 惡有惡報) 전통적인 의식에 기반한 이야기들을 많이 수록하고 있다. 예를 들어 『원혼지(冤魂志)』의 <서철구(徐鐵臼)> 이야기에서는 포악한 새엄마 진씨가 전처 소생인 철구를 학대하였는데, 이에 철구가 죽은 후 귀신이 되어 복수하러 와서, 진씨의 친아들인 철저(鐵杵)를 죽인다는 내용이 나온다.[19] 소설 『강물의 신・물귀신 괴담(河神・鬼水怪談)』에도 이와 비슷한 내용이 나온다. 시골 사람 황라오싼(黃老三)이 읍내에 들어가 소를 팔고 그 돈을 가지고 집으로 돌아오는데, 술에 취해 차를 잘못 타서 저수지에 내렸고 저수지 책임자인 리우치(劉七)는 돈에 눈이 멀어 황라오싼을 죽이고 저수지에 시체를 버렸다. 목격자가 없어 미제(未濟) 사건이 될 뻔했던 이 일은 황라오싼 영혼이 아내의 꿈속에 나타나 저수지 밑에 있어서 너무 춥다고 아내에게 알리고, 이를 이상하게 여긴 아내가 수상 경비대에게 시체를 건져 달라고 간청하여 결국 해결될 수 있었다. (제10장 「들개촌에서 요괴를 잡다(惡狗村捉妖)」)

2.1.3 다양한 서사 요소

지괴문학에는 고전적인 줄거리와 전형적인 서사 요소가 많다. 먼저 고전적인 줄거리를 보자면 『수신기(搜神記)』에 나오는 고기를 물어다 주는 호랑이나 진주 구슬을 물어오는 검은 학과 같은 동물들의 보은

19) [北齊]顔之推, 『冤魂志』, 見[宋]李昉, 『太平廣記(第三冊)』, 北京: 中華書局, 1961年, 191쪽.

담(報恩談)이 있고,[20] 또는 『요재지이(聊齋志異)』에 나오는 <화피(畫皮)> 이야기처럼 요괴가 사람 탈을 뒤집어쓰고 사람으로 변한다는 변신담(變身談)도 있으며,[21] 『요재지이(聊齋志異)』 <장청승(長淸僧)> 이야기처럼 노승의 영혼이 젊은이의 몸으로 들어가 시체를 빌려 빙의하는 빙의담(憑依談) 유형도 있다.[22] 또한 『요재지이(聊齋志異)』의 <주술(巫術)>편에 나오는 세 가지 요물(종이인형, 토우인형, 나무인형)이 요술로 사람을 해치는 요괴담(妖怪談)과[23] 『열미초당필기(閱微草堂筆記)』의 <란양소하록(灤陽消夏錄)> 이야기처럼 고기 도둑으로 몰려 노비들에게 맞아죽은 점박이 개가 꿈에 나타나 억울함을 토로하는 신원담(伸冤談) 등이 있다.[24]

---

20) <수신기 · 소역(搜神記 · 蘇易)>에서, 소역(蘇易)은 난산한 호랑이가 새끼를 낳는 것을 도와 줬는데, 그 후 이 호랑이는 자주 고기를 잡아 그의 집으로 갖다 줬다. (再三送野肉於門內)<수신기 · 학함주(搜神記 · 鶴銜珠)>에서, 쾌참(噲參)이 화살을 맞아 다친 검은 학(玄鶴)을 키웠는데, 나중에 학 한 쌍이 각각 입에 구슬을 물고 함께 와서 구슬을 쾌참(噲參)한테 주었다.(見鶴雌雄雙至, 各銜明珠, 以報參焉) [晉]幹寶著, 汪紹楹校注, 『搜神記』, 卷二十, 北京: 中華書局, 1979年, 237-238쪽.

21) "사람 가죽을 침대에 깔고, 붓으로 얼굴을 그리고 있었다. (鋪人皮於榻, 執彩筆而繪之)" [淸]蒲松齡. 『聊齋志異』, 見沈偉麟 · 魯潤祥主編, 『歷代志怪大觀』, 上海: 上海三聯書店, 1996年, 665-667쪽.

22) <장청승(長淸僧)>에서, 노승이 죽은 후 그의 영혼이 말에서 떨어져 죽은 공자(公子)의 몸에 들어갔다. [淸]蒲松齡. 『聊齋志異』, 見沈偉麟 · 魯潤祥主編, 『歷代志怪大觀』, 上海: 上海三聯書店, 1996年, 635-636쪽.

23) <무술(巫術)>에서, 우공(于公)과 종이인형, 토우인형, 목우인형 등 세 가지 괴물과의 싸움이 기록되어 있는데, 마지막으로 작가는 사람을 해치는 무술사가 더 해롭다고 비판하였다. (借人命以神其術者, 其可畏不尤甚耶!) [淸]蒲松齡, 『聊齋志異』, 見沈偉麟 · 魯潤祥主編, 『歷代志怪大觀』, 上海: 上海三聯書店, 1996年, 650-651쪽.

24) 돌아가신 태부인 장씨(張太夫人)는 생전에 작은 얼룩 개를 한 마리 키웠는데, 하녀들이 개가 고기를 훔쳤다고 의심하여 몰래 그 개를 목 졸라 죽였다. 그 중 한 하녀는 유의(柳意)라는 이름을 가졌는데, 꿈에 늘 이 개가 나타나 자기를 물었고 그때 마다 잠꼬대를 하는 통에 태부인이 이를 알게 되어 말하기를, "여러 하녀들이 함께 개를 죽였는데, 왜 유독 유의에게만 원한을 품었을까? 이는 필시 유의가 고기를 훔쳐오게 시킨 것으로 이 개가 유의에게 원한을 가졌을 것이야." 라고 생각하고 심문을 해보니 정말 그러하였다. (先祖母張太夫人, 畜一小花犬. 群婢患其盜肉, 陰搤殺之.中一婢曰柳意, 夢中恒見此犬來齧, 睡輒囈語. 太夫人知之, 曰: "群婢共殺犬, 何獨銜冤於柳意?此必柳意亦盜肉, 不足服其心也."考問果然.) [淸]紀昀著, 汪賢度校點, 『閱微草堂筆記』(卷一『灤陽消夏錄』), 上海: 上海古

이러한 고전적인 줄거리는 『강물의 신・물귀신 괴담(河神・鬼水怪談)』에서도 이어진다. 동물 보은담을 예로 들자면, 들개촌 음양하(陰陽河)에서 곽사부(郭師傅)을 구한 사선(蛇仙)의 이야기가 이에 해당되고, (제10장 <들개촌에서 요괴를 잡다(惡狗村捉妖)>) 사람으로 둔갑하는 변신담을 예를 들자면, 현등촌(玄燈村)의 마을 사람들이 사람을 죽여 그 가죽으로 인피지(人皮紙)를 만들어 그것으로 그림자극(燈影戲)을 공연했는데, 이 인피지가 여자로 둔갑하여 마을 주민 뒤에 달라붙었다는 이야기가 이에 해당한다. (19장「인피지를 불로 태우다(火煉人皮紙)」)

시체를 빌어 환혼하는 빙의담의 경우, 연화청(連化青)이 총살당하기 직전 검은 침을 뱉었는데, 살아있을 때는 두 개였던 눈동자의 검은자위가 죽고 나서 한 개의 검은자위로 돌아온 것은 그간 영정하(永定河)에 살고 있던 물귀신이 연화청의 몸에 들어가 있었음을 말해주는 것이다. (제11장「연화청을 총살시키다(槍斃連化青)」). 또한 주술로 사람을 해치는 경우를 예로 들면, 귀신집에 있는 수월등(水月燈)은 귀신집에 갇혀 있는 귀신의 그림자를 비출 수 있는 신비로운 등인데, 연화청은 이 등을 손에 얻은 뒤 주술로 귀신들을 조종하여 사람들을 죽였다. (제9장「계단 위의 사람 머리(樓梯上的人頭)」) 꿈에 나타나 억울함을 호소하는 신원담의 예를 들자면, 연화청에 의해 죽은 두 어린 거지가 낡은 사당에서 잠을 자던 곽사부의 꿈에 나타나 연화청의 모습을 말해주는 이야기가 여기에 해당한다. (제6장「철 상자 속의 원혼(鐵盒冤魂)」)

서사적 요소 측면에서 지괴문학은 신선 방술과 관련이 많으므로, 이와 관련된 어휘나 소재가 지괴 작품에 대거 수록되어 있다. 예를 들어 도교의 사당이 작품의 배경으로 쓰이는 경우가 많은 데, 강물을 관장

籍出版社, 1980年, 14쪽.

하는 광제용왕을 모신 하룡묘도 같은 소재이고, 왕고왜(王苦娃)가 곽(郭)강시의 습격을 피해 숨어들어간 곳도 역시 허물어져가는 사당이었다. 도사나 방사 등도 작품에 종종 등장하는데, 남문 앞에 점을 쳐준다는 노점을 차리고 괘상을 따지고 옛 경전을 읊조리는 최도성(崔道成)이나, 음양경(陰陽經) 몇 권 읽은 것으로 풍수와 기후를 살펴볼 줄 안다고 거들먹거리는 6대 풍수 선생인 젊은 장반선(張半仙) 등이 있다.

여러 군데 깃들어 있다는 중국 전통의 신(神)들의 경우, 하룡묘 영안실의 문지기 신(門神)이나, 곽사부 댁의 기운을 보존하고 평안을 빌어준다는 조왕신과 팔선조왕(八仙灶) 등이 있다. 풍수지리에 대한 소재도 등장하는데, 위씨 집에서 악령을 눌러두기 위해 거울진(鏡子陣)의 풍수로 묘를 쓰거나, 출세하고 부자가 된다는 '사모 날개(紗帽翅)' 형의 집안 배치 등도 중국 전통의 풍수지리적 영향을 받은 소재들이다.

2.1.4 기이한 현지 풍속

지괴문학은 겉으로는 귀신 요괴를 쓰고 있지만 실제로는 사람과 사람들의 세상사를 쓰고 있다. 지괴 작품에 등장하는 귀신과 요괴는 인간 세계의 감정과 정신을 부여받으며, 신선의 세계에 대한 환상이든, 귀신의 행동에 대한 해석이든, 혹은 인간과 이류(異流)의 갈등에 대한 묘사든 모두 작가가 인간의 삶이라는 영역에서 비인간(非人間)의 소재들을 문학적으로 갈고 다듬은 것이다. 그래서 지괴문학에서는 당시의 사회풍속을 의도적으로 드러내려고 하지 않았다 하더라도 서사의 과정에서 저절로 그러한 배경이 사실적으로 드러나곤 한다. 『이견지(夷堅志)』의 「호화공胡畫工」이야기에 보면 화공 호생이 성황묘(城隍廟)에 두 명의 문신(門神)을 그리는 장면이 나오는데,[25] 문신은 중국 민간의 수

호신으로 사람들은 문에 신의 그림을 붙여 귀신을 쫓고 액땜하는 데 사용한다. 『강물의 신」 물귀신 괴담(河神」鬼水怪談)』에서 곽사부가 사는 의장에 관제(關帝, 관우)를 그린 그림 하나가 벽에 걸려있는데, 이 그림은 문신처럼 의장의 평안을 지키는 것과 같다. 그리하여 그림이 물기를 먹어 흐릿해지자 악귀가 그 틈을 타서 침입하게 된 것이다.

『호해신문이견속지(湖海新聞夷堅續志)』의 「진흙아이 요괴(泥孩兒怪)」에서는 임안(臨安, 오늘날의 항저우)의 풍속을 소개하고 있는데, 임안의 서호(西湖)를 방문하면 평강(平江, 오늘날의 쑤저우)에서 나는 '진흙 아이'라는 인형을 사야 한다는 것이다.[26] 『강물의 신 · 물귀신 괴담(河神 · 鬼水怪談)』에서도 청말 톈진(天津)의 풍속을 소개하고 있는데, 청나라 말기의 톈진에서는 귀뚜라미 싸움이 유행했는데, 이 귀뚜라미들을 담는 항아리는 집안 대대로 내려오는 물건으로 귀뚜라미보다 더 비싸며, 특히 류씨 성을 가진 사부가 만든 '삼하류(三河劉)' 항아리는 민국(民國) 시기에 매우 값진 골동품이 되었다고 한다.

민속적인 장면을 보여주는데 있어서 『강물의 신 · 물귀신 괴담(河神 · 鬼水怪談)』은 매우 디테일한 부분까지 상세하게 그려내고 있는데, 많은 민간전설들이 민속과 관련되어 있기 때문이다. 예를 들면 물요괴(河妖) 연화청(連化靑)이 처음 등장한 것은 전통 혼례를 지내는 곳이었다. 신부는 아무리 해도 화로를 뛰어넘을 수 없어서 아래를 자세히 살펴보니 한 아이가 신부의 다리를 끌어안고 있었는데, 아무도 이 아이의 내력을 알지 못했다. 이 이야기에서 작가는 다음과 같이 썼다.

25) 夷堅支戊卷第十, 「胡畫工」, [宋]洪邁撰, 何卓點校, 『夷堅志』(第三冊), 北京: 中華書局, 1981年, 1133-1134쪽.
26) 無名氏撰, 金山點校, 『湖海新聞夷堅續志』, 北京: 中華書局, 1986年, 233쪽.

> 신랑 신부가 맞절을 하는 식장에는 화합이선도(和合二仙圖)를 걸어 놓고, 복(福)과 록(祿), 그리고 장수(壽)를 상징하는 세 명의 신선과 월하노인(月下老人)의 상도 올려두어야 한다. 탁자 위에는 금색 촛대를 좌우로 놓고, 촛대 위에는 빨간색의 큰 초를 꽂고, 가운데는 향로를 놓고, 그 뒤에는 곡식을 쌓아 놓고, 그 속에는 붉은 수수대를 뾰족하게 쌓고, 그 뒤에는 화살 세 개를 곡식더미에 꽂아두고, 옆에는 큰 화살꽂이 항아리를 놓고 거기에 구부린 활을 얹어두는 것은 모두가 집의 악귀를 눌러 평안을 기원한다는 의미이다. 신부의 가마가 문 앞에 도착하면 신랑 측에서는 나가서 맞이하지 않고 대문을 닫아야 한다. … 신부가 대문의 빗장을 열지 못하기 때문에 밖에서 시어머니에게 문을 열어달라고 소리를 질러야 하는데, 이것은 다시 말하면 신부가 시댁의 식구가 되었음을 큰 소리로 인정하는 셈이 되는 것이다. 그제서야 시어머니는 나와서 문을 걸어잠근 빗장들을 모두 떼어내고 고개를 돌려 신부의 얼굴을 보지 않은 채로 바삐 다시 들어가야 한다. 다음에는 신랑이 활을 들고 나와 신부의 가마를 조준하여 세 발을 쏘는데, 이는 세 번의 과거 시험을 모두 급제하라는 뜻이기도 하고 사악한 기운을 물리친다는 의미도 있다. 그러고 나서야 땅에 붉은 양탄지를 깔고 신부를 가마에서 내리게 하여, 사람들의 부축을 받아 화로를 뛰어넘어 결혼식장으로 들어가는 것이다. (제6장 「철갑원혼(鐵盒冤魂)」)

위에 서술한 장면 묘사는 매우 생동적이어서 독자들에게 민국 시기의 결혼 풍속을 생생하게 재현해주고 있다. 다른 예를 들자면, 귀신절(鬼節)에 귀신이 나타나자 작가는 여기에 전통적인 귀신절의 유래를 소개하기도 한다. 일반인들은 음력 7월 15일을 귀신절(鬼節)이라고 부르는데, 도가(道家)에서는 이를 중원절(中元節)이라고 하며, 불교에서는 우란분회(盂蘭盆會)라고 한다는 것이다. 이 밖에도 단오절에는 귀신을 물리치는 풍습이 있어 민간에서 웅황주(雄黃酒)로 아이에게 호랑이 그림을 그려주고 벽에는 다섯 가지의 독을 막아준다는 오독지(五毒紙)를 붙이고 오색 비단 등을 씌운다.

민속적인 풍습 이외에도, 작가는 이야기 안에 당시의 생활문화들을 많이 삽입하였는데, 예를 들면 톈진 사람들이 좋아하는 아침 식사인 '대복래(大福來) 누룽지'가 이전에 황제의 칭찬을 받았었다는 이야기라든가, 목욕탕에 가서 목욕을 하면서 수다를 떨며 차를 마시고 담배를 피우며 무를 먹었던 당시 톈진 사람들의 생활상, 그리고 마을의 장날이나 사당에 재를 지내러 갈 때 약장수나 점쟁이, 물구나무 서는 사람이나 작은 곰으로 재주 부리는 사람, 차력사, 방물장수, 이야기꾼, 만담가, 북 치기, 활동사진을 보여주는 변사, 서커스 연습하는 사람, 장대다리 걷기 하는 사람이나 유랑 극단 등을 볼 수 있었다고 당시의 톈진 풍경을 상세하게 전해주고 있다.

2.2. 소설 『강물의 신 · 물귀신 괴담(河神 · 鬼水怪談)』에 나타난 화본 스타일의 구현

2.1.1 화본 구조의 모방

후스잉(胡士瑩, 1980)은 화본(話本)과 의화본(擬話本)의 차이점에 대해 설명하면서, 화본이 시민계층의 생활과 의식을 상당 부분 반영한 구두문학의 기록이자 민간의 설창(說唱)의 기록인데 반해, 의화본은 문인이 화본 형식을 모방하여 창작한 서면문학으로 글 쓰는 문인의 입장과 정치적 태도에 따라 사상적, 예술적 차이가 크다고 보았다. 그래서 의화본의 어떤 부분들은 화본이 가지고 있는 좋은 전통을 계승하고 발전시켰지만, 어떤 부분들은 생활과 유리된 봉건 사대부의 공허하고 낙후된 사상을 드러내고 있다고 주장하였다.[27] 작가인 천하패창(天下霸唱)은 『강물의 신・물귀신 괴담(河神・鬼水怪談)』에서 거듭 강조하였다.

> 『강물의 신(河神)』이라는 작품은 기괴한 이야기를 주제로 합니다. 모든 것들이 입과 귀로 전해온 민간의 이야기들이죠. 그럼 입과 귀로 전해들은 민담이란 무엇일까요? 누군가가 다른 사람의 입으로부터 어떤 일을 들었다가 그걸 기억해주었다가 다시 다른 사람에게 전해주는 거죠. 이런 식으로 전해주고 전해오면서 이야기에는 살이 붙고 양념이 더해져 전해질수록 기괴해져서 제각각 다른 이야기가 되는 것이죠.

작가는 기자와의 한 인터뷰에서 "몇 년 전에 한 퇴역 수상경비대원께서 자기와 자기 고참이 해결했던 사건들을 나에게 받아 적으라며 들려준 적이 있었는데, 그 뒤로 저는 3년 동안 여기저기서 떠돌아다니는 이야기들을 수집 정리했습니다. 이 작품에서 얘기하는 이야기들은 모두 그 고희 노인의 입으로부터 전해 받은 이야기입니다."라고 말한 적이 있다.[28] 소설 『강물의 신・물귀신 괴담(河神・鬼水怪談)』은 민간 전설에 대한 기록과 정리를 담은 화본 스타일의 소설이라고 할 수 있다.

화본소설은 특정한 형식을 가지고 있는데, 크게 여섯 가지 부분으로 나뉜다. 첫 번째는 제목(題目)이며, 두 번째는 편수(篇首)로 화본의 맨 처음을 시작하는 말로 대개는 한 수의 시로 시작한다. 세 번째는 입화(入話)인데, 이 이야기는 고객들이 좀 더 오기를 기다리면서 이미 와서 기다리는 고객을 위해 본 이야기와 약간의 연관성을 가지는 작은 이야

27) 胡士瑩, 『話本小說概論(下冊)』, 北京: 中華書局, 1980年, 399-340쪽.
28) 「天下霸唱攜新作來渝簽售:國內盜墓小說已被寫"死"」, 重慶日報, 2013.04.01.

기를 들려주는 것이다. 네 번째는 두회(頭回)로, 입화에 이어 본 이야기와 유사하거나 아니면 반대되는 또 한편의 작은 이야기이다. 다섯째는 정화(正話)로 본 이야기이다. 끝으로 편미(篇尾)는 본 이야기의 결말과 달리, 이야기꾼이 청중들에게 전편의 요지를 총괄하거나 청중에게 권면의 메시지로 주는 이야기를 가리킨다.[29] 이제 이러한 화본의 구성형식에 기반하여 『강물의 신 · 물귀신 괴담(河神 · 鬼水怪談)』의 구조를 분석해본다.

제목은 주요 줄거리를 요약하고 청중을 끌어들이는 역할을 한다. 소설 『강물의 신 · 물귀신 괴담(河神 · 鬼水怪談)은 두 개의 장편 이야기로 구성되지만, 각각의 이야기에는 상대적으로 독립적이면서도 서로 연관이 있는 에피소드가 많다. 첫 번째 이야기인 「들개촌에서 요괴를 잡다(惡狗村捉妖)」로 예를 들자면, 그 속에는 다시 열 개의 작은 이야기가 수록되어 있는데, 각각 「갑교 밑 물귀신(閘橋底下的水怪)」, 「위가 묘 거울진(魏家墳鏡子陣)」, 「노룡두 기차역의 변사체(老龍頭火車站屍變)」, 「오로현 야채밭의 만남(吳老顯菜園奇遇)」, 「철갑 원혼(鐵盒冤魂)」, 「연못 아래의 관(荷花池下的棺材)」, 「이상한 일이 벌어지는 사거리(鬧鬼的十字路口)」, 「계단 위의 사람 머리(樓梯上的人頭)」, 「들개촌에서 요괴를 잡다(惡狗村捉妖)」, 「연화청을 총살하다(槍斃連化靑)」 등이 그것이다.

화본소설의 편수(篇首)는 보통 시사(詩詞)로 시작하는데 『강물의 신 · 물귀신 괴담(河神 · 鬼水怪談)』의 시작 역시 한 편의 시문을 제시하여 이야기의 공간적 배경인 톈진의 풍습과 사람들을 보여준다.

> 아홉 강이 바다로 들어가는 톈진, 부교 두 개와 관문 세 개가 있다.
> 남문 밖은 해광사이고, 북문 밖은 북대관이다.

---

29) 胡士瑩, 『話本小說槪論(上冊)』, 北京: 中華書局, 1980年, 134-145쪽.

남문 안에 있는 교군장에는 고루포대가 중간에 있지.
세 개의 축대와 네 개의 대포가 있고, 노란 전차는 세관에 간다.[30]

'아홉 강이 바다로 들어가는 톈진'이라는 표현은 청나라 강희(康熙)황제가 「어제구하고도설(禦制九河故道說)」에서 언급한 톈진의 모습을 가리킨다. '부교 두 개와 관문 세 개'는 『천진현지(天津縣志)』에 명기된 강희제부터 옹정제 사이에 축조된 서고부교(西沽浮橋), 초관부교(鈔關浮橋), 염관부교(鹽關浮橋)를 가리킨다. '해광사', '북대관', '교군장'은 톈진의 풍물이었고, '고루포대'는 톈진에서 '자오포(子午炮)'와 '폐성포(閉城炮)'를 설치했던 옛 터이다. '노란 전차'의 경우, 톈진에서 1906년 이후 개통된 여러 개의 궤도전차 중 노란색 표식의 전차가 당시 톈진에서 가장 번화했던 구간을 지나갔다는 것을 말한다.[31] 물론 시문에 등장하는 곳 가운데 몇 군데는 이제 볼 수 없다.

작가는 편수의 뒤에 주인공인 곽사부가 속해 있는 로시대(撈屍隊, 물에서 시체를 건지는 일을 하는 사람들)가 청대 말엽의 '오하(五河) 로시대'에서 민국(民國)시기의 '오하 수상 경비대(五河水上警察隊)'까지 변모해 오게 된 사연을 서술한 뒤 입화에 들어간다.

『강물의 신(河神)』의 이야기는 전부 선대 사람들한테 들은 이야기들인데, '귀수괴담(鬼水怪談)'은 단지 그 중에서 가장 멋진 부분으로 내용이 아주 기이하죠. 줄거리는 하나씩 하나씩 고리처럼 이어져 있는데다, 듣다 보면 턱을 잡고 빠져들게 되니, 평서(平書, 소설책)보다 더 재미있죠, 자, 이제 잡담은 그만하고, 먼저 '다리 아래의 물 귀신'

30) 九河下稍天津衛, 兩道浮橋三道關； 南門外叫海光寺, 北門外是北大關；
南門裏是教軍場, 鼓樓炮台造中間； 三個垛子四尊炮, 黃牌電車去海關.

31) 「熱播網劇<河神>裏的天津風物記憶(圖)」, 每日新報, 2017.08.05, (http://news.163.com/17/0805/10/CR2N6SMI000187VJ.html).

얘기부터 해볼까요? (제1장 「오하 로시대(五河撈屍隊)」)

두회(頭回)에 대해 알아보자. 원래 소설 작품으로 말하자면, '입화'가 끝나면 바로 '정화(正話, 본 이야기)'가 시작된다. 그러나 이 소설이 다루고 있는 두 개의 이야기에는 많은 에피소드가 삽입되어 있어, 이들 각각의 에피소드 역시 하나의 개별적인 화본으로 간주될 수 있고, 이 개별적인 화본 역시 그 안에 연관된 몇 개의 작은 에피소드들이 포함되어 있다. 그래서 이 에피소드들을 다루는 과정에서 작가가 작은 한 단락을 따서 그것을 화두로 하여 관련된 배경을 설명해가는 경우가 있기 때문에, 이야기의 화두 역할을 하는 작은 단락들이 결국은 작은 에피소드에 있어서 '두회(頭回)'의 역할을 하는 것이다. 예를 들어 제4장 「노룡두 기차역의 변사체(老龍頭火車站屍變)」에서 작가는 "이제 본 이야기로 들어가서, '두물머리 익사 사건(三岔河口沉屍案)'에 대해 이야기 해드리겠습니다."라고 말하고는 이어서 톈진에서 발생한 '민국 10대 사건' 중의 사건 두 개를 끼워 넣어 이것으로 '두물머리 익사 사건'의 참상과 기이함을 돋보이는 효과를 내었다. 그러므로 여기서는 두 건의 '민국 10대 사건'이 '두회(頭回)'의 서사적 역할을 하고 있는 셈이다.

정화는 소설의 본문이다. 앞에서 기술한 바와 같이, 작가는 소설 전체에서 두 가지 이야기를 다루고 있는데, 각각의 이야기에는 또 여러 개의 갈래가 있다. 이것은 이른바 '중국식 찬합세트(中國套盒)'의 서사 구조이며 달리 이를 '마트로시카(러시아 인형)' 구조라고도 한다.[32] 즉 큰 케이스에 작은 케이스를 담는 민간 공예품처럼 스토리를 구성하는 것인데, 이때의 이야기들은 단순한 병렬 구조가 아니라 서로 간에 연

32) [秘魯]巴・略薩, 『中國套盒——致一位青年小說家』, 趙德明譯, 天津: 百花文藝出版社, 2000年, 86쪽.

관성을 가지는 창조적 구조를 가지게 된다. 따라서 소설『강물의 신·물귀신 괴담(河神·鬼水怪談)이 의도적으로 화본을 모방한 구조라고 한다면, 작가가 단독적인 화본 구조를 복잡하게 만들어, 강물의 신(河神) 소설을 두 개의 큰 케이스로 나눈 후에 각각의 큰 케이스에 작은 케이스를 많이 넣었고, 각각의 작은 케이스에는 더 작은 케이스를 넣은 것으로, 이들 동일한 케이스에 있는 이야기들은 서로 연관이 있거나, 아니면 원인과 결과 또는 배경 등을 설명하는 역할을 하고 있다.

마지막으로 편미(篇尾)에서 작가는 첫 번째 이야기인 '들개촌에서 요괴를 잡다(惡狗村捉妖)'를 이야기한 후, 앞서 서술한 여러 가지 괴이한 현상에 대해 간단한 요약을 하였다.

> 그 때 톈진은 몇 년만에 한 번씩 꼭 홍수가 났는데, 지금은 기후 변화가 너무 심하고, 수토 유실도 심해졌으며, 일년 내내 비가 오지 않는 것도 흔한 일이 되어버려서 그 당시의 수해 상황은 상상할 수도 없게 되었죠. 이 곳 톈진은 해방 이전에 물난리를 너무도 많이 겪었기 때문에 강 요괴나 물 귀신에 관한 전설이 많이 나오게 된 것입니다. (제11장「연화청을 총살하다(槍斃連化靑)」)

작가는 위와 같은 짧은 논평으로 자신의 세계관을 전달하고 있다. 즉, 홍수와 같은 천재지변으로 인해 톈진 사람들이 너무 많은 고통을 당했기 때문에 대자연의 힘 앞에서 어찌할 수 없는 인간의 무력감을 나타내기 위해 다양한 요괴 전설을 만들었다는 것이다. 작가의 이러한 유물주의적 세계관은 작품 속에서도 확인될 수 있다. 그는 톈진의 민속 전설을 이야기 하면서도 동시에 이상한 소문에 대한 객관적인 설명을 찾기 위해 최선을 다하고 있다. 예를 들면 제18장「209호 무덤

(209號墳墓)」에서는 209호 방 밑에 무덤이 있다는 소문이 돌았는데, 그 무덤 속의 강시가 형제 중의 형인 조갑(趙甲)을 죽였고, 그 동생인 조을(趙乙) 또한 한밤중에 여자귀신을 보았노라고 증언을 하였다. 그러나 작가는 그러한 소문을 부정하고 자신만의 견해를 밝히고 있는데, 즉, 조갑이 옆집에 사는 한 젊은 과부가 마음에 들었고 어느 날 밤에 일부러 구실을 만들어 그녀를 집 안으로 데려왔고 간통을 강요하다가 도리어 인명을 상하게 했으나, 시체를 처리할 방법이 없어 할 수 없이 시체를 마루 밑에 묻어야 했다는 것이다.

2.1.2 화본 언어의 모방

작가는 화본소설의 형식을 모방한 것 외에 작품의 언어 스타일에도 화본소설의 그림자가 드리워져 있다. 본문에서 작가는 '설화인(說話人, 이야기꾼)'이라는 신분을 충분히 사용하고 있는데, 예를 들어 줄거리를 전환할 때, 작가는 이렇게 쓰고 있다. "한 입으로 동시에 두 집안 얘기를 할 수는 없으니, 먼저 삼의묘(三義廟) 얘기를 들려드리고 그 다음에 '209호 무덤' 얘기를 들려 드리지요." (제18장 「209호 무덤(209號墳墓)」)

독자들에게 궁금증을 유발하고자 할 때 작가는 다음과 같이 썼다. "방금 곽사부가 의장에 혼자 산다고 말했는데, 왜 집에서 갑자기 큰 형님이 튀어나오는 거죠? 이건 죽은 형님일까요? 아니면 산 형님일까요?" (제2장 「갑교 밑 물 귀신(閘橋底下的水怪)」) 그리고 독자들의 의문을 해설해 주면서는 "신마(信馬)라는게 뭘까요? 아마 요즘 신마라고 하면 이 말의 뜻을 알고 있는 사람이 거의 없을 걸요? 옛날에나 이런 풍습이 있었지요."(제3장 「위가 묘 거울진(魏家墳鏡子陣)」)라고 말하거나, "자, 우리 일단 이 약당(藥糖)이라는 말이 무엇인지부터 이야기해 보죠. 이건 약으로 생각하고 드시면 안 되는 겁니다. 이건 옛날식 간식이에요."(제5장 「오로현 야채밭의 만남(吳老顯菜園奇遇)」)라고 말하는 식이다. 이런 식으로 이야기 속에 다른 이야기들을 삽입해가며 하양촌(下楊村) 떡과자(糕幹)의 기원까지 설명하고 있다.

이야기꾼의 말투로 서술하는 것 이외에도 이야기하는 방식에 있어서, 작가는 구어적인 표현을 충분히 활용하고 있는데, 아래에 인용한 위썰(魚四兒)와 인력거꾼의 대화를 보자.

> 위썰 : 너 오늘 무슨 바람이 불어서 이렇게 늦게 돌아오냐? 네 마누라가 집에서 서방질할까 두렵지 않냐?
> 인력거꾼 : 오늘 운이 좋아서 돈 많이 주는 손님을 받았지. 길이 좀 멀어서 이제 겨우 끝내고 돌아오는 거여.
> 위썰 : 먼 놈의 돈 많은 손님여? 너 같은 촌뜨기가 돈이나 본 적 있냐?
> 인력거꾼 : 니기미 지랄 허풍떠네. 너는 뭐 본 것처럼 떠드냐? 어여 물고기나 건지라고. (제2장 「갑교 아래의 물귀신(閘橋底下的水怪)」)

위에서 인용한 저속한 대화는 민국 시기 교육을 제대로 받지 못한 하층민들의 신분에 어울리는 언어들이다. 아울러 문장 안에 속어(俗語)와 헐후어(歇後語) 같은 토속적인 표현들이 많이 사용된 것도 눈에 띈다.

> 주변에 있던 그 사람들이 수상 경비대의 곽사부라는 이름을 듣자 모두 달려와 술을 권하면서, 역시 "나무는 그림자가 좋아야하고, 사람은 명성이 나야죠."라고 말했다. (제3장 「위가묘 거울진(魏家墳鏡子陣)」)
> 톈진 사투리로 말하면 '새 방귀뀌는 소리'지. 언급할 가치도 없어. (제2장 「갑교 밑 물 귀신(閘橋底下的水怪」)

> 진짜 내 생각에도 정말 공교로워. 방귀 뀌자 허리 삔 셈이야. (제12장 「물 속의 전신기(河底電台)」)

3. 웹 드라마 〈강물의 신(河神)〉의 계승과 혁신

2015년은 웹 드라마의 흥행 원년으로 꼽힌다. 주요 동영상 웹 사이트는 각자 자체 제작 콘텐츠를 제작하기 시작했는데, 웹 드라마 <강물의 신(河神)>의 프로듀서 타오쿤(陶昆)은 이 IP의 잠재력에 대해 매우 낙관적으로 보고 있다.

> 민국시기 톈진의 실제 시공간은 미스터리 살인사건과 강호의 신비가 잘 어우러져 어디까지가 현실이고 어디부터가 판타지인지 모를 암울한 지하세계를 만들고 있습니다. 사람들의 입에 오르내리는 많은 도시 괴담들은 '81호 흉가(81號凶宅)' 이야기나 '22번 버스(22路公交車)' 이야기와 같은 도시의 '요재지이(聊齋志异)'라고 할 수 있죠. 그래서 저는 이런 이야기들을 많은 시간을 들여 준비를 했습니다.[33]

웹 드라마 <강물의 신(河神)>은 소설 『강물의 신 · 물귀신 괴담(河神 · 鬼水怪談)』의 한 부분인 「들개촌에서 요괴를 잡다(惡狗村捉妖)」를 발췌해 이를 드라마로 개작하여 시청자들에게 스릴 있고 미스터리한 분위기를 흠뻑 제공하였다.

---

33) 『作爲今夏最火的"神劇", <河神>的誕生可沒那麼輕松!』, 橘子娛樂, (http://www.happyjuzi.com/article-4301111066.html).

3.1 웹 드라마 〈강물의 신(河神)〉의 지괴 전통과 화본 스타일

3.1.1. 추상적 의식의 시각화

웹 드라마는 소설을 각색한 만큼 자연스럽게 소설의 지괴 전통을 이어가는 내용인데, 괴이한 분위기를 시각적 효과로 보여주는 것이 웹 드라마 <강물의 신(河神)>의 한 특징이자 성공의 이유라고 할 수 있다. 특히 추상 의식에 대한 표현, 즉 주인공인 소하신(小河神), 궈더요우(郭得友)가 자신의 절기(絶技)인 '연기를 피워 억울함을 가려내는(看煙辨冤)' 과정의 의식세계를 잘 형상화 하였다.

연기를 사용하여 억울함을 가려내는 방법은 민간 전통 사회의 조사 방법이기도 하다. 사법이 완전하지 않은 시대에, 강에 떠오른 시체를 끌어올린 뒤 사람들은 연기를 보고 억울함을 가려내는 옛 방법으로 이것이 살인인지 자연사(自然死)인지를 판단하였다. 작품에는 이에 대해 간략하게 소개하고 있다.

> 예를 들면 이것은 연기를 보고 억울함을 가려내는 방법인데, 꼭 담배를 태워서 해야 하는 것은 아니고, 옛날엔 노란 종이 부적을 태우기도 했죠. 어쨌거나 태워서 재가 나올 수 있으면, 그게 담배의 재이건, 종이의 재이건, 향불의 재이건 상관없어요. 이 재를 죽은 사람에게 뿌리고, 그 재가 몸에 얼마나 많이 달라붙었는지를 보는 거죠. 많이 붙어있다면 음기(陰氣)가 강하다는 뜻인데, 음기가 강하다는 것은 뭔가 억울함이 있다는 뜻이지요. (제14장 「강시 아내와 귀신 아이(僵屍媳婦兒鬼孩子)」)

웹 드라마에서 '연기를 보고 억울함을 가려내는 것'은 궈더요우(郭得友)의 특기로 딩마오(丁卯)의 법의학적 해부학과는 대비가 된다. 이런 묘기를 사부에게 배운 궈더요우는 몸이 약해 담배 연기의 자극으로 기절한 다음 정신을 잃고 무의식의 세계로 들어가 원하는 답을 찾게 된다. 궈더요우의 무의식 세계는 배경도 소리도 없이 그저 커다란 '흙 인형'이 궈더요우를 조용히 기다리고 서 있는 것으로 설정되어 있다. 이 흙 인형이 바로 궈더요우의 '인형 형님(娃娃大哥)'이다. 소설 『강물의 신・물귀신 괴담(河神・鬼水怪談)에서 간단히 언급했던 '곽형(郭大哥)'은 사실 궈더요우의 친형이 아니라 이 인형을 가리키는 전통 사회의 풍속으로 작품에서는 다음과 같이 서술하고 있다.

> 옛날에는 인형을 사두는 풍습이 있었는데, 만약 부부가 결혼하고 오랫동안 아이가 없으면, 천후궁(天后宮)이나 마조묘(媽祖廟)에 가서 자식을 갖게 해달라고 빌었다. 천후(天后)의 제단 위에는 진흙으로 만든 인형을 많이 놓여 있는데, 이들은 생김새가 제각각 달랐다. 어떤 것은 영리하고 활발하게 생겼고, 어떤 것은 천진난만하고 순하게 생겼는데, 아들을 낳고자 하는 부부는 향불 값을 충분히 치르고 마음에 드는 진흙 인형을 빨간 줄에 묶어 집으로 가져 온다. 이 진흙 인형을 자기 자식처럼 키우다가, 후에 진짜 아이를 갖게 되면, 이 진흙 인형은 집안의 맏이가 되고, 낳은 아이는 둘째가 되는 것이다. (제2장 「갑교 밑 물 귀신(閘橋底下的水怪)」)

이 진흙 인형은 생명이 없지만 궈더요우의 의식세계에서 인형의 모양이나 놓인 위치 등으로 궈더요우에게 사건 해결의 단서를 준다. 궈더요우는 의식을 회복한 뒤 이 단서들을 정리하고 사건의 맥락을 파악하게 된다. 물론 이것은 궈더요우의 잠재의식 속에서 생각하는 과정일 뿐이지만, 웹 드라마는 독특한 화면기법을 통해 추상적인 궈더요우의 의식을 구체적인 영상으로 바꿔놓았다.

3.1.2. 평서(評書)예술의 스크린 재현

소설『강물의 신・물귀신 괴담(河神・鬼水怪談)』은 뚜렷한 화본 스타일을 갖고 있으며, 웹 드라마는 구조적으로 이 스타일을 계승하고 있다. 구체적으로는 시작과 엔딩의 처리에서 이런 특징이 돋보이는데, 특히 매회의 첫 부분에서 옛날 마고자 복장을 한 설서인(說書人, 이야기꾼)이 차관(茶館)에 등장하여 화본의 편수(篇首)처럼 몇 마디의 대구를 써서 전체 이야기를 요약해주는 방식으로 드라마를 시작하고 있다. 제2회의 시작을 예로 들어본다.

> 지난 이야기에 이어서 계속합니다. 지난번 이야기에서 조운(漕運) 상회의 도련님 딩마오(丁卯)가 아버지에게 화를 내고, 강에 뛰어들어 물에 빠진 것을 소하신(小河神) 궈더요우가 구해냈으나, 바로 이어서 패하(拜河)의 대전(大典)에 시체 두 구를 건져 두었으니, 작은 것은 녹색 털이 묻어있는 아기 시체였고, 큰 것은 바로 딩마오의 아버지인 딩이치우(丁義秋)였던 것입니다. 이에 딩마오는 궈더요우를 아버지의 살인범으로 단정했고, 이에 궈더요우의 스승인 노하신(老河神) 궈순(郭淳)이 부두에서 연기를 피워 억울함을 가려내는 방법을 써봤으나, 갑자기 검은 안개가 피어오르며 아무것도 알아낼 수 없었지요. 이에 제자 궈더요우는 수상함을 느끼고 조운 상회에 잠입해 억울함을 가리려고 담배를 피웠다가 허약한 체질 때문에 현장에서 쓰러져 결국 딩마오에게 들키고 맙니다. 이로 인해 '낮에는 경찰서를 털고, 밤에는 용왕묘를 터네. 딩탐정이 머리를 숙이고 하신에게 제자가 되기를 청하네.'라는 주제가 나오게 되는 것이지요.

평서(評書) 역시 이야기 예술의 한 형태로, 옛 문헌에도 "연극 이외에 꼭두각시 노름, 그림자극, 팔각고(八角鼓), 자제서(子弟書), 상성(像聲), 대고(大鼓), 평서(評書) 등도 있다. … 평서는 손바닥을 치며 말하는데, 다른 추임새가 필요 없어도, 호협(豪俠)이 죽어가는 모습을 살아있는 것처럼 생생하게 얘기해주니, 시장의 소년들이 그것을 들으면, 난을 일으키고 나쁜 짓을 할 생각을 고쳐먹게 된다."[34]라는 기록이 등장한다. 평서는 평화(評話)라고도 하는데, 송대의 '역사이야기(講史)'로부터 발전해 온 것이므로, 소설은 송대의 단편화본이며 평서는 주로 긴 역사이야기를 내용으로 하여 원나라에서 와서는 점차 화본에도 사용되었다.[35]

웹 드라마 <강물의 신(河神)>은 매 회의 엔딩에 단편의 보너스 영상을 편성하여 이번 회의 이야기를 보충하거나 톈진의 민간 문화를 소개하는 각주 역할을 하고 있다. 제3회의 엔딩 장면의 영상은 작은 무당 꾸잉(顧影)이 재를 올리면서 노래를 부르는 장면이다.

> 병사여, 내 말을 들으라. 너는 말 고삐를 잡고는 나랏일을 묻고, 안장을 잡고는 집안일을 묻는구나. 나는 북쪽에 살지 않고 남쪽에도 살지 않으며, 물에도 살지 않고 산에도 살지 않는다. 나는 본래 하선고(何仙姑)가 속세에 내려온 몸이로다.

이 대사는 작은 무당 꾸잉이 하는 무당 일에 대한 서사적 보충 역할을 하고 있다. 9회의 에필로그에서처럼 궈더요우와 딩마오가 톈진 사람들의 아침 식사에 대해 대화하는 방식으로 톈진의 생활 풍속을 소개하는 부분도 있다.

> 톈진의 아침식사에 대해 말하자면, 궈털(果頭兒, 요우티아오와 유사한 톈진의 튀김)에 콩물(豆漿)을 곁들여 먹는 것과 탕피(糖皮兒)에

34) [淸]富察敦崇, 『燕京歲時記·封台』, 北京: 北京古籍出版社, 1981年, 94쪽.
35) 胡士瑩, 『話本小說槪論(上冊)』, 北京: 中華書局, 1980年, 167쪽.

> 밀가루죽(面茶)를 함께 먹는 것 정도는 보통 사람들도 다 아는 거지. 약간 신분이 있는 사람이라면 바삭한 전병(煎餅)에 과자와 계란 두 개를 섞어 먹지. 이 부드러운 전병에 과비(粿篦) 튀김을 곁들여 큰 사발의 콩물과 함께 먹는거지.

이 단락의 대화는 소설에 대한 구체화된 표현이라고 할 수 있으며 작가는 소설에서 톈진의 민간 음식문화를 소개한 적이 한두 번이 아니어서 이 영상은 톈진의 전통 생활의 분위기를 고조시켜 드라마를 보는 현대의 시청자들과 드라마에 표현된 시대 사이의 심리적 거리를 좁혀주는 효과를 거두고 있다.

3.2 웹 드라마 〈강물의 신(河神)〉의 소설 『강물의 신 · 물귀신 괴담(河神 · 鬼水怪談)』에 대한 각색

소설의 신선한 소재가 웹 드라마의 내용을 충실하게 담아내고, 웹 드라마의 영상화가 독서 열풍을 불러일으킨 것도 일종의 상호 보완적 관계라고 할 수 있다. 웹 드라마는 소설을 바탕으로 다시 변화했지만 소설과는 확연한 차이가 있다. 소설은 독자들의 지식을 넓히고 기이한 이야기들을 부각시켰으며, 웹 드라마는 시청자의 상상력을 보완하고 시각적인 효과를 부각시켰다. 다음으로 웹 드라마가 원작 소설을 각색한 부분들에 대한 분석을 하고자 한다.

3.2.1 줄거리의 압축

소설 『강물의 신 · 물귀신 괴담(河神 · 鬼水怪談)』은 두 가지 이야기가 주를 이루는 반면, 웹 드라마 <강물의 신(河神)>은 한 가지 이야기만을 다루고 있다. 소설 작품에서 <들개촌에서 요괴를 잡다>라는 부분은 꽤 복잡한 이야기인데, 웹 드라마는 갈등을 증폭시키기 위해 사교인 마고도(魔古道) 세력을 대표하는 연화청(連化靑)과 정의를 대표하는 궈더요우의 갈등으로 이야기를 단순화시켰다. 마고도가 설계한 여러 사건들은 단 하나의 목적, 즉 성동(聖童, 강시가 되는 병에 저항력을 가진 성스러운 아이)를 찾아내어 마고도를 키우고 그 힘으로 톈진을 없애고 천하를 다스린다는 것이다. 궈더요우는 수상 경비대의 팀장으로 마고도가 일으킨 음모로 강에서 발견된 시체를 건져 올렸다가 사건에 휘말리데 된다. 웹 드라마는 소설 속의 묘사에 충실하여 극적인 장면들을 매우 핍진하게 형상화 시키고 있는데, 강에서 떠오르는 수십 구 시신의 묘사라든지, 앞에서 언급한 '연기를 피워 억울함을 가려내는' 장면 등이 그것이다.

이 밖에도 웹 드라마는 영상미 넘치는 장면을 많이 추가했다. 예를 들면 시체가 강시로 변하여 병원에서 크게 소란을 피우는 부분이나, 궈더요우가 야밤에 방문한 암시장(鬼市)의 음산한 모습, 그리고 마고도(魔古道)의 전도사가 최면으로 사람을 조종하는 장면이나 작은 무당이 자신의 피로 톈진 백성을 구해내는 장면 등이 그것이다. 특히 이 드라마는 열린 결말 방식을 택했는데, 붉은 옷을 입은 작은 무당 꾸잉이 물속으로 뛰어드는 장면은 시각적으로 슬픈 비장미를 줄 뿐 아니라, 자기희생과 정의야말로 결국에는 사악한 것을 물리치는 힘이라는 드라마의 주제를 잘 드러내고 있다. 꾸잉의 피가 바이러스에 의해 오염된 톈진의 상수원을 정화할 수 있는지, 그녀는 결국 물속에 갇힌 궈더요우를 구해내고 자신도 빠져 나올 수 있는지, 궈더요우와 꾸잉의 감정선은 사랑의 결실로 맺어질 수 있을지, 이런 궁금증들은 모두 꾸잉이 물속으로 뛰어들면서 알 수 없는 과제로 남았고, 그래서 시청자들로 하여금 <강물의 신(河神)> 속편의 방영을 더 기다리게 만드는 요인이 되었다.

3.2.2 캐릭터 리모델링

소설『강물의 신·물귀신 괴담(河神·鬼水怪談)』은 톈진의 전통 민간 전설을 많이 다루고 있어 등장인물 역시 매우 많다. 이 중 주요한 등장인물로는 주인공인 하신(河神) 궈더요우가 있고, 궈더요우 주변의 보조 캐릭터로는 궈더요우의 친구이자 사제(師弟)인 딩마오, 그리고 술과 고기 먹는 땡초 스님 리따렁(李大楞), 그리고 풍수 전문가 장반선(張半仙) 등이 있다. 또한 소설 작품에는 러브 스토리는 설정되어 있지 않았는데, 웹 드라마 <강물의 신(河神)>은 젊은 청중들을 끌어 들이기 위해 주인공을 대폭 바꾸었다. 우선 주인공 궈더요우의 나이와 성격이 바뀌었다. 궈더요우는 20대 초반의 반항심 있는 열혈 청년으로 바뀌었고, 그러다 보니 '강물의 신'이라는 호칭도 '젊은 하신(小河神)'으로 바뀌면서, 스승인 노하신(老河神) 궈순(郭淳)이라는 캐릭터를 만들어 낼 수밖에 없었다. 그의 후배 딩마오 또한 독일에서 법의학을 전공하고 돌아온 조운 상회의 도련님으로 어떤 미신이나 전설도 믿지 않는 과학 추종자로 재탄생시켰다.

그 밖에 드라마에는 두 명의 주요 인물이 조연으로 추가되었다. 하나는 궈더요우의 죽마고우인 작은 무당 꾸잉으로, 그녀는 마음씨가 착하지만, 싸움을 잘하며, 궈더요우에 대해 일편단심인 웃음 코드 담당 조연이다. 또 다른 인물은 샤오총장(肖祕書長)의 딸인 샤오란란(肖蘭蘭)이다. 샤오란란은 정의감 있는 여기자로 똑똑하고 생각이 민첩하여 드라마의 지략 담당 조연을 맡고 있다. 민간의 전통적 방법으로 '연기를 피워 억울함을 가려내는' 궈더요우와 해부학적 지식으로 사망의 원인을 찾는 딩마오, 굿판을 벌여 살아가는 전통 여성 꾸잉과 현대식 교육을 받은 신여성 샤오란란. 이들은 크게는 세계관과 방법론에서, 작게는 식습관이나 옷 입는 스타일까지 어느 것 하나 어울리지 않지만, 서로의 약점을 도와가며 서로의 능력을 더욱 돋보이게 해준다. 민국(民國) 시기 톈진(天津)이라는 작가의 시공간적 배경 설정은 대단히 리얼한 선택인데, 중국의 전통문화와 서구에서 들어온 근대 서양문화가 공존했던 시기가 민국시대이고, 특히나 항구 도시인 톈진은 이들 문화가 부딪히고 섞이며 독특한 도시문화를 만들어 냈던 곳이기 때문이다. 고전문화와 신흥 외래문화가 젊은 세대에게 서로 충돌하고 융합되어 마침내 얻어낸 것이 이러한 문화적 화합의 산물일지 모른다는 실질적인 의미를 지니고 있다. 이러한 캐릭터의 리모델링은 이야기의 줄거리를 단순하면서도 분명하게 나타내야 하는 웹 드라마에 있어서 강한 표현력을 갖추고 있음에 틀림없다.

4. 결론

이 글에서는 소설 『강물의 신・물귀신 괴담(河神・鬼水怪談)』과 웹 드라마 <강물의 신(河神)>을 대상으로 『강물의 신(河神)』 IP에 담긴 지괴 전통과 화본 스타일을 분석하였다. 소설 『강물의 신・물귀신 괴담(河神・鬼水怪談)』은 지괴 전통의 계승을 '사물이 오래 묵으면 정괴가 된다(物老成精)'라는 관념, 민간의 소박하지만 고풍스러운 세계관, 다양한 서사적 요소, 현지의 기이한 풍속 등 네 가지로 표현했다. 소설 『강물의 신・물귀신 괴담(河神・鬼水怪談)』의 화본 스타일에 대한 구현은 화본 형식의 모방과 화본 언어의 모방으로 나타난다. 웹 드라마 <강물의 신(河神)>은 소설 『강물의 신・물귀신 괴담(河神・鬼水怪談)』을 개작했지만, 이에 얽매이지 않고 영상화에 더 적합한 모습을 보여줬다. 특히 사건의 전 과정을 관통하는 '연기를 피워 억울함을 가려내는' 주인공의 절기(絶技)는 독특한 시각화 기법을 구사했다. 또한 웹 드라마는 독자를 위한 이색적인 프롤로그와 에필로그를 고안했다. 프롤로그는 이야기꾼이 이야기하는 장면이고, 에필로그는 극의 내용에 대한 보충설명이다. 『강물의 신(河神)』 IP는 고대 중국의 지괴 전통과 화본 스타일을 뚜렷하게 계승했다고 할 수 있다. 현대문학의 형식과 고전문학의 전통이 성공적으로 맞물린 것이다. 소설은 독자들의 지식을 넓히고 기이한 이야기를 부각시켰고, 웹 드라마는 시청자들의 상상력을 보완해 시각적인 면을 부각시켰다

소설과 웹 드라마의 차이점은 줄거리에서 주제를 부각시키기 위해 웹 드라마는 소설 속의 각종 민간 전설을 대폭 축소하고 주요한 갈등을 사교(邪教)와 정의의 싸움으로 집중시켰다. 또 소설 작품 속의 풍부한 표현력을 갖고 있는 부분을 영상으로 성공적으로 승화시켰으며, 영상미에 감각을 더한 스토리도 많다. 등장인물과 관련하여 웹 드라마는 주요한 캐릭터를 새롭게 리모델링하고 극적인 대비점을 가진 두 쌍의 커플을 다시 구성했다. 한 커플은 전통 문화를 대표하는 젊은 하신(河神)과 젊은 무당이며, 다른 한 커플은 새로운 문화를 대표하는 해외 유학파 법의학자와 여기자이다. 소설과 웹 드라마는 모두 흥행에 크게 성공하였으며, 현재 <강물의 신(河神)> 속편이 제작되어 방영을 앞두고 있다.[36] 또한 『강물의 신・물귀신 괴담(河神・鬼水怪談)』의 모바일 게임도 이미 시작되었다.[37] 소설 『강물의 신・물귀신 괴담(河神・鬼水怪

談)』의 제목을 보면 작가도 강물의 신 시리즈를 확장할 생각을 갖고 있는 것으로 보인다. 강물의 신이라는 지괴 전통과 화본 스타일을 가진 괴기류 IP는 앞으로도 확장될 여지가 대단히 클 것으로 생각된다.

---

36) 「愛奇藝擧辦<河神>慶功會 將與工夫影業再度攜手打造<河神2>」, 2017.09.08., (http://www.iqiyi.com/common/20170927/60e626dd31deee74.html).

37) 「<河神>手遊今日開啓精英測試 “小河神”李現鬼水探案」, 搜狐網 (http://www.sohu.com/a/158571379_204810).

저자 소개

왕 남 (王 楠)

중국 대련이공대학 졸업
연세대학교 중어중문학과 박사
전주대학교 중국어중국학과 교수
역서 『朝鮮君王的人生(조선 국왕의 일생)』(江蘇人民出版社, 2017) 등

21세기 중국의 대중서사 읽기

초판 1쇄 인쇄 2020년 2월 14일
초판 1쇄 발행 2020년 2월 24일

지은이 왕 남(王 楠)
펴낸이 이대현

책임편집 임애정 | **편집** 이태곤 권분옥 문선희 백초혜
디자인 안혜진 최선주 김주화 | **마케팅** 박태훈 안현진
펴낸곳 도서출판 역락 | **등록** 1999년 4월 19일 제303-2002-000014호
주소 서울시 서초구 동광로46길 6-6(반포4동 577-25) 문창빌딩 2층(우06589)
전화 02-3409-2060(편집부), 2058(영업부) | **팩시밀리** 02-3409-2059
전자우편 youkrack@hanmail.net
홈페이지 www.youkrackbooks.com

ISBN 979-11-6244-478-8 93820

정가는 뒤표지에 있습니다.

* 잘못된 책은 바꿔 드립니다.

*이 도서의 국립중앙도서관 출판예정도서목록(CIP)은 서지정보유통지원시스템 홈페이지(http://seoji.nl.go.kr)와 국가자료공동목록시스템(http://www.nl.go.kr/kolisnet)에서 이용하실 수 있습니다.(CIP제어번호: CIP2020004080)